U0117119

教育部高职高专公共事业类专业教学指导委员会推荐教材

妇女社会工作

Women Social Work

主 编 闫广芬

副主编 袁继红

天津大学出版社

TIANJIN UNIVERSITY PRESS

内 容 提 要

本书是教育部高职高专公共事业类专业教学指导委员会推荐的社会工作专业的教材。

全书共分为3编13单元,其中第1～4单元为第1编,即妇女社会工作的理论部分,在介绍妇女社会工作的概念、历史、内容与特点的基础上,论述了妇女社会工作的理论基础,分析了妇女生命历程与妇女社会工作的关系,阐述了妇女社会工作行政的管理体制;第5～7单元为第2编,即妇女社会工作的方法部分,主要介绍了妇女个案工作、小组工作、社区工作等妇女社会工作的方法,分析了每一种方法所包含的概念、目标与功能、原则,并从案例的分析入手,展示了每一种方法运用的具体过程与技巧;第8～13单元为第3编,即当代妇女问题与妇女社会工作的实务部分,论述了妇女在社会地位与权利的保护、婚姻家庭、贫困、就业、教育、健康等领域中所存在的问题,并就如何解决这些问题,提出了妇女社会工作的思路与方法。

图书在版编目(CIP)数据

妇女社会工作/闫广芬主编,袁继红副主编. —天津:天津大学出版社,2010.2
教育部高职高专公共事业类专业教学指导委员会推荐教材
ISBN 978-7-5618-3389-6

Ⅰ.①妇⋯ Ⅱ.①闫⋯②袁⋯ Ⅲ.①妇女工作:社会工作－高等学校:技术学校－教材 Ⅳ.①C913.68

中国版本图书馆 CIP 数据核字(2010)第 019977 号

出版发行	天津大学出版社
出 版 人	杨欢
地　　址	天津市卫津路92号天津大学内(邮编:300072)
电　　话	发行部:022-27403647　邮购部:022-27402742
网　　址	www.tjup.com
印　　刷	天津泰宇印务有限公司
经　　销	全国各地新华书店
开　　本	169mm×239mm
印　　张	19.75
字　　数	410 千
版　　次	2010 年 2 月第 1 版
印　　次	2010 年 2 月第 1 次
印　　数	1—3 000
定　　价	38.00 元

凡购本书,如有缺页、倒页、脱页等质量问题,烦请向我社发行部门联系调换

版权所有　　侵权必究

教育部高职高专公共事业类专业教学指导委员会推荐教材

编审委员会

主　任：王处辉　南开大学高等教育研究所　教授/博士生导师

副主任：陈庆云　北京大学政府管理学院　教授/博士生导师

　　　　　杨　欢　天津大学出版社　社长

　　　　　唐永泽　南京工业职业技术学院　教授/书记

　　　　　邹文开　长沙民政职业技术学院　教授/副院长

委　员（以下按姓氏音序排列）：

　　　　　丛建阁　山东财政学院　教授/处长

　　　　　杜创国　山西大学政治与公共管理学院　副教授/副院长

　　　　　林闽钢　南京大学公共管理学院　教授/博士生导师

　　　　　刘清华　南开大学高等教育研究所　副教授/博士

　　　　　陆建洪　苏州经贸职业技术学院　教授/博士生导师

　　　　　聂荣华　湖南省教育厅　教授

　　　　　宋琦如　宁夏医学院公共卫生学院　教授/院长

　　　　　孙迎光　南京师范大学公共管理学院　教授/副院长

　　　　　张晓华　北京青年政治学院　教授/副院长

　　　　　赵宏志　天津大学出版社　副编审

　　　　　赵栓亮　石家庄邮电职业技术学院　教授/主任

　　　　　周良才　重庆城市管理职业学院　教授

　　　　　周绿林　江苏大学工商管理学院　教授/书记

　　　　　周跃红　广东科学技术职业学院　教授

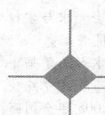

总序

　　高等职业教育是我国高等教育体系的重要组成部分,也是职业教育体系的重要组成部分。近几年,高等职业教育呈现出前所未有的发展态势。高等职业院校数量、在校生和毕业生人数持续增长,1996 年,我国高等教育的毛入学率仅为 6%,2002 年达到高等教育大众化阶段的 15%,到 2007 年上升至 22%,这其中,高职高专教育的快速发展起到了不可或缺的作用。

　　20 世纪 80 年代以来,世界许多国家和地区都把职业教育确立为教育发展战略重点。伴随着经济一体化的要求,把发展职业教育作为提高国家竞争力的战略措施,成为世界各国教育政策调整的普遍做法。

　　我国从 20 世纪 80 年代初期建立职业大学至今,高职教育走过 20 多年的发展历程。随着我国社会经济体制的转型以及高等教育大众化的发展,高等职业教育得到快速发展,其中一个重要原因是国家政策的促进。1996 年,全国人大通过并颁布了《中华人民共和国职业教育法》,从法律上确定了高职教育在我国教育体系中的地位,由此我国的高职教育发展驶入了快车道;1999 年全国教育会议召开,中央提出"大力发展高等职业教育"的工作要求,我国高职教育进入了蓬勃发展的历史新阶段。2005 年,国务院印发《关于大力发展职业教育的决定》,召开全国职业教育工作会议,明确提出:推进我国走新型工业化道路,解决"三农"问题,促进就业再就业,必须大力发展职业教育。2005 年成为我国职业教育史上具有里程碑意义的一年。与此同时,各地纷纷出台新举措,加强对职业教育的统筹领导,加大财政投入,鼓励和支持民间资本举办职业教育,完善职业教育的管理体制和保障机制。

　　从目前我国高等教育发展的总体情况来看,存在着由于各层次高等教育不谐调所造成的人才类型结构失衡现象。面对这一问题,中国人民大学校长纪宝成曾在 2005 年高等教育国际论坛上呼吁:"(高等教育)结构调整的关键是发展高等职业技术教育。"①当前存在的社会需求与学校教育的供求矛盾,对高职高专院校而言,无疑是一次发展的机遇。

截至 2005 年底,高职高专教育取得了规模性增长,基本形成了每个市(地)至少设置一所高职高专院校的格局。全国共设有高职高专院校 1 091 所,占普通高等学校总数的 60.9%。从招生情况看,2005 年全国高职高专招生人数达到 268.1 万人,占全国本专科招生总数的 53.1%。从在校生规模看,2005 年全国高职高专在校生人数为 713 万,占本专科在校生总数的 45.7%。根据国家对职业教育发展的规划,到 2010 年,高职高专招生规模将占高等教育招生规模的一半以上②。高职高专已经占据了高等教育的半壁江山。

2004 年 10 月 26 日,教育部首次颁发了《普通高等学校高职高专教育指导性专业目录(试行)》(教高[2004]3 号)(简称《目录》)、《普通高等学校高职高专教育专业设置管理办法(试行)》(教高[2004]4 号),并印发《普通高等学校高职高专教育专业简介》,从 2005 年开始实施。这是我国第一次在专科层次颁布全面系统的专业目录,填补了我国缺少高职高专教育专业目录的空白。《目录》按职业门类分设包括公共事业大类在内的 19 大类,下设二级子类 77 个,专业 556 个。公共事业大类下设公共事业类、公共管理类、公共服务类 3 个二级子类,共设有 24 个专业。2005 年 12 月,教育部发布《教育部关于成立 2006—2010 年教育部高等学校有关科类教学指导委员会的通知》(教高函[2005]25 号),2006 年,全国高职高专各专业类教学指导委员会相继成立。教育部高职高专公共事业类专业教学指导委员会于 2006 年 6 月在南开大学召开成立大会暨第一次工作会议,会议讨论并通过了《教育部高职高专公共事业类专业教学指导委员会工作章程》《教育部高职高专公共事业类专业教学指导委员会 2006—2010 年工作规划》以及 2006 年的工作计划,明确了该教学指导委员会 2006 年及其今后四年的总体工作目标与任务。

教材建设是专业建设的重要组成部分。高职高专公共事业类专业教学指导委员会成立以来,就把教材建设作为一项重要的工程来抓。为此,我们制定了针对高职高专公共事业类专业特点的人才培养目标,按教育

---

① 沈祖芸,计琳.一个统率高教发展的重要命题[N].中国教育报,2005-11-25(5).
② 教育部发展规划司.2005 年高等教育事业统计主要结果与分析[R].教育统计报告(第一期).北京:教育部,2005.

部确定的必修课和专业课课程设置,动员和组织全国相关院校的专业教师和研究人员,编写一套高水平的教材的计划。

组织编写这套教材的总体构想是:严格按照教育部高职高专公共事业类专业建设的基本要求,根据专业教学内容、教学发展要求、人才培养方案以及学生的基本素质情况,以职业岗位核心技能培养为目标,紧密结合学生未来工作实际,充分体现职业岗位核心技能要求和工学结合特点。同时,积极探索"专业标准"建设,并尝试建设"标准化"教材,力争对全国高职高专院校公共事业类专业的教材建设起到示范、引领和辐射的作用,鼓励高职高专双师型专业教师参与编写并积极推广使用,从而提高公共事业类专业的教学质量,面向行业,培养出更多高质量的应用型高级专业人才,为我国的社会主义建设服务。

这套教材具有以下特点。

(1)教材以职业岗位核心能力需求为主线,按照职业岗位核心技能的要求制定教材编写大纲,设计教材体例和内容。教材中的知识点与职业岗位核心技能紧密对应,使理论知识学习、实践能力培养和可持续能力发展紧密地结合起来,形成教材内容的三位一体,强化教材体系的职业性。

(2)教材内容突出对学生职业岗位能力的培养,把专业和职业结合起来,将核心技能的培养贯穿于教材全部内容。

(3)教材内容体现"基础理论适度、突出应用重点、强化实训内容,形式立体多元"的思想原则,教材内容设计以岗位技能需求为导向,以素质教育和创新教育为基础,以学生能力培养和技能训练为本位,使其真正成为为高职高专学生"量身定做"的教材。

(4)教材融入职业资格标准,体现职业素质培养。将双证书教育融入教材内容,使职业资格认证内容与教材教学内容有机地衔接起来。让学生学习相关课程教材后,可直接参加职业资格证书考试。

(5)将行业或国家的技术标准融入教材内容之中,让学生在校期间接受"标准"教育,增强"标准"意识。

(6)将人才培养方案、专业标准、实训条件等放入教材内容之中,在强化教材职业针对性的同时,体现教材实用性、创新性和前瞻性的特点。

(7)扩大教材的使用范围,使教材的功能多元化。既可以作为高职高专院校学生的教材,也可以作为一般本科院校相关专业的教学参考用书及行业的培训参考读物,还可以作为相关人员普及提高相关知识的应用性图书。

（8）教材的形式力争立体化，除纸质的主教材外，另有电子教案、教学计划、CAI 课件、IP 课件（流媒体课件）、电子习题库、电子试卷库、影音资料等教学辅助资源，最终为学校专业建设、教师教学备课、学生自主学习提供完整的教学解决方案，最大限度地做好全方位的资源供给服务，从而提高教材选用的竞争力。

在确定教材编写目标和要求的基础上，教学指导委员会与天津大学出版社合作，按教育部规定的高职高专公共事业类专业的课程目标，选定一批主干课及专业必修课程，采取在全国范围内公开招标的方式，在编著者自愿申报的前提下，由本教学指导委员会成员组成的教材编审委员会从中遴选最优秀的教师担任既定教材的主编，并鼓励高职高专公共事业类专业有经验的一线教师与研究型大学的相关教师合作，由教学指导委员会牵线搭桥，优化组合成一支教材的编写团队，共同完成一部教材的编写工作，以求达到理论与教学实践的有机结合。

然而，编写高水平的专业教材谈何容易。虽然参与编写这套课程教材的都是既有丰富教学经验，也有较高研究水平的教育工作者，但毕竟我国公共事业类专业开办的时间尚短，所以，这套教材肯定会有一些不尽如人意之处，敬请大家提出批评和改进的建议，使这套教材臻于完善，为我国公共事业类专业的发展做出应有的贡献。

教育部高等教育司高职高专处、教育部高职高专教学指导委员会协联办、天津大学出版社对出版这套教材给予了大力支持。在研讨设计和组织审定这套教材的过程中，天津大学出版社给予了部分经费支持，并对这套教材的编写方针提出了参考意见，为本教材的出版做了大量的推动和建设性工作，在此表示衷心的感谢。

教育部高职高专公共事业类　　王处辉
专业教学指导委员会主任
2008 年 6 月于南开大学

前言

　　妇女社会工作是社会工作的重要组成部分。社会工作在国外发展较早，其专业性很强，有一套科学、规范的工作方法和技巧。妇女社会工作伴随着社会工作近几年传入我国，一经传入便得到了比较广泛的关注，呈现出蓬勃发展的态势。

　　在我国，妇女运动具有一百多年的优良传统，它为妇女社会工作的传入并深入开展提供了深厚的历史土壤。翻开中国革命史册，中国共产党自成立起，就把妇女解放作为自己义不容辞的责任。中国共产党的"二大"、"三大"、"四大"、"六大"都通过了《妇女运动决议案》，明确提出妇女运动的目标、政策和战略思想。党的领袖李大钊、毛泽东、周恩来、刘少奇、朱德都对妇女问题发表了重要的理论观点。1949 年 4 月 3 日召开了第一次妇女代表大会，成立了第一个全国性的妇女组织——中华全国民主妇女联合会，从此中国妇女运动走进了一个崭新的时代。中华人民共和国成立后，党和政府颁布了《婚姻法》，并采取一系列措施，废除了封建主义强加在妇女身上的压迫和歧视。《中华人民共和国宪法》还从法律上确定了妇女在政治、经济、文化、家庭和社会上与男子的平等权利。妇女在家庭和社会中的地位发生了根本性变化。党的十一届三中全会启动了改革开放的伟大航程。1992 年全国人民代表大会通过并颁布了《中华人民共和国妇女权益保障法》，这是第一部以妇女为主体全面保障妇女权益的基本法。1995 年在北京召开的联合国第四次世界妇女代表大会上，时任国家主席的江泽民代表中国政府向全世界庄严宣告"把男女平等作为促进中国社会发展的一项基本国策"。2003 年胡锦涛总书记在中国妇女九大上号召全党全社会坚决贯彻男女平等基本国策。我党和政府对妇女工作的高度重视大大推进了妇女解放的历史进程。与此同时，广大妇女历经中国革命的洗练，以其"半边天"的姿态，投身于国家民族的独立、繁荣和进步的伟大事业中，取得了辉煌成就并彪炳史册。可见，西方妇女社会工作的传入不是在一块贫瘠的土地上进行，它意味着我国妇女社会工作的展开一定是在珍视优厚传统和优良经验的基础上进行，而不是靠照搬照抄就能取得成效的。

随着我国改革的深入和社会转型的发展，妇女工作出现了许多新情况、新问题，原有的妇女工作发展格局已经面临诸多的挑战。如何适应形势的发展，不断创新妇女工作这一时代课题，又为妇女社会工作的开展提供了现实的需要。我国所经历着的社会转型是急剧、全面而又深刻的，由此而产生一系列社会问题也严重地影响着人们的正常生活，诸如贫困问题、社会保障问题、青少年教育与成长问题、下岗失业问题、社区居民日常生活服务问题等等，而这些问题中又以女性居多，如家庭暴力、下岗失业、弃婴、虐待老人等，影响了家庭的和睦稳定，进而影响到社会的和谐与长治久安。妇女工作如何适应形势的发展是摆在妇女工作者面前的新课题。各级妇女工作者面对十分复杂的环境，面对妇女群体的多种需求，深刻认识到妇女工作的任务、要求和工作模式都发生了深刻的变化，现有的知识结构、专业知识、工作能力不能满足妇女问题多元化的需求。因此，这在客观上为妇女社会工作的进一步开展提供了良好的契机。

什么是妇女社会工作？本书以社会性别意识为分析问题的视角，以妇女群体为服务对象，运用专业的社会工作理论和方法，帮助妇女挖掘其潜能，享受其应有的社会权利和社会资源及福利，并最终达到两性平等的目标。这一概念清晰地表明当今的妇女社会工作与传统妇女工作有着不同的内涵，学习和开展妇女社会工作意义是重大的。

以社会性别意识为视角带来了妇女社会工作理论的创新。社会性别理论认为性别概念本身有两层含义：生理性别和社会性别。该理论在分析问题时，是将人的生理性别与社会性别加以区分，并重视社会性别对人的影响作用。以社会性别理论指导妇女社会工作的重点强调将妇女问题放在两性关系的格局中分析,而不是只围绕着妇女问题来进行。将妇女的利益、妇女的解放这种以往单一性别的努力代之以对两性权利、责任、机会和选择的平等的追求。对妇女问题也不再把它看做是个人化问题或者将之归结为其社会性别角色适应不良的原因,而是视妇女问题为个人与社会运作失调的结果,尤其是社会结构失衡、社会政策偏差的结果。把妇女的困境和个人问题放至社会层面,从而拓宽了妇女社会工作的思路,深化了妇女社会工作的改革。

强调运用专业的社会工作和方法带来了妇女社会工作水平的提升。"专业"是专门职业的简称。凯尔·桑德斯认为,专业是指一群人在从事一种需要专门技术的职业,这种职业需要特殊的智力来培养和完成,其目的在于提供专门性的社会服务。妇女社会工作首先要求妇女社会工作者要接受相关的社会工作专业训练,掌握妇女社会工作理念和工作方法,这与以往妇女社会工作靠经验的积累、推广、学习有着显著的不同。

提倡助人自助、重视提升妇女的自信和自我价值观的工作理念,为妇女社会工作带来了新的局面。专业妇女社会工作在价值理念上强调工作者对服务对象尊重、接纳、非批判、个别化以及为服务对象保守秘密及让服务对象自决,强调助人者与受助者之间的平等、合作关系。强调专业服务过程中助人自助的原则,这有别于中国传统的妇女工作把妇女工作机构视作服务对象的代言人或"娘家人"的上下级工作作风,而与一贯倡导的"四自"教育一脉相承。

本书的完成是集体劳动的结晶,多所高校的多名教师参与了该教材的编写。她们既有扎实的理论基础知识,又有丰富的实践能力,更有对妇女社会工作的高度热情和深刻体悟。她们大多承担着"妇女社会工作"这门课程的教学任务,还经常参与妇女社会工作的实际工作,并积累了大量的实践知识。南开大学社会学系的闫广芬、陈钟林、吴帆,中华女子学院的李洪涛,长沙民政职业技术学院的袁继红、杨婕娱、黄梅、彭凤萍,河北农业大学的邵彩玲参与了该书的编写。闫广芬负责全书框架的设计、章节的确定和定稿,袁继红负责部分组稿和初审工作。具体的写作分工为:

袁继红撰写第 1 单元,吴帆撰写第 2、4、13 单元,杨婕娱撰写第 3 单元,黄梅撰写第 5 单元,陈钟林撰写第 6、7 单元,邵彩玲撰写第 8、10 单元,李洪涛撰写第 9 单元,彭凤萍撰写第 11 单元,闫广芬撰写第 12 单元。另外王树时、邵彩玲担任了本教材的初审工作。

本教材在编写中力求实现四个目标:①体现现代性,反映当代妇女社会工作的新理论、新成果、新问题;②理论性与实践性的统一,既注重妇女社会工作学科体系的全面性、系统性,有妇女社会工作理论的介绍、分析,还有妇女社会工作方法的阐述,有利于本专业的学生了解妇女社会工作主要理论及其基本观点,掌握妇女社会工作的基本方法,以较好的专业素养从事妇女社会工作实践;③逻辑性,根据高职高专学生的认知特点,本教材按照妇女社会工作理论—妇女社会工作方法—妇女社会工作实务的框架,以基本概念与原则—主要原理—常见问题—解决问题的策略与方法的逻辑进行编排,循序渐进;④实用性,在了解基本理论的基础上,紧紧围绕妇女社会工作实践的实际需要,对妇女社会工作所存在的问题提供具体的方法、技术指导,并配以典型的案例,具有很强的操作性。

本教材在编写的过程中,参考了大量的国内外相关的资料,在此表示感谢。对于教材的不当之处,也望各位同仁及广大读者不吝赐教。

闫广芬

2009 年于南开大学

目　　录

第一编　妇女社会工作的理论

第二编　妇女社会工作的方法

第三编　当代妇女社会问题与妇女社会工作实务

第一编

妇女社会工作的理论

1

妇女社会工作概述

引言

　　中国是世界上人口最多的发展中国家,女性约占 13 亿总人口的一半。促进性别平等和妇女全面发展,不仅对中国的发展有着重要意义,而且对人类的进步有着特殊影响。本单元主要介绍妇女的发展需要与存在问题、妇女社会工作的定义、历史、目标、内容和特点,使学生对妇女及妇女社会工作有一个基本的了解。

学习目标

1. 了解妇女发展的基本需要。
2. 了解妇女面临的主要问题。
3. 掌握妇女社会工作的含义。
4. 了解妇女社会工作发展的简要历史。
5. 掌握妇女社会工作的内容。
6. 熟悉妇女社会工作的特点。

知识点

　　妇女发展的基本需要、妇女面临的主要问题、妇女社会工作的定义、专业妇女社会工作和中国传统妇女工作的区别、联合国推进妇女发展的进程、中国妇女社会工作的历史、妇女社会工作的目标、妇女社会工作的实践守则、针对全体女性人口的妇女社会工作内容、针对特殊困难女性人口的妇女社会工作内容和妇女社会工作的特点。

案例导入

2001 年到 2005 年,北京红枫妇女心理咨询服务中心与天津市妇联合作,在天津市河北区鸿顺里街道开展了一个有关妇女的项目——"家庭问题社区干预",目的是探索一条在改革开放新时期,将妇女的维权与赋权工作纳入社区工作重心的新道路。项目取得了成功,创建了一个社区妇女社会工作的模式——鸿顺里模式。

鸿顺里模式有如下特点。

(1)在社区建立起一个载体——鸿顺里半边天家园。由它负责项目的运行。这是社区工作的一个创举,它是社会工作中社区的工作应成立社区组织的理论的具体运用。

(2)以先进的社会性别和以人为本观念作为项目的理念。这些理念成为调整社区各方面关系的新型准则,从而达到社区的共识,这是项目得以顺利实现的思想基础。

(3)以志愿精神建立起一支社区的志愿队伍。

(4)适应我国"小政府、大社会"的要求,调动和整合社区所有资源,为社区的居民和社区的发展服务。

(5)将社会工作专业的理论和方法引入到鸿顺里模式中,并使之本土化,促进了社区工作的发展。

鸿顺里模式获得了如下成果。

(1)社区弱势妇女人群是直接的受益者。5 年中,鸿顺里社区家庭暴力得到了有效的遏制,家庭暴力发案率由原来的 37% 下降到 14%。社区支持网络发挥了干预的功能,解决侵害妇女合法权益案件 42 件,69% 的救助者问题得到解决。

(2)社区的妇女和家庭是普遍的受益者。通过社区宣传,妇女的主体意识普遍提高,她们在家庭中的决策权和地位都有了提升,民主平等的新家风开始形成。

(3)社区社会工作的理论和方法得到了社区普遍的认同。专业社会工作提高了社区工作的水平,得到了政府的肯定和支持。

(4)项目具有可持续发展性。由于项目以更新理念、传授方法为主,具有可操作性和可及性的特点。鸿顺里模式的推广工作在天津市进行得很顺利,河北区和南开区分别在全区所有街道推广了该模式。

(5)这是一个关于妇女的项目,该项目最大的成果是在妇女社会工作专业化的实践上作了可喜的、成功的探索。党中央指出,建设宏大的社会工作人才队伍,是构建社会主义和谐社会的迫切需要。妇女的干部要在构建和谐社会中,发挥党联系广大妇女群体的桥梁与纽带作用,也必须走社会工作专业化的道路,将妇女的干部队伍建设成妇女社会工作的专门人才①。

---

① 王行娟.一个社区妇女社会工作的模式[OL].[2008-07-12]http://www.chinaswedu.com.

天津市妇联在《在社区中赋权妇女》一书中提到,这个模式对妇女社会工作有4点启示:

(1)妇女工作理念的转变;

(2)摆正妇女工作者的位置;

(3)妇女工作方式、方法的转变;

(4)开拓妇女维权工作的新途径。

鸿顺里模式给我们诠释了妇女社会工作的理念、内容和方法。

1.1　妇女发展的需要与存在的问题

1.1.1　妇女发展的需要

1. 与男子同等的社会发展环境和条件

20 世纪 90 年代,根据我国国民经济和社会发展规划和第八个五年计划提出的目标任务,参照第四次世界妇女代表大会通过的有关文件,结合我国妇女发展的实际,我国政府制定并发布了《中国妇女发展纲要(1995—2000 年)》。在各级党委和政府的统一领导和社会各界的大力支持下,纲要实施顺利,成效显著。截止 2000 年底,纲要的主要目标基本实现,妇女在政治、经济、文化、社会和家庭生活等各个领域的权利得到进一步实现,妇女的社会和经济地位也得到进一步提升。2001 年 4 月 20 日国务院第 37 次常务会议审议并原则通过了《中国妇女发展纲要(2001—2010 年)》,于 2001 年 5 月 22 日正式公布实施。它以邓小平理论和党的十五大精神为指导,坚持男女平等基本国策,根据《中华人民共和国国民经济和社会发展第十个五年计划纲要》的总体要求,从我国社会主义初级阶段的基本国情和妇女现状出发,兼顾妇女发展的阶段性目标和长期目标,以促进妇女发展为主题,以提高妇女整体素质为重点,以保障妇女合法权益为根本,提出了 2001—2010 年妇女发展的总目标和主要目标,展现妇女在经济、政治、教育、卫生保健、法律保护和环境发展领域的前景,实现妇女的持续发展。

妇女发展纲要 6 个领域共设置了 34 项主要目标、123 项策略措施。它反映了我国妇女发展迫切需要解决的问题和未来持续发展的趋势。其中,6 个领域如下。

(1)妇女与经济。从赋予妇女经济权利着手,提出了保障妇女与男子平等享有经济资源、消除就业性别歧视、妇女与社会保障、妇女与贫困等 5 项主要目标。注重在社会主义市场经济条件下,如何保障妇女的经济权利。强调提高妇女的就业层次,促进妇女职业选择的多样化,保障多元化分配形式中的男女同工同酬,减少贫困妇女的数量,保障妇女平等参与经济决策的权益。

(2)妇女参与决策和管理。从扩大妇女有序的政治参与和推进妇女民主参与进程着手,提出了提高妇女参与国家和社会事务管理及决策水平、提高妇女参与行政管理的比例、扩大妇女民主参与渠道等 6 项主要目标。提出了保障妇女与男子平等参与决策和管理的权利,强调女干部在各级政府领导层所占的比例。提出了扩大妇女民主参与的渠道,注重妇女在基层民主参与中作用的发挥,倡导妇女提高自身素质和提高参政议政的能力。

(3)妇女与教育。从依法保障妇女与男子平等的受教育权利着手,提出了女童九年义务教育、妇女中等和高等教育、妇女素质教育、妇女终身教育等5项主要目标。强调保障妇女与男子共享教育资源的权利,扩大妇女接受各级各类教育的比例,注重提高妇女的科学文化素质和终身教育水平,培养妇女的知识创新能力和社会实践能力。

(4)妇女与健康。从提高妇女生命质量着手,提出提高妇女预期寿命、保障妇女享有计划生育权利、为流动人口妇女提供卫生保健服务、控制妇女艾滋病病毒感染、提高妇女健身意识和健康水平等6项主要目标。把重点放在提高健康服务质量和维护妇女健康权利上。强调妇女在整个生命周期享有良好的医疗保健服务。

(5)妇女与法律。提出完善促进男女平等的法律法规、开展普法宣传、保护妇女人身权利和财产权利、禁止针对妇女的一切形式的暴力、为妇女提供法律援助等6项主要目标。强调在社会的发展变化中随时关注妇女的法律保护问题,通过立法、执法、司法、普法和法律援助等手段,保障妇女的人身权利、财产权利,保护妇女免受一切形式的不法侵害,维护妇女的合法权益。

(6)妇女与环境。从改善自然环境和优化社会环境着手,提出创造有利于妇女全面发展的社会环境、提高妇女参与环境保护和决策程度、增加妇女自我支配时间等6项主要目标。将优化社会环境和保护生态环境提到同等重要的地位,为妇女提供了主动参与的机会和条件。在社会环境方面,强调妇女与男子平等的社会福利和社会服务权利。针对我国老龄化趋势,关注妇女的养老保障问题。

因此,改善妇女生存与发展的社会环境,维护妇女的合法权益,获得与男子同等的良好社会环境和条件,在法律和现实等层面真正实现男女性别平等,是妇女发展的迫切需要。

2. 特殊的妇女保护

一方面,妇女的身体结构和生理机能决定了她们在参与国家现代化建设的同时,还更多地承担了繁衍后代、照顾家庭的责任,对人类自身的延续和发展起到了不可替代的作用。妇女有经期、孕期、产期、哺乳期、更年期等生理阶段,需要一些特殊的照顾和保护。比如,对劳动环境的要求,对劳动强度和劳动时间的限制,生育期间的医疗、假期等等。因此,法律有必要针对妇女的特点给予特殊的保护。

另一方面,从现实情况来看,妇女特殊权益的保护情况不容乐观。我国劳动法律中有保护女职工特殊权益的规定,但是侵害妇女合法权益、特殊劳动保护不到位的现象仍频繁发生。2002年,全国总工会女职工部对2 244家国有企业的调查显示,一些企业出现了女职工生育费用不能全额报销、产假工资等费用不能按时足额发放等问题,有8.9%的企业不能报销女职工生育费用,4.3%的企业不发女职工产假工资,

21.3%的企业女职工不能按规定完全享受产假待遇,有些企业取消了哺乳时间或将哺乳时间累计扣工资,还有一些企业存在女职工怀孕七个月以上仍上夜班等现象[1]。为此,国家有必要采取针对性的特殊保护措施,以保障妇女特殊权益得到全面的实现。

1.1.2 妇女发展存在的问题

近年来,中国政府将包括性别平等在内的公平正义作为构建社会主义和谐社会的重要内容,并通过经济、法律、行政及舆论等多种措施,努力保障妇女在政治、经济、文化、社会和家庭生活等方面享有与男子平等的权利,不断促进妇女的全面发展。但是在现实生活中还存在着不利于妇女发展的情况,存在着特殊的妇女问题。正如胡锦涛主席2005年8月在北京召开的纪念联合国第四次世界妇女大会10周年(北京+10)会议开幕式上所指出的,妇女发展中存在着不平衡、不充分、不和谐现象。

妇女发展存在的问题归纳如下。

1. 妇女与经济

虽然国家将保障妇女获得与男子平等的就业机会、共享经济资源和社会发展成果作为推进性别平等和妇女发展的首要目标与优先领域,制定并采取了一系列政策措施,确保妇女平等参与经济发展、平等获得经济资源和有效服务,增强妇女的自我发展能力,改善妇女的社会经济地位,但妇女的经济地位还有待提高。2004年底,全国城乡女性就业人数为3.37亿人,只占全部从业人员的44.8%;全国城镇单位女性就业人员为4 227万人,只占城镇单位就业人员总数的38.1%[2]。随着受教育程度的提高,越来越多的高学历女性希望与男性一样,以同等学历获得同等的经济参与、社会参与机会,然而往往不能如愿以偿。2004年上海市妇联进行的大学生就业状况的调查表明,有55.8%的女大学生认为自己求职时遭遇了性别歧视。而2005年进行的新经济组织、新社会组织中大专及以上学历者状况调查又表明,有57.1%的女性认为遭遇过性别歧视,其中在"求职"上遭遇性别歧视的占35.1%,"劳动报酬"上遭遇性别歧视的占12.6%,还有12.3%和6.7%的女性认为在"晋升"和"创业"上遭遇性别歧视[3]。

2. 妇女与消除贫困

缓解和消除贫困是中国政府矢志不渝的目标。中国政府通过实施大规模的、富有成效的专项扶贫开发计划,使农村贫困人口数量从1994年的8 000万下降到2004年的2.610万。但这2 610万贫困人口中妇女占多数[2]。在女性的弱势群体中,生存权问题依旧存在。比如,包括老年丧偶妇女、下岗失业妇女、单亲家庭妇女在内的部分女性群体的贫困化。根据复旦大学调查,非正规就业中女性占七成,收入低,职业不稳定,非正规就业女性有58.1%的人的月收入在1 000元以下,其所在单位不为她们缴纳养老保险费的占27%。复旦大学妇女研究中心的调查表明,下岗、失业和无业妇女多次遭受家庭暴力的比例要比在业妇女高20个百分点,发生家庭暴力的家庭中夫妻收入差距要高于社会平均水平。另外,上海户籍人口的出生性别比——男比女已经突破 100 比 103～107 正常范围的上限,外来流动人口中出生性别比更是超过 100 比 120[3]。

3. 妇女与参政

中国宪法明确规定男女政治权利平等的基本原则,妇女权益保障法对实现妇女参与决策和管理的保障措施作出进一步规定,妇女发展纲要明确提出妇女参政的具体目标。这些都为提高妇女参政水平奠定了法律政策基础。但妇女参与国家和社会事务管理的人数有待于增加,参政水平有待于提高。比如,十一届全国人大代表中,妇女代表 637 名,妇女代表所占比例提高了 1.09 个百分点,但妇女代表人数只占代表总数的 21.33%[4]。近年来各级女干部比例虽然略有提高,但女干部队伍中存在的"四多四少"(即基层多、高层少,副职多、正职少,党群岗位多、经济岗位少,年纪大的多、年纪小的少)现象未得到明显改变。

4. 妇女与教育

在中国,女性享有与男子平等的受教育权利和机会。国家采取措施和行动,保障女童接受九年义务教育的权利,增加女性接受中高等教育的机会,重点扫除青壮年女性文盲,提高妇女的终身教育水平和平均受教育年限。但是,妇女中的文盲仍相对较多,妇女受教育的年限仍相对较少。到 2004 年底,全国城镇地区 15 岁及以上女性文盲率为 8.2%,农村地区 15 岁及以上女性文盲率为 16.9%,全国青壮年妇女文盲率为 4.2%,中国妇女的平均受教育年限为 7.0 年。普通初中和高中在校女生的比例分别达到 47.4% 和 45.8%,中等职业学校在校女生的比例达到 51.5%,全国普通高等院校在校女生占在校生总数的 45.7%,女硕士、女博士的比例分别达到 44.2% 和 31.4%[2]。

5. 妇女与健康

中国政府把妇女健康作为促进性别平等和妇女发展的优先领域,但现有的服务不能满足妇女在生命周期各阶段的健康服务需求,全国每年有近三分之二以上的 65 岁以下已婚妇女无法享受妇科病检查,妇女艾滋病感染率上升,女婴和女孩的生存发展权利在一些地区还没有得到全面切实保障。

1.2　妇女社会工作的相关概念和定义

1.2.1　与妇女社会工作相关的概念

与妇女社会工作相关的概念有妇女服务、妇女发展服务、妇女工作、女性主义社会工作等。

1. 妇女服务

妇女服务是指以妇女为服务主体,针对她们的需要,提高妇女对自身潜能及需求的认识,养成独立自由、自决及自信的人格,以提高及扩展她们在生活上选择的服务。

2．妇女发展服务

妇女发展服务是指针对妇女在个人发展上的阻碍，以妇女利益为目的而提供的福利服务。

3．妇女工作

妇女工作被用来称呼妇联或有关机构为妇女提供的服务和为妇女利益而开展的各项有关工作。此概念在中国被广泛使用。

4．女性主义社会工作

女性主义社会工作是指以女性主义思想为指导开展的社会工作。将女性的经验作为分析的起点，重视女性在社会的位置与个人困境，反映女性特殊的需求，构建服务对象与社会工作者之间的平等关系。

1.2.2 妇女社会工作的定义

关于妇女社会工作的定义，目前还未统一。国内学术界和实践领域众说纷纭，有的从最广泛的层面上来界定妇女社会工作，有的认为吸引妇女参加政治、经济、文化和家庭等各方面生活，逐步达到男女平等的工作就是妇女社会工作；有的认为妇女社会工作指以马克思主义妇女观为指导，以社会性别意识为分析问题的视角，以妇女群体为服务对象，运用专业的社会工作理论和方法，帮助妇女挖掘其潜能，享受应有的社会权利和社会资源及福利，并最终达到两性平等的目标；也有的从狭义的角度定义妇女社会工作，认为妇女社会工作就是帮助陷入困境的妇女解决问题、恢复正常的工作。

本教材比较认同王思斌主编《社会工作概论》第十二章"妇女社会工作"中所论及的观点。王思斌认为所谓的妇女社会工作就是针对妇女在成长和发展过程中，在参与政治、经济、文化和家庭生活中遭遇到的群体性或个体性问题而开展的社会服务性工作[5]。

妇女社会工作包含以下方面的内容。

（1）妇女社会工作的对象是全体妇女。

（2）解决妇女在参与政治、经济、文化和家庭生活中遭遇到的群体性或个体性问题。

（3）最终目的就是促进妇女的全面发展和为妇女的全面发展创造有利的社会条件和社会环境。

1.2.3 专业妇女社会工作与中国传统妇女社会工作的区别

专业妇女社会工作与中国传统妇女社会工作的区别主要有以下方面。

（1）专业妇女社会工作在价值理念上强调社会工作者对服务对象的尊重、接纳、非批判、个别化以及为服务对象保守秘密与让服务对象自决，强调助人者与受助者之间的平等、合作关系，强调专业服务过程中助人自助的原则。而中国传统的妇女社会工作则普遍地把妇女工作机构视为服务对象的代言人、"娘家人"，在这种思想指导下,显然,传统的妇女社会工作及其机构与服务对象是一种不平等的上下级关系。

(2)专业妇女社会工作更多的是为服务对象提供专业服务,包括解决困难、找寻资源、处理问题、恢复功能、挖掘潜能和促进发展,其工作的着眼点在于人本身。而中国传统妇女工作的大量活动主要都是围绕着国家的政治形势而布署,或者是为了完成某项政治任务而开展,具有十分明显的行政色彩和过于强烈的意识形态色彩。

(3)专业妇女社会工作长期以来已经形成了一套专业理论和方法,而中国传统妇女社会工作虽然在长期的发展中积累了比较丰富的经验,但是至今仍然缺乏理论体系和方法。

(4)专业妇女社会工作者通常都接受过诸如社会工作等相关专业的学习与训练,而中国传统妇女社会工作者一般缺乏相关的专业背景。

1.3 妇女社会工作的历史

1.3.1 联合国推进妇女发展的进程

自 1945 年成立以来,联合国在提高妇女地位、促进男女平等方面发挥着重要的作用,在推进妇女发展方面开展了一系列的活动。

1945 年,制定了《联合国宪章》,重申了"基本人权的信念……男女权利平等的信念"。同年,经济和社会理事会就妇女地位问题在人权委员会下设立了专门的小组委员会。

1946 年,在专门的小组委员会的基础上正式成立了联合国妇女地位委员会,其职责主要是促进妇女的政治、经济及社会权利。

1948 年,发表的《世界人权宣言》中阐明:"人人有资格享有本宣言中所确立的一切权利与自由,不分种族、肤色、性别、语言、宗教……"

1949 年,联合国大会通过了《禁止贩卖人口及取缔意图营利使人卖淫的公约》。

1951 年,国际劳工组织通过了《同工同酬的公约》,其中通过了男女工人同工同酬的原则。

1952 年,在制定的《妇女政治权利公约》中,国际社会首次在法律上承认妇女享有平等的政治权利,包括选举权。这也是联合国第一次在国际文书中宣布各个成员国在男女平等原则上负有的法律义务。

1955 年,国际劳工组织通过了《产期保护公约》。

1957 年,通过了《已婚妇女国籍公约》,该公约给予妇女保留或改变国籍的权利,而无须考虑其丈夫的选择。

1960 年,国际劳工大会通过了《关于就业及职业歧视公约》。联合国教科文组织通过了《取缔教育歧视公约》。

1962 年,联合国大会通过了《关于婚姻的同意、结婚最低年龄及婚姻登记的公约》。

1966年，妇女地位委员会递交《消除歧视宣言》草案。联合国大会通过《公民权利和政治权利公约》和《经济、社会和文化权利国际盟约》，呼吁妇女更多地参与公共生活，实现男女同工同酬。

1967年，联合国大会通过了《消除对妇女一切形式歧视宣言》，要求"在法律上和事实上承认男女平等的原则"。

1972年，联合国大会决议宣布将1975年定为"国际妇女年"，以便加紧采取行动促进男女平等，确保妇女能充分参与全面的发展，并在促进世界和平方面做出贡献。

1975年，第一次世界妇女大会，即国际妇女年世界会议在墨西哥城召开。会议通过了《实现国际妇女年目标世界行动计划》。同年，联合国大会宣布1976—1985年为"联合国妇女十年：平等、发展与和平"。

1976年，创建了"联合国妇女十年自愿基金"，以执行国际妇女年方案，特别是为发展中国家的妇女发展项目提供发展基金。1984年，该基金改名为"联合国妇女发展基金"，成为联合国的一个自治机构。同年，在多米尼加共和国首都圣多明哥设立提高妇女地位国际研究训练所。

1979年，联合国大会通过了《消除对妇女一切形式歧视公约》，把对妇女的歧视定义为："基于性别而作的任何区别、排斥或限制，其影响或其目的均足以妨碍或否认妇女不论已婚未婚在男女平等的基础上认识、享有或行使在政治、经济、社会、文化、公民或任何其他方面的人权和基本自由。"

1980年，第二次世界妇女大会在哥本哈根举行，审查了"联合国妇女十年"上半年取得的进步，通过了《联合国妇女十年：平等、发展与和平后半期行动纲领》。

1981年，《消除对妇女一切形式歧视公约》正式生效。次年成立了联合国消除对妇女歧视委员会。

1985年，第三次世界妇女大会，即"审查和评价联合国妇女十年成就世界会议"在内罗毕召开。会议通过了《到2000年为提高妇女地位前瞻性战略》。它以平等、发展与和平为总目标，为全世界妇女在2000年之前进一步实现男女平等、参与国家发展、维护世界和平提出了以行动为主，具有目标和措施的方案。

1986年，联合国首次发表《妇女在发展中的作用》的世界调查报告。

1990—1995年，经济和社会理事会1988年通过的《联合国妇女与发展中期计划》正式实施。该计划探讨了通过联合国机构及其他各种组织促进妇女地位提高的多种方法。

1991年，联合国首次出版了关于全球妇女状况的综合数据——《世界妇女状况：趋势和统计数据》。

1992年，联合国环境与发展会议在里约热内卢召开，通过的《可持续发展行动计划21世纪议程》承认妇女在可持续发展和环境保护中的作用。

1993年，世界人权大会在维也纳召开，会议通过的《维也纳宣言和行动纲领》承认妇女的权利是普遍人权不可剥夺、不可分割的一个组成部分。同年，联合国大会通过了《消除对妇女暴力宣言》。

1994 年,国际人口与发展会议在开罗召开,会议确定增强妇女权利,改善生育健康与权利是解决人口与发展问题的关键。同年,联合国人权委员会决定就对妇女暴力的问题任命一个特别报告员,该报告员将收集各国政府、非政府组织及有关机构关于对妇女暴力及其根源的信息,并就消除这些暴力提出建议。

1995 年,世界社会发展首脑会议在哥本哈根举行。这次会议确认男女平等和社会性别公平是国际社会优先要解决的问题,也是消除贫困和促进社会发展的一个关键性因素。

1995 年,第四次世界妇女大会在北京举行,主要审查讨论了《提高妇女地位内罗毕前瞻性战略》执行情况,通过了《北京宣言》和《北京行动纲领》,确定了提高妇女地位的 12 个重大关切领域。

1996—2000 年,制定了第二个《联合国妇女与发展中期计划》,该计划阐述了继续提高妇女地位的各种方法。

2000 年,通过了《联合国千年发展目标》,其中包括促进两性平等并赋予妇女权利和改善产妇保健等八项目标。

2000 年,第 23 届妇女问题特别联大通过了《北京 + 5 成果文件》,该文件审查和评价了《北京行动纲领》12 个重大关切领域执行工作的进展情况;清除《北京行动纲领》执行工作中的障碍的进一步行动和倡议。

2005 年,第 49 届妇女地位委员会通过了《第 49 届妇女地位宣言》,该宣言重申了《北京行动纲领》和《北京 + 5 成果文件》的基本立场,肯定了在性别平等方面取得的成绩,指出了仍存在的挑战,强调了贯彻《北京宣言》和《北京行动纲领》的重要性。

1.3.2 中国妇女社会工作的历史

社会工作的概念是从西方引进,近几年才在中国广泛传播,因此,追溯中国妇女社会工作的历史,是指妇女运动的历史。

妇女运动是指在统一思想路线指导下,有组织、有领导、有纲领、有一定群众规模的运动形态。中国早期妇女运动是近代资产阶级革命的产物,它萌芽于戊戌变法时期,形成于辛亥革命时期。由于中国民族资产阶级的软弱性,导致早期女权运动伴随资产阶级革命的失败而偃旗息鼓。虽然在整个民主革命阶段,女权主义运动时而活跃,时而消沉,但是单纯以男性为斗争对象的女权运动从来没有成为中国妇女运动的主流形态。在"五四"新文化运动中,马克思主义与中国工人阶级运动的成功结合,诞生了中国共产党。

中国共产党一成立,就把妇女解放作为自己义不容辞的责任,开启了以工农和进步知识妇女为主体的妇女运动新纪元。在 80 多年奋斗历程中,中国共产党根据本国的国情和不同的历史条件,从妇女生存发展状态和实际需求出发,不断地总结、归纳、提升妇女运动的指导思想,通过妇女组织,发动各阶层妇女群众在投身国家民族独立、繁荣、进步的同时,争取妇女自身的解放与进步。中国妇女运动取得了举世瞩目的成就。

1. 民主革命时期的妇女运动

民主革命时期的妇女运动的首要任务是解决男女两性共同面对的反对帝国主义、封建主义、官僚资本主义的压迫。在这个前提下，争取女性在参政、就业、教育和婚姻家庭中的地位等各方面的平等权利。中国共产党的"二大"、"三大"、"四大"、"六大"都通过了《妇女运动决议案》，明确提出妇女运动的目标、政策和战略思想。党的领袖李大钊、毛泽东、周恩来、刘少奇、朱德都对妇女问题发表了重要的理论观点。各阶层妇女聚集在民主革命和妇女解放的大旗下，或参加武装斗争，或参加民主运动，或从事进步文化思想的传播。工农和进步知识妇女英勇奋斗，不怕牺牲，在斗争中实现了有机结合，成为主导妇女运动的健康力量。妇女组织从自发分散状态逐步走向自觉统一。在中国共产党倡导下，1949年4月3日召开了第一次妇女代表大会，成立了第一个全国性的妇女组织——中华全国民主妇女联合会，从此中国妇女运动走进了一个崭新的时代。

2. 社会主义革命和建设时期的妇女运动

中华人民共和国一成立，党和政府就颁布了《婚姻法》，并采取一系列措施，废除了封建主义强加在妇女身上的压迫和歧视。《中华人民共和国宪法》还从法律上确定了妇女在政治、经济、文化、家庭和社会上与男子的平等权利。此时的妇女运动把发动和组织城乡妇女参加社会主义革命和建设作为工作重点。亿万妇女群众破除迷信，解放思想，努力学习，不断提高自己的文化和技术水平，勇敢地突破传统职业中的性别分工，冲击了"男主外女主内"的性别分工，全面参与了国家的经济建设和文化建设，妇女的家庭和社会地位发生了根本性变化。

3. 改革开放时期的妇女运动

党的十一届三中全会启动了改革开放的伟大航程。国家经济的飞速发展和市场经济体制的逐步建立，为女性施展才干、全面发展提供了广阔的舞台和机会。同时，竞争机制的建立和产业结构调整也使妇女原有的就业率较高的格局发生了深刻变化，但传统的性别观念又导致了各种歧视女性的现象有所抬头。基于对新机遇和新挑战的积极思考，妇女组织大力倡导"四自"精神，开展了"双学双比"、"巾帼建功"和"五好文明家庭"创建活动，形成了适应时代要求、具有妇女特色的主题活动。第四次世界妇女大会在北京召开，促使中国妇女运动日益走向世界，扩大了国际影响。2005年8月31日，纪念联合国第四次世界妇女大会十周年第四次全体会议在北京举行，一致通过了《北京+10宣言》。该宣言重申了《联合国宪章》关于男女平等的基本原则及对《北京宣言》、《北京行动纲领》、《千年宣言》、《千年发展目标》和《消除对妇女一切形式歧视公约》的承诺。提出了要继续全力以赴、积极行动，充分有效地加速执行《北京行动纲领》和《消除对妇女一切形式歧视公约》，实现《千年发展目标》。

1.4　妇女社会工作的目标及实践守则

1.4.1　妇女社会工作的目标

妇女社会工作是以为妇女的全面发展创造有利的社会条件和社会环境为目标，具体内容如下：

(1)帮助妇女解决遇到的现实问题；

(2)帮助妇女预防出现的新问题；

(3)积极推进将社会性别平等观念纳入主流的工作；

(4)帮助全体社会成员树立男女平等、社会性别意识，建立有利于促进妇女发展、推进男平等的社会环境。

1.4.2　妇女社会工作的实践守则

妇女社会工作的实践守则包括以下内容。

(1)尊重妇女是一个独立的个体。承认女性有她们独特的生活经验和意义世界。

(2)提高对妇女问题的认识，端正工作态度。不应把妇女问题个人化，从"个人的就是政治的"视角出发，应该视妇女问题为个人与社会运作失调的结果，尤其是社会结构失衡、社会政策偏差的结果，把妇女的困境和个人问题放至社会层面，而不是责怪妇女。

(3)增加妇女的自信心。使妇女相信自己有能力处理自己遇到的问题。

(4)增加妇女的资源。正视妇女在社会权利、资源分配过程中常常处于不利甚至受压迫的事实，强化社会性别意识并将这种意识渗透到社会生活的各个领域并指导开展具体工作。

(5)促进妇女之间的互助，特别是面对类似处境的妇女。

(6)构建社会工作者与受助者之间的平等关系。

1.5　妇女社会工作的内容

1.5.1　针对全体妇女人口的妇女社会工作内容

1. 开展"四自"精神教育

妇女"四自"精神即"自尊、自信、自立、自强"，是全国妇联原主席陈慕华同志在1988年9月召开的中国妇女第六次代表大会闭幕式上向全国妇女发出的号召。自尊：希望女性尊重自己的人格、国格，珍视并维护女性作为国家主人的尊严与价值，不要自轻自贱。自信：希望女性树立正确的理想和人生信念，坚信自身的力量、潜能和优势，不要妄自菲薄。自立：希望女性具有独立精神，学习和掌握科学知识与本领，能独立于社会、自立于人群,反对依附和盲目顺从。自强:激励女性艰苦奋斗、拼搏进取、奋发有为,对国家、民族做出应有的贡献,反对自卑自弱。

随着社会的发展,"四自"精神内涵进一步丰富。树立女性的自尊意识,就是要正视自身的价值,保持自己的人格,维护自己的尊严,不为金钱和权利所诱惑;增强女性的自信心,就是要克服自卑依赖心理,注意发挥自身优势,勇于表现和施展才能;要进一步培养女性的自立能力,就是要不断提高自身素质,争取发展的主动权,保持经济和精神上的独立,培养独立自主、自强不息的坚强意志;要进一步倡导女性的自强品格,就是要提高文化素质,强化创新意识,树立世界眼光,积极参与社会竞争,敢于应对各种挑战,塑造新女性奋发图强、开拓创新、建功成才的崭新形象。

学习活动 1

分析讨论
(1)对女大学生开展四自教育的必要性。
(2)应如何有效地开展这一活动?

2. 开展巾帼扫盲活动
一个国家国民的文化教育程度反映了这个国家的民族素质,标志着这个国家社会文明的程度,因此,扫除文盲是人类社会进步的条件,也是全社会的共同责任。中华人民共和国成立初期,每 10 个中国妇女中有 9 个是文盲。20 世纪 50 年代,政府开展了 3 次大规模扫盲活动,使 1 600 万妇女脱盲。中国实行改革开放政策后,经济的快速发展对女性素质提出了更高要求,扫盲教育愈加需要和紧迫。在全社会共同努力下,妇女文盲率大幅度下降。但 2002 年,中国仍有 5 500 万妇女文盲,占现有文盲总数的 70%。第四次世界妇女大会之后,全国妇联针对这一现状,开展了以妇女扫盲为目标的"巾帼扫盲行动",设立"巾帼扫盲奖",协助政府做好妇女脱盲工作。把扫盲与学习农业科学技术相结合,与贫困地区的脱贫致富相结合,与普及法律知识、维护自身权益相结合,动员广大妇女积极参加扫盲,收到了良好的社会效果。中国青少年发展基金会自 1989 年实施以救助失学儿童为目的的"希望工程"和 1989 年中国儿童少年基金会发起并组织实施的一项救助贫困地区失学女童重返校园的社会公益项目——"春蕾计划",取得了显著的成就。

3. 突出技能性教育培训
提高广大妇女的科技文化素质,是促进妇女参与发展的基础性工作。一是要加强对农村妇女的科技培训和妇女劳动力转移培训。提高农村妇女的科学文化素质、科技致富能力及进城务工妇女的职业技能水平。二是加强城镇女职工的岗位培训和下岗失业妇女职业培训。提高女职工综合业务素质作为"巾帼文明岗"创建活动的着力点,通过举办"巾帼文明岗"负责人培训班、开展岗位练兵、技能比武、"巾帼建功"标兵评选等,进一步激发女职工的创造活力,教育广大女职工立足岗位,增长才干。

学习活动 2

阅读资料

7 月 17 日,记者从山西省妇联了解到,为了全面推进山西妇女素质的再提升,省妇联将大力实施妇女教育培训工程。

从 2007 下半年开始到 2012 年,全省将全面启动妇女教育培训"双百万"计划:一是以帮助农村妇女提高增收致富能力,培养有文化、会管理、懂经营的新型女农民为目标,培训一百万(人次)女农民;二是以帮助女干部提高参政议政能力,帮助女职工及下岗失业妇女提高岗位技能和自主创业就业能力,培养和谐社会建设所需要的各类优秀人才为目标,培训一百万(人次)女干部、女职工(含下岗及失业女工)。在实施妇女教育培训工程中,省妇联将重点做好"三个推动"、"三个参与"和"三个加强"。

"三个推动":一是要推动男女平等基本国策进党校、进高校、进课堂,要在有条件的学校开设性别平等课程,开展性别平等意识的宣传教育;二是要推动提高女性受教育的比例,在城镇要实现适龄女童基本接受学前三年教育,在农村要较大幅度提高农村女童接受学前一年教育比率,同时要保障贫困女童、残疾女童以及农民工子女平等地接受义务教育,力求缩小男女接受高中及以上学历教育的差距;三是要推动女性学学科建设,要借助党校、高校、科研机构的研究力量,不断提高女性学学科研究水平,努力探索妇女成才发展的规律。

"三个参与":一是要参与并推进农村妇女教育培训,提高农村妇女的思想道德水平、科学文化素质、科技致富能力及进城务工妇女的职业技能水平,力求妇女培训比例达到40%以上;二是参与并推进城镇女职工教育培训,提高女职工和下岗失业妇女参训比例,增设有女性特色的培训内容;三是要参与并推进女干部、女企业家、女专业人员的教育培训。女干部脱产培训每年不少于12天,县处级以上女领导干部每5年参加培训累计3个月以上。

"三个加强":一是要加强妇联教育培训网络建设,发展妇女干部培训学校,农村和社区妇女学校等基地建设,办好各级各类家长学校,构建家庭、学校、社会三位一体的教育服务网络;二是要加强妇联干部培训,加强各级妇联中各界别常委、执委的培训,提高妇联教育、宣传、组织、服务妇女的能力;三是要加强妇女教育理论和实践的研究,研究山西妇女发展和教育培训状况,为完善妇女教育政策、提升妇女教育培训水平提供理论支持。

资料来源:杨文. 山西:启动"双百万"计划 大力实施妇女教育培训[N]. 山西日报,2007-07-19.

4. 健康保健、优生优育服务

妇女保健是以维护和促进妇女健康为目的,以预防为主,以保健为中心,以基层为重点,以社区妇女为对象,防治结合,开展以生殖健康为核心的保健工作。相关政策有:《中华人民共和国人口与计划生育法》、《生育保险》、《农村孕产妇系统保健管理办法》、《中华人民共和国母婴保健法》等。通过举办讲座等形式向妇女群众宣传妇女儿童生理、心理健康、卫生保健、防病健体、优生优育优教、科学育儿等知识,并提供相关服务。

5. 婚姻家庭咨询服务

我国有13亿人口,3.7亿个家庭,仅城市家庭数量就达到1.1亿个,绝大多数人都要经历择偶、恋爱、结婚、建立家庭、养育子女的过程,在婚姻的每一个阶段都可能遇到问题。在一些大城市,离婚率已经高达35%以上,婚姻家庭咨询需求旺盛。因此,开展婚姻家庭教育和咨询服务很有必要,以婚姻心理分析、婚姻法律咨询为主,以指导人们科学择偶,调适夫妻关系和其他家庭关系,管理家庭和妥善处理婚姻危机,治疗婚姻创伤以及对离婚中的法律问题提供咨询服务。

6. 维护妇女合法权益

《中华人民共和国宪法》规定:"妇女在政治的、经济的、文化的、社会的和家庭生活等各方面享有同男子平等的权利"。依据宪法精神,新中国陆续颁布了《婚姻法》、《选举法》、《继承法》、《民法》、《刑法》等十余部基本法,国务院及所属部委颁布了40余部行政法规与条例,这些法规都明确规定了保护妇女权益的条款。1992年颁布实施的《中华人民共和国妇女权益保障法》为进一步提高妇女的社会地位,保障妇女的基本权益提供了有力的法律武器。2001年颁布实施了《2001—2010年中国妇女发展纲要》,将妇女的各种权益作为各级政府年度目标任务加以落实。但是我们也应该清醒地看到,由于历史的原因和现实条件的制约,法律上的男女平等同事实上的平等还有一定差距,妇女的权益还得不到全面的保障和维护,妇女权益领域出现了许多新情况、新问题,侵害妇女合法权益的现象在一定人群和某些领域中仍时有发生,而且有些问题还比较严重。

维护妇女合法权益是法律赋予妇联组织的职责。一是要抓住有力时机,大力开展妇女权益保障法的宣传教育活动,使广大妇女了解掌握妇女权益保障法的重点内容和要旨,使有关部门和社会各界了解自己保障妇女权益的职责,为妇女权益保障法的实施营造良好的社会环境。二是要积极参与,不断创新维权工作的机制。维护妇女合法权益的工作,涉及面很广,触及各种社会矛盾,是一项复杂的社会系统工程。要解决好这个问题,妇联责无旁贷。同时,还要靠广大妇女自身的努力,只有各有关部门、方面都积极行动起来,齐抓共管,才有可能把这项工作做好。三是要注重落实,切实增强妇联依法履行职责的能力。建立一支高素质的依法维护妇女权益的专兼职干部队伍,是做好维权工作的重要保证。

1.5.2 针对特殊困难妇女人口的妇女社会工作内容

1. 为失业女工提供的服务

当前,失业妇女的再就业问题已经成为关系到经济快速发展、社会稳定和谐的重大问题;为失业女工提供各种服务对于全面贯彻落实科学发展观,构建和谐社会具有重要意义。

学习活动 3

阅读资料

阳春三月,和谐风吹。在明媚温暖的春光里,迎来了"三八"国际劳动妇女节 96 华诞。为了庆贺这个特别的日子。3 月 7 日,市劳动和社会保障局、市妇联将在潍坊市劳动力市场联合举办"潍坊市第八届庆'三八'失业妇女就业招聘洽谈暨第三届妇女创业项目展示会"。作为隆重献给广大妇女同胞的一份盛大节日礼物,这是我们认真贯彻党和国家进一步做好就业和妇女工作指示精神,维护妇女合法权益,帮助更多失业妇女走上就业创业之路,促进全市就业工作深入、健康、持续、和谐发展的重要举措,也是服务大局、服务群众,保持共产党员先进性长效机制的具体体现。

本次活动是一次综合性的就业服务活动,主要分为 6 项。

1)架职业金桥

以集中招聘洽谈为载体,采集一批适合失业妇女的就业岗位,为她们尽快实现就业牵线搭桥。本次活动共有 120 多家单位参加,涉及商贸服务、住宿餐饮、家政服务、保险金融等 10 多个行业,60 多个工种,提供就业岗位近 5000 个。同时进行求职意向调查和现场指导招聘等就业服务。

2)铺创业之路

突出妇女创业项目展示,同时进行现场政策解答和提供咨询服务。由市就业办、市妇联、市女企业家联席会联合征集了妇女创业项目 80 多个,经过多轮筛选,层层论证,最终确定了最具发展前途,最适合妇女创业的 30 多个项目公开推介,为失业妇女搭就一条创业之路。

3)强职业技能

突出引导性培训和职业技能培训,提高失业妇女就业竞争能力。开设具有针对性、实效性和前瞻性的微机操作、会计电算化、市场营销、美容美发、物业管理等 20 多个专业,对失业妇女开展免费培训。

4)搭政策平台

突出宣传国务院、省政府就业再就业优惠政策,现场发放《再就业优惠证》,为失业妇女创业提供税费减免、小额贷款、社保补贴等扶持政策,搭建一条妇女创业的"绿色通道"。

5)保基本生活

设立失业女工申领失业保险专门服务窗口。为失业人员办理失业登记手续,现场办理申领失业保险金手续,保障市直7 000多名失业人员的基本生活。

6)解后顾之忧

为使自谋职业和自主创业的失业妇女,实现老有所养、病有所医,开展档案托管、续缴养老、医疗保险,代办退休手续等一条龙服务。

资料来源:[2006-03-07] http://www.sdnews.com.cn.

分析讨论

本次服务活动有哪些特色?

当前,失业妇女再就业工作面临的困难与问题如下。

(1)岗位竞争激烈,再就业压力加大。近年来,随着产业结构调整力度加大,大量农村富余妇女劳力和外来务工妇女涌入城市务工,挤占了大量城市就业岗位,在一定程度上加剧了城市就业矛盾,增大了失业女工再就业的难度。

(2)就业中的性别歧视现象依然不同程度存在。虽然男女平等基本国策已贯彻了十几年,保障妇女就业权利也写入相关法律,但是受中国传统封建思想的影响和女性特有的生理、心理特点的制约,社会对女性就业仍存在一定程度的歧视。许多单位在招收员工时对性别、年龄做出了诸多限制,有的明确表示不招收女工;有的不是按人职匹配的原则招收女性,而是一味强调所谓高素质,盲目要求年龄小、学历高,把招工的年龄大都定在35岁以下甚至更低,学历定在大专以上,使得失业女工再就业难度进一步加大。

(3)对就业优惠政策的宣传力度不够。为促进再就业,各级党委政府出台了一系列优惠政策。但部分用工单位与失业女工对这些优惠政策了解不够,从而影响了政策的执行力度与作用发挥。

(4)就业女性群体整体素质、就业能力亟待提高。失业女工大多是初、高中毕业生,文化基础差,职业技能单一,专业技术素质低,发展资源匮乏,不能适应社会发展的需要。而目前通过培训提升技能的机制还不够健全,短时间内提高再就业女性素质、能力水平难度较大。

(5)女性就业观念亟须更新,就业主动性需要增强。目前仍有相当一部分失业女工的观念仍滞留在计划经济时代,或多或少地存在"等靠要"思想,眼高手低的现象不同程度地存在,苦脏累的工作不愿接受,缺乏按市场需求重塑自我的主动意识。加之外来务工妇女的增加,一些技能要求不高的行业,被这些肯吃苦、没有"架子"观念的外来女性所挤占,对城镇女性产生一定的冲击。她们中的部分人产生了自卑感,认为自己是被社会遗弃的人,出路渺茫。

针对失业妇女再就业工作面临的困难与问题,应提供以下服务。

(1)加强监督和舆论宣传。针对女性就业中的性别歧视现象,号召全社会按《妇女权益保障法》、《女职工劳动保护条例》的有关规定,对女性给予保护,为妇女提供更多的竞争机会。一是通过多种途径、多种措施将有关政策宣传到位,做到家喻户晓,人人皆知。二是鼓励各类用人单位充分利用再就业优惠政策,竭力为失业女工再就业创造新的岗位,在抓好企业自身发展的同时,替党和政府分忧解难,做到利己与利他、利社会的有机统一。

(2)通过个案或小组工作方法,帮助失业妇女顺利度过失业初期的心理调适阶段,充分尊重她们,信任她们,关心她们,协助她们树立信心,调整心态,引导她们走出心灵的低谷,对今后的职业生涯作一个全面的规划。同时,通过多种渠道,加强失业妇女择业就业观念的教育。教育要具有针对性,对不同的女性就业群体开展不同内容、不同方式的教育,促使她们对转型时期就业体制和机制的认识与理解,克服"等、靠、要"的思想,在适合自身特点的领域发挥优势,实现自身价值。

(3)加大培训力度,提高妇女自身素质。创造一切机会为妇女提供就业技能培训,在适合妇女发展的领域,使妇女就业技能、择业技巧和职业转换能力有所提高。在实施培训过程中,要把提高技能与市场需求相结合,牢固树立培训为就业服务的理念,以市场为导向,将社会需要作为培训专业的设置先导,真正形成以就业引导培训、培训促进就业的工作格局。

(4)搞好就业服务,帮助女职工搭建就业创业平台。要加强劳动力市场信息网络建设,充分发挥信息的导向作用,通过多种形式收集职业需求和空岗信息,通过新闻媒体、公告栏等多种形式进行发布。创办女职工创业市场,为下岗失业、在职、内退、退休等各方面的女职工提供培训学习机会和创业项目、创业技术和创业信息等。

(5)协助建立各种妇女就业自助组织,实现助人自助。在为广大失业妇女提供服务的过程中,思考如何将其自身的潜能发掘出来。比如:可建立妇女维权站、姐妹谈心室、热心大嫂服务队、巾帼自立服务社、就业咨询服务站、社区爱心灯、爱心车、悄悄话信箱等妇女自助组织,为下岗失业妇女提供生活帮扶、法律援助和心理疏导等多种服务。同时要充分挖掘现有妇女创业和再就业群体的典型作用,加大对这些女典型的扶持力度,用她们创业的艰辛历程,感染和激励更多的女性成为创业大军中的一员。既要帮助老典型发展壮大,又要鼓励、扶持新的创业典型,使得她们在实现自身发展的同时,带动更多的女性创业和就业。

(6)通过社区工作方法,帮助失业妇女建立更广泛的社会支持网络,整合各种资源解决经济困难。

(7)帮助失业妇女解决因失业而引起的家庭、婚姻、子女教育等方面的问题。

2. 为单亲母亲提供的服务

随着经济社会改革的深入以及人们生活观念和方式的变化,离婚率不断上升,单亲家庭不断增多。在单亲家庭中,单亲母亲家庭的比例远远高于单亲父亲家庭。单亲母亲家庭往往存在经济收入减少、生活困难增多、亲子关系容易出现矛盾等问题。尤其是因丧偶、离异等原因产生的单亲贫困母亲,她们多以下岗失业人员为主,文化程度低,就业技能差,靠打零工的微薄收入独自抚养子女,成为社会弱势群体中的弱势,迫切需要政府和社会的关爱和帮助。

学习活动 4

阅读资料 1

长沙市妇联日前正式启动了"真情伴你行,有爱不孤单"特困单亲母亲救助活动。在本次活动中,长沙市委、市政府给 100 名单亲母亲每人发放了 400 元慰问金和一床冬被,为她们送上节日的问候。

1)单亲母亲领到慰问金

"明天我就和女儿去置办点年货,这解了我们的燃眉之急!"单亲母亲何女士,眼里含着泪水,紧握着妇联工作人员的手不住地说着谢谢。1994 年,何女士的丈夫因病去世,留下 39 岁的她和正在读初三的女儿相依为命。此前,为了给丈夫治病早已欠下了不少的债。丈夫去世后,为了还债,何女士拖着有病的身体,在家附近做临时工。随着女儿的长大,生活费用也不断增加,靠每月吃低保和自己做临时工所得的钱,日子过得十分艰难。由于工作劳累加上过度操心,本来就一直患病的何女士的身体变得更加虚弱了。有时由于自己身体不好,连临时工她也不能做,家里的经济条件也因此每况愈下。

眼看着新年的脚步一天天临近,可自己家里一点年货都还没有置办。每每看到女儿那望着别人提着大包小包的美慕眼神时,她只能默默地躲在房间里擦眼泪。"有了这 400 元钱,我们家明天就可以去置办年货了,女儿知道后肯定会很高兴的!这真是太好了!"紧攥着手中的慰问金,何女士高兴地说着。

2)爱心大使帮助解决实际困难

随后,其他特困单亲母亲陆续从市妇联工作人员手中领取了慰问金和冬被。当天,长沙市公安局 110 报警服务中心等 15 个巾帼文明岗还与 15 位家境困难的单亲母亲结对帮扶,共同走上创造新岗位、创造新业绩、创造新生活的道路。而友阿集团董事长胡子敬、长沙市慈善会副会长范菊秋、湖南卫视主持人李兵、长沙市民政局局长贺国谦等四人还被正式聘请为救助单亲母亲"爱心大使"。他们承诺在各自能力范围内,尽最大限度帮助单亲母亲解决实际困难。

"这次活动是我们发动社会各界资助单亲母亲活动的开始,我们承诺,一定会把这项工作长期坚持下去。"长沙市妇联主席肖雅珩动情地说,这不仅是代表政府送上一份慰问和爱心,更是要让大家鼓起生活的勇气,大家携手走过去,前面就是艳阳天。

3)帮单亲母亲找份工作

活动期间,长沙市妇联将为单亲母亲免费提供职业培训、婚介等一系列全方位的服务。"授人以鱼不如授人以渔"。据长沙市妇联调查,这些单亲母亲大多渴望有一份工作能够养家糊口,可由于种种原因,她们就业十分困难。长沙市妇联家政服务中心决定免费为特困单亲母亲提供家政服务培训,帮助她们实现再就业。

妇联婚姻介绍所的工作人员也热心地为特困单亲妈妈们提供免费婚介服务,为她们牵起重建家庭的红线。该婚介所主管肖利英介绍说,当天准备了100余份《择偶交友中心会员档案》,没想到很快便所剩无几,"初步估计有近100名单亲母亲报名。"填表时,她们专注的神情流露出对家庭温暖的渴望。

为让特困单亲母亲家庭的孩子也有一个多彩的童年,长沙儿童活动中心也将为特困单亲母亲家庭的儿童提供免费的培训。在活动期间,长沙市"我们妇女网站"也将为单亲母亲开辟专栏,为更多的单亲母亲构建一个咨询、交流和提供援助的广大服务平台,让更多的单亲母亲家庭能更好地生活。

资料来源:熊郁云等. 有爱从此不孤单——长沙市启动单亲母亲救助活动,百名特困单亲母亲受资助[N]. 潇湘晨报,2006-01-27.

阅读资料2

为全市困难母亲送去阳光和希望

1)社区呼唤妇女自助互助组织

建设和谐深圳,要从建设和谐家庭、和谐社区做起,妇女组织如何在其中取得更大作为,是妇女工作者们一直在深深思索的课题。

市委最近召开的全市妇女工作会议明确提出,要采取"政府主导、妇联培育、社团运作、社会参与"的方式,探索用社会工作模式解决妇女儿童和家庭中存在的突出问题,创建一批以服务社会、服务妇女、服务家庭为宗旨的社区妇女服务组织。有关社区的统计数据显示:62.7%的人期望妇联能在社区"提供弱势群体的生活救助、技能培训、职业介绍和职业指导";43.2%的人期望得到"婚姻家庭问题的疏导和咨询"服务;39.2%的人期望提供"养老服务和学习教育活动";37.8%的人期望在"子女教育方法"上得到指导和帮助;35.9%的人期望提供"社区健康知识教育"。

从居民参与社区服务的愿望看,45.3%的人表示"愿意利用业余时间为社区居民提供无偿的帮助";有50.6%的人表示愿意参加"社区公益活动";分别有四分之一以上的人愿意参加环保、社区治安、关爱弱势群体等公益工作。

2)培育发展妇女服务组织刻不容缓

在对调查问卷、座谈会和日常工作中掌握的情况进行综合分析,妇女工作者们更加深切地意识到:培育发展妇女服务组织刻不容缓。

此次调研活动得到了市委的充分认可,而不久前召开的全市妇女工作会议上,市委作出了《关于进一步加强和改进妇女工作的决定》,市委组织部和市妇联还联合印发了《关于进一步加强新时期"党建带妇建"工作的实施意见》,其中对新时期加强社区服务工作作出了明确而具体的要求——各级政府要充分发挥妇联广泛联系妇女、儿童、家庭的优势,积极探索以"购买服务"方式,将转移出来的有关妇女儿童的社会管理事务、办实事项目以及社会性、群众性活动逐步交由妇联承办,并下放相应的管理权,配置相应的工作资源,针对相关职能部门,《决定》与《意见》也提出了不同要求。

在市委战略性眼光的指引下,经过一段时间的精心筹备,新型的社区妇女服务组织在深圳呼之欲出。

3)树立具有女性特色的社区服务品牌

今天启动的"阳光妈妈"服务项目是社区妇女服务组织推出的第一个项目。

据2006年调查,全市单亲困难母亲家庭有5 260户,约1万余人。帮助这些困难妈妈,是政府的责任,也是全社会的责任。财政局、民政局给予了政府购买服务项目的经费支持;劳动和社会保障局给予了优惠就业政策及免费就业培训(限于深圳户籍)的支持;卫生局给予了医疗技术救助的支持;教育局给予了单亲特困家庭子女减免书杂费、学杂费、学生服等费用;牵头单位市妇联还为单亲特困母亲购买安康保险,联系为单亲特困母亲做免费妇科体检等。

"阳光妈妈"的服务内容非常丰富,或者开展多种形式的职业、劳动技能培训,帮助单亲贫困母亲转变就业观念,掌握一技之长;或者尝试在社区建立妇女灵活就业基地,就近承担居家养老、家政服务、社区小学生校外托管等服务项目;或者开展心理咨询服务,为单亲贫困母亲提供相互倾诉、提升信心的平台;或者开展家庭教育服务,教授家庭教育的新理念及实用技巧;或者开展素质教育,采取"造血式扶贫"的方式,引导单亲贫困母亲增强摆脱贫困的能力。

除了"阳光妈妈"以外,妇女服务组织将逐步把服务对象扩展到全体妈妈,形成具有深圳特色的一项"妈妈事业",还有多个社区妇女服务组织的服务项目在酝酿与筹划过程当中。我市打算用3至5年的时间,推动社区妇女服务组织从创办培育期进入稳步发展期,逐步树立具有女性特色的深圳社区服务品牌,可以预计,不远的将来,妇女姐妹们将用柔弱而坚强的肩膀,支撑起"和谐社区"建设的"半边天"。

资料来源:[2007-03-03]http://sz.bendibao.com/news.

分析讨论

两地的服务活动各有哪些特色?

单亲母亲家庭存在的问题如下。

(1)工作不稳定。单亲母亲处于中年,文化程度较低,谋生技能差,有的体弱多病,自救相对困难。

(2)生活困难。部分单亲母亲正处于贫困化的边缘。一是子女读书负担不起的;二是自身患病、残疾,不能工作或付不起医药费的;三是没有稳定工作,无固定收入,子女多未成年,有的加上还要赡养老人等,生活十分困难的;四是无房居住,难以支付房租的;五是有的单亲母亲因配偶生前患有重大疾病,给家庭造成巨额经济负担且有外债的;六是老人、孩子因病致贫的。

(3)家庭文化生活贫瘠。单亲贫困母亲的家庭收入普遍不高,维持日常的生活开支和子女的教育已很艰难,精神文化生活贫瘠,生存质量相对较低,影响到她们整体素质的提高。

(4)健康水平下降,有病不看现象较普遍。单亲贫困母亲一人要挑起养育子女、赡养老人的重担,自己却很难做到例行体检和及时就医,所以很多人的健康都存在问题,即使自己患了病,但因担心治疗费用高,一些贫困母亲宁可咬牙挺着,也不去医院,健康问题存在隐患。

(5)子女教育方面存在缺陷。单亲贫困母亲由于普遍存在的受教育程度不高的限制,缺乏教育知识,加上工作辛苦,或者自身病重或残疾,没有精力关注孩子的学习和心理健康。

针对单亲母亲面临的困难与问题,可提供以下服务。

(1)开展帮扶工作。在现有的社会福利框架内寻求资源,积极开展多渠道、多层次、多形式的结对帮扶活动,解决她们的实际困难。在社区内组织家庭志愿者进行扶贫帮困等活动,改善她们生活困难的现状。可由政府出资为主,动员社会多方面力量,建立单亲贫困母亲救助基金,对一时无力自救的单亲贫困母亲,给予经济上的帮助。

(2)提供心理辅导和支持。通过个案或小组活动的形式帮助单亲母亲进行心理调适,提供针对单亲家庭的心理辅导服务,协助单亲母亲顺利度过婚姻变迁初期阶段的心理适应阶段,树立自信,重新规划未来。成立单亲贫困母亲协会或单亲贫困母亲俱乐部,把单亲贫困母亲们组织起来,定期举办交流活动,使她们有相互倾诉的机会。也可以举办单亲父亲和单亲母亲交友联谊会,为单亲贫困母亲重组家庭创造条件。

(3)制定优惠政策。各部门应针对单亲贫困母亲的现状,采取相应的政策扶持措施。一是制定单亲贫困母亲就业和再就业的优惠政策,为她们提供灵活的就业渠道,鼓励单亲贫困母亲们自主创业,如免费职业介绍、免费职业技能培训、小额担保贷款等。政府购买公益性岗位,要向单亲贫困母亲倾斜;社区的便民服务项目和灵活就业岗位,也应注意安排单亲贫困母亲。二是建立针对单亲贫困家庭的社会保障政策,对单亲贫困母亲参加社会保险给予补贴或减免费用,使其真正能够充分享受社会保障,尤其应针对重大疾病制定更加完善的保险政策。三是建立单亲贫困母亲医疗救助的有效机制,适当减免其医药、治疗及检查费用。四是鼓励各类学校和社会团体要动员社会力量关爱单亲贫困家庭的孩子,实施"一对一"的帮扶。

(4)加强教育培训。大力倡导"四自"精神,引导和帮助单亲贫困母亲转变观念,树立信心,奋发图强,摆脱困境,增强自身"造血"功能,培养自主创业精神。根据市场需求和她们的就业愿望,开展多种形式的免费技能培训,丰富培训内容,保证质量,提高她们的就业创业的竞争能力。加强亲子关系教育,学会亲子沟通的技巧,协助调整好亲子关系。

(5)改善所处的社会环境。要大力宣传单亲贫困母亲家庭面临的困境,让社会了解她们的生存状况、主要需求,使政府职能部门、企事业单位、社会各界明确各自应该怎样给予援助等。要宣传单亲贫困母亲自强不息;宣传她们的孩子在困境中求上进的典型,鼓励单亲贫困母亲家庭成员提高完美自我的信心和能力。要宣传社会各界帮扶典型,树立"人间自有真情在"的社会公德,给予单亲贫困母亲精神动力。积极动员社会各方面力量,形成合力,共同关心、帮助单亲贫困母亲。

学习活动 5

阅读资料

"单亲母亲之家"章程

第一章　总则

第一条　名称:单亲母亲之家。

第二条　宗旨:从社会性别视角关注单亲母亲,运用专业的工作手法,开展小组活动,为单亲母亲提供心理、生理、健康、亲子沟通、法律知识等方面讲座、咨询,在活动中发挥单亲母亲自身的潜能,达到自我管理、自我教育、自我成长的目的。

第三条　本会是单亲母亲的自治组织。

第二章　工作任务

第四条　开设"单亲母亲支持小组"课程。

第五条　根据单亲母亲的需求,开办相应讲座。

第六条　为单亲母亲提供心理、健康、教育、法律等方面的咨询服务。

第七条　利用新闻媒体广泛宣传单亲母亲自强自立的典型事迹,传播单亲家庭亲子沟通的经验,在社会营造一个良好的舆论环境。

第八条　通过妇联牵线搭桥,开展特困单亲家庭与社区单位"一助一"结对子活动,帮贫助困。

第三章　会员

第九条　本会会员由单亲母亲、志愿从事单亲母亲工作的专家、妇女干部及各界有关人士组成。

第十条　本会会员应认真学习马克思主义妇女观,深刻理解"男女平等"的基本国策,树立自尊、自信、自立、自强的精神。

第十一条　凡参加"单亲母亲之家"的本会会员,须遵守以下协议:

(1)相互尊重——在小组中,不对其他成员加以指责;

(2)平等相处——在活动中,不独占大家时间,组员平均分享时间;

(3)保守秘密——对组员之间倾诉的事情予以保密,不外传,不议论;

(4)互相支持——会员之间相互关心、支持,尽自己所能帮助他人。

第四章　经费

第十二条　经费来源。

1.社会捐助。

2.其他来源。

第五章　监督与管理

第十三条　本会业务工作由单亲母亲之家委员会负责管理。

第十四条　本章程由第一次会员代表大会讨论通过后生效。

资料来源：[2006-07-21] http://women.cwi.gov.cn.

分析讨论

对"单亲母亲之家"的看法。

3. 为家庭暴力中被虐妇女提供的服务

1993 年 12 月联合国大会正式通过的《消除对妇女的暴力行为宣言》中指出,对妇女的暴力系"对妇女造成或可能造成身体、心理及性方面伤害或痛苦的任何基于性别的暴力行为,包括威胁进行这类行为、强迫或任意剥夺自由,不论其发生在公共生活还是私人生活中"。2001 年,最高人民法院颁布的《中华人民共和国婚姻法》司法解释:"家庭暴力指行为人以殴打、捆绑、残害、强行限制人身自由或其他手段给其家庭成员的身体、精神等方面造成一定伤害后果的行为。"根据家庭成员的不同种类,家庭暴力可分类为:配偶暴力、父母子女间的暴力和家庭其他成员间的暴力。

家庭暴力中最大的受害者是妇女。妇女的身体遭受摧残,生命权和健康权受到严重侵害,妇女的人身自由也受到非法限制。

遭受家庭暴力的妇女可能会有以下表现:

(1)低自尊心,无自信;

(2)扮演委屈求全的传统角色,坚信必须维持家的完整;

(3)相信自己必须对施虐者的暴力行为负责,以为是自己的错;

(4)感觉罪恶感,但否认自己感到恐怖和愤怒;

(5)对外在事物相当消极被动,但有能力掌控所处的环境以避免更大的伤害;

(6)对压力呈现强烈的身心反应,经常抱怨身体不适;

(7)在暴力压迫下,不得不以性作为缓解暴力关系的工具;

(8)认为没有人能够帮助自己解决困难;

(9)依赖性格,有很深的无助感,欠缺独立生活的能力;

(10)缺乏良好的沟通技巧。

世界银行认为,暴力对女性来说与癌症一样是育龄妇女死亡和丧失能力的重要原因,它比交通事故和疟疾更危害健康。

针对受虐妇女可提供以下服务。

1)用危机介入方式,对家庭暴力中的被虐者实施救助

目前可依托民政部门的救助站,建立起专门为遭受家庭暴力侵害的妇女提供暂时居住、心理辅导等多方面服务的妇女庇护所。受虐妇女除了基本生活的满足外,特别需要情绪辅导,帮助她们治疗心灵的创伤。除了个案辅导外,还可提供小组辅导服务,让受虐妇女一起共同诉说心中的疾苦。

2)用家庭治疗方法,对家庭暴力事件的当事人进行辅导

因为大部分遭受家庭暴力的妇女没有足够的勇气去打破不幸婚姻的枷锁,很多妇女抱着"两全其美"的想法希望妇联组织能够帮助她重新找回一个幸福和睦的家庭。

可使用"暴力家庭外展辅导服务"的方式,主动接触男女双方,尤其是男性施虐者,由社工分别辅导夫妇。辅导内容针对终止暴力、检视性别角色定型、对两性关系的再思、改变对使用武力的态度及冲突处理技巧等;在终止暴力和双方准备好的适当时候才安排一起面谈。

同时建议政府应推行强制性男性施虐者辅导服务,处理他们的情绪问题、脾气控制及改变施虐信念。

3)离婚辅导

离婚辅导服务可以减轻离婚过程带来的压力,增加夫妇之间有效的沟通,减轻夫妇之间的磨擦,并协助他们共同承担养育子女的责任。

4)亲子沟通小组和儿童小组辅导服务

可以采用亲子平行小组的模式,协助妇女面对亲子沟通问题,包括如何处理不稳定的家庭关系、如何减低家庭暴力对孩子成长的负面影响、妇女独力肩负管教责任、彼此的情绪困扰、社会对单亲家庭的歧视及经济困难等。同时家庭暴力会为儿童带来情绪困扰,可通过小组辅导帮助儿童处理情绪,建立自信,探索及了解对两性关系及使用暴力的态度,促进亲子沟通及了解。

5)社区教育

政府和社会服务机构应多推行社区教育,消除社会大众对家庭暴力、被虐妇女及单亲家庭的误解,加强社会大众对家庭暴力的敏感度,并让他们了解使用暴力的不良后果。

6)专业训练

社会服务机构可为有关的工作人员提供专业训练,让警察、律师、医护人员、教育工作者和传媒工作者对家庭暴力有清晰的掌握,认识家庭暴力的形态和危机因素、被虐妇女、儿童及男性施虐者面对的困难和需要等。

4. 为进城打工妹提供的服务

在现代化、城市化的过程中,有很多农村女性进城务工,成为中国城市建设的一支重要力量,也成为城市中新的弱势群体。她们关注自己的前途,却缺乏必要的技能和社会资源;她们关注自己的生存,却缺乏必要社会保障和广泛的社会支持网络;她们关注自己的未来,却不知明天的出路在哪里。面对以上现状,我们能为打工妹提供哪些服务?

学习活动 6

阅读资料

北京农家女文化发展中心打工妹之家是中国第一家为农村走进城市寻找工作的

"打工妹"服务的组织,于 1996 年 4 月 7 日在北京成立,让远离家乡的打工姐妹在城市里拥有了一块属于自己的天地。打工妹之家的突出特色是打工妹管理打工妹,打工妹服务打工妹。打工妹之家多数工作人员都为打工妹出身。

作为中国最早服务打工妹的 NGO 组织,打工妹之家始终将人的发展放在第一位,并在努力尝试建立农村妇女参与城市化发展的组织模式。

1)法律维权

2002 年成立了打工妹维权小组,设有专职维权干事,拥有十多名志愿律师以及来自高校法律系的学生志愿者,为打工妹提供法律援助已成为打工妹之家的主要工作。

2)打工妹紧急救助基金

为了给遇到突发疾病、工作伤害、人身安全遭到侵害,如遭到强暴或殴打、被无故解雇等紧急情况的打工妹提供紧急救助或临时庇护,于 1999 年设立"打工妹紧急救助基金",向社会公开募款,为打工妹提供紧急救助,已有 26 位打工妹受益。

3)家政服务员支持网络项目

在京的打工妹大多从事服务行业,尤以在个别家庭中从事家政服务工作居多。她们多数来自更为贫困的西部地区,年龄普遍偏小、文化水平偏低,欠缺自我保护能力。因此,2003 年 7 月启动了家政服务员支持网络项目,将输出农村年轻女性的当地中介组织(多为当地妇联组织)和在北京的输入中介组织(家政服务公司)联系起来,建立网络,对她们进行上岗前的法律维权、公民权利和行业技能培训,希望促使她们组成自我维权的组织。

4)研讨与调研

为加强与国内外劳工组织的联系和经验分享,打工妹之家先后选送会员骨干访问香港、深圳、美国等地的劳工组织,接待了来自深圳、厦门及多家海外劳工组织的参观访问。于 1999 年、2001 年举办了两届全国性的打工妹权益研讨会,出版《打工妹权益问题研讨会论文集》和《户籍制度与女性流动》两本著作。

5)心理辅导

通过电话咨询与面谈的方式,为打工妹解惑答疑,并提供必要的心理辅导,提升她们的自信心。

6)文化讲座

每周末举办一次法律知识、两性关系、生育健康、心理健康和有关社会、政经、经济等方面的讲座,提高打工妹的文化素养,开拓她们的视野。

7)联谊活动

每两个月举办大型联欢和户外郊游活动,活跃打工妹的业余生活。

资料来源:打工妹之家的群博客. http:/blog. sina. com. cn/dagongmei.

分析讨论

从案例中得到哪些启示?

服务的主要内容如下：

（1）帮助打工妹了解城市、熟悉城市，尽快适应、融入城市生活；

（2）运用个案或小组工作方法，帮助打工妹提升自信心、增强权利意识，同时，为打工妹的文化娱乐生活提供平台；

（3）帮助打工妹建立社会支持网络，以解决城市生活中的各种困难；

（4）整合社会资源，维护打工妹的合法权益；

（5）帮助打工妹参与继续教育、职业培训等活动，以提升在城市生活中的竞争能力。

1.6　妇女社会工作的特点

1. 服务对象规模最庞大的实务领域

不同的社会工作实务领域都有其特定的服务对象群体，服务对象群体的大小是由其在总人口中所占的比例的大小而决定。在众多的社会工作实务领域中，妇女社会工作是一个服务对象规模最庞大的实务领域，因为女性人数占总人口的一半，这一特征是比较明显的。

2. 服务内容与婚姻、家庭问题相关联

随着社会的变迁，婚姻和家庭也同样受到冲击，而女性往往是处于弱势地位。例如：在家庭暴力事件中，受暴者大多数是女性；在"包二奶"现象中，女性的婚姻合法权益往往受到伤害；在婚姻破碎的家庭中，往往是单亲母亲承担着抚养教育子女的主要责任。因此，为在婚姻和家庭生活中权益受损的女性提供辅导服务和权益保护，成为妇女社会工作的重要内容。

3. 核心目标是创造男女平等的社会环境

男女平等是我国的一项基本国策。很多法律法规赋予女性同男性平等的法律地位。但是，在现实生活中仍然存在诸多歧视、轻视和不公平对待女性的现象，例如：遗弃女婴现象；失学女童比例高于男童；有的地方在土地资源分配的过程中存在女性歧视现象；就业方面存在女性歧视现象；薪酬方面存在男女同工不同酬现象；女性贫困化现象仍然高于男性；在家庭的分工中女性往往是家务劳动的主要承担者；在家庭暴力事件中女性受暴的比较多；在参政方面女性的比例相对比较低等等。因此，改善妇女生存与发展的社会环境，维护妇女的合法权益，获得与男子同等的良好社会环境和条件，在法律和现实等层面真正实现男女性别平等，是妇女发展的迫切需要，也是妇女社会工作的核心目标。

小结

妇女社会工作是针对妇女发展过程中，在参与政治、经济、文化和家庭生活中遭

遇到的群体性或个体性问题而开展的社会服务性工作。专业妇女社会工作与中国传统妇女社会工作是有区别的。专业妇女社会工作必须针对妇女面临的问题,不断地满足妇女需求,为妇女的全面发展创造有利的社会条件和社会环境。

问题与思考

(1)你是如何理解妇女社会工作的?

(2)妇女社会工作主要有哪些内容?

(3)试述妇女社会工作的目标。

参考文献

[1]杜文娟.聚集审议:生育维权 立法开道[OL].[2005-06-29]http://npc.people.com/cn/GB/14957/3504557.html.

[2]中国国务院新闻办公室.中国性别平等与妇女发展状况白皮书[OL].[2005-08-24]http://www.chinanews.com.cn/news/2005/2005-08-24/26/615854.shtml.

[3]上海市妇女联合会.上海市妇女联合会提出"十一五"期间上海妇女面临的主要问题[OL].[2007-04-19]http://feminist.cn/mos/content/view/1916/145591.

[4]人民日报记者.2987名十一届全国人大代表即将"亮相":结构优化构成广泛(热点解读)[N].人民日报,2008-02-29.

[5]王思斌.社会工作概论[M].北京:高等教育出版社,1999.

2

妇女社会工作的理论基础

引言

20 世纪 50 年代以来,由于深受心理学的影响,社会工作专业呈现出较强的性别刻板化印象。这种印象认为女性的角色就是家庭角色,并将女性服务对象的问题主要归因于她们自身的角色适应不良,忽略了女性的角色规范本身对她们而言可能就是问题的根源。缺乏专业理论基础的状况,造成了妇女社会工作在实务领域中的低效,直到妇女社会工作的三大基本理论出现以后才得以改观。本单元主要介绍女性主义理论、社会性别理论、社会支持理论,以及三大理论对妇女社会工作实务的指导意义。

学习目标

1. 掌握妇女社会工作的三大基本理论:女性主义、社会性别与社会支持理论。
2. 结合妇女社会工作的方法和技巧,将三大理论运用于妇女社会工作实务中。
3. 掌握传统妇女工作思路与现代妇女社会工作思路的根本区别和具体表现。

知识点

女性主义理论、社会性别理论、社会支持理论,以及三大理论对妇女社会工作实务的指导意义。

案例导入

陶女士,30岁,与丈夫结婚3年,公公去世,婚后一直与婆婆住在一起。由于陶女士性格外向,喜欢热闹,与好静的婆婆之间相处得不太和谐,经常在生活习惯等细节方面出现矛盾。丈夫非常孝顺,比较偏袒婆婆,陶女士也因此经常与丈夫发生口角,夫妻感情受到影响。婚后一年,陶女士生了一个女儿,重男轻女思想严重的婆婆因此更加不喜欢陶女士。三个月前,陶女士和单位一男同事一起出差,由于长期受到家庭生活矛盾的压抑,陶女士将男同事当做了倾诉对象,两人成为很好的朋友,常有手机短信来往。某天晚上,男同事发给陶女士一条短信表达了爱意。丈夫知道此事后,非常愤怒,对陶女士实施了家庭暴力。因此,陶某前来居委会求助。但她既不想离婚,也不想诉诸法律途径。作为接待陶女士的居委会工作者,应该怎么处理此案?

对于上述案例,从妇女社会工作的角度,居委会工作者应该如何介入呢?是在道德上指责陶女士发生的婚外恋,让她断绝与男同事的来往,回归家庭,还是出于对丈夫实施家庭暴力事实的考虑,劝说陶女士离婚?如果居委会工作者不具备妇女社会工作的理论基础知识,就难以理解陶女士的真正需求和在承担社会性别角色时所承受的压力,从而容易出现简单的处理和辅导方式。但是,当他们掌握了女性主义理论、社会性别理论和社会支持理论,了解妇女的社会性别角色,以及社会规范赋予女性角色的意义时,就能更为客观地理解陶女士的性别角色及其问题发生的前后逻辑,更好地实现与陶女士的共情,并以陶女士的需求为基本取向进行社会工作介入,达到最终能够帮助她的目标。

2.1 女性主义理论

2.1.1 女性主义的概念

从历史上看,长久以来女性在社会中处于弱势地位,主要是源自社会中对女性的性别偏见与性别歧视。为了消除对女性的歧视,争取两性的平等,西方社会经历了一百多年的妇女运动,并发展出不同的女性主义派别。一般认为,女性主义既是一种社会运动,也是一种社会思潮。20世纪60年代,美国等西方国家在掀起争取平等民权、反对越南战争等社会运动的同时,也掀起了争取妇女同男子同等就业机会、平等权利的女权主义社会运动。此后,女性主义冲击着许多国家的政治、经济、社会等各个方面,妇女的平等与发展的需求逐渐进入许多国家的主流政策领域。

女性主义的英文表达是 feminism,源自于法国的 feminisme。严格地说,女性主义是一种随着西方女权主义运动兴起而逐渐形成的妇女争取自己的权利、要求男女平等的社会思潮,对促进社会历史在性别平等方面的努力和进步起到了积极的影响作用。借用中国学者的界定,所谓女性主义,是指以消除性别歧视、争取男女平等为目标的思想运动和社会运动[1]。

2.1.2 女性主义的不同流派

伴随着西方社会一百多年的妇女运动,相应发展出来的女性主义具有很多不同的派别。不同时代、地域、文化情境下产生的女性主义理论受到主流思潮的影响,衍生出各种流派,即各流派都有自身推演发展的历史脉络。所以,各流派女性主义在历史渊源、分析方法和主张上都存在着差异,但其目的都是在批判、改造父权文化,所以差异之外具有许多相似之处,其中一个主要的共同点就是,两性关系是人类社会组织与结构的重要基础。而目前在两性关系上所形成的社会结构赋予女性较低的地位与价值、较少的机会与资源,以及较少的权利与自主性。两性虽然具有生物性的差异,但是两性角色的建构绝大部分都是通过人类社会的经验塑造的。所以,两性的不平等是可以被根除的,女性主义者都认为应该通过共同的努力来改变不平等的社会性别结构。不同流派的女性主义的共性具有以下几点:一是目标都是为了达到两性平等;二是都重视女性的价值,以女性的经验作为理论与行动的基础;三是都认为社会角色的划分不应只根据性别这个单一变量,只要在顾及他人的权益之下,每个人都有争取个人自我实现的权利和机会;四是都强调通过女性集体行动实现改变社会性别结构的目标。

根据女性主义的发展演变的历史进程及特质可以将其划分为9类:自由主义的女性主义、社会主义的女性主义、存在主义的女性主义、激进主义的女性主义、精神分析女性主义、当代社会主义的女性主义、女同志理论、后殖民女性主义及生态女性主义。然而,在社会政策和社会工作的理论与实践发展过程中,具有影响力和重要性的女性主义主要有3个流派:自由主义的女性主义、社会主义的女性主义和激进主义的女性主义。

1. 自由主义的女性主义

自由主义的女性主义是英美发展最早的女性主义,也是目前仍最具影响力的一种妇女运动流派。自由主义的女性主义是由自由主义思潮发展而来的女性主义思潮。自由主义兴起于19世纪的西欧,它力图在政治、经济、文化等不同层面对传统的体制提出挑战,以期扩大民主。17世纪和18世纪的女性主义者将自由主义的理念与主张加以延伸,扩张到妇女身上以及私领域的性别关系,提倡无论是在政治等公领域,还是家庭等私领域,都应该取消男性强权,消减性别歧视,实现性别平等。自由主义强调理性、个人主义、自主、民主与平等的基本理念。女性主义则沿袭自由主义的理念,将其基本理念推广到女性身上,认为目前社会对待女性的方式违反了自由主义的基本原则,破坏了自由、平等、正义等基本价值。

在具体阐释女性主义的内容之前,首先应了解歧视与性别歧视的概念。因为女性主义的思潮一定程度上是建立在批判性别歧视的基础上发展起来的。"歧视"是作为"公平"、"正义"的对立物提出的,关于具体的内涵,有很多种界定,比较具有代表性的有以下几种。兰登词典把歧视定义为无视一个人或一件事情的真正价值,而是根据这个人或这件事情所归属的群体、阶层或类型做出支持或反对的决定①。我国学者对歧视的内涵也进行了探讨,把"歧视"的一般含义理解为根据阶层或者群体而不是根据个人的特长或优势加以区别对待和考虑[2]。所以,歧视的基本内涵包括两个方面:一是差别或不公正对待,二是造成了消极的意义和结果。差异是世界的基本属性之一,并非所有差别对待都会导致不合理,也并非所有的一视同仁都会产生公平的后果。只有没有合理依据的区别对待或相同对待产生了消极结果,使得某个人或某个群体的利益受到损害时,这种区别对待或不公平对待才称之为歧视。由此,歧视通常被界定为基于偏见形成的对个人或群体的不公正对待并产生了消极后果。根据歧视的基本含义,不同领域延伸出了有关具体歧视的定义。从歧视危害群体的人口学特征为参照进行分类,可以将歧视划分为性别歧视、年龄歧视和种族歧视等类型。把性别视为决定性的因素并作为基本评判标准进行资源和机会分配,造成不公正待遇的结果就称为性别歧视。

在现实社会中,妇女遭受着各种正式与非正式的直接歧视和间接歧视。例如,在就业领域中存在着明显的性别歧视,许多岗位在招聘时明确不要女性,或者在妇女就业过程中构成了隐性歧视。再例如,由于生理上的特征,女性是繁衍生育责任的主要承担者,可是社会规范并没有因此而"优待"女性,反而是女性自然而然承担起了照顾子女和家务劳动的大部分责任,使得她们有时不得不为了家庭而中断职业或放弃职业发展的机会。总之,性别歧视使女性无法享有和男性同等的发展资源与机会,因此,妇女的进一步发展受到了影响。

究其根源,在社会性别规范的影响下,人们无知与非理性的偏见是两性不平等和女性遭受歧视的主要来源。因此,两性平等的关键是消除社会中的非理性因素,改变人们对于两性的价值信仰与态度。女性主义认为,一个性别平等的社会所推崇的价值信仰主要应该包括3个方面的内容:首先,妇女是人类重要的组成部分,因此,理性是妇女以及所有人类的共同本质,而妇女的性别是次要的;其次,根据自由、自主与自我的决定原则,女性主义认为女性生存的目的必须以自我实现、自我潜能发展为优先,女性的自我是存在的首要目的,而并非只为了做妻子和母亲才存在,就好像男性是为了父亲和丈夫的角色而存在;再次,自由主义女性主义在概念上强调个人主义以及自我优先,同时在经验层次上又肯定家庭对女性的重要。

基于自由主义的女性主义的基本观点,在具体的妇女工作实务中,不能把妇女所遇到的问题和困难简单地归为妇女自己的问题。必须综合考察社会赋予男性和女性的各种权利与责任,揭露和陈述两性的不平等之处,将妇女置身于两性关系的比较中,并通过寻求性别不平等的校正以促成两性机会的平等,从而才能最终达到帮助妇

---

① The Random House Unabridged Dictionary, Second Edition,1997. 该句话的原文是:to make a distinction in favor of or against a person or thing on the basis of the group, class or category to which the person or thing belongs, rather than according to actual merit.

女的目的。女性主义尤其强调个人的权利与机会的平等,消除各种法律和制度上对女性的歧视,增进女性的参政、教育、就业及其在家庭领域的权利和福利。

2. 社会主义的女性主义

社会主义的女性主义是从马克思主义中发展出来的,是 20 世纪 60 年代欧美第二波妇女运动的产物。马克思主义理论对现代女性主义深具影响的有两部分:一是历史唯物论及其相关的概念,如人性、意识形态、阶级意识等;二是现代资本分析,其中以异化、实践及价值决定论对女性主义最具影响力。社会主义的女性主义认为,女性问题在工人运动、社会民主运动和马克思主义运动中将得到根本的解决,女性解放最主要的途径是通过进入社会主义劳动市场。

社会主义的女性主义的理论基础是历史唯物论,其基本论点是物质生活塑造人的意识,经济制度决定上层建筑。它强调资产阶级对无产阶级的阶级压迫,看重物质和经济力量,关注男女不平等的经济原因和资本主义问题。所以,社会主义的女性主义认为,必须改变整个社会结构,真正的性别平等才有可能。社会主义的女性主义用历史唯物主义的分析方法,对现存的政治、经济和社会制度的基本结构提出了根本性的挑战。他们将性别压迫与阶级压迫、种族压迫联系起来,认为在阶级社会中,妇女受压迫起源于私有制的经济结构,妇女受压迫与资本剥削劳动具有相同的形式,大多数妇女就像大多数男人一样承受着压迫,因此阶级压迫是更为基本的压迫形式。如果不推翻资本主义的经济制度和私有财产观念,妇女的地位就不会得到改善。

社会主义的女性主义在平等与公正的争论中是站在平等一边的,它认为女性在生活的一切方面系统地处于不利地位,这并非是女性个人能力的原因造成的,而是历史和社会的原因造成的。因此,要改变女性的不利地位不能仅仅靠个人的努力和所谓"公平竞争",而是要为女性争取特别的保护性立法,以及各种救助弱势群体的特殊措施,以此取得同男子平等的地位。

相应地,社会主义的女性主义将分析的重点放在女性的有酬劳动和无酬劳动(主要是指家务劳动)中,并把它同资本主义的经济体制联系起来,认为女性是廉价劳动力。女性所受的压迫是阶级压迫的一个例证,把它同资本主义的经济体制联系起来,同时把妇女的解放和全人类的解放联系起来。而妇女解放的关键在于妇女进入有偿劳动市场,在于妇女参与阶级斗争。它们最关注的问题包括女性参加社会劳动的问题;家内劳动不被当做工作的问题;女性的劳动报酬低于男性的问题。社会主义的女性主义的一个主要现实斗争要求就是实现男女同工同酬。社会主义的女性主义认为要想解决这些问题,达到男女平等,都要通过推翻资本主义、建立社会主义才能实现。

基于社会主义的女性主义的基本观点和中国已经是社会主义国家的国情,我国妇女在社会主义的制度下具有很大资源和机会优势。建国以来,我国妇女的劳动参与率和对政治事务的参与率都得到了很大的提升。但是,在妇女工作的具体实务中,由于长期受到传统社会性别文化的影响,女性在家庭领域中的贡献被归类为私领域的范围,认为是女性必然承担的责任,忽略其重要的社会价值,因此造成了许多女性面临着很大的压力,而不断地应对自身家庭角色和社会角色的巨大冲突。因此,我们必须重新审视女性在家庭领域中所从事的无酬劳动,以及在生育、子女照顾和家务劳动等方面的重要作用和社会价值。女性在家庭领域中的无酬劳动对于家庭和社会的发展都具有重要意义,而以往忽略妇女的家庭角色,认为那是妇女理所当然应该承担的责任和义务。在妇女社会工作实务开展的过程中,若忽略妇女真正的需求和内心感受,就难以真正帮助妇女找到有效的解决方法。

3. 激进主义的女性主义

激进女性主义也是 20 世纪 60 年代欧美第二波妇女运动的产物。激进主义的女性主义的重点在于视父权制的社会关系为妇女受到压迫的主要原因,并企图找出妇女摆脱压迫的途径,并认为这种关系建立在男人对女人的性控制的基础上,成为一种超越历史的存在。激进主义的女性主义理论的基本观点包括父权制度或是男性支配才是妇女受压迫的根源,而非资本主义。父权制度夸大了男女的生理差异,以确保男性拥有支配的角色、女性拥有附属的角色。社会通过性别角色刻板化和社会化的过程,使妇女接受她们的次等地位,而父权制度则是主要的社会支柱。激进主义的女性主义主张妇女受压迫是所有种族的、经济的、政治的压迫根源,必须加以根除,否则将会继续生长各种压迫的枝丫。因此,消弭妇女所受的压迫将创造一个新形式的革命性变化,这种变化远胜于任何改变。

激进主义的女性主义承认是资本主义制度导致了女性对男人的从属地位,但是认为女人主要的敌人是男人而不是体制。因此,激进主义的女性主义将其理论重心放在男性针对女性的暴力行为以及男性对女性在性和生育领域的控制上,它视男性群体为压迫女性的群体,要在一个男性中心的社会争取女性的中心地位。这一理论的极端形式是攻击异性恋,反对性暴力和淫秽色情品的制造与销售。它认为女性受压迫的基本根源是男性对女性身体的统治。这种统治是通过两种途径来实现:一是通过意识形态途径,其中包括淫秽色情品的制售,贬低女性的思维定式,性别主义的幽默玩笑等;二是通过实践的途径,其中包括男性中心的婚姻和财产法,剥夺女性的生育权利、性暴力等。

基于上述观点,激进主义的女性主义致力于下列工作:为被强奸女性设立救助中心;为受暴女性提供庇护所。激进主义的女性主义者们最活跃的方面在和平、生态、生育权利、反对淫秽色情品以及同性恋权利运动等。他们为运动所制定的目标是:摧毁男性对女性的统治机制,代之以赋权机制。

总之,激进主义的女性主义是紧绕着妇女性别角色而发展起来的。激进主义的女性主义并不寻求与男性的平等,而是寻求女性的自主。早期的激进主义的女性主义者认为妇女受压迫的根源在于性区别,逐渐地,激进主义的女性主义者发现男性普遍的暴力才是问题的所在。女性的生理特征,被视为解放妇女力量的来源与种子,应该成为女性可歌颂的事情,妇女文化也因此而诞生。

　　以上3种女性主义各有其长处与弱点。自由主义的女性主义的特点显得比较温和与理性,但是对于那些隐性间接的性别歧视,自由主义的女性主义往往无能为力。和自由主义的女性主义不同,社会主义的女性主义不只是将人视为有抽象权利的个人,而是历史情景与社会关系下的社会人,因此其改革策略不仅包括重新分配某些权利与义务,而且应改变社会关系和社会制度。而激进主义的女性主义的理论和主张虽然显得有些令人难以接受,但实际上该流派在福利制度的设计上,强调女性与男性分开,例如专门妇女福利中心的设置、妇女成长团体的设计,在很多情况下都具有一定的适用性和借鉴意义。总之,女性主义理论对妇女社会工作理念和工作方式的转变带来了深远的影响。

　　从20世纪50年代至20世纪60年代社会工作的专业知识理论,由于深受心理动力学的影响,缺乏妇女社会工作基础理论的指导,对于女性角色的界定,仍呈现出比较明显的性别歧视与性别刻板化印象,认为母亲角色、照顾子女和各种女性特质是女人的天性。因此对于女性服务对象的苦恼和沮丧,社会工作专业的诊断多半认为在于女性服务对象的角色适应不良,而忽略了女性角色本身对某些服务对象而言是痛苦的来源。此外,心理动力学取向的社会工作实务也将女性的问题个人化,忽略了女性服务对象遭遇的问题可能并非来源于其个人心理的因素,而是和其所处的社会位置及社会角色有关。因此,从20世纪60年代末到20世纪70年代初期,一种新的社会工作理论与实务模式兴起。这种模式对传统的心理动力取向的社会工作提出了强烈的批评。20世纪80年代家庭治疗模式兴起,女性主义批评这些方法没有考虑到这种方法的政治与社会情境。正是由于女性主义对传统社会工作理论与实务的批判,1980年逐渐发展出女性主义取向的社会工作方法,且逐渐对社会工作实务产生了重大影响。许多女性主义者强调以女性自身有别于女性的观点和价值来了解女性的生活与经验,避免男性中心的观点和思考方式,这就决定了以女性为中心的社会工作原则,见表2.1。

　　对于以上所述的女性主义的基本理论,当应用于妇女社会工作中时,不能简单地直接搬用,而是应该结合中国的国情和相关的性别政策合理运用。因此,如果运用女性主义社会工作的基本理念,对于陶女士的问题,就不会简单地判断这是陶女士个人的问题,也不会认为是她所担任的家庭角色(妻子、儿媳)的适应不良,或者马上认定她在家庭中所扮演的角色失败。而应采取信任她、接受她的态度,理解她在婆媳关系和夫妻关系中的被动地位,并能在很大程度上尊重她的自我决定。在帮助陶女士解决问题时,应该把她的问题置身于男性与女性两性和谐关系的大视角中去分析,而非将她的问题单纯地归为她个人的问题。一方面,社会工作者可以通过个案社会工作对她进行情绪辅导,帮助她理清思路,在不危害其他人利益的情况下,鼓励她掌握自己的生活与行为,选择自己希望的生活方式和可以接纳的改变方式;另一方面,社会工作者在其他家庭成员认同的情况下通过家庭辅导方式,将婆婆和丈夫纳入社会工作辅导的全过程,通过家庭辅导的技巧和方法,使陶女士的性别角色得到他们的理解,缓和婆媳关系和夫妻关系,以期达到较好的结果。

表2.1 以女性主义理论为指导的社会工作原则

社会工作原则	社会工作实务
准备工作	厘定目标,适当的协助、支持和资源。确认不利于女性的政策和文化习俗,为女性服务对象提供资源信息
设计女性中心实务的原则	喜欢女性,重视女性,将女性经验视为资源,信任和接受女性,以平等的方式与服务对象分享。避免以传统假设将女性的一般行为视为不好的,鼓励女性掌握自己的生活与行为
运用与性别相关的方法	肯定女性而非批判女性。避免对女性的消极影响、性别化的女性行为。接纳压迫和不幸,接纳不用于女性主义观点的意见
将服务对象与专门为女性服务的机构联系起来,以增加女性的资源	鼓励服务对象表达需求,获得对新资源的支持,鼓励机会平等的政策和结构
鼓励女性进入机构的决策核心	建立代表制
建立女性主义实务的准则	建立女性团体及训练

2.2 社会性别理论

2.2.1 社会性别理论的概念

社会性别理论认为性别有两层含义:生理性别与社会性别,并强调在分析问题时应该将人的生理性别与社会性别加以区分,重视社会性别对人的影响作用。

生理性别是指男女的自然性别,是用生理上的差异来确定的男性和女性。生理性别是与生俱来的,它是用来表达男女之间由于基因及荷尔蒙分泌不同而造成的生理上的差异。这种差异一般是不易改变的,即使是最先进的医学变性手术也难以根本改变。生理特征使得女性担负生育的主要使命,并使妇女在成长中呈现出区别于男性的特点,如妇女特有的五期:经期、孕期、产期、哺乳期和更年期。

而社会性别属于社会范畴,是一种社会关系,也是一种权力关系。通常只作为一个男人或女人的社会含义,泛指社会对男女两性及两性关系的期待、要求和评价。即由特定的文化环境规定的被认为是适合其性别身份的性别特征与行为举止[3]。社会性别表现在相互关联的几个方面:一是文化象征,不同的文化对社会性别有不同的看法,用不同的文化表现出来,表现在政治、科学、法律、道德、教育等一套规范的概念和语言体系中;二是社会象征,表现在社会制度和社会组织机构中,在社会制度中表现出一整套的运作机制;三是身份象征,男性与女性从小受社会、家庭等各方面的影响,觉得女性就应该这样,或者男性就应该这样,表现在两性对自己身份的认同。

因此,社会性别理论认为男性和女性的角色和行为的差异是由制度因素和文化因素造成的。个人性别定位限制了自身的发展机会,女性和男性受到这些因素的制约,不能很好地发挥自己的潜能和价值,在社会上所形成的刻板印象的角色定位根深蒂固。刻板的性别印象是指对男女两性的性格、作用、能力、从事的活动,在家庭、社会生活中扮演的角色等方面的差异有固定的看法,而且这种印象相当普遍并深植人心。刻板的性别印象对男女两性应该如何表现有不同的期待,形成不同的评价标准,而这些看法、期待或评价通过文化传统、习俗、教育、法律、政策等得到加强和巩固,男、女儿童从小被这些固定的看法所塑造,限制了男人/男童、女人/女童的发展空间,也影响他们对社会的贡献。表 2.2 所示则为社会普遍认同的男性和女性的特点。

女性所呈现出的生理特征,被进一步延伸到了妇女的社会角色。如女性的生理性别决定了她们要承担生育的角色,因而,妇女就被期望照顾孩子、老人、做家务等。而一些所谓适合妇女的工作也往往与这些方面有关,如护士、教师、秘书等。因此,当女性的家庭角色和社会角色相冲突时,女性被理所当然地认为应该为了家庭牺牲个人的职业发展。

表 2.2　男性和女性的社会性别特征

男 性 特 征	女 性 特 征
手笨	手巧
粗心	细心
事业为主	能为家庭牺牲
轻易不表达感情	感情细腻、爱计较
英俊、高大	漂亮、温柔
有主见、有野心	没主见
心胸宽阔、暴躁	情绪化、爱哭
性格刚直、有勇气	需要保护、柔弱
男主外	女主内

2.2.2　社会性别社会化

社会性别是人类社会的一种基本组织方式,也是人的社会化过程中一个最基本的内容。也可以说,人的社会化的过程是一个社会性别社会化的过程。社会性别的规范无处不在,其内涵也不断在变化。妇女的社会性别特征不是妇女群体所固有的,它是由特定的社会文化环境构建的,是可以改变的。换言之,人们现在所具有的性别观念的形成受到了社会的影响,是社会化的过程。所谓社会化包括两个方面的含义:一方面使人怎样参与到社会生活中,是人适应社会;另一方面是社会怎样使生活在其中的人以有助于社会的方式活动,是社会改变人。社会性别社会化的过程就是使女性女性化,男性男性化的过程。社会性别是后天建构的,是在社会制度和个人社会化过程中得到传递和巩固的。

不同的文化中有不同的社会性别制度,同一文化中不同历史时期社会性别的具体规范也会发生变化。尽管在大部分文化中,社会性别被用来界定性别的等级,如中国传统的社会性别制度就是男尊女卑。因此,长期以来,在文化层面,社会性别的等级含义会不断地被调动起来,被各种文化或知识生产者复制,从而不断巩固男尊女卑的社会性别观念;而这种无处不在的社会性别文化观念、语言、符号又时时在有力地参与对人的主体身份的塑造,构成人们对下述问题的基本认识和认同:自己要做什么样的男人或女人? 作为一个男人或女人应该是怎样的? 对不符合主流社会性别规范的人持何种态度? 人们对社会性别文化对自己的规范和塑造一般没有理性和意识层面的认识,但任何人都被某种或几种社会性别话语所构造,人的主体是社会性别化的,并可能具有不同社会性别话语所造成的矛盾性、多面性。社会性别的文化观念也经常体现在人们所做的各种选择和决定中,包括政府或各种权力机构的决策中,这就是社会性别社会化的基本过程。因此,社会性别社会化具有以下两个基本特征。

第一,社会性别是在个人的社会化过程中建构和传递的。每个人,无论男女,在出生前、婴幼儿、青少年、中年、老年等不同的生命周期阶段,社会性别都对其具有塑造和影响作用。家庭、学校、社会等是个人社会性别社会化的基本途径,家长对男女孩子不同的期待和教育,学校的教材、教学模式以及对男女学生的不同期待和教育,大众传媒中对男女形象的表现,公共政策中对男女权利和义务的规范等都在人的社会化过程中影响和塑造了其社会性别。而社会性别社会化的途径又互相影响,共同起作用。

第二,社会性别是在社会制度中传承和巩固的。社会性别是在社会制度(经济体制、政治体制、社会文化、资源分配)中得到复制、传递和巩固的。社会性别观念影响了社会对男女两性的社会、家庭角色与责任的分配和要求。为了完成男女不同的角色责任,用于完成角色责任的社会资源分配必然不同,也即男女享受到的社会资源不一样。一些地区、家庭在资源有限的情况下往往选择将有限的资源、最好的资源给予男性,为其以后承担的社会角色和家庭经济来源做准备。正是由于对男女两性角色期望不同、给予男女两性的社会资源不同,使得男女两性成长为不同的、传统的社会性别所期望的能力和特长,并导致社会男女两性不同的评价。男女两性这种不同的能力、特长和社会评价,又直接影响和决定了他们在家庭和社会中的地位和拥有的权利。而这种权力分配模式强化了社会性别中的男性和女性的身份权力及支配与服从的关系,例如公共权力和管理机构的正职大部分是男性,女性不仅参与公共权力和管理机构的官员少且副职多。所有这些不平等现象又被成文和不成文的制度规范化、体制化。

可见,社会性别关系是社会结构和社会制度的重要组成部分。以上社会性别社会化循环过程的所有环节都互相联结、互相影响。要改变男女两性不平等的关系,必须打破和改造这个循环过程,及时改变其中的一个环节,也对推动男女两性平等具有积极作用。

2.2.3 社会性别理论的形成

社会性别理论是从社会性别的角度去观察和分析社会、政治、经济和文化等社会现象,重新审视两性关系,消除两性成长中的文化壁垒和障碍,从而避免两性之间在机会和权利上的差距产生和进一步扩大的观念。它体现了"以人为本"的时代特征,其积极意义在于促进全社会善于从性别的角度观察社会现实,并从行动上积极促进两性的协调发展。

社会性别理论的形成过程也是社会性别意识逐渐主流化的过程。所谓社会性别意识主流化是指政府、组织或机构在政策制定、实施和评估,以及日常工作中,考虑到社会性别对女性和男性产生的不同影响,达到逐渐消除社会性别歧视、实现社会性别平等和社会性别公正的目标。社会性别是基于生理性别后天形成的,社会性别上的不平等体现在男性和女性所拥有的权利、责任和机遇上的不同。中国历史上存在较为浓厚的"男尊女卑"观念,尤其需要把社会性别意识纳入社会发展和决策的主流,实现男女真正意义上的平等。1995 年联合国第四次世界妇女大会通过的《北京宣言》和《行动纲领》中,中国政府是承诺社会性别意识主流化的 49 个国家之一;在同一年,中国把男女平等作为促进社会发展的五项基本国策之一;2001 年,中国将妇女发展的目标任务纳入国民经济和社会发展的总体规划。这些都是社会性别意识主流化发展趋势的具体体现。

当运用社会性别理论分析妇女问题时,就可以称为"社会性别分析",这种分析方法主要就是指"社会性别角色分析"和"社会性别关系分析"。社会性别角色分析通常会比较妇女与男子在社会中充当的不同角色,认识他们之间存在的不同需求;而社会性别关系分析旨在分析资源、责任和权力分配方面存在的性别不平等,运用社会性别概念分析人与人之间、人与资源和各种活动之间的关系。社会性别分析主要强调的是一种视角,也就是对待事物要有社会性别意识和敏感,是分析男人和妇女在特定的社会,特别的时间和范围,从事特定活动时的角色及责任,分析他(她)们之间的社会性别关系。例如提出谁做什么、谁拥有什么、谁来作决定、怎样作决定、谁可以获益、谁受到损失等问题,社会性别的概念提供了一种解决社会性别问题的思维方法。在妇女社会工作中,往往会发现许多妇女面对的问题不仅仅是个人的问题,也在一定程度上体现了性别不平等,例如妇女遭受家庭暴力的侵害、单亲母亲、下岗女工等许多问题。有了社会性别的意识,就可以运用辩证的、历史的观点分析单个妇女问题背后的社会性别不平等现象,而不是简单地认为妇女的问题是她自己造成的,她们生来就应该是这样的命运。

2.2.4 社会性别理论指导妇女社会工作

当社会工作者在对妇女服务对象进行社会工作介入时,应该将社会性别理论用于妇女社会工作,并在和妇女建立社会工作专业关系、收集资料、判断问题、帮助妇女改善状况等各个环节中,都应该注意遵守以下基本原则。

1. 要倾听妇女的声音

在妇女进行求助的社会工作实务的所有过程中,妇女社会工作者都要认真重视妇女对问题的看法,重视妇女的需求,而不是主观武断地做出判断,要认真倾听,充分共情,才能对妇女真正有所帮助,务必不能忽视妇女自己内在的感受和经验。

2. 要表达妇女的声音

妇女社会工作应该使用有效的方法,使妇女的声音有效地得到表达。在社会性别观念指导下进行分析,分析妇女面临的困境(如陶女士的困境)背后的社会性别根源,而不是仅仅把妇女的困境归结为她们自身的原因。

3. 要分析两性关系的格局

应该将妇女问题放在两性关系的格局中分析。妇女社会工作不只是围绕着妇女进行问题分析,而应将女性置身于两性关系中进行分析。同时,妇女社会工作不是盲目追求与男性没有差别的平等,而是在承认男性与女性基本区别的基础上,强调两性权利、责任、机会和选择的平等。

4. 要强调和追求男女两性的平等

妇女社会工作不只是讲妇女的利益、妇女的解放,而是强调妇女的解放同时也是男性的解放,因为两性的和谐的受益方不仅仅是妇女,妇女利益的真正实现对男性也是提高福祉的一种表现。

当运用社会性别理论指导妇女社会工作时,就会发现传统行政体系下针对妇女的工作方式存在着一些不妥之处。传统的妇女工作往往把妇女问题个人化,常常将妇女的问题归结为其社会性别角色适应不良的原因。而在社会性别理论指导下的妇女社会工作将妇女问题视为个人与社会运作失调的结果,尤其是社会结构失衡、社会政策偏差的结果,因此,需要把妇女的困境和个人问题放至社会层面,正视妇女在社会上权力、资源分配的过程中常常处于不利甚至受压迫的事实,强化社会性别意识并将这种意识渗透到社会生活的各个领域,以此为指导开展具体工作。

因此,以社会性别理论为视角,对于陶女士的问题,不应简单地将其归因为家庭角色的失败,或以约定俗成的社会性别规范和社会角色期待错误地要求陶女士必须承担做媳妇的责任,对婆婆言听计从,为家庭生育一个男孩以传宗接代。应该清楚地认识到:陶女士面临的问题和困境不仅仅体现了她个人在处理家庭关系问题上可能缺乏一定的能力,更重要的是体现了社会整体的性别规范对陶女士产生的负面影响。因此,社会工作者若要帮助陶女士改善家庭关系和生活质量,必须在一定程度上改变陶女士的丈夫及婆婆对此事的基本认知,而不是完全从改变陶女士的认知和行为切入,以此为逻辑出发点的妇女社会工作实务的介入才能更有效。

2.3 社会支持理论

2.3.1 社会支持理论的概念

从社会学的角度来看,任何人都并非一个孤立的人,而是处在一定的社会结构之中。因此,每个人都应该具有一定的社会支持体系,才能更好地生存于社会之中。有关社会支持的研究开始于 20 世纪 60 年代后期,人们探索生活压力对身心健康的影响研究表明,相同的压力情景对不同的个体所产生的影响和作用是不同的。相对而言,受到来自家人或朋友等较多支持的人比很少获得类似支持的人心理的承受力更强,身心也更健康。20 世纪 70 年代初,精神学领域中引入了社会支持的概念。后来,社会支持已经成为一个具有交叉学科性质的概念,运用在医学、心理学、社会工作等不同的领域中。

由于社会支持存在于不同的研究领域,因此有关社会支持的内涵也不同。总的来说,研究者把社会支持分为客观的(物质、实际可见的)支持和主观的(精神层面的关注、安慰等)支持,倾向于认为社会支持是以个体为中心,个体及其周围与之有联系的人们,以及个体与这些人之间的社会互动关系所构成的系统。从功能上讲,社会支持是个体从其所拥有的社会关系中所获得的精神上和物质上的支持;从操作上讲,社会支持是个体所拥有的社会关系的量化表征[4]。

这里倾向于肖水源的概念界定,认为社会支持是以个体为中心的各种社会联系对个体所提供的稳定的物质和精神上的支持,包括客观支持、主观支持及对社会支持的利用度 3 个方面。客观支持即个体获得的实际可见的物质援助、社会网络以及团体关系的存在和参与等,它是独立于个体感觉的客观存在;主观支持指个体感觉的被尊重、被理解的情感体验和满意程度,它与个体的主观感受密切相关;社会支持的利用度则是个体对社会支持的接纳和利用、社会支持对身心健康的结果。社会支持是影响人们社会生活的重要因素,它涉及到学习、生活、健康等各个方面,提供充分的社会支持将有利于个体获得社会资源、增强自信心,为个体提供归属感[5]。

根据社会支持所提供资源的不同性质,有学者将社会支持划分为 4 种类型[6]。

第一,情感支持:指个体的价值、经验等受到他人的尊重、称赞和接纳,也可称做表现性支持、自尊支持。他人情感支持的行为表现包括提供尊重、情感、信任、关心和倾听等。

第二,信息支持:指帮助个体界定、理解和应对问题。这个功能通常称为忠告、评价支持和认知指导。他人信息支持的行为表现包括肯定、反馈、社会比较、建议、忠告和指导。

第三,友谊支持:是指与人交往,受人接纳,有所归依,能够帮助个体实现与他人合群与交往的需要,使他们能够从生活困境中解脱出来,保持积极的情感状态。他人友谊支持的行为表现包括休闲娱乐活动、相处或共度时光。

　　第四,物质支持:提供财力帮助、物质资源或所需服务等。他人物质支持的行为表现包括提供钱物、劳动、服务或直接帮助个体解决问题。

　　不同领域对社会支持的研究都发现社会支持与身心健康之间存在着积极肯定的关系。无论是从整体的角度对社会支持个体心理健康关系所作的宏观分析,还是从个体的角度对社会支持与某一特定心理病症关系所进行的微观研究,都显示出社会支持对个体心理健康的有益影响,社会支持的心理保健功能得到了广泛承认[7]。但是,对于社会支持的作用机制,理论研究则有着不同的模式,目前主要存在着 3 种理论模式,即主效应模式、缓冲模式和动态效应模式[8]。

　　主效应模式认为社会支持对个体身心健康具有普遍的增益作用,它不仅在心理应激的情况下才发挥保健作用,而且对于维持平时个体良好的情绪体验和身心状况有益。社会支持之所以具有这样的增益作用,是因为个体所拥有的社会网络能为其提供积极的情感体验,对个人生活环境的可预测感和稳定感,以及对自我价值的认知。另外,与社会网络的融合在使个体获得归属感的同时,还使个体易于获得必要的帮助以避免一些负面生活经历,如经济问题、法律纠纷等,这些负面的生活经历往往会增加心理障碍或身体疾病的可能性。这一模式认为社会支持能够有效调节个体的行为方式,使其避免产生不良的行为方式,如吸烟、酗酒、滥用毒品、不愿就医等,而形成较多的健康性行为,如合群、主动寻求帮助、努力应对困境等,由此也能促进个体保持健康积极的生活态度,增强对生活的自我控制感,从而保持身体健康。

　　缓冲模式认为社会支持仅在应激条件下与身心健康发生联系,它缓冲压力事件对身心状况的消极影响,保持与提高个体的身心健康。换言之,如果没有明显的压力存在,社会支持并不会有太大效果。作为缓冲器的社会支持,常常通过人的内部认知系统,主要指那些影响心理应激强度和对应激的耐受力、调节心理刺激与疾病间联系的个体意识心理特征、意识倾向性和自我观念等发挥作用的。一方面,社会支持可能作用于压力事件和主观评价的中间环节上,如果个体受到一定的社会支持,他(她)将低估压力情境的伤害性,通过提高感知到的自我防御能力,减少对压力事件严重性评价。另一方面,社会支持能够在压力的主观体验与疾病的获得之间,起到缓冲作用,社会支持可以提供问题解决的策略,降低问题的重要性从而减轻压力。

　　动态效应模式认为应将社会支持和压力或应激同时作为自变量通过直接或间接作用对身心健康水平起作用,压力或应激与社会支持的关系是相互影响和相互作用的,这种关系还会随着时间的改变而发生变化。这种动态模式认为:其一,社会支持与健康、幸福感是相互影响的;其二,社会支持的丧失本身就是应激事件,许多生活应激事件包括社会支持的丧失,如婚姻破裂、丧失亲人等。

　　由此可见,虽然社会支持的作用机制模型还没达成一致的结论,但是有一点是毋庸置疑的,那就是社会支持具有两种基本功能,即预防和修复,如果个人具有良好的社会支持网络,一方面能够预防不良事件的发生,另一方面在不良事件发生以后,可以改善他(她)的生理和心理健康,增强应对压力事件的能力。总之,社会支持是一个多层次多方位功能的社会体系。

社会支持既涉及家庭内外的供养与维系,也涉及各种正式与非正式的支援和帮助。社会支持一般来源于重要的他人,如家庭成员、朋友、同事、亲属和邻居等为某个人所提供的帮助功能,可以为人们提供情感性支持、网络支持、满足自尊的支持、物质性支持、工具性支持和抚育性支持。而且,社会支持不仅仅是一种单向的关怀或帮助,它在多数情形下是一种社会交换。从社会学意义上来说,社会支持是一定社会网络运用一定的物质和精神手段对社会弱者进行无偿帮助的一种选择性社会行为,它不仅帮助个人获得各种资源支持(如金钱、情感、友谊等),解决他(她)在日常生活中的问题和危机,还能维持其日常生活的正常运行。

2.3.2 社会支持理论指导妇女社会工作

社会支持对于女性尤为重要,有关研究证明不育妇女获得的社会支持比已生育的健康女性少[9]。女性具有特殊的生理和心理特征,承担着家庭与社会的双重角色,因此她们非常需要正式和非正式的支持系统,以帮助她们获得情感支持、物质支持、信息支持和资源支持。当以社会支持理论指导妇女社会工作时,不能仅仅只介入妇女服务对象个人,以满足她的需求,并改善她的社会适应性,而是要以妇女服务对象个人为核心,帮助她构建一系列的正式与非正式的支持体系,让她不但从社会工作者那里获取支持和帮助,还能从家人、朋友、机构、所在单位、社区甚至是社会获取资源、机会和支持。因此,在妇女社会工作实务的具体操作过程中,可以从以下 3 个方面构建妇女的社会支持网络。

1. 妇女自助互助的支持网络

妇女自助互助的支持网络是帮助有类似问题或需要的服务对象建立互助小组,使她们能够以自助助人的方式互助支持。例如,下岗女工支持小组、单亲母亲小组、受虐妇女支持小组。当社会工作者通过小组工作方法建立自助互助的妇女小组时,一方面,社会工作者对妇女服务对象形成了社会支持,另一方面,在这些具有类似问题或需要的妇女之间,也形成了有效的社会支持网络,可以彼此分享经验、信息,获得情感支持和生活技巧。有时候,即使妇女小组结束,社会工作者离开小组,这些妇女之间也能继续维持友谊和情感交流,通过彼此依靠和信任的关系,建立坚实的社会支持网络。

2. 志愿者的支持网络

志愿者的支持网络是围绕妇女服务对象的需要,为她们提供各种情感支持和资源支持。服务妇女的机构和妇女社会工作者可以利用丰富的社区资源或者大学生志愿群体,组织社区内外部若干名志愿者与服务对象建立联系,以便提供及时的帮助。例如,社区中为独居的老年妇女建立的邻里支持网络,这不仅可以为这些老年妇女提供日常生活照顾,还可以安抚她们的情绪,提供精神慰藉。再如,可以组织大学生志愿者在周末或者寒暑假期间,为社区的单亲母亲提供亲子辅导,与单亲母亲家庭中的孩子们建立联系,分担单亲妈妈的压力,解决单亲家庭孩子的学习和情绪问题,改善他们的亲子关系。

3. 社区的支持网络

社区是现代社会人们不可或缺的生活环境,人们的很多需求是通过社区得以满足的,社区对人们具有基本的服务功能和保障功能。服务功能主要体现在为社区居民各方面的生活需求提供服务和资源,包括生活服务、医疗服务、教育服务、咨询服务等。保障功能主要体现在通过挖掘社区资源和实行社会互助,协助政府承担社会保障的具体事务。同时社区还具有整合功能,主要体现在通过对社会利益的调整和社区资源的整合,满足社区成员的物质和精神需要,融洽社区和谐的人际关系,增强社区居民对社区的亲和力和归属感。因此,妇女社会工作实务可以依托社区构建妇女的社会支持网络。

社区的支持网络可以分为社区常规支持网络和社区紧急支持网络。社区常规支持网络是依托社区组织和机构,充分调动社区内外部资源,为社区妇女提供资源、物质、精神等各方面的支持。例如为社区的下岗女工提供就业培训和再就业的机会,帮助社区的贫困母亲申请低保,为社区的妇女提供医疗健康咨询和服务等各方面的内容。社区紧急支持网络是以协助个人或家庭预防突发事件或危机为主的支持网络。家庭纠纷、家庭暴力或个人的某种困难,常常因无法得到及时的调解或处理而恶化,甚至酿成悲剧。因此,社区中建立包括派出所、法庭、街道妇联、司法所、社区医院、居委会、社区志愿者和邻居在内的,既各司其职又相互联动的紧急支援网络,能为有需要的妇女和居民们提供及时的帮助和救援服务。例如中国法学会"反对针对妇女的家庭暴力对策研究和实践"项目同北京市丰台区右安门街道共同建立的城市社区多机构介入家庭暴力网络,经多年的实践,被证明具有十分重要、及时和有效的作用。

运用社会支持理论指导妇女社会工作,例如在帮助陶女士处理婚姻危机和家庭关系时,首先,社会工作者可以利用个案社会工作方法帮助她理清思路,完全接纳她、尊重她,缓解她的压力和情绪困扰,帮助她找到处理问题的最适宜的方法;然后,社会工作者还应该帮助她构建社会支持体系,为她提供进一步所需要的情感支持和妥善处理家庭纠纷的方法与技巧;再次,在适当的情况下,社会工作者可以采用家庭辅导的方法,改善陶女士和丈夫及婆婆之间的沟通方式,互相获得理解和支持;最后,社会工作者还可以在社区范围内,为陶女士建立妇女之间的自助互助小组,将一些具有婆媳关系不和或夫妻关系不好等相似问题的妇女组织起来,集中在一起彼此支持,互相分享情绪,共同学习改善家庭关系,分享婆媳关系和夫妻关系处理的一些技巧和方法,完善陶女士的社会支持网络。这样的社会工作思路与方法,不仅能使陶女士个人增强应对困难的能力,也能帮助她构建适当的社会支持网络,更好地为她提供支持和帮助。

小结

在女性主义理论、社会性别理论和社会支持理论三大理论指导下,妇女社会工作突破了以往简单地将妇女面临的困境归因于女性自己适应不良的辅导模式,而是把妇女问题置身于男性与女性两性的平等关系中进行分析,同时从社会结构、社会文化规范以及社会角色期待的视角理解妇女面临的问题。因此,从妇女的困境不完全是女性自己造成的逻辑出发,在帮助妇女解决问题时,就能够从社会政策和规范,社区、单位和家庭,以及个人等不同层面寻求帮助妇女解决问题、摆脱困境的资源和机会,构建妇女全方位的社会支持网络,才能最终帮助妇女解决其面临的困境。妇女面临的问题不仅是个人因素造成的,而且是社会因素和社会制度造成的,这就是三大理论为妇女社会工作提供指导的核心所在。

对妇女社会工作者来说,重要的是,不能简单地把妇女服务对象的问题归因于女性的个人问题,而是要理解传统的性别关系、社会化过程和性别刻板印象是形成女性服务对象所面临的许多问题的根本原因。所以,在妇女社会工作介入时,应从社会层面、社区和家庭层面,以及服务对象个体层面寻求帮助妇女解决问题的方法和途径。社会工作者不仅应该具备帮助服务对象使她们克服僵化的性别刻板印象的技能,也应该具备整合妇女服务对象的社会资源,构建其广泛的社会支持网络的能力。

问题与思考

(1)女性的生理角色与社会角色的内涵分别是什么?
(2)女性主义社会工作实务的核心是什么?
(3)社会性别理论提供给妇女社会工作专业介入的视角包括哪些方面?
(4)妇女的社会支持网络的构成通常包括哪些方面?

参考文献

[1]荣维毅. 中国女性主义研究浅议 [J]. 北京社会科学,1999(3).

[2]林嘉,丁广宇. 禁止就业歧视的立法理由及其法律界定[EB/OL]. [2006-06-12] http://www. ldbzfx. org/lunwen/113. htm.

[3]郑新蓉,杜芳琴. 社会性别与妇女的发展[M]. 西安:陕西人民教育出版社,2000.

[4]易进. 儿童社会支持系统———一个重要的研究课题[J]. 心理发展与教育,1999(2).

[5]肖水源. 社会支持对身心健康的影响[J]. 中国卫生杂志,1987(4).

[6]COHEN S, WILLS T. A Stress Social Support and the Buffering Hypothesis[J]. Psychological Bulletin,1985,98(2).

［7］李强.社会支持与个体心理健康［J］.天津社会科学,1998(1).

［8］宫宇轩.社会支持与健康的关系研究概述［J］.心理学动态,1994(2).

［9］宋爱芹,李芳,翟敏.不育妇女个性特征与社会支持的相关性研究［J］.医学与社会,1998
(3).

3

妇女生命历程与妇女社会工作

引言

　　人的个体发展会经历不同的阶段,每个阶段都有其不同的特征。而女性相对男性来说,由于生理和社会的各种因素,在各个阶段又呈现一些不同的需求。了解女性各个阶段的发展与需求,掌握女性各个阶段的社会工作的内容,有利于妇女社会工作者对妇女问题有一个全面、发展的认识,把握女性各年龄阶段的工作重心,更好地为女性群体提供相应的服务。

学习目标

1. 了解女婴幼儿期的发展与需求,掌握女婴幼儿期社会工作的内容。

2. 了解女童期的发展与需求,掌握女童期社会工作的内容。

3. 了解青年妇女的发展与需求,掌握青年妇女社会工作的内容。

4. 了解中年妇女的发展与需求,掌握中年妇女社会工作的内容。

5. 了解老年妇女的发展与需求,掌握老年妇女社会工作的内容

知识点

　　女婴幼儿的发展与需求和社会工作内容、女童的发展与需求和社会工作内容、青年妇女的发展与需求和社会工作内容、中年妇女的发展与需求和社会工作内容、老年妇女的发展与需求和社会工作内容。

案例导入

从小,父母说:女孩不能爬树,不能分腿坐,不能大声说话,不能龇牙咧嘴地笑……她就安安静静地做个乖乖女,足不出户,抱着洋娃娃,眼巴巴地看着别的孩子在窗外奔跑。

读书后,父母说:不能早恋,于是她剑斩情丝,断绝一切想法,专心读书。

参加工作了,她也得结婚了。但是她的婚姻不是因为爱情,而是因为父母和周围的人都说:你该结婚了。于是她开始相亲、交往、筹办婚礼。

婚后,丈夫说:女人要做家务。好,她白天在公司里忙自己的工作,晚上下班后回家继续干活,烧饭做菜洗衣服,擦桌拖地搞卫生。丈夫靠在沙发上看看报纸,时不时高声吼一句:"可以吃饭了吗?"她在厨房里手忙脚乱,还要温柔地回答:"快了快了,马上就好。"

丈夫说:你应该孝顺。于是她就忘记了生她养她教育她的父母,把丈夫的爹妈当做爹妈,替丈夫孝顺爹妈。丈夫和公婆聊天看电视,她在一边端茶送水。

生了孩子,她更加忙碌也更加憔悴,没几年工夫就成了黄脸婆,工作也是一天天混日子。丈夫出墙了,转移了财产要离婚。她噙着眼泪求丈夫不要离婚,因为她从小就接受了"从一而终"的道德规范。丈夫开始动手打她,她依然哭着求他不要离婚,因为她从小就被告知"孩子需要一个完整的家庭"。因为她的柔顺,婚姻得以保存。然而丈夫从不付出,不是漠然以对,就是拳脚相加,围城内烽火狼烟,她只会抱着孩子默默流泪。

等到丈夫老得无力再寻花问柳和拳打脚踢的时候,等到丈夫因为放浪形骸而失去健康躺到病床上,人们说你应该伺候他。于是,她就柔顺地服从别人的要求,日复一日地照顾这个曾经给予她无尽痛苦,如今气息奄奄的男人。如果男人会握着她的手,说声谢谢。人们就会满足地发出感慨:浪子回头金不换,少年夫妻老来伴。

家里逐渐安静了下来。某天黄昏,当她在阳台把衣服晾晒完毕,回到房间,被死寂的气息包围的时候,她突然想哭。从她记事开始,就从来不曾反抗,用温柔和顺从应对所有要求。一切要求都符合了,这一辈子也快过去了。然而,当初人们承诺给她的幸福却从来没有出现过。她一次次放弃自尊、放弃自我、放弃底线、放弃原则,换来的却是得寸进尺的要求和步步紧逼的折磨。恍惚间她的耳畔传来窗外孩子们尽情嬉闹的笑声,她想起曾经有个女孩抱着洋娃娃,对着外面的世界张望。泪水终于撑破眼眶的界限,沿着她苍老的面庞缓缓滑下。于是她想:就这样吧,老都老了。

资料来源:ChinaRen社区——咱爸咱妈"我母亲的一生,写出后,我真的想哭"[2006-8-26] http://club.chinaren.com/bbs/index.jsp? boardid=40&hotmsgid=76858408.

从上述案例中可以看出,妇女一生的发展会受到各种因素的影响。童年时,被父母要求做一个"乖乖女",没享受到奔跑的快乐;成年后,按社会要求做一个贤妻良母,对家庭、对男人无私奉献,但自我的发展、事业的追求渐成梦想,婚姻也出现危机而不能摆脱;老年后,周围的人都忽视她相关的权益,她也在自己的温柔和顺从中度过了一辈子而没有享受自己想要的幸福。妇女一生的各个阶段还会遇到什么样的困难和问题,妇女社会工作者该为她们提供什么样的服务? 这正是本单元所要阐述的内容。

3.1　女婴幼儿期

关于"婴幼儿"年龄阶段的划分,众说不一。按照中国儿童生长发育的平均水平,根据中国儿童心理发展研究的相关资料,目前中国的婴幼儿期可以分为三个时期:0 至 1 岁为乳儿期,又称新生儿期;1 至 3 岁为婴儿期,又称前幼儿期;3 至 6 或 7 岁为幼儿期,又称学龄前期。

乳儿期是人生的第一年,是身心各方面发展最快的时期,是心理活动萌芽阶段,也是生活经验积累的初始时期,新生儿身心发展为今后的发展奠定最初基础。提供充足的食物和饮水,是这一时期新生儿生理发展的必需。1 至 3 岁的婴儿在言语、动作和心理各方面有了一定的发展,随着独立行走和手的动作的发展,婴儿的生活范围较前期大大拓宽,受外界影响也大大增加,婴儿独立进行基本生活活动的需要与其本阶段心理发展水平低成为主要矛盾。3 至 6 或 7 岁的幼儿开始适度脱离父母的束缚,有了一定的活动空间,可以进入幼儿园,为上学做准备。

3.1.1　女婴幼儿期的发展与需求

阅读资料

邓家女婴,A 县 C 镇人,2004 年 8 月 15 日于镇卫生院足月顺产,未见异常。据婴儿祖母称,婴儿是在出院回家的路上死亡的,随即被丢弃于路边河沟内。死因"不详"。余家女婴,A 县 F 镇人,2003 年 10 月 5 日出生,2004 年 2 月 6 日死亡。死亡前,婴儿出现发热、不能进食,但其父母坐视不管,未去医院或找来医生进行诊治,而任女婴死亡。

资料来源:潘贵玉.亟待改善部分地区的女婴生存环境,[2006-03-09]中国网.

分析讨论

女婴为什么会出现这种状况?

这一时期,女婴幼儿最大的需求是维护其生存权和发展权。但是,社会上会有如下诸多不正常表现。

其一,女婴不能正常出生。正常的出生人口性别比(女:男)应在 103 至 107 之间(即出生 100 个女孩的同时出生 103 ~ 107 个男孩)。而 2005 年 8 月 24 日,在国务院新闻办举办的新闻发布会上,全国人大常委会副委员长、全国妇联主席顾秀莲指出:我国男女出生性别比已经达到 119.86。中国国家统计局抽样调查显示,我国乡村出生人口性别比为 122.85,也就是每 100 个女性相对有 122.85 个男性,高于全国 118.58 的平均水平。许多新闻报道也表明:对于"女儿"的即将诞生许多父母是采取不欢迎和拒绝的态度,因此才会出现利用人为的措施遏制女婴诞生从而导致新生儿性别比例失衡的现象。

其二,女婴非正常死亡率高。在我国农村落后或贫困地区,溺婴或杀婴(这里指残害女婴)的现象频频发生,说明女性在出生之际便已受到不公正对待,表明了我国落后的农村地区根深蒂固的性别偏见与落后观念。一般来说,儿童死亡问题指的是 0~4 岁的婴幼儿死亡率偏高问题。理论上,在一个没有性别歧视的人口中,生物医学因素是影响 0~4 岁婴幼儿死亡水平的主要因素,一般,男孩的死亡水平应高于女孩死亡水平,正常死亡婴儿性别比为 130 左右(即死亡 100 个女婴的同时会死亡 130 个男婴)。在我国,1990 年普查数据显示 0 岁的男婴死亡率为 32.19‰、女婴为 36.83‰,1995 年的数据也反映出 0 岁和 1 岁组的女孩死亡水平明显高于男孩。而西部地区在 1994—1996 年间,0~4 岁男孩死亡率为 31.82‰,女孩为 46.06‰。根据"五普"资料,我国 2000 年死亡婴儿性别比低至 87,即死亡 100 个女婴,同时仅死亡 87 个男婴。据此推算,近年来,我国每年女婴死亡数比正常值多 6 万~8 万人。这说明人口中存在社会性别差异[1]。

根据潘贵玉等人对湖北某县 2004 年度死亡婴儿家庭逐户进行的调查表明以下事实。

(1)一孩死亡婴儿性别比正常,二孩以上死亡婴儿性别比明显偏低。该县 2004 年度婴儿死亡 149 例。其中男婴 60 人,女婴 89 人,死亡婴儿性别比为 67.4。其中,一孩死亡婴儿性别比为 131.3,属于正常范围。二孩死亡婴儿性别比为 54.2,女婴死亡是正常范围的 2.4 倍,说明二孩的死亡存在严重的性别选择。

(2)部分女婴出生后被人为地剥夺生命,或任其小病拖大,大病致死,是女婴非正常死亡严重的直接原因。有的女婴出生时,由婴儿祖母接生,无专业医生和助产士在场,女婴生死家人自行"处理",问及女婴死亡原因,其亲人极其敏感,不能作出合理的解释。甚至有人认为亲生骨肉自己有权处理,不认为是不道德的,更不认为是违法的。根据该县人民医院儿科 2000—2005 年 6 月生病儿童住院病例统计,儿科收住患儿男童 3 318 人次,女童 1 325 人次,男童住院人次是女童的 2.5 倍。反映出当地群众重男轻女的倾向十分突出,对男童患病积极治疗,对女童患病治疗的积极性往往相距甚远,导致女童小病拖大、大病致死①。

导致男女出生性别比过高的主要原因有以下几个方面。

第一是经济因素。在许多农村地区,生育男孩是重体力劳动和传统生活方式的需要,落后的生产力使得群众把发家致富的希望寄托在生育男孩上。

---

① 潘贵玉. 亟待改善部分地区的女婴生存环境. [2006-03-09]中国网.

第二是文化因素。在传统生育文化中,养老要依靠儿子、孙子,而女儿和孙女都不能养老;男婚女嫁,男孩长大娶媳妇,等于生一个赚一个;家谱和祖先牌位只记男性,不记女性,没有儿子等于断了香火……这些观念使得在传统农业社会中形成的重男轻女的生育文化得到延续和强化。

第三是社会性别不平等现实因素。在现实社会活动中,人们常常感受到性别不平等的种种现象,这些现象又不断刺激着人们产生"男孩偏好"的情结。此外,B超等胎儿性别鉴定技术的普及,为一些人选择性别引产提供了条件。从本质上来说,出生人口性别比男性比女性偏多是男女不平等的表现,同时也是女性生存权和发展权受到侵害的反映。出生人口性别比的持续升高对社会经济的危害巨大,它会打破社会性别总平衡,直接造成婚姻家庭结构、消费结构、劳动力结构的失衡,导致犯罪、买卖婚姻等行为的增加,也给未来社会的发展留下严重隐患和不安全因素。

3.1.2　女婴幼儿期的社会工作

女婴幼儿期的社会工作重点在于和有关机构构建女婴幼儿安全、健康的生存环境。

1. 促进相关政策法规的出台

禁止任何单位或任何个人以任何手段非法鉴定胎儿性别。一要禁止在书籍和画报中出现任何内容的"生男生女早知道"的读物。国家应在出版行业中颁布专项制度,规范日益混乱的文化市场。二要禁止使用B超检测胎儿性别,加强对已婚妇女流产工作的管理。开展针对"非医学需要的胎儿性别鉴定"和"非医学需要的选择性别人工终止妊娠"的专项整治。凡是利用超声和染色体检查等技术手段从事"两非"的医疗机构,要吊销其医疗机构执业许可证,吊销其妇产科、超声科、检验科等问题科室的诊疗科目,吊销当事医务人员的执业证书,并追究医疗机构负责人的责任等等。三要对孕妇实行严格的建卡孕期保健制度,如没有特殊原因而人为流产的,5年内不发给生育指标。

2. 维护女婴幼儿的权利

严厉打击溺弃女婴的犯罪行为。尽管现在每年我国有数万例溺、弃女婴案例发生,但真正查处的不超过百分之一,远远起不到震慑治理的作用。溺、弃女婴行为本应当是容易识别和处理的,但由于溺、弃女婴案例多由女婴父母或祖父母等直系亲属所为,处理上多碍于人情亲情,往往把它归于家务事,存在"民不举官不究",不好"铁面"下手的情况。同时,相关部门缺乏有效的治理措施,打击力度不够,导致溺弃女婴案例一再发生而无人问津。建议各级政府组织公安、检察、法院及卫生、人口计生、民政、妇联等相关部门切实负起责任,严厉打击溺弃女婴的犯罪行为,并出台切实有效的治理措施,捍卫女婴合法的生存权。

3. 加强女婴幼儿的卫生保健

通过多种努力,加强妇婴保健,以减少女婴死亡率。如在女婴死亡率偏高的省份实施农民家庭免费住院分娩和减免患病女童救治的门诊费和住院费措施。实施农民家庭免费住院分娩,能够切实提高农村住院分娩率,给予农民家庭女婴安全健康的出生环境,并能够有效减少溺弃女婴行为的发生。而减免患病女童救治的门诊费和住院费,可以使农民家庭女童在患病后得到及时而有效的救治,减少女婴死亡,降低女婴生存风险。其经费建议分别由各级财政负担。

4. 努力消除性别歧视

深入开展"婚育新风进万家"活动,广泛宣传男女平等、少生优生等文明婚育观念,普及保护妇女儿童权益的法律法规知识。对农村计划生育女儿户给予奖励,在扶贫济困、慈善救助、贴息贷款、就业安排、项目扶持中对计划生育女儿户予以政策倾斜等等。

5. 进行亲职教育

亲职教育是成人教育的一部分,它以增进父母教育子女的知识能力和改善亲子关系为目标,由正式或非正式的亲职教育专家所开设的终身学习课程。其内容规划由子女生命周期阶段的成长任务而定,主要集中在:培养正确教养子女的态度,增进有效教养子女的知识技能,夫妻角色职份的学习,以及改善亲子关系。

3.2 女童期

根据相关资料,儿童的年龄阶段可以划分为两个时期:①6~7岁到11~12岁为童年期,又称学龄初期;②11~12岁到14~15岁为少年期,又称学龄中期。

童年期,儿童以学习为主导活动,生活环境发生了很大的变化,促使他们的心理迅速发展起来,同时他们的生活范围有了很大的拓展,社会性发展进入了一个新的阶段;少年期,开始进入青春发育期,是个体生长发育成熟的关键时期,是独立性和依赖性、自觉性和幼稚性错综矛盾的时期。

3.2.1 女童期的发展与需求

在传统文化里,女童从小就被灌输女孩应该保持沉默、顺从和逆来顺受的思想。父母和老师力图强化"完美女孩"形象(即温文尔雅、安静、顺从、学习好,总是规规矩矩、高高兴兴的)。传统文化的这一影响至今在某种程度上仍以某种形式存在着,对女童的成长有着长远的影响。《北京行动纲领》写到:"女童通常被视为低人一等,并把自己排在其次,这降低了她们的自尊。童年时代受歧视和忽视可能造成终身受到社会主流的排斥和剥夺。"

女童的发展与需求主要有以下几点。

1. 女童获得基本生活照顾的需求

由于传统的重男轻女以及"女孩是为别人家养的"等观念的影响,再加上我国一部分不发达地区的贫困状态,使得家庭在营养的分配上自然地将指针偏向男孩,因此也就往往会导致女童的营养不良现象。

2. 女童受教育的需求

随着我国对教育问题重视程度的提高,我国女童教育所取得的成绩有目共睹。在贫困山区、农村地区和少数民族地区,女童的入学机会依然和男童存在一定的差异。并且,在中途辍学的学生中,女童的比例也要高于男童。

3. 女童免于被剥削的需求

不管在家里或在工作场所,女童的劳动都经常受到利用和剥削。联合国儿童基金会和联合国妇女发展基金会观察到,"在工业化国家,童工的现象通常被掩盖起来,就像在其他地方一样,童工成了基本文化的一部分。例如,当女童的母亲为了养家糊口在外工作或为了提高学习能力而上课时,女童几乎成了看护弟妹的全职保姆"[2]。在世界范围内,家庭和社区拒绝女童娱乐的权利;在各种年龄阶段和各种文化里,男孩比起女孩有更多的时间玩耍、受教育、运动、思考和发展他们的人格。

3.2.2 女童期的社会工作

女童期的社会工作主要有推动有关儿童的立法、促进对女童的养育、推动女童的教育事业、创造女童快乐成长的环境、加强女童的卫生保健、开展女童的家庭服务、增强女童权益的保护、进行女童问题的研究、对孤儿和被弃女童的工作、残疾女童的康复和教育、对特殊女童的服务等等。具体的工作内容有以下几个方面。

1. 帮助父母树立科学的儿童观

在传统中国社会的儿童观中,儿童仅仅是社会的附属物,儿童是家庭的私有财产,儿童是隶属于家庭的,不具有任何真正的社会性权利。这样人们常常忽略儿童的权益,忽略儿童作为一个独立个体的需要。科学的儿童观则认为儿童在接受社会提供的成长条件的同时,也会对伦理道德、科学文化、社会制度、风俗习惯等作出能动的反映,儿童个体是能动性、平等性、发展性和独特性的统一,他们都应享有生存、发展、参与和受保护的权利等等。为了使父母树立科学的儿童观,自觉维护儿童的权利,需要我们对儿童权利加以持久有效的宣传,使其成为社会生活中的固定法规和规范。

2. 帮助女童明了自己的权利和寻求保护

使女童认识到自己的合法权利,是一项艰苦但十分有意义的工作。女童懂得了自己的合法权利,才不会盲从,才能发挥出充分的自主性,她们的生活才会更加快乐。在具体工作中,也有必要使女童掌握有效的诉讼方式,在伤害面前会寻求有力的保护。女童学会自我保护会给她带来安全感,也会对损害女童权益的行为造成威慑力。

3. 形成维护女童权益的社会服务网络

近年来,我国与儿童工作有关的部门和社会组织,从各自工作职能出发,履行法律和政策赋予的职能,维护女童的合法权益。公权力的介入在女童权益的保护方面必不可少,利用社会资源施以必要的专业协助,会尽早地解救处于不利境地的女童。

4. 建立女童的社会支持网络

阅读资料

有一个 10 岁女孩,父亲因为犯罪行为被关进监狱,母亲在她很小的时候就离家出走,她由爷爷奶奶照顾。一年前爷爷去世,奶奶72岁,脚残疾。这个小女孩身体状况很差,时常生病,学习困难,性格内向,经常遭到同学欺负。她从不把这些情况告诉老师,她怕给老师惹麻烦。

资料来源:史柏年.社会工作实务(中级)[M].北京:中国社会出版社,2007:123.

分析讨论

怎么建立该女孩的社会支持网络?

社会支持网络是个人生命过程的组成部分,每个人都拥有自己一定的社会支持网络。社会工作服务作为一种正式的社会支持网络,可以用其掌握的社会资源为女童提供直接的服务,动员社会力量以满足较紧迫的需求,帮助女童补足和扩展其非正式的社会支持网络。帮助提高建立和利用社会支持网络的能力,可以从女孩的亲属、学校、社区等入手。

3.3　青年妇女

根据相关资料,青年期的年龄阶段定为14～15岁到40岁,这是个体身心发展的关键时期。这一阶段的主要特征有:身体成长迅速,较留意异性,智力发展达到高峰,重视朋辈团体规范,生理、心理不稳定但开始走向成熟,人生观开始形成等。这一阶段的问题主要有:经不住不良环境影响会出现行为偏差;学业上的失败会导致多重负面影响;对异性的好奇和社会责任感的缺失可能会导致不良性行为或性罪错。

3.3.1　青年妇女的发展与需求

青年妇女个体发展与需求可以概括为以下几个方面[3]:

(1)接纳自己的身体与容貌,符合社会所规范的性别角色期望;

(2)个体与同伴发展良好人际关系;

(3)追求个体的情感独立自主,少依附于父母及其他人;

(4)自食其力,寻求经济独立;

(5)为未来的生涯做准备;

(6)发展符合社会期望的认知技能;

(7)努力形成较强的责任心,追求理想和抱负;

(8)为未来的婚姻和家庭做准备;

(9)建立正确的人生观和世界观。

3.3.2　青年妇女的社会工作

青年妇女的社会工作的内容主要有:思想道德品格辅导、心理及认知辅导、生涯发展辅导、就业就学辅导、生活方式辅导、社会交往辅导、行为偏差及犯罪青年妇女矫正服务、弱势青年妇女保障服务等等。

1. 对行为偏差女青年妇女的矫治

所谓偏差行为,即偏离行为、异常行为或越轨行为,通常是指那些超出常规,偏离或违背社会道德规范、纪律规范和法律规范的行为。青年偏差行为是青年在青春期出现的偏离或违背社会规范的行为。根据偏差行为性质、程度的不同,青年偏差行为可以分为一般的偏差行为和严重的偏差行为。后者主要是指青年犯罪行为。

一般的青年偏差行为主要表现为:

(1)违纪行为,即违反特定场合的特定管理规范的行为,如学生考试作弊、旷课、逃学等;

(2)违德行为,即违反社会道德规范的行为,如见死不救、拾遗不报等;

(3)异常行为,即由于个体自身某些特殊的精神问题或心理因素及其变化引起的违反社会规范的行为,这种偏差行为更多的只是因为自己行为的不正常而在客观上造成对他人的危害;

(4)自毁行为,即违反社会规范并对自身造成伤害的行为,如吸毒、酗酒、自杀等;

(5)不适当行为,即常常与人们普遍认为"应该如此"的原则或理念不一致的行为,如离家出走、吸烟、赌博、未婚先孕等;

(6)反社会行为,即违反社会规范并对他人和社会造成某种程度的破坏行为,如青年强索、欺诈等行为。

其中,旷课、逃学、谩骂、殴打等青年偏差行为已经成为一种普遍的社会现象。

对行为偏差青年妇女的矫治服务因偏差行为的不同而有所不同。一般说来,矫治和预防性服务包括:

(1)进行社会技巧训练;

(2)加强补救性教育;

(3)加强学校和家庭的联结,并开展家庭层面的辅导服务;

(4)建立有效的青年妇女支持网络。

2. 学业辅导

阅读资料

暑假还没开始,大三女生小张的妈妈已经为她物色了好几个青年才俊,整天催促她回家相亲:"趁着现在年纪轻,抓紧找个优秀的先谈着,年龄一大就来不及了。"据悉,眼下大学女生忙相亲,成了不少大学里一个有趣的现象。

资料来源:学得好不如嫁得好吗? [N]. 中国青年报,2004-07-20. [2004-07-20] http://news. beelink. com. cn. 1633792. shtml.

分析讨论

这是"学得好不如嫁得好"论调的反映。女大学生的成才与发展,不仅关系到女大学生能否实现自身的价值,而且直接关系到女性人才资源的开发与妇女的解放。

针对女生不忙求职忙相亲的现象,高校应因势利导,充分调动女大学生成才的积极性,帮助女大学生克服来自社会及自身的障碍,从而培养优良的心理素质,去勇敢地面对自我,面对社会。社会应该消除就业领域的性别歧视,为女性就业提供良好的环境。

社会工作发挥指导、引导作用,促使青年妇女更自觉顺利地完成学业,具体可以从5个方面对青年妇女的学业进行指导:

(1)激发学习动机,强化学习目的;

(2)端正学习态度,改良学习习惯;

(3)发展学习兴趣,扩展学习视野;

(4)解决学习困惑,加大学习深度;

(5)提高学习能力,改进学习方法。

3.促进青春期健康

在1994年的开罗国际人口与发展会议上,讨论的主要观点是关于青少年的性和生殖健康问题。

促进青春期健康的一个主要障碍是缺乏有效的性教育,特别是对年轻女孩和男孩关于控制出生和性病传播的信息不足。其中的一个结果是青年人常常没有对性传播的疾病进行医治,有一些导致了不育症。另一结果是艾滋病病毒在青年人中已经有所传播。而很多女孩不了解早孕带给她们健康的危险,女孩们常常无法拒绝性攻击,尤其是那些比她们年长的男人。

性教育的内容应包括性生理卫生和性道德观念两方面。而目前所提供的性教育,常常是生理课上关于生殖方面有限的信息,计划生育很少涉及,男孩不用承担预防怀孕的责任。艾滋病感染在全球内各个地方正在增加,要避免把它作为另一种人的疾病去治疗。专家发现有效的性教育项目应针对青年人实际关注和焦虑以及改善积极的健康的性生活,还要强调伙伴之间自主、平等交流和分担计划生育的责任。

阅读资料

据了解,每年的暑期都是学生"人流"的高峰。广州医学院第二附属医院、广州市妇婴医院等医院统计数据表明,暑假一个月来,接诊的人流患者从200至300人不等,其中仅有30%的患者为已婚避孕失败者,至少有50%都是未婚先孕的少女,年龄以十四五岁至二十七八岁的居多。

广州医学院第二附属医院的宋主任说,这里面至少有25%的人为学生人群,她们当中95%的人都是瞒着父母和同学悄悄来的。市妇婴医院的伍医生也介绍,学生做人流的以十六七岁的中专、职中、技校学生居多,她们在做人流时,都有谎报年龄情况,很多都不是由父母带着来,最多也只是由男朋友或是要好的同学陪着来,而且她们有的已是做两三次人流的患者。

对于未成年人来说,这种痛苦一生难以磨灭,并会影响日后的性生活和生育。正常的术后人士,工作单位会给予一定的休假时间,且这些成年人有一定的经济基础,能够适当地增加营养补品进行调理。但是如果是中学生,做完人流后,为了不让家人或其他同学知道,营养肯定跟不上,每天照样得上学,学校的体育课也不得不上,这对发育尚未成熟的中学生来说,手术给她们带来的后果会更加严重。

资料来源:暑假后高中女生出现做人流高峰 专家称危害大[N].信息日报.[2007-09-18]http://news. QQ. com

目前,青少年性成熟年龄一般为十二三岁。性成熟的提前,使婚前发生性行为的比例也在不断提升,同时还包括一些性伤害事件不断出现,使得少女意外怀孕比例呈现上升趋势,她们有的选择通过非正规渠道做人工流产或药物流产,对少女的身心造成严重的伤害。要想帮助这些女孩,必须加强青少年性教育,成立少女意外怀孕救助中心等等。

3.4　中年妇女

根据相关资料,中年期的年龄阶段为40至65岁。这一阶段的主要特征是:生理机能达到高峰后逐步衰退,进入更年期,人生经验丰富,社会角色多样,家庭和社会责任沉重等。这一阶段的问题主要有婚姻问题(包括结婚与婚姻稳定)、精神健康问题和就业问题。

阅读资料

桂花一大早就跨进居委会大门,这已经是她第三次到居委会来了。王主任说:"怎么了? 又打你了? 这个人呀……"桂花低着头,胳膊和手腕上都是红肿的抓伤,一侧的脸颊和眼眶乌青。"我已经尽力做好自己的事了。昨天他回家我早就做好饭了,但是他吃了一口就摔掉筷子说菜太咸了,我只说了一句'不咸啊……'他就……"桂花眼泪刷刷地流下来。王主任叹了一口气:"你家的这位,看着是个挺懂事理的人啊! 你看,每次他打你以后不都是很后悔吗? ……年轻人火气大,过些年成熟了会好些。……建立个家不容易,有话还得好好说……"

资料来源:史柏年.社会工作实务(中级)[M].北京:中国社会出版社,2007:325.

分析讨论

(1)你认为案例中的王主任解决了桂花面对的问题吗?

(2)假如你是居委会的主任,该如何去处理这个问题呢?

可以找桂花的丈夫,帮助他树立尊重妻子的观念和处理夫妻关系的方法;促使桂花认识妇女的权利,帮助桂花争取在家庭中平等的权利和地位;在社区成立反家暴妇女小组,建立支持网络;在社区进行反家暴的宣传等等。

3.4.1　中年妇女的发展与需求

中年妇女的发展与需求归纳如下[3]。

1. 享有与男性同等的社会发展环境和条件的需求

虽然我国妇女和男子在法律上已经取得了平等,妇女也在政治、经济、教育、文化等各个领域取得了成绩,做出了贡献,但是在现实生活中还存在着不利于妇女发展的情况。社会上存在着重男轻女、歧视妇女的观念,在各个领域存在着男女不平等的现象,使得妇女在发展过程中还没有完全取得与男子同等的社会发展环境和条件,例如就业中的性别歧视、妇女在国家机构重要领导岗位上的重要职务中所占的比例低、农村失地失业妇女增多等等。因此,维护妇女权益,改善妇女生存与发展的社会环境,在法律和现实等层面真正实现男女社会性别平等,是妇女发展最迫切的需要。

2. 妇女特殊保护的需求

由于妇女特殊的生理状况,妇女担负着人类再生产的使命,使妇女在发展过程中需要一些特殊的帮助,比如妇女特有的五期(经期、孕期、产期、哺乳期、更年期)保护等问题。另外,由于妇女长期处于不平等的社会环境中,也使得在现阶段妇女需要一些特殊的保护和帮助。如制定并实施妇女发展纲要,完善维护妇女权益的法律体系,努力促进社会性别平等和妇女发展。

3.4.2 中年妇女的社会工作

妇女服务的总目标为妇女的全面发展创造有利的社会条件和社会环境。其社会工作任务有:①帮助妇女解决遇到的各种现实问题,如经济问题、子女上学难问题等;②帮助妇女预防出现新的问题;③促使社会性别主流化,进一步建立健全有利于妇女发展、保障男女社会性别平等的法律、法规和政策;④建立有利于妇女发展、促进男女社会性别平等的社会环境,如提高社会所有成员的社会性别意识,反对歧视妇女的各种现象等。

针对所有中年妇女的社会工作的具体内容包括开展四自教育、进行文化教育、学习实用技术、提高文化科技素质、提供健康保健、优生优育服务、婚姻家庭咨询服务、维护妇女合法权益等。在此基础上,再具体探讨针对特殊困难中年妇女的社会工作。

阅读资料

2001 年 4 月,湖南长沙芙蓉区启动"创建零家庭暴力社区工程",成为全国第一个由政府牵头创建反家暴社区的行政区。区里成立了由区委、政府领导担任正副组长的防治家庭暴力领导小组,区公、检、法、司、教育、卫生、民政、妇联、宣传等部门都是成员单位。区里把反对和防治家庭暴力作为一项重要内容列入了区经济和社会发展的第十个"五年计划",区政府对各部门的反家暴工作成绩定期进行评估,年终考核时可以据此"一票否决"。建立了七大维权网络,包括以公安部门为主体建立家庭暴力投诉站、警示室和伤情鉴定中心。在法院建立妇联干部人民陪审员制度,在妇联形成三级信访维权网络等。特别是区公、检、法、司四部门制定了《关于预防和制止家庭暴力的实施意见》,其中明确了各部门的职责,严格要求干警和工作人员不得以"清官难断家务事"为由拒绝受理家庭暴力的报案、控告、检举。所属的 12 个派出所都设立了家庭暴力投诉站,12 个街道则设立了维权站。实现对家庭暴力的社会介入率为百分之百,介入的盲区为零。该区的反家暴工作已经成为样板,参观咨询者众,并受到外国访问者的好评。

资料来源:她们的求助有人管——长沙市芙蓉区『创建零家暴社区工程』见闻.反对家庭暴力网 http://www.stopdv.org.cn.

分析讨论

根据资料,被虐妇女可以从哪些方面获得援助?

1. 为被虐妇女提供的服务

家庭暴力是一个全球性问题,在我国还出现继续扩展和攀升的趋势,而在家庭暴力事件中多数受害者是女性。在许多国家或地区,反对家庭暴力以及对被虐妇女实施救助,是社会工作中一项制度化的工作内容。在具体的操作层面,重要的工作如下。

(1)倾听被虐妇女的声音,理解其行为反应,一起探讨解决问题的思路和方法。

(2)为被虐妇女提供相应的社会资源,如申请法律援助,入住家庭暴力庇护所,去家庭暴力致伤鉴定中心鉴定伤情等等。

(3)对家庭暴力事件当事人(包括施暴者和被虐者)进行辅导,尽量消除施暴者心里的暴力因素;使被虐妇女发展正向的自我概念,树立起对掌握自己命运能力的信心。

(4)帮助被虐妇女树立个人权利的观念以及应对家庭暴力的技巧,让被虐妇女认识到“有要求被尊重、被保护的权利”、“有反抗的权利”等观念,而不要一味地委曲求全、忍辱负重。

(5)协助发生家暴的家庭解决实际问题,根除产生家暴的缘由。对由于经济困难而发生冲突的,就要帮助解决家庭经济困难。

2. 为单亲母亲提供服务

阅读资料

2004年,北京市东城区国子监社区的居民成立了一个名为“单亲俱乐部”的组织。很久以来社会上对“单亲家庭”的关注,更多的只是集中在单亲孩子的教育问题和单亲家庭的物质帮困上,而作为单亲父母的心理感受和精神状态却往往被忽略和压抑了。单亲俱乐部立足于帮单亲父母们疏导心结,排解愁苦,树立自爱、自尊、自强、自立的生活理念,以健康的心态面对生活。单亲俱乐部的心理咨询顾问、中国心理卫生学会心理师李建茹认为,单亲家长不应为了子女牺牲自己,忽略自己的全部感受、需要和幸福,而是应当让自己先健康起来,父母活得好好的,孩子看到一个健康的父亲或母亲,也会希望好好地活着。与以往一些单亲社团从事再婚介绍相比,单亲俱乐部更多地关注成员精神和心理上的抚慰。聊天、互相倾诉、向心理专家咨询等是俱乐部重要的活动内容。李建茹医生表示,一个人经历了情感挫折后,很自然地会出现对婚姻的畏惧,这实质上是一种对人际关系的可信程度的怀疑,有时甚至包括自我价值感的动摇。单亲父母要学会面对它,以便在新的生活中轻装前行。国子监俱乐部尝试对单亲家庭由物质帮困为主上升为以精神抚慰为本。

通过以上案例,可以了解到单亲俱乐部对单亲母亲提供了什么样的服务。在现代社会中,家庭变迁趋于剧烈,离婚率逐步攀升,单亲家庭数量越来越多。而在单亲家庭中,单亲母亲家庭的比例远远高于单亲父亲家庭,女性成为离婚现象攀升所造成后果的最直接承担者。单亲母亲家庭往往存在经济收入偏低、生活困难增多、心理压力加剧、子女教育及社会化等问题,需要提供支持和服务的内容如下。

(1)协助单亲母亲面对现实,努力调整其情绪和心理状态,顺利度过婚姻变迁初期阶段的心理适应阶段,树立自强、自立的信心,对今后家庭生活有一个长远规划。

(2)寻找社会支持系统的帮助,包括获得家人的理解和支持,扩大自己的社会交往网络,融入到社会中,到相关的机构申请救助等,从而获得经济援助和精神支持,以提高她们的生活质量。

(3)协助调整好单亲家庭中的亲子关系,寻找社会资源帮助单亲母亲解决诸如子女学习适应、家庭变迁后心理适应和情感适应等问题。

3. 为失业女性提供的服务

失业女性面临家庭婚姻、子女供养、再就业等一系列困难和问题,是最需要社会工作予以关注和提供服务的人群。面向失业女性提供的服务如下。

(1)通过个案或小组工作方法,帮助失业女性顺利度过失业初期的心理调适阶段,协助失业女性调整自己的情绪和心理状态,树立信心,对今后生涯发展有一个长远规划。

(2)通过社区工作方法,帮助失业女性建立更广泛的社会交往网络,整合各种资源解决经济困难。

(3)引导失业女性调整就业观念,组织失业女性参加职业培训,帮助失业女性再就业。

(4)帮助失业女性解决因事业而引起的家庭、婚姻、子女教育等方面的问题。

阅读资料

案例1

某社工机构为了帮助妇女脱贫致富,根据当地妇女会编织民族特色服装的特点,为她们投资购买了一批编织机。为了便于服装销售,该机构还联系了县城里的商场。妇女在家里进行来料加工,编织特色服装,同时照顾家务;男人把织好的服装运到18里外县里的商场,销路很好。为了多挣钱,妇女们天天加班加点,减少了串门聊天。

案例2

西北某地某村严重缺水。村里的习惯是妇女负责家里的用水,因此妇女每天要花三四个小时到十几里外的河里挑水。某社工机构寻找基金会赞助该村打一口井,条件是要求村委会办一个扫盲班,原来挑水的妇女要无条件地参加扫盲班的学习。村委会同意了,并和社会工作者一起做了很多工作。结果,村里有了一口井,妇女扫盲班也办起来了。解决了就近取水的问题,妇女减轻了劳动强度,还参加了文化学习。

资料来源:史柏年.社会工作实务(中级)[M].北京:中国社会出版社,2007:207.

分析讨论

两个案例有何不同?案例1关注了妇女的经济发展,却没有关注妇女的全面发展;案例2重视妇女的利益和全面发展。案例2比案例1具有更加鲜明的社会性别观念。

4.更年期综合症的解决

2000年11月24日,《保健时报》介绍,妇女进入更年期后,一方面由于卵巢功能逐渐衰退,出现月经紊乱现象;另一方面由于内分泌平衡组织受到破坏,出现了植物神经失调的某些症状,即更年期综合症。

更年期综合症的症状,大体可分为三类:一是新陈代谢障碍,表现为肥胖、关节痛、肌肉痛、骨质疏松等;二是神经精神症状;三是心血管运动神经障碍。严重时,这些症状会使一些人失去生活信心,陷于烦恼之中。那么,妇女如何顺利度过更年期呢?

1)正确认识,逐步适应

更年期是人的一种生理变化,是人体发展阶段的必然规律。因此,应该认为更年期只是暂时的失调阶段,种种症状只是暂时性的、功能性的,只需经过一段时间,通过自身的调节,各种症状就会逐渐减轻或消失。

2)心理健康,情绪乐观

人的心理状态与更年期的发生、发展有着十分密切的关系。承认衰老是自然规律,对症状的态度,应认为是生理变化的自然结果。

3)饮食合理,清淡为宜。进入更年期中,人的消化能力减退。因此,在日常膳食中,应以温软、清淡为宜,限制高脂肪食物等。

4)起居有时,加强锻炼。更年期妇女要保持平时的生活节奏,起居有时。在力所能及的情况下,积极参加各种健身活动,如散步、做操、打拳、跳舞等,以增强体质,提高机体对更年期变化的适应能力。

5)戒烟禁酒,合理用药。大量的临床医学资料表明,烟、酒对更年期综合症是火上加油。因此,要戒烟禁酒。症状严重者,可在医生指导下,适当用些药。

3.5　老年妇女

65岁后人进入老年期。这一阶段的主要特征有:生理功能和认知能力有较大退化,容易回忆过去,社会角色减少,开始退出社会生活的中心等。这一阶段的主要问题有:退出就业领域可能产生无用感,经济收入减少会发生生活困难,退出社会生活的主要领域会使人际关系淡化,进而产生孤独感,各类疾病增加,受到疾病的折磨。

3.5.1 老年妇女的发展与需求

阅读资料

王婆婆今年85岁,孤身住在一个单元房里。唯一女儿的一家和她住得不算近,坐车到她这里,单程要一个多小时。女儿有两个孩子,都已结婚,并单独居住。王婆婆最近在家中摔了一跤,造成左腿骨折,看医生之后,还被诊断患有血管性痴呆症。女儿自己身体也不太好,不能照顾她,很担心母亲不能再独立生活,找老人院的社会工作者咨询该怎么安排母亲的照顾问题。

资料来源:史柏年.社会工作实务(中级)[M].北京:中国社会出版社,2007:192.

分析讨论

王婆婆的需求是什么? 什么样的服务安排最能满足她的需求?

王婆婆对生活环境的需求应该特别优先考虑。服务要有照顾的性质,包括医疗服务、护理服务与康复服务等,要有隐私、舒服、能跟家人保持接触等的服务环境。

随着社会的发展和人民生活水平的提高,人口老龄化、高龄化的问题日显突出。2005 年底开展的"全国 1% 人口抽样调查"的统计数据表明:60 岁及以上的人口为14 408 万人,占总人口的 11.03%(其中,65 岁及以上的人口为 10 045 万人,占总人口的 7.69%)[4]。一个明显的事实是,在老龄人口中女性占多数,妇女平均寿命高于男性。相对于老年男性群体,老年女性群体有以下的性别特征。

1. 老年女性人口比重高于老年男性人口

根据我国第五次人口普查资料及其他文献资料表明:老年男性人口历来少于老年女性人口。资料显示,20 世纪 50 年代老年男性占男性总人口的 6.39%,老年女性占女性总人口的 8.31%;20 世纪 60 年代这一比例是老年男性人口为 5%,老年女性人口为7.15%;20 世纪 80 年代老年男性为 6.91%,老年女性为 9.28%。这一性别比差异今后还会存在,难以改变。

2. 老年女性寿命长于老年男性

老年女性平均寿命历来高于老年男性,而且这一比例差异仍在不断加大。性别比随年龄增高而下降,老年男性人口衰老速度快于老年女性人口。资料表明,20 世纪 50 年代末期老年男性人口平均寿命为 59.78 岁,女性为 60.22 岁;20 世纪 90 年代初,男性增长到 67.58 岁,女性增长到 70.61 岁。所以老年女性平均寿命和预期平均寿命都比老年男性高和长。

3. 老年女性人口素质比老年男性低

第四次人口普查资料显示,60 岁以上老人有初中文化者占 21.93%、高中占10.20%、大学占 7.85%;而老年妇女的文化素质更低,60 岁以上老人文盲、半文盲人口占70.44%,其中老年女性就占89.29%,几乎90%的老年妇女不识字或识字很少。

4. 老年妇女的经济自立程度低于男性老人

在我国,城市职工退休年龄男为60岁,女为55岁,许多女工50岁即退休。因经济体制改革,有些企业关停并转,女性到45岁即"一刀切"。20世纪90年代初数字表明,60岁以上男性在业率为44.18%,而女性只有14.2%,城镇的女性仅为6%。而且女性老年人从事体力劳动的占49%,脑力劳动占20.04%。与老年男性比较,从事体力劳动者高出9.68%,而从事脑力劳动者则低于28.26%。这些资料说明老年妇女的经济自立程度大大低于男性老人。她们参与经济活动能力差,大多从事简单体力劳动,所以老年妇女经济保障差。男性老人有自己独立收入来源的占90%以上,而女性仅占57.51%,有33.56%的老年妇女靠子女亲属供养。

由于老年女性就业在职率低,她们的医疗保障程度也不如老年男性。老年男性享受公费医疗比例为79.05%,而老年女性只占26.35%,所以老年妇女看病就医困难重重。

5. 老年妇女丧偶率高、再婚率低

人生步入老年,老年女性婚姻比老年男性面临更多的问题。主要表现在三个方面。一是丧偶率高、再婚率低。20世纪90年代我国60岁以上女性丧偶率为52.53%,男性仅为23.63%。由于生理方面原因,女性生命力强,男女寿命存在差异,女性多于男性,找老伴难。二是受传统观念影响,老年妇女再婚难,社会舆论及子女阻碍或自身有"从一而终"的传统观念等诸多因素制约了老年妇女再婚。三是经济原因,老年妇女在经济上处于弱势,寻求老伴时,无经济保障的难以成功。

6. 老年妇女家务负担重、地位低

俗话说"家有老,是一宝"。所谓"宝"就是照顾家庭生活起居,抚养第三代,承担繁重家务劳动,为儿孙效劳。一首民谣:"现在少年过得最甜美,青年过得最潇洒,中年过得最紧张,老年过得最辛苦。"这是当代老年妇女的真实写照。此外,还反映了老年妇女的"倒挂现象",深刻地揭示了老年妇女生活在不公平的现实怪圈中。表现在家庭生活中,一是分工倒挂,她们是家中"五大员":保育员、采购员、炊事员、卫生员、给养员。许多人是"退而不休",义不容辞地承担家务活。二是地位倒挂,在家中孙子、外孙是"皇帝",儿子、女儿是"贵族",爷爷、奶奶是"佣人"。每到上学和放学的时间,孙子前头走、奶奶后面提(书包)的景象比比皆是。三是消费倒挂,家中消费最低的是老人,几乎成年累月不为自己买什么东西,省吃俭用补贴儿孙家用,而子孙后辈中不乏"一掷千金"、贷款买房买车等超前消费者。四是供养倒挂,现在有很多家庭,老人不仅要出体力搞家务劳动,还要为操办儿女婚事、添孙子、上大学等家庭大事操心,经济上要补贴子女,还贷款或补给生活费,因而有"带薪的保姆"之戏称①。

---

① 老年妇女问题的探讨.[2006-12-21] http://www.nn365.org.cn/NewsCenter/news18411666684581667.htm.

分析讨论

从群体的特征分析,老年女性群体的需求是什么?

老年妇女群体的首先需求是老有所养的问题。由于妇女参加社会工作、参加生产劳动或从事社会经济活动的比例低于男性,因而老年妇女中绝大多数收入低于男性,收入低或无直接经济收入,如中国老年妇女月收入在100元以下的比例达到27.4%,而城市中老年妇女享有退休金的比例仅为54.6%。这导致她们在经济上依靠他人生活的比例大,其赡养需求始终比男性老人突出。其次是老有所医的问题。老年期是疾病多发期,健康维护也是老人最为关注和渴望满足的需求。最后是维护老年妇女的合法权益的问题。在中国文化氛围中,妇女群体是付出最多而获得最少的群体。年轻时,她们承担着家务和工作双重角色;年老时,又要照顾丈夫和孙子,她们把一生都献给了家庭。但是,由于绝大多数女性老人没有独立的经济收入,文化水平又不是很高,家庭地位较低,所以她们的合法权益常常受到忽视甚至侵犯。比如,老有所乐,被人视为不正经;老年再婚,受到子女的阻拦;女性老人受赡养的权利和居住的权利常常被不孝子女任意剥夺;许多子女总是依照自己的意愿安排年迈母亲的生活,而不征求老人的意愿。因此,如何能够让女性老人真正过上自己满意的晚年生活,是维护老年妇女合法权益的根本目的。

当然,女性老年群体之间也会存在差异性,她们的需求会有所不同。如城市女性老人和农村女性老人的需求不同,高龄女性老人和低龄女性老人的需求不同,有偶女性老人和无偶女性老人的需求不同,有文化的女性老人和文盲女性老人的需求不同,因此工作时要有针对性,真正满足女性老年群体的需要。

3.5.2 老年妇女的社会工作

我国老年工作的根本目标是促进"老有所养、老有所医、老有所教、老有所学、老有所为、老有所乐"。围绕这一目标,老年妇女的社会工作在个体层面是帮助女性老人解决各种具体问题,如身体健康问题、认知与情绪问题、精神问题、赡养问题、就医问题、再婚问题、社会参与问题、丧亲问题等,以维持其良好的日常生活。在宏观方面,老年妇女问题的存在不可忽视,应把提高老年妇女社会地位、改善老年妇女生活状况纳入国家社会发展规划的一部分,政府有关部门以及社会应重视老年妇女的问题,做好老年妇女的社会工作。

1. 关注老年妇女问题

全社会要关注老年妇女问题,各级领导要增强人口老化意识,加强对老年妇女的保护。切实解决好老年妇女在"老有所养、老有所医、老有所教、老有所学、老有所为、老有所乐"等方面的困难,向生活贫困的老年妇女提供必要的经济帮助。

2. 健全老年妇女的服务内容

发挥社区功能,健全"为老、爱老、助老"服务内容。随着老年人问题增多,各级政府部门要加强老年组织管理工作,特别要发挥社区的作用,有计划地组织社区老年人学习和娱乐活动,丰富她们的晚年生活,完善为老人服务的内容,强化助老服务措施。减轻老年妇女家务负担,提高她们的生活质量,经常举办社区爱老、助老义务工作者活动,多为困难的老年妇女献爱心。

3. 保护老年妇女合法权益

加强社会主义精神文明和法制建设的宣传,保护老年人的合法利益。特别要进一步完善对老年妇女权益问题的社会保障制度。对老年妇女的再婚问题给予关怀帮助,协调和改善家庭成员人际关系,提高社会保护力度。

4. 加大涉老服务工程的投入

国家要进一步加大涉老服务工程的投入,大力发展第三产业。在老龄化、高龄化的社会里,政府和社会要加大涉老方面项目工程的投入。各级政府要统筹规划,大力扶持,多多开发助老服务的第三产业,推进涉老服务系列化、社会化,为老年人安享晚年创造有利环境和条件。

阅读资料

家住泸西县中枢镇鸭子巷6号,现年91岁的朱双线老人,生有二男二女(大儿子王连心已去世,二儿子王连方在县供销社工作,长女王自芬是泸西一中退休职工,次女王海珍是农民)。45年前,丈夫因病去世,没有任何遗产,留给孤儿寡母是道不尽的心酸和悲惨。当时年富力强的朱双线含辛茹苦地将四个子女养大成人,在次女结婚后,便将自己购置的房子一分为二分给两个儿子。分家时,老人还能自食其力,同时,也相信自己既当妈又当爹拉扯大的子女一定会尽孝道。岁月流失,逐渐失去劳动能力的朱双线老人要求两个儿子尽一点为人之子的责任,不料两个儿子却置之不理,无奈只得在小女儿王海珍家生活近二十年。现在处于风蚀残年的朱双线老人要求在寿终正寝之时能够死在儿子家,两个儿子却把老人视为负担,无理拒绝,连门都不让老人进,只能路宿街头,挨家乞讨。去年冬天,天寒地冻,老人差点冻死街头。在好心人的指点下,老人委托他人到泸西县法律援助中心申请法律援助,中心主任张菊芬同志受理了该申请,并和另外一名工作人员亲自调查取证,为老人代写了法律文书,并向人民法院提起诉讼。法院受理此案后,以最快的速度进行开庭审理。庭审中,中心工作人员从情、从理、从法对朱双线老人的子女们的不孝行为进行陈述和指责。经过人民法院的调解,最后达成如下协议:老人的生活照料及百年归终之事由次子负责,长女负责老人的衣着穿戴及医药费,次女每月支付老人生活费200元。如今无人照管的朱双线老人生活终于有了保障。

资料来源:李顺.儿子不管九旬老母,法律援助讨回公道[J].山西老年,2007(3).

分析讨论

(1)案例中朱双线老人的哪些权益受到了侵犯?

(2)维护老人权益的途径有哪些?

老年人权益的基本内容有人身权利、财产权、受赡养扶助权利、获得国家和社会帮助的权利、老年人参与社会发展的权利等。目前老年人权益保障中存在的问题有,老年人人身权利不能保障,老年人遭受虐待,从而使老年人要求与子女脱离关系,导致老年人在生活方面出现困难。老年人合法权益特别是财产权受到侵害,无论在城市还是在农村都时有发生,如:子女们强索、克扣老年人财产,诈骗、盗窃、抢夺老年人的财物,剥夺老年人的继承权等。老年人的婚姻自由权利受到侵害。随着社会的发展,人们思想观念的改变,老年人希望有自己的婚姻生活,而子女们对父母的行为加以干涉,使老年人感到无助。由于我国社会保障制度的不完善,有关老年人养老保险制度也存在着很大的问题,特别是农村的养老保险制度等。老年人权益保障的基本途径有法律的途径和道德的约束、行政处罚。《中华人民共和国老年人权益保障法》第四十三条规定:"老年人合法权益受到侵害的,被侵害人或者其他代理人有权要求有关部门处理,或者依法向人民法院提起诉讼。人民法院和有关部门,对侵犯老年人合法权益的申诉、控告和检举,应当依法及时处理,不得推诿、拖延。"表3.1给出了权益侵害与受助途径的相关内容。

表3.1　权益侵害与求助途径

权 益 侵 害 情 况	求 助 途 径
老年人权益受侵,但尚未触犯刑律及违反《治安管理处罚条例》,请求调解处理的	居住地居委会、村委会、人民调解员
	侵权行为人所在单位
	居住地民政、司法和综合治理部门以及老龄委、退管会等组织
人身权、财产权等受到侵犯,侵权行为已违反《治安管理处罚条例》以及被殴打需验伤的	所在地派出所或警署（验伤应在被殴打后24小时内进行）
房屋所有权、租赁权、使用权受到侵犯要求调解处理的	房屋所在地的房管部门以及有关组织
	房屋所在地的人民法院
(1)受赡养扶助权益、财产权益或其他合法权益受到侵犯要求侵权行为人承担民事责任的 (2)涉及离婚、继承、遗产、赠与和涉外房屋纠纷的 (3)属于刑事自述的案件	依法向人民法院提起诉讼
侵权性质严重,已经触犯刑律及危急情况下	向公安、监察部门控告、报警

资料来源:老人权益保障服务.上海闸北网——信息公开栏中的办事指南.[2007-12-14] http://www.shzb.gov.cn/gov _ open _ d. php？id = 4524.

小结

　　本单元对女性各个阶段的发展与需求以及女性各个阶段的社会工作的内容作了介绍。总体来说,女性有两大需求:其一,和男性享有同等的社会发展环境和条件的需求,如就业权、教育权、参政权、出生权等;其二,特殊妇女保护的需求,如妇女特有的五期(经期、孕期、产期、哺乳期、更年期)保护等问题。这些贯穿在女性的各个年龄阶段并相互影响。本单元虽对女性各个阶段社会工作的具体内容作了讲述,但内容的划分不是绝对的,如性暴力可能是女性一生中都会遇到的。

问题与思考

(1)如何改变男女出生性别比过高的现状?
(2)如何形成维护女童权益的社会服务网络?
(3)针对男孩和女孩,如何提供有效的性教育?
(4)如何在妇女发展项目中体现社会性别意识?
(5)维护女性老人权益的途径有哪些?

参考文献

[1]韩璐.关注弱势群体中的"弱势女童"——社会性别视角下对我国女童问题的重新思考与探究[J].农业经济与科技,2006(4).

[2]朱莉·莫特斯.妇女和女童人权培训实用手册[M].北京:社会科学文献出版社,2004.

[3]史柏年.社会工作实务(中级)[M].北京:中国社会出版社,2007.

[4]黄黎若莲,张时飞,唐钧.中国人口老龄化进程与老年服务需求[J].学习与实践,2006(12).

[5]史柏年.社会工作综合能力(中级)[M].北京:中国社会出版社,2007.

[6]李慧英.社会性别与公共政策[M].北京:当代中国出版社,2002.

4

妇女社会工作行政

引言

　　妇女社会工作行政是妇女社会工作的重要组成部分。学习和掌握社会工作行政的基本理论和方法,可以提高妇女社会工作的服务水平和妇女社会工作机构及项目的运行效率。本单元主要介绍妇女社会工作行政的概念、原则、主要内容以及妇女社会工作的管理体系。

学习目标

1. 了解妇女社会工作行政的定义和职能。
2. 掌握妇女社会工作行政的特点、原则和主要方法。
3. 提高社会工作者的妇女社会工作行政能力。

知识点

　　妇女社会工作行政的定义和职能、妇女社会工作行政的特点和原则、妇女社会工作行政的主要内容和方法、我国妇女社会工作行政的管理体制。

4.1 妇女社会工作行政的概念

4.1.1 妇女社会工作行政的定义和职能

1. 妇女社会工作行政的定义

妇女社会工作行政(administration of social work for women)是社会工作行政的一个重要方面。关于社会工作行政的定义有很多种[1~4],这些定义都包含了社会工作行政的一个基本含义,即透过具体行动将社会政策转化为社会服务的过程。根据社会工作行政的一般含义和妇女社会工作的特点,可以把妇女社会工作行政定义为:将政府或组织促进妇女发展的目标和政策转化为社会服务的行动过程,透过该过程满足妇女在自我成长和发展过程中的各种需求,增进妇女的福利与权益,促进社会的性别平等。

2. 妇女社会工作行政的职能

妇女社会工作行政的职能主要有:①实现社会立法,将促进妇女发展的社会政策转化为社会服务行动或社会方案;②使社会服务组织与社会政策的实施要求合理配合;③使资源得到最合理的运用和分配;④建立有效的社会服务输送网络;⑤提高社会服务的效果与效率。

作为一种社会工作实务方法,妇女社会工作行政并不是在细微之处直接向服务对象(个人、家庭和小组)提供临床服务,而是在总体方面进行专业性干预,即通过有计划地影响和改变组织、社区和社会等女性服务对象人群所处环境,有效地传递社会福利的专业活动,以满足女性服务对象人群的社会需求。由此,妇女社会工作行政具有四重含义:①以有效地传递社会福利而满足女性服务对象人群的社会需求为目标;②以作为组织的妇女社会工作机构为直接对象;③以计划、组织、领导和控制等为基本活动内容;④以管理为主要手段。

根据行政主体的性质,妇女社会工作行政可以分为政府和组织(机构)两个层面。

政府层面的妇女社会工作行政是公共行政的一个组成部分。它由政府行政主管机关依照行政程序,实施妇女社会政策,利用政府财政资源或动员各种社会资源,向妇女提供社会服务,解决妇女所面临的各种问题。政府层面的妇女社会工作行政具有自上而下、覆盖面广、宏观协调性等特点。

组织层面的妇女社会工作行政一般是指非政府组织(特别是妇女非政府组织)的妇女社会工作行政。它能使全体成员遵循组织的共同价值观和使命,按照其承担的职责,充分利用各种资源,有效地实施妇女社会工作项目和服务。组织层面的妇女社会工作行政具有针对性强、操作性强和灵活性强等特点。组织层面的妇女社会工作行政还是向政府社会工作行政反馈信息,自下而上连接政府妇女社会工作行政的重要环节。

4.1.2　妇女社会工作行政的特点

妇女社会工作行政不同于妇女社会工作的其他工作(或服务)方法,在某些方面也有异于一般的社会工作行政。概括起来,妇女社会工作行政具有以下特点。

1.妇女社会工作行政是社会工作行政的一个重要方面和特殊领域

妇女社会工作行政是政府或组织旨在改善妇女生存与发展的环境,解决妇女面临的个体性和群体性问题与困难,增强妇女的发展能力,促进社会性别平等和妇女发展等方面社会政策的实现过程。因此,妇女社会工作行政不仅具有社会工作行政的一般性质和功能,而且还必须与妇女社会工作和妇女社会工作对象的特殊性相契合。

2.妇女社会工作行政是一种间接的服务方法

与个案工作、小组工作和社区工作等三大传统的妇女社会工作方法不同,妇女社会工作行政是妇女社会工作的一种间接服务方法,即通过行政程序加强计划、组织和管理,以确保服务的功效,促进政府的妇女社会政策的具体实施和非政府组织的妇女发展目标的实现。因此,妇女社会工作行政还可以为妇女社会工作其他方法的有效实施提供良好的外部环境和工作平台。

3.妇女社会工作行政是一个动态的、持续不断的过程

妇女社会工作行政是每个人都参与其中,包括社会工作行政机构的社会工作者、社区组织、社区民众及社会团体等都参与或致力于全面的妇女社会工作行政过程,以促进共同目标的实现。

4.妇女社会工作行政是一个管理系统

妇女社会工作行政是对妇女社会工作机构或妇女社会工作项目的管理体系。一个科学的妇女社会工作行政管理系统是以符合妇女社会工作特点的先进的管理理论为指导,以具有专业知识的专业人员为基础,通过计划、组织、人员、领导、控制、反馈等程序,经由系统化协调合作的努力,有效地利用各种资源,以达成组织目标,并用所得经验建议修订政策和调整组织行动。正是在这个意义上,妇女社会工作行政有时也被称为妇女社会工作管理。

随着社会的发展和妇女对社会工作服务需求的不断增长,我国妇女社会工作行政的进一步发展方向应该是:社会工作行政体制的法制化,社会工作行政管理的专业化,社会工作行政人员的专业化,社会工作行政机构的多元化。

4.1.3　妇女社会工作行政的原则

基于妇女社会工作和妇女社会工作机构的目标,妇女社会工作行政应该遵循以下原则。

1.以妇女发展和社会性别平等为基本价值观

社会工作特别是妇女社会工作是一项以价值观为导向的专业工作。就妇女社会工作行政而言,在价值观的基础上才能形成妇女社会工作机构的使命、愿景、文化和

目标等组织要素,并使其内化为组织成员的价值追求,从而有效地激励组织成员提供专业服务。所以,以妇女发展和社会性别平等为基本价值观是妇女社会工作行政的首要原则。

2. 以社会工作行政伦理为行为准则

妇女社会工作行政有着特定的伦理要求,因而必须坚持正确的行政伦理。美国国家社会工作者协会(NASW)提出的"伦理守则"可以作为妇女社会工作行政准则的参考,见表4.1。

表4.1　NASW"伦理守则"的核心价值观和伦理原则

核心价值观	伦 理 原 则
服务	社会工作者的首要目标是帮助有需求的人,以解决社会问题
社会正义	社会工作者挑战社会不正义现象
人的尊严和价值	社会工作者尊重人固有的尊严和价值
人际关系	社会工作者承认人际关系具有特殊的重要性
诚信	社会工作者的行为诚实可靠
能力	社会工作者在自己能力所及的范围内工作,发展和提升自己的专业能力

资料来源:曾群.社会工作行政[M].上海:上海人民出版社,2007:19.

3. 以女性服务对象需求为中心

以女性服务对象的社会需求为中心,恢复和提升她们的社会功能,改善她们的生活质量,是妇女社会工作行政的工作原则。虽然妇女社会工作行政是一种管理系统,是一种间接的服务方法,但其最终目标是满足女性服务对象的社会需求,为妇女的全面发展创造有利的社会条件和社会环境。由此决定了妇女社会工作行政的出发点和立足点是服务于服务对象[5]。

4. 专业责任的原则

妇女社会工作和妇女社会工作行政属于专业性很强的工作,因此,必须坚持专业责任的原则。专业责任的原则体现在两个方面:一是妇女社会工作机构应该是一个专业化、职业化的机构;二是妇女社会工作者和妇女社会工作行政管理者必须具备其提供服务或所在工作岗位所要求的专业精神和专业知识。

4.2　妇女社会工作行政的主要内容

妇女社会工作行政包含人力、物力、计划、组织、领导、协调、控制等要素。从管理角度看,妇女社会工作行政的程序包括计划、组织、人力资源、领导、协调和控制。这6个方面构成了妇女社会工作行政的主要内容。

4.2.1 计划

计划是妇女社会工作行政的第一项内容,也是工作程序的第一个步骤。计划是对即将开展的工作的设想和安排,包括确定使命和目标以及完成使命和目标的行动。计划内容包括缘起、目的、任务、实施方式、步骤和时间表、经费预算、人员配置、评估等要项。

作为一种程序,计划是一种分析、选择和决策过程。斯基德莫尔把社会工作行政的计划程序分为以下 7 个步骤[3]:

(1) 选择目标;

(2) 评估机构资源;

(3) 列出所有可行方案;

(4) 预测每种可行方案的结果;

(5) 确定最优计划;

(6) 制定详细行动方案;

(7) 弹性应对变化。

简言之,妇女社会工作行政的计划包括确定目标、评估机构的资源、选择方案、制定具体的行动方案等 4 个基本步骤。

计划对于妇女社会行政的作用有 4 个方面:一是提供指导,以增进成功的机会;二是可以增进管理者适应环境的变化;三是可以使组织成员重视整体组织的目标;四是有助于组织其他功能的发挥[2]。由此,计划可以提高组织的效率、组织成员的效能和凝聚力。

计划有不同的种类,包括:①使命或宗旨;②目标或目的;③战略或策略;④政策;⑤程序;⑥规则;⑦方案;⑧预算。其中,战略性计划是一种极为重要的计划,在妇女社会工作行政中具有特殊的意义。战略性计划关乎机构的长期或总体目标,决定着机构的发展方向[5]。M. Allison 和 J. Kaye 在其主编的《非营利组织的战略规划:实务指南与工作手册》中,将非营利组织的战略性计划流程分为 7 个阶段,如图 4.1 所示[6]。

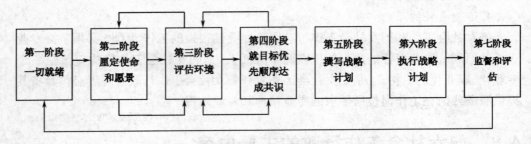

图 4.1 战略性计划流程

第一阶段:一切就绪。具体流程:确定计划的原因;确定一切就绪;选择计划的参与人员;简述组织的历史和基本资料;确定战略计划所需资源;撰写"计划的计划"。该阶段的主要结果是:达成共识、组织已准备就绪、着手草拟战略计划的工作计划。

第二阶段:厘定使命和愿景。具体流程:写出(或回顾)使命宣言;撰写愿景宣言。该阶段的主要结果是:完成使命宣言和愿景宣言的初稿。

第三阶段:评估环境。具体流程:补充计划所需的最新资料;阐明以前和目前的战略;收集内部利害关系人的意见;收集外围利害关系人的意见;收集有关方案绩效的信息;确定其他的战略议题或问题。该阶段的主要结果是:要求组织有所回应的重要议题一览表和具体的资料库,以支持计划人员选择目标优先顺序及战略方面的工作。

第四阶段:就目标优先顺序达成共识。具体流程:分析实力、弱点、机会和威胁的交互作用;分析方案的竞争优势;选择设定优先顺序所需参考的标准;选择未来的核心战略;简述方案的范围和规模;撰写目的和目标;制订长期的财务计划。该阶段的主要结果是:对未来的核心目标重点、长期目标和特定目标达成共识。

第五阶段:撰写战略计划。具体流程:撰写战略计划、呈阅战略计划、采用战略计划。该阶段的主要结果是:战略计划。

第六阶段:执行战略计划。具体流程:制订年度作业计划;制定年度作业预算。该阶段的主要结果是:一份详尽的年度作业计划和预算。

第七阶段:监督和评估。具体流程:评估战略计划流程;检视和随时修正战略计划。该阶段的主要结果是:评定战略计划流程和随时评估战略及作业计划。

在 M. Allison 和 J. Kaye 提出的上述 7 个流程阶段中,第一阶段是为成功奠定基础,第二阶段和三阶段是界定追求的目标,第四阶段和第五阶段是设定行动路线,第六阶段和第七阶段是使计划前后一致。

决定战略性计划成败的关键环节是审视组织与环境的关系,以增强组织对环境的控制能力,为应对组织面临的挑战做准备。通常所使用的环境分析工具是 SWOT,其中,S 指优势(Strength),W 指劣势(Weakness),O 指机会(Opportunity),T 指威胁(Threat)。SWOT 分析就是对组织内部的优势与劣势以及外部机会与威胁做出系统的分析。采用 SWOT 分析方法,可以形成 4 种可供选择的战略,见表 4.2。

表 4.2 基于 SWOT 分析的战略

内部因素 外部因素	内部优势(S) 如管理、运作、财务、人才等方面的优势	内部劣势(W) 如管理、运作、财务、人才等方面的劣势
外部机会(O) 如目前和未来的经济环境、政治和社会变化	SO 战略:最大—最大 可能是最成功的战略,可以充分利用组织的优势和外部机会	WO 战略:最小—最大 如为了利用机会而采用的克服劣势的发展战略
外部威胁(T) 如资源(经费)、竞争以及在"机会"栏所示的几个方面所存在的威胁	ST 战略:最大—最小 如利用组织的优势应对或避免外部威胁	WT 战略:最小—最小 如削减开支、减少活动或组织合并,以使劣势或威胁最小化

资料来源:曾群. 社会工作行政[M]. 上海:上海人民出版社,2007:46.

在我国经济迅速发展和社会快速变革的环境中,在妇女发展和社会性别平等面临的问题和挑战日趋复杂的条件下,妇女社会工作机构必须提高行政能力,才能及时和有效地满足女性服务对象人群的各种需求,而科学制订合理的计划特别是战略性计划,是达到妇女社会工作机构目标和及时地把社会政策转化为服务的重要基础。

4.2.2 组织

妇女社会工作行政是一种有组织的活动,或者说是妇女社会工作组织的行政。因此,组织是妇女社会工作行政的基本要素之一。组织不仅是妇女社会工作的发起者、执行者,也是妇女社会工作的载体和平台。

组织有不同的定义,其中霍尔在对不同定义总结和归纳的基础上提出的组织定义比较有代表性。霍尔将组织定义为:"有相对明确的边界、规范的秩序(规则)、权威级层(等级)、沟通系统及成员协调系统(程序)的集合体。这个集合体具有一定的连续性,它存在于环境中,从事的活动往往与多个目标相关。活动对组织成员、组织本身及社会产生结果[7]。"由此可见,组织具有以下构成要素:结构、参与者、目标、规则、等级、程序、技术和环境等。组织可以更为简明地定义为:由两个或两个以上的人组成的有特定目标和一定的资源并保持某种权责结构的群体。

组织具有以下特征。

1. 具有明确的目标

组织是人们为了达到某种特定的共同目标而组成的群体,因此,拥有共同的、正式的目标是组织存在的前提,有了目标后组织才能确定方向。目标是组织的愿望和外部环境结合的产物,要受物质环境和社会文化环境的影响和制约。妇女社会工作组织的目标就是促进妇女的全面发展和实现社会性别平等。

2. 拥有一定的资源

如果目标是组织的灵魂的话,那么资源就是组织的能量。组织的资源包括5类,即人力资源、资金、物质资源、信息资源和时间资源。这些资源对于妇女社会工作组织的有效运行,都是不可或缺的。

3. 具有正式的权责结构和协调系统

美国著名组织管理学家哈罗德·孔茨认为,组织是"正式的有意识形成的职务结构或职位结构"[8]。组织具有领导层和执行层等级层结构,有明确规范的权威,权利与责任对等。组织是一种关系结构,即由在一个领导人层次结构框架下,互相关联的正式群体集合而成的构架。结构是组织的一个突出特征,结构管理是组织行政的一个关键环节。结构是组织为实施战略而设立的关于工作、工作关系、操作系统和操作过程的框架。结构管理关注的是建立并协调实现目标的各种方法和手段,结构管理的任务是监控和协调组织结构,使其与组织的目标相融合。

4. 与外部环境构成有机的统一体

组织不仅内部的子系统相互联系,而且组织是开放的,它与外部环境必须构成有机的统一体。斯科特曾指出,可以将组织视为3个系统:①理性系统,即组织是追求特定目标、具有正规化社会结构的集合体;②自然系统,即组织成员拥有共同利益,并参与集体活动,是非正式组织起来的集合体;③开放系统,即组织是通过协商发展目标的流动利益群体的集合体,它们的结构、活动和输出结果受制于环境因素[9]。

除以上特征外,组织还有不同的分类。从性质上可以把组织分为3类:公共组织(政府)、营利组织、非营利组织(包括非政府组织)。公共组织是负责处理国家公共事务的组织,包括政府部门、军队、司法机关等。非营利组织是公共组织之外的一切不以营利为目标的组织。按照内在结构,组织可分为正式组织和非正式组织。正式组织是一种有意设计的角色结构,而非正式组织是一种人际网络关系。在妇女社会工作领域中,非正式组织也具有积极的功能,也能发挥重要作用。

在妇女社会工作领域,公民社会组织(CSO)具有特殊的作用。联合国开发计划署把公民社会组织定义为:作为处于家庭、市场和政府之间的空间,公民社会组织由非营利组织和特定的利益团体组成,通过正式或者非正式的渠道,改善其成员的生活[10]。公民社会组织具有5个特点:①组织性,公民社会组织是作为一个独立的实体存在;②私有性,公民社会组织在制度上独立于政府;③自我治理性,在国家法律约束下,公民社会组织具有自我治理的能力,有适当的组织方式和运作机制;④非利润分配性,公民社会组织通过活动获得的收入并不返还于董事和所有者;⑤志愿性,在机构活动的实施或者在组织事物的管理过程中,志愿者的参与以及组织成员的资格都是非强迫性的[11]。此外,公民社会组织还具有管理上的灵活性,对社会需求反应迅速、工作形式多样化等特点。公民社会组织的发展确立了一种新型的社会秩序模式,它们可以在4个社会发展领域扮演重要角色:一是影响公共政策和决策领域;二是增加信息领域的透明度;三是监督政府机构;四是在法律法规领域促进社会公平。

妇女社会工作机构更多的是以公民社会组织的形式存在和运作的,它们以其与妇女紧密的联系为特征,以满足妇女的各种需求和帮助解决妇女面对的各种现实问题和困难为己任。在我国,以追求社会性别平等、增进妇女社会福利为目标的社会公民组织的发展和壮大不仅是社会发展的必然结果,也是促进社会和谐发展的迫切需要。

4.2.3　人力资源

人力资源管理是妇女社会工作行政的重要方面。由于妇女社会工作是专业性很强的工作,高素质的人力资源及其合理配置是保证组织目标实现和计划成功的关键因素。妇女社会工作行政中的人力资源管理的主要任务包括:社会行政人员和社会工作者的招募、培训、遴选、任用、考核及调迁等。黄源协认为,社会工作机构的人力资源管理具有4项主要功能,即对机构的专业人员、半专业人员和志愿服务人员之录用、培训、激励和维持。

一般来说,妇女社会工作机构的人力资源管理应该做好以下几个方面的工作。

1. 制定人力资源规划

根据机构的目标、战略和计划,进行人员需求分析,作出人员数量和类型(包括专业类型和专业等级)需求预测,并提出满足组织人员需求的执行方案。人力资源规划的核心是工作分析,对特定的工作岗位给出工作说明(工作的任务、责任关系)和工作规范(特定岗位的工作者应具备的知识、技术和能力的规定)。正如克雷曼所指出的,工作分析要具体说明:要成功地完成一项工作,每一个组织成员应具备的资格及其工作内容和必要的工作条件[12]。

2. 招聘和甄选

招聘程序一般分为 4 个步骤:①制定招聘策略,包括招聘的标准、最高决策者、招聘方式和具体流程;②界定潜在的应聘者,根据组织战略计划和工作分析,确定目标群体;③发布招聘信息,通过各种媒介把招聘信息转达给潜在的应聘者;④受理申请和甄选。收到应聘申请书后,根据应聘者的书面资料是否符合工作说明书和工作规范要求进行初选,然后向通过初选的申请者发出面试的邀请。在面试中通常使用的测验包括:心理和人格测量、工作样本检测、情景性测验等。就妇女社会工作者而言,其基本工作技能和社会工作技能包括以下 4 个方面[5]。

1)一般性的社会工作技能

一般性的社会工作技能是指人际助人能力和专业技能。其中,人际助人能力包括自知与使用自我协助服务对象变化的能力,关于求助与施助的心理学知识,建立专业助人关系的能力,理解不同族群和文化模式具有进行涉及族群、性别和年龄的实务能力,关于伦理守则的知识并可用来指导涉及伦理问题的实务,对个人和家庭行为模式的理解能力,收集和辨识服务对象信息的能力,引导变化过程的专业技术。专业技能包括反省和批判性评估自身实务的能力、利用咨询的能力、使用和扩展专业知识的能力。

2)经常使用的社会工作技能

经常使用的社会工作技能包括个案计划和维持、个人和家庭治疗、有关传输系统知识的发展、员工信息交流、风险评估和转介服务员工督导。

3)偶尔需要的社会工作技能

偶尔需要的社会工作技能包括小组工作、解决纠纷、服务联结、项目开发与指导、员工发展、保护性服务、组织维持等。

4)较少使用的社会工作技能

这方面的技能有研究和政策发展能力以及有形服务供给能力。研究和政策发展能力包括发展与执行项目和需求评估与研究的能力、社会政策分析以及影响政策制定者的技术、向公众宣传适合问题及潜在解决办法的能力等。有形服务供给能力包括为服务对象提供社会供给(如庇护所、食物、衣服、金钱和就业机会等)的地方资源与知识,与要求社会供给的服务对象发展积极的助人关系的能力,辅导服务对象有效使用资源的技能。

3. 培训与督导

培训是妇女社会工作行政中人力资源管理的重要环节。通过培训,机构可以培养和储备人才,为机构的高效运行和机构计划的顺利实施提供人才和专业支持。妇女社会工作者的培训一般采取两种形式。一是"干中学",即边干边学,在具体的实践中增进知识和技能。二是专业培训,可分为对新员工的培训和对原有员工的培训。对于前者,培训的重点是让新员工了解组织的使命、目标、结构、工作内容和程序等;对于后者,培训的重点在于根据其在工作中遇到的问题有针对性地进行专业辅导。由于妇女社会工作总是面临新的形势、新的问题和新的需求,所以,培训是妇女社会工作行政人力资源管理中一项不间断的工作。

在妇女社会工作机构中,通常采用督导制度确保社会工作者能够胜任工作,为服务对象提供有效的服务。督导是一种特殊的培训形式,即由资深的社会工作者对新任或资历浅的工作者进行一对一的专业指导,透过互动方式传授社会工作专业知识和经验。有效的督导应该具备5个元素:一结构,即有明确的督导制度、工作角色、任务和工作方式;二规则,每一次督导都应该有一定的要求和做法;三态度一致,受督导者可以有一定期待;四个案导向,注重讨论个案如何应对;五评估检讨,即检讨督导的效果[13]。

4. 绩效考核

绩效管理是人力资源管理的核心,是实现妇女社会工作组织目标的必要手段。绩效是指目标达到的程度或者任务完成的情况,也可以定义为工作的结果。绩效考核通过系统的方法评定和测量组织成员的工作行为及工作效果。

社会工作者的绩效考核一般包括3个方面[5]:一是效率,即考核社会工作者完成的服务单元和服务完结量;二是质量,即考核社会工作者是否按照组织制定的质量标准提供服务;三是效能,即考核社会工作者服务的效果或影响是否促进了服务对象的社会功能恢复和提升。

对妇女社会工作机构而言,绩效考核具有8个方面的作用:①为员工的晋升、降职、调职和离职提供依据;②组织对员工的绩效考评的反馈;③对员工和团队对组织的贡献进行评估;④为员工的薪酬决策提供依据;⑤对招聘选择和工作分配的决策进行评估;⑥了解员工和团队的培训和教育的需要;⑦对培训和员工职业生涯规划效果的评估;⑧对工作计划、预算评估和人力资源规划提供资讯。

5. 激励

激励是指组织通过设计适当的外部奖酬形式和工作环境,以一定的行为规范和惩罚性措施,借助信息沟通,激发、引导、保持和归化组织成员的行为,以有效地实现组织及其成员个人目标的系统活动。激励机制是通过一套理性化的制度反映激励主体与激励客体相互作用的方式,具体包含以下内容:①诱导因素集合,即用于调动员工积极性的各种奖酬资源;②行为导向制度,即组织对其成员所期望的努力方向、行为方式和应遵循的价值观的规定;③行为幅度制度,即对由诱导因素所激发的行为在强度方面的控制规则,目的是将个人的努力水平调整在一定范围之内,以防止一定奖酬对员工的激励效率的快速下降;④行为时空制度,即奖酬制度在时间和空间方面的规定,包括特定的外在性奖酬和特定的绩效相关联的时间限制,员工与一定的工作相结合的时间限制,以及有效行为的空间范围;⑤行为归化制度,即对成员进行组织同化和对违反行为规范或达不到要求的处罚和教育。

4.2.4 领导

妇女社会工作行政是一个机构或团队的行政,领导及领导者是妇女社会工作行政有效运行和组织目标达成的核心因素。领导可以定义为影响一个有组织的团队努力设定和实现目标的过程。领导者则是拥有这样的影响力和权威的人。领导有以下3个要素。

(1)领导是一个过程。领导是运用各种影响力带领、引导或鼓励下属为实现目标而努力的过程,领导者就是在组织中发挥领导作用的人。

(2)领导是在团队的情景中发生的。领导者必须有追随者,并要有影响追随者的能力,这种能力或力量包括正式的权力,也包括个人所拥有的影响力。

(3)领导者实施目标。领导者实施领导的唯一目标就是达成组织的目标。

领导者的领导过程就是在权力支撑的基础上实施指引、激励、沟通和营造氛围的工作以便能够影响团队成员的行为,促使他们共同努力去完成组织的目标。

在妇女社会工作中,领导者的作用主要体现在3个方面:①在决策过程中起指向和决断的作用;②在组织体系中起到权衡和调动的作用;③在组织行为方面发挥的是激励与协调的作用。

领导者的权力有6个来源[13]:一是法定权力,是基于组织中正式职位而获得的权力;二是专家权力,是基于领导者个人特殊的能力、技能和专业知识的权威所产生的领导权力;三是吸引权力,是基于领导者所具有的吸引人的特质或魅力而形成的对团队成员的影响力;四是报偿权力,即对团队成员的优秀表现和工作成就有奖赏的能力;五是威胁权力,即对团队成员有惩罚的能力;六是掌握信息的权力,即掌握重要信息源且有权决定是否要将信息公开。在妇女社会工作中,领导者的专家权力和吸引权力具有特殊重要的意义。

4.2.5 协调

妇女社会工作是一个系统工程,妇女社会工作机构的运作也是一个系统工程,因此,协调在妇女社会工作行政中也就具有了特别重要的意义。协调是指采取一定的措施和方法,使各个子系统之间协同一致,形成合力,达成目标。妇女社会工作机构的协调可以分为两类:一是机构内部的协调,即协调机构内部各个部门之间和各个员工之间的关系,使其相互配合,更有效地实现机构的目标;二是机构间的协调,即协调与其他相关机构之间的关系和行动,并维护和优化机构发展的外部环境。

协调是一种沟通与权衡的活动,因此需要有原则指导。一般来说,协调应该坚持以下几个原则。

(1)价值原则。坚持社会工作机构的价值观和根本目标,一切协调活动都应该从这个根本原则出发。

（2）整体原则。强调局部服从整体、个人目标服从组织目标、短期利益服从长期利益。

（3）授予相应权限的原则。机构内部各个部门之间的协同一致和各个成员之间的步调一致的前提是责任、权力的边界要明确，彼此之间的工作联结点要清晰。

（4）保持沟通的原则。沟通是协调的前提，其目的让有关各方充分表达自己要求，阐述自己观点和说明情况，并真正了解对方的意图、想法和行动过程及其结果。只有在充分沟通的情况下，协调才是真正有效的。

（5）组织内外关系平衡的原则。妇女社会工作机构要不断调整与外部各相关机构之间的关系，而这种关系不仅受机构内部关系的影响，并且也会影响到机构内部的关系。因此，在协调机构间的关系时必须考虑关系平衡的原则。

4.2.6 控制

控制是妇女社会工作行政的重要手段，可以定义为对组织绩效进行检查、监督和矫正的过程。控制过程包括 3 个相继的环节：确定标准、测量和评估绩效、纠正偏差。确定标准是控制的第一个环节，对于社会工作行政来说，控制标准可以包括效率标准、质量标准、效能标准、成本标准、计划标准和目标标准等。根据测量得到的实际绩效与控制标准进行比较分析，可以对实际活动结果与预期结果之间是否存在差异作出判断。控制的最后一个环节是矫正，包括矫正绩效行动和修订标准行动两个方面。

社会工作行政的控制有过程控制和冲突控制两种类型；控制方法也相应地分为过程控制方法和冲突控制方法。

过程控制包括方案执行的绩效、机构管理能力、工作督导与培训、机构的财政运作状况等。过程控制方法主要有：①实地考察，进行调查研究；②与机构管理者、社会工作者、服务对象等进行深入访谈；③利用信息系统了解计划或方案执行情况；④利用财务系统评估成本和收益。

冲突控制包括个人目标与机构目标的冲突、角色期待与员工心理的冲突、资深人员与资浅人员之间的冲突等。冲突控制方法主要有：①建立沟通渠道和鼓励员工参与机制，加强员工对组织目标和价值观的认同感；②激励员工的意愿和潜能，提升其自我效能感；③建立合作机制；④科学设置机构。此外，还可以采取回避、妥协和强制解决等手段。

4.3 妇女社会工作管理体系

在我国，由于妇女社会工作起步比较晚，虽然近年来获得了长足的进步，但是到目前为止，妇女社会工作管理还没有真正建立起来，妇女社会工作管理体系也是如此。因此，建立一个科学的管理体系不仅是保障妇女社会工作健康发展的迫切要求，也是妇女社会工作行政肩负的重要使命。妇女社会工作管理体系分为两个层面：一是国家妇女社会工作管理体系;二是妇女社会工作机构内部的管理体系。这两类管理体系之间存在着密切的联系。国家层面的管理体系为机构内部的管理体系营造了一个制度环境,而机构内部的管理体系则为国家层面的管理体系的有效运行提供了现实的基础。前述的妇女社会工作行政属于机构层面上内部的管理体系。本节将从国家层面分析妇女社会工作管理体系的建设。

4.3.1 法制建设

包括妇女社会工作在内的社会工作是法律性和政策性很强的社会服务行动体系,妇女社会工作者和妇女社会工作机构在其行动中要依法行事,按照国家的法律法规提供专业化服务。社会工作是现代国家的一种不可或缺的社会管理制度,因此,必须在法律层面上作出安排。但是,目前我国还没有针对社会工作、社会工作者和社会工作机构的法律或法规。这种状况严重影响到包括妇女社会工作在内的社会工作的健康发展。

我国应该以制定"社会工作法"为中心开展社会工作领域的法制建设,为社会工作提供法律依据、法律监管和法律保护。社会工作法的基本内容应该包括以下几个方面:

(1)社会工作、社会工作者、社会工作机构法律地位的规定;

(2)社会工作者和社会工作机构法律责任的规定;

(3)社会工作者权益和社会工作机构权益的规定;

(4)社会工作者资格和社会工作机构资质的规定;

(5)社会工作者和社会工作机构活动领域的规定;

(6)社会工作规范的规定;

(7)社会工作受助者权益保护的规定;

(8)政府对社会工作者和社会工作机构管理权限的规定。

4.3.2 行政制度建设

政府的社会工作管理制度是仅次于法律层面的制度安排,是社会工作者和社会工作机构依据相关法律行动的行政指引。因此,建立和完善我国政府的社会工作管理制度已是当务之急。目前,我国政府社会工作管理制度建设应该着力于以下方面。

(1)建立和强化政府社会工作执行与管理机构。其职能包括政策拟订、法规草拟、制度设计、经费拨付、监督管理、行政协调等。

(2)建立政府社会工作行政制度,对政府社会工作行政的职能作出明确的规定,并接受社会的监督。

(3)制定社会工作条例,为社会工作者和社会工作机构提供行政指引。

(4)建立社会工作者和社会工作机构注册制度,实现社会工作者职业化和社会工作机构专业化。

(5)建立社会工作机构的监管制度。

（6）建立有效的与社会工作机构、社会工作者的沟通机制。

（7）建立有效的协调机制，以协调政府与社会工作机构之间的关系，以及社会工作机构之间的关系。

（8）建立合理的财政支持制度，为社会工作机构或社会工作机构的社会服务活动提供必要的财政支持。

（9）建立信息发布制度。

（10）建立培训制度。

4.3.3 人才队伍建设

在我国，社会工作专业人才非常短缺，其中妇女社会工作的专业人才更为匮乏。这种人才状况严重制约了我国社会工作的发展，更难以满足日益增长的社会需求。2006 年 10 月，党的十六届六中全会通过的《中共中央关于构建社会主义和谐社会若干重大问题的决定》指出，"造就一支结构合理、素质优良的社会工作人才队伍，是构建社会主义和谐社会的迫切需要。"因此，政府应当承担起社会工作专业人才培养的责任。人才队伍建设应着重以下方面的工作。

（1）大力推进社会工作职业化和专业化进程，建立科学的社会工作人才的培养、评价、使用和激励机制，提升社会工作者的社会地位和社会声望。

（2）进一步完善国家社会工作者考试制度。

（3）向高等院校社会工作专业提供更多的财政和人力支持，为培养具有专业精神、专业知识和技能的社会工作高层次专业人才创造良好的条件。

（4）加强国际交流，使我国的社会工作者能够有更多的机会学习先进的社会工作理论与方法，了解国外社会工作的经验。

小结

妇女社会工作行政是社会工作行政的一个重要方面和特殊领域。妇女社会工作行政是指将政府或组织促进妇女发展的目标和政策转化为社会服务的行动过程。透过该过程，满足妇女在自我成长和发展过程中的各种需求，增进妇女的福利与权益，促进社会性别平等。妇女社会工作行政是政府或组织旨在改善妇女生存与发展的环境，解决妇女面临的个体性和群体性问题与困难，增强妇女的发展能力，促进社会性别平等和妇女发展等方面社会政策的实现过程。因此，妇女社会工作行政不仅具有社会工作行政的一般性质和功能，而且还必须与妇女社会工作和妇女社会工作对象的特殊性相契合。妇女社会工作行政包含了人力、物力、计划、组织、领导、协调、控制等要素。从管理角度看，妇女社会工作行政的程序包括了计划、组织、人力资源、领导、协调和控制等 6 个方面。这些方面也构成了妇女社会工作行政的基本职能。

随着社会的发展和妇女对社会工作服务需求的不断增长，我国妇女社会工作行政的进一步发展方向是：社会工作行政体制的法制化、社会工作行政管理的专业化、社会工作行政人员的专业化、社会工作行政机构的多元化。为了实现这个目标,我国政府必须在法律、制度、管理、专业人才培养等方面建立和完善妇女社会行政的管理体系。

问题与思考

(1)什么是妇女社会工作行政?

(2)妇女社会工作行政的职能是什么?

(3)妇女社会工作行政的原则是什么?

(4)妇女社会工作行政的内容包括哪些方面?

参考文献

[1]National Association of Social Workers. Encyclopedia of Social Work[M], 19th Edition. Washington DC:NASW Press,1995.

[2]黄源协. 社会工作管理[M]. 台北:扬智文化事业股份有限公司,1999.

[3]斯基德莫尔. 社会工作行政:动态管理与人际关系[M]. 北京:中国人民大学出版社,2005.

[4]王思斌. 社会行政[M]. 北京:高等教育出版社,2006.

[5]曾群. 社会工作行政[M]. 上海:上海人民出版社,2007.

[6]ALLISON M, KAYE J. 非营利组织的战略规划:实务指南与工作手册[M]. 台北:喜马拉雅基金会,2001.

[7]霍尔. 组织:结构、过程及结果[M]. 上海:上海财经大学出版社,2003.

[8]KOONTZ H. The Management Theory Jungle Revisited[J]. Academic of Management Reviews, 1980(5).

[9]SCOTT W R. Organizations, Rational, Natural and Open System[M]. Englewood Cliffs, N J: Prentice Hall, 1987.

[10]UNDP Evaluating Office. Civil Engagement[J]. Essentials, United Nations, New York, 2002 (8).

[11]吴帆. 集体理性下的个体社会行为模式分析[M]. 北京:经济科学出版社,2007.

[12]克雷曼. 人力资源管理:获取竞争优势的工具[M]. 北京:机械工业出版社,1999.

[13]顾东辉. 社会工作概论[M]. 上海:复旦大学出版社,2008.

第二编

妇女社会工作的方法

5

妇女个案工作

引言

社会工作专业对妇女问题的解决具有多种方式。从世界各国的经验来看,大部分社会工作案主是妇女。在社会文化里,女性往往比男性处于劣势,并更容易依赖于男性。由于贫困、暴力等更多地侵害女性,因此女性倾向于需求更多的服务。个案工作的个别化、隐私性特点,使其尤为适合于社会工作者用来帮助女性案主解决某些独特的个体问题。本单元主要介绍妇女个案工作的基本概念、功能、伦理原则、辅导过程、辅导技巧以及妇女个案工作在中国的发展,使学生对妇女个案工作有一个全面的认识。

学习目标
1. 了解妇女个案工作的定义。
2. 熟悉妇女个案工作的功能。
3. 掌握妇女个案工作的伦理原则。
4. 掌握妇女个案工作的辅导过程和技巧。
5. 了解妇女个案工作在中国的发展。

知识点

妇女个案工作、妇女社区支持网络、妇女个案工作的伦理原则。

案例导入

张某是一名下岗失业的女工,自己平常在街头做小生意。丈夫嫌她没有工作,经常打骂她,张某从不敢和丈夫正面谈家庭问题。考虑到自己的 8 岁的孩子,张某只好一忍再忍。有一次张某被打得太厉害了,她不敢回家,也没有地方去,于是去妇联寻求帮助。妇联把她介绍到××阳光社会工作站,社会工作者迅速安排张某到医院检查身体,并作了相关医学鉴定和治疗,还为张某安排了食宿。接着,社会工作者与张某讨论她所面临的问题,了解案主的想法和感受,安慰其情绪,让案主感受到安全温暖。在社会工作者的多方面帮助和努力下,张某的丈夫受到了严厉的警告和约束,他如果再对张某实施暴力,将受到法律制裁。在社会工作者的努力下,张某的丈夫表示并不希望离婚,并愿意改变自己的态度和行为。同时,社会工作者为张某争取到了社区为下岗职工提供的免费职业培训机会,对其进行职业能力评估。根据张某的工作能力和经验,并进行了再培训。最后,帮助张某找到了一份工作。案主与其丈夫的关系也渐渐变好,张某的脸上开始有了笑容。

这就是一个典型的妇女个案工作案例。在案例中,可以看到一个女性案主在社会结构的变动中,比男性更容易处于劣势。社会工作者运用个案工作的基本技巧,满足案主基本的生存和安全需求,并运用整合社区资源,协助案主发挥潜能,提高其解决问题的能力。

5.1 妇女个案工作概述

1. 妇女个案工作的定义

1948 年联合国大会通过了《世界人权宣言》,明确指出人人有资格享有本宣言所载的一切权利和自由,不分种族、肤色、性别、语言、宗教、政治或其他见解、国籍或社会出身、财产、出生或其他身份等任何区别。所有人均享有人身安全、行动和言论自由、社会保险、工作、健康、教育和公民资格等。从 20 世纪 90 年代开始,一个重要口号"妇女的权利即人权"成为全世界妇女运动的宣言。它表明一个潜在事实,即妇女的权利主张竟然要在隔了近半个世纪后才以这样的形式被国际社会接受。即使在现代文明的社会,妇女遭受的不平等待遇仍然是一个严重的社会问题,妇女往往处在经济、政治、文化的边缘地位。因为大多数妇女从小就开始遭遇种种的社会性别歧视,自贬自抑常常成为她们自我意识的一部分,所以,妇女问题变得复杂。社会工作者在介入受助妇女案例时,往往遇到来自社会系统及妇女的压力和阻力。

妇女的身份有许多种,如姐妹、女儿、母亲、女朋友和妻子,同时还被赋予不同宗教、民族、国家、社会、政治、文化、职业群体,以及年龄、性取向、健康或残障等标签,因此,单就妇女群体来说,仍然存在多元复杂的特点。随着改革的深入和社会转型的发展,社会经济成分、组织形式、就业方式、利益关系等日益多样化,妇女遭遇的困难和问题也日益多样化。如家庭危机问题(家庭暴力、婚姻破裂等),社会交往问题,健康及医疗问题,教育问题,生育和性权利问题,在经济、政治、公共生活和媒体中的权利问题,等等。运用个别化的专业服务方法是解决妇女问题的一种重要手段,这就是妇女个案工作。

个案工作(social casework)是指运用专业的知识、方法和技巧,通过一连串的专业工作,帮助遭遇困难的个人或者家庭发掘和运用自身及其周围的资源,改善个人与社会环境之间的适应状况,实现对人的尊重和肯定的过程。

所谓妇女个案工作就是指专业社会工作者在专业的理念和理论指导下,采取个别化服务的方法,以面对面的方式为妇女及其家庭提供各种帮助和支持,目的在于协助受助妇女及其家庭疏导情绪、解决困难、提高其适应环境、应对社会变化的能力。妇女个案工作的内容广泛,包括女性婚恋辅导、女性健康指导、女性家庭关系调适、女性沟通技巧训练,等等[1]。

妇女个案工作的本质特征,可以从 3 个方面进行分析。

(1)关系性质。关系性质是指工作者与妇女案主建立特殊的、深度的人际互动关系,发挥其专业角色和个性的影响力。利益具有单向性,一切皆是为了妇女案主的利益。其辅导过程是动态性的,随着案主问题的深入和情境的变化,社会工作者需要不断调整评估结论和介入方法。

(2)手段性质。助人的手段主要不是物质援助和给予,而是情绪、情感、心理等信息沟通。

(3)目的性质。社会工作者协助案主解决困难和问题的最终目的是帮助案主恢复自助能力,实现助人自助的专业理念,社会工作者在助人中也得到了成长。

2. 妇女个案工作的功能

妇女个案工作的功能有如下 4 个方面。

1)复原的功能

这是介入妇女个案工作时最基本、最首要的工作焦点。妇女问题复杂多样,由于其生理、心理和行为特点,女性案主在陷入困境时往往手足无措,方寸大乱,社会工作者应协助案主澄清问题真相,疏导负面情绪,帮助案主解决自身问题,恢复自助能力。

2)提供资源的功能

陷入困境不能自拔的妇女往往有一个共同特征,即她们过去的生活、工作、情感重心通常以家庭为重,社会交往少,不注重社会支持网络的建立和发展,当遭遇困难和问题时,一方面缺少社会网络的人际支持,另一方面也缺乏寻求社会资源的经验和能力。妇女社会工作者在协助案主解决问题时,从案主的家庭、工作单位、所在社区等相关社会环境中寻求各种资源,包括申请居民最低保障补贴或临时救济款、提供临时居所、提供庇护、提供职业训练和就业机会、提供志愿者服务资源、提供医疗救助,等等。

3）预防的功能

社会工作者介入时，不仅仅只协助案主解决当前问题，还应协助案主认识自己的能力，增强案主对相关问题的免疫力，以及对社会环境的适应能力。当她们以后再次遇到困难和问题时，能够运用资源和能力去应对和适应。

4）建设的功能

建设功能属于社会工作高层次的功能。社会工作者在协助案主解决问题的过程中，通过改变案主的认知、修正案主的行为、激发案主的潜能等一系列介入行动，促进案主人格发展及能力的全面提升。

3. 妇女个案工作的伦理原则

1）识别女性案主的需求

（1）女性的生理和心理特征使其情感丰富，心思细腻，应被视为独特的人而非某类人。

（2）女性喜欢与人沟通，愿意倾述个人经历，尤其是遭遇困境和问题时需要表达内心的感受，包括正面的和负面的恐惧、不安全感、怨恨、不平、敌意等。

（3）现代社会对女性的要求有别于传统社会，应被视为有价值、尊严的人，而不是依赖、软弱、失败、犯错误的人。

（4）女性案主面临困境时，尤其需要获得他人的关切、了解与回应。

（5）女性案主同样希望个人问题不受到批评或指责。

（6）现代女性早已摒弃传统社会的"三从四德"规范，需要有自我选择与决定的权利和机会，不愿被催促、指挥或强迫行动，希望得到帮助，不希望被支配。

（7）女性案主需要个人的隐私得到保密。

2）妇女个案工作的伦理原则

对应于女性案主的需求，妇女个案工作者在服务过程中应坚持以下伦理原则[2][3]。

（1）个别化原则。承认女性是独立的个体，女性有她们独特的生活经验和意义世界，女性案主面临的困境和问题既有一些相同的特征，又有一些不同的特点。社会工作者要个别化地对待案主的困境和问题，采取不同的介入方法。

（2）接纳原则。接纳是社会工作者如何理解和看待案主的长处和弱点，适宜与不适宜的品质，正面和负面的感受，建设性和非建设性的态度与行为，保持案主尊严与个人价值。在妇女个案工作中，真正接纳案主至关重要。它既能帮助社会工作者真正理解案主的问题和需求，使服务工作更有效；又能帮助案主从防御状态中解脱出来，获得安全感，真实地表达自己，以现实的方式面对自己及自己的问题。

（3）承认并尊重案主的价值。社会工作者要相信每个案主都有独特的尊严和价值，包括所有女性群体。

（4）理解、关怀案主。这是社会工作者在行为和态度上表示对案主的尊重。

（5）非批判的态度。即对妇女案主的价值、行为等采取不否定的态度。

(6)案主参与及案主自决。这是体现"助人自助"理念,让妇女逐渐学会对自己负责,提升其适应社会环境的能力和主动性。

(7)为案主保密。保密是指保守与案主有关的、在工作中透露给社会工作者的保密资料。对于保密原则的认识有以下几点:①基于一些强制性的专业理由,工作者可以与他人分享案主透露的秘密;②工作者应告知案主保密性的限制、获取案主资料的目的及怎样运用这些资料;③工作者征得案主同意方可进行录音、录像及他人观察;④工作者应保护案主的资料不在不适当的场合被泄露。

(8)整体性原则。不应把妇女问题个人化,应该视妇女问题为个人与社会运作失调的结果,尤其是社会结构失衡、社会政策偏差的结果,因此,应把妇女的困境和个人问题放至社会层面。

(9)社会性别意识角度。正视妇女在社会上权利分配不均和资源不足的过程中常常处于不利甚至受压迫的事实,强化社会性别意识并将这种意识渗透到社会生活的各个领域并指导开展具体工作。

4. 妇女个案工作的介入模式

1)协助女性案主认识困境和问题

协助女性案主理清思路,对自身面临的困境和问题有全面的、清晰的认识。工作者要了解女性案主面临的问题或困惑是什么?是一个还是多个?如何给问题进行排序?优先解决的问题是什么?问题的成因是什么?案主尝试过什么努力?结果如何?成功或不成功的原因是什么?问题对案主的现在产生什么影响?问题如何影响案主与周围环境的关系?案主如何看待问题?案主的感受是什么?案主对未来生活的期望是什么?解决问题的新方法是什么?案主尝试新方法可能遇到什么困难?案主需要什么帮助?

2)从优势视角协助女性案主寻找资源

应该相信每一个妇女都有优势,不幸事件具有伤害性,但也可能是成长的机遇,所有的环境都充满资源。

3)构建妇女社会支持网络

(1)社会支持网络。正式社会支持网络包括各级社会保障和民政部门、工会、妇联等,非正式社会支持网络包括家庭、亲友、邻里及其他社区中的非正式组织。

(2)社区社会支持网络。社区社会支持网络包括妇女志愿者为本的支持网络、妇女自助互助为本的支持网络和社区紧急支援网络。

5. 中国妇女个案工作的发展

妇女个案工作的发展大体经历了以下两个阶段。

(1)非专业的妇女个案工作,包括民政部门的家庭(婚姻)调节工作、工青妇组织谈心工作和亲朋邻里的调节活动等。

(2)准专业的妇女个案工作,包括社会福利机构、社会志愿团体针对妇女群体的热线咨询、面询及大学社会工作系的妇女实务个案工作。

妇女个案工作在中国的发展面临着诸多限制和机遇,其发展必须突破传统文化和现有工作体制的局限。

5.2 妇女个案工作的过程和技巧

5.2.1 妇女个案工作的过程[3]

1. 接案阶段

1）申请

女性求助者因自身不能解决的问题和困境向机构申请帮助,或社会工作者主动寻找需要帮助的女性案主,此时申请人或待助者还不是案主。

2）接案面谈

当求助者提出申请时,机构要指派工作者负责接案,进行简短会谈。在面谈后,工作者对求助者的申请有3种处理方式:①咨询,一次性咨询服务;②转案,介绍到其他机构;③接案,决定进行个案工作,双方进入角色。接案会谈的工作内容包括:①了解女性求助者的求助愿望;②对案主表达同感,并疏导案主情绪;③接纳案主并让案主接纳自己;④初步评估服务对象的问题和需要;⑤促使有需要的求助者成为服务对象或转介;⑥开始与案主建立初步的专业关系。

3）建立专业关系

（1）个案工作的专业关系是指工作者与案主之间的一种态度与情绪交互反应的动态过程,以有效协助案主解决问题,使其对环境有最好的适应。专业关系的建立是工作者与案主共同参与和做出承诺的一个过程。在这个过程中,案主应该对案主角色期望和义务有所认识、认同并承诺作出与案主相符的行为表现。社会工作者应该承担相应的责任并为完成责任作必要的准备。双方认同此专业关系,并愿意朝既定的目标发展,开展专业服务。

（2）认识个案工作专业关系,包括①明确的目的性;②存在的时间性;③服务关系而非私人关系;④良好关系的形成是手段而非目的;⑤不允许工作者在关系中获取个人满足;⑥要求工作者提供专业服务;⑦工作者有职责建立良好的专业关系。

（3）良好的专业关系是达成助人目标的基础,是实现助人目的的手段和中介。建立良好的个案工作的专业关系,要具备同感、尊重、真诚、简洁具体等基本要素。

①同感。同感是建立良好关系的重要条件,是工作者了解案主的必要途径,也是工作者协助案主自我探索的方式。同感不同于同情。同情在感情上过分投入,把案主的困扰当成自己的困扰;过分认同案主,不利于保持案主的独立性;同情是怜悯,意味着工作者和案主双方地位的不平等。

②尊重。尊重是无条件的尊重,体现了社会工作最基本的价值理念。尊重具体表现为:工作者不能指责、嘲笑、贬抑案主;向案主表达身体的关注和心灵的关注;接纳案主的思想、情感和行为;关心、关怀案主;不随意操纵案主。

③真诚。真诚是工作者在专业关系中能够以真正的自我出现,也容许自己的感受适当地表现出来。真实自我与专业自我密切相关;恰当地自我表露,可以帮助建立起可信任的专业关系。同时,真诚不等于口无遮拦,想说就说。真诚的依据仍然是以案主的利益出发。

④简洁具体。简洁具体是指工作者在与案主的会谈中,用字措词不但要适当,而且要简单清楚、具体明确。

2. 收集资料和初步评估阶段

这个阶段是收集资料以对案主的问题情境形成专业判断的过程。

1)收集资料

收集与服务对象问题有关的资料,这是工作者全面了解案主问题的首要内容。

(1)资料内容包括个人资料、环境资料和个人与环境的互动3个方面。案主个人资料包括案主的背景、生理、情感、智力、动机及对问题的看法、理解和处理模式。环境资料包括物理环境和人文环境。个人与环境的交互作用是指案主与环境互动、影响、适应的状况。

(2)收集资料的方法:①探查,即工作者运用陈述或问题,诱导案主说出与人、问题和情境有关的知识、想法和感受;②观察,即用眼睛"倾听"案主诉说过程中的信息;③探访,即访问与案主有关的人员或在案主的生活或工作环境中会见案主;④案头资料,即如果案主在机构里接受过服务,工作员可以查阅案主的既有资料,了解与案主当前问题相关的资料,或者查询其他社会福利机构的相关资料,以了解政策、资源等信息。

2)分析和解释资料

(1)排列次序:依优先及重要性对所收集的资料进行排序。

(2)发现:识别所得资料间的关系和形态。

(3)探索:将所得资料放入其情境中去理解。

(4)解释:对案主行为及问题背后的原因与意义进行解释。

3)评估

(1)评估的特点:① 资源取向,即确定解决案主问题存在的资源和限制;② 弱化专家权威,即评估案主问题时将案主放到身处的环境中去理解;③ 工作者与案主一起探查情况;④ 动态性,即工作者对案主问题的了解随着专业关系的深入而不断深入。

(2)评估的内容:①识别案主问题的客观因素;②识别案主问题的主观因素;③识别造成和延续案主问题的因素;④识别案主及其环境中的资源因素;⑤识别案主及其环境中的阻力因素。

(3)评估的原则:①个别化,避免简单归类;②合作化,即工作者与案主共同参与;③全面化,即正、负面资料兼顾;④科学化,即以科学知识为基础。

4)撰写评估报告

撰写评估报告的目的是为了全面描述案主问题,提供相关资料,以供工作者进行专业判断,分析案主问题的症结所在,寻找到案主解决问题的机会和可行性办法。评估报告要对收集到的资料进行整理归类,既要全面陈述,又要有重点,紧紧围绕案主当前的求助问题,做到文字简练,层次清楚。

3. 制订计划阶段

1)确定工作目标

工作者对案主需要和问题进行分析,确定服务工作的目标,是制订工作计划的重要工作。目标是工作者介入案主问题的方向。目标的确定不仅仅是工作者的专业判断,还要有案主的认同和参与。工作者对案主问题的分析不能脱离案主单独发生,必须置身于案主的现实情境,才能找到案主问题和困境的根源。而问题的解决必须要依赖案主自身的努力,才能发展出"自助"的能力,工作者只能为其提供协助,所以,案主能否对工作目标产生认同尤为重要。

工作目标是工作者开展专业服务工作的方向,它必须遵守以下基本原则:目标符合案主需要,目标具有层次性,目标具有可行性,目标与工作者能力相当,目标与机构功能一致。

工作目标的形成一般分为以下步骤:

(1)重新陈述案主问题;

(2)将问题翻译成案主的希望;

(3)协助案主列出与问题相关的其他问题;

(4)协助案主排列解决问题的优先次序;

(5)与案主共同形成具体目标层次。

2)工作计划的基本内容

工作计划的基本内容包括:案主的基本情况、案主希望解决的问题、工作计划的目标、服务开展的基本阶段和采取的主要方法(包括资源)、服务开展的期限(时间安排)、经费预算以及联系方式等等。

要制订一个完备的服务工作计划,社会工作者必须做到以下几个方面:①准确分析服务对象的需求和问题;②明确服务工作的目标、阶段和方法;③熟悉服务机构提供的具体服务;④清晰认识社会工作者具备的能力;⑤了解服务对象拥有的资源。

3)签订工作协议

工作协议由工作者与案主根据目标系统签订。具体协议内容由双方讨论共同拟定,包括5方面内容:服务目标,服务内容和采用方法,服务双方应有的权利和义务,服务的地点、时间、期限和次数,服务双方签字。

工作协议不仅是服务对象获得合适服务的规范化的保障,同时也是社会工作者敦促服务对象参与服务过程、与社会工作者积极配合的必要保证,是双方对服务过程的承诺。

4. 开展服务阶段

1)开展服务阶段的主要工作

社会工作者在这一阶段的主要工作内容如下。

(1)支持与鼓励。女性面临问题和困境时的心理往往表现出脆弱、无助、迷茫、自卑等无力感,社会工作者要运用语言、实际的行动对案主表达支持和鼓励,增强案主克服困难的信心。

(2)情绪疏导。情绪疏导是指社会工作者协助案主表达内心的各种感受。郁结在案主内心的感受得不到疏导是造成案主行为功能和生活适应产生问题的一个重要原因。协助案主表达感受,可使案主的思想较合逻辑、行为较合情理。情绪疏导是个案社会工作治疗过程中的一个重要程序。

(3)观念澄清。案主问题和困境的形成原因中除了社会制度层面的原因外,也往往存在个人因素的限制,如错误的认知、偏执的理念等。社会工作者要运用认知疗法,让案主意识到其观念是形成问题的原因之一,并协助案主形成正确的适宜的观念。

(4)行为改变。陷入困境的案主往往缺乏行动的热情和动力,害怕改变,不敢尝试。社会工作者要运用行为疗法促使案主在行为上有所改变。

(5)环境改善。社会工作者协助案主,改善案主生活工作的外部环境,从案主的家庭、社区、学校或工作单位、社会等寻找支持和资源,为案主解决问题、摆脱困境创造一个良性的外部环境。

(6)直接干预。当女性案主陷入一些紧急情境中,如遭受生命危险、情绪崩溃、长期被虐待等,社会工作者可以根据当地法律、法规直接介入,帮助案主摆脱危机。

2)社会工作者角色

在开展服务阶段,社会工作者需要扮演的角色包括以下几个方面。

(1)使能者。指社会工作者利用自己的知识与技巧使案主发挥自己的能力,促使案主自身发生改变。

(2)联系人。社会工作者将案主与她所需要的资源连接起来。

(3)教育者。社会工作者并不进行知识技能的传授,而是指有些时候作为榜样进行人际关系的示范,扮演一些角色甚至讲一些道理等等。

(4)倡导者。指社会工作者利用自己的权利和身份,积极倡议机构实行一些改革或动员案主一起争取一些合理的资源和权益。

(5)治疗者。指社会工作者运用专业的方法和技巧消除或者减轻服务对象的困扰。

5. 结案阶段

1)结案的类型

当妇女个案工作出现以下之一种情况时,社会工作者可以结案:

(1)社会工作者与服务对象都认为工作目标已经达到;

(2)虽然问题没有彻底解决,但服务对象有能力自己解决;

(3)社会工作者与服务对象专业关系不和谐,希望结束;

(4)服务对象出现了一些新问题,需要其他社工来解决;

(5)因为一些不可测力,需要结束服务。

前两种情况属于理想的结案,如果遇到后3种情况,社会工作者需要与其他机构或其他社会工作者联系,进行转介服务。

2)结案阶段的主要内容

为帮助服务对象顺利结案,社会工作者必须进行下列工作:

(1)预先告知服务对象,让服务对象对服务结束做好准备;

(2)巩固服务对象在已经开展的服务工作中获得的改变和进步;

(3)与服务对象一起进一步探讨影响问题解决的因素,为服务对象结案之后独立面对问题做好准备;

(4)鼓励服务对象表达结案时的情绪,与服务对象一起探讨结案后的跟进服务。

3)结案的方法

(1)直接告诉服务对象。在适当时候告诉案主,个案辅导到了结束的时间,协助案主做好结束的心理准备。

(2)延长服务间隔的时间。比如从每周面谈一次,改变为两周或更长时间面谈一次。

(3)变化联系的方式,如从面对面的服务改成电话服务。

4)结案的意义

结案的意义如下:

(1)工作者与案主终止专业关系;

(2)案主已经能靠自己去应对现实环境中的问题;

(3)结案是事先计划好的行动;

(4)结案是一个过程,包括开始计划、停止接触工作等阶段。

6.评估和跟进阶段

1)评估

评估是指对个案工作的服务效果和效率进行评定。评估的主要内容包括:服务对象的改变状况;工作目标的实现程度;服务介入工作的人力、物力和其他资源的投入等。

评估的方法:服务对象评估、社工同行评估等。

2)跟进

对已结束的个案进行跟进,有3个方面的任务:

(1)根据服务对象的状况安排一些结案之后的联系,巩固进步,增强能力;

(2)调动服务对象的周围资源,增强服务对象的社会支持;

(3)持续评估服务工作的效果。

5.2.2　个案会谈

1.个案会谈的过程

1)开始阶段

会谈的开始阶段要实现以下基本目的:社会工作者和案主相互认识、接纳,订立初步的信任的专业关系。在进行个案会谈前工作者要做好物理环境和自身心理的准备;会谈开始要介绍机构服务情况,简单介绍自己的身份和职责;鼓励案主表达,多聆听;帮助案主明确自己的权利和责任。

2)发展阶段

发展阶段是个案会谈的主体,在这个阶段里社会工作者要注意谈话的范围、深度,深入了解案主的问题真相,以及在适当时候转移话题。

3)结束阶段

社会工作者一般在个案会谈结束前10分钟开始做本次会谈的结束工作,主要工作包括:协助案主处理情绪(负面的),恢复一定程度的平静;交代下次会谈的时间、地点等;礼貌送客,以示对案主的尊重。

2.个案会谈的注意因素

(1)社会工作者的心理准备:情绪、资料、可能性。

(2)会谈场所安排:安静、舒适、温馨、隐秘。

(3)工作者的仪表:端庄、典雅。

(4)双方的称谓:适切。

(5)会谈中的记录:不影响与案主沟通。

(6)会谈时间:一小时左右。

5.2.3　妇女个案会谈的常用技巧

在妇女个案工作过程中,工作者所有的专业技巧都可以归纳为"与案主同行"。"与案主同行"是个案辅导的基本信念。在与案主面谈时,工作者应以案主为起点,并且逐步引领案主转变。个案辅导成功的首要条件是,工作者必须放下自己的信念及价值观,聆听案主的心声,体会案主的处境,和案主共同探索应朝哪个方向进发。既能同步,也能向前,这就是社会工作者对案主产生的基本同感。

"与案主同行"是指工作者与案主同一步伐,或紧贴她的脉搏,快慢缓急,皆能与案主配合,不应强求案主转变,有耐性地引发案主的动力,建立接纳、尊重的关系。在面谈的早期,建立同行关系尤其重要,要让案主感到受尊重及被细心聆听,并要确认案主的主观经验,这样,案主转变的可能性才会大大提高。根据不同的性质和功能,可将"与案主同行"技巧归类为支持性技巧、反映性技巧、引领性技巧、影响性技巧、点石成金技巧以及探访技巧。

1.支持性技巧

支持性技巧是指社会工作者通过话语及身体语言的表达,令案主感受到被尊重、被明白、被接纳,从而建立信心的一系列技巧。

1)表达专注

专注是指社会工作者面向案主、愿意和案主在一起的心理态度。在某些人生的重要时刻,有人陪伴是非常重要的。当工作者以专注的神情面对案主,案主就会感觉"他与我同在"、"他在专心地陪伴我",这无疑会给案主带来心理上的支持,增强面对困难的勇气和信心。专注行为的品质,反映着工作者知觉能力的敏感程度,优秀的个案工作者都会注重培养自己专注的能力。专注技巧既表现为通过生理上的专注行为来表达心理上的专注,也表现为心理上的专注带动生理上的专注。

生理上的专注行为主要表现在如下几个方面。

(1)面向案主:工作者以一种参与的态度面对案主,这种表现意味着"我愿意帮助你"、"我愿意留在这儿陪你"。

(2)上身前倾:坐在椅子上,上身略微前倾,前倾的姿势意味着"我对你和你说的话感兴趣"、"我对你是友好的"。

(3)开放的姿势:双手放开而不是抱住双肩。

(4)良好的视线接触:会谈中工作者应与案主保持稳定、坦诚的视线接触,而不是眼睛盯在别处或四处巡视。主动倾听是指工作者积极地运用视听觉器官去搜集案主信息的活动。

2)聆听及回应

专注与倾听是不可分开的,是同一种行为的不同侧面。工作者主动积极地运用视、听觉器官去搜集案主信息的活动。细心聆听是同行的基本要求,只有清楚明白和感受到案主的讯息,才可以与案主同行。聆听的过程中,先从案主的经验出发,但遇到不利改变、自责自怨的观点时,便要技巧地帮助案主开阔视野,协助她们察觉转变的可能性,而这些转变更应朝向正面及积极方向进发。故此除了接纳和确认案主的世界观,亦要帮助她维持正面而乐观的态度。此外,聆听的过程中也要特别留意一些不利改变,或自责自怨的信息。

阅读资料

案主,女性,35岁,职业女性,结婚10年,有一8岁儿子。

案主说:"我丈夫永远不会帮忙做家务!这段婚姻真失败,都是因为我不懂得博取丈夫的欢心!儿子太顽皮了,不听话,不懂得礼貌,全是因为我教导无方!工作也做得一塌糊涂,经常挨领导批评。唉,我真是一无是处!"

在案主的表达里,充斥着悲观、挫折、无助、自责等感受,对自我全面否定。面对这样的案主,社会工作者不但要认同案主的感受和体验,同时也要包容案主转变的可能,或已经在转变中,使案主对转变抱较乐观的态度。

用心聆听是尊重案主最具体的表现。聆听后还要进行恰当地响应,使案主感到社会工作者能充分明白她的困境,这是建立工作关系的基石,在第一次面谈开始的十分钟尤其重要。社会工作者耐心聆听案主的倾诉能产生模范作用,一方面使案主的情绪平复下来,另一方面案主也会模仿社会工作者的态度,会在辅导过程中专心聆听。

社会工作者可用心聆听及观察下列重点。

(1)案主如何表达。案主的特别用语,不同人物、事件的出现先后次序,自己在问题上的主动／被动角色。案主越将自己处于被动的角色,越会感到自己是受压迫,并会强化自己的无能感,不利于将来的转变。

(2)案主对问题的理解。从案主的角度,了解问题的成因及经过,案主过往尝试解决问题的方法及其成效。将问题的责任归咎于谁、相信如何才会影响结果,这些也会影响案主改变的动力。如果相信这结果是命运安排,无论谁或做任何事也改变不了,这种想法会令案主感到气馁,而缺乏动力去面对困境。

(3)案主感受。聆听并观察案主的感受是什么,感受与问题的关系,感受如何影响行为表现,它的强烈程度等。一般来说,引发强烈感受的事情,大多是案主所关注的事项。

(4)案主的非语言表达。非语言表达指案主的各种身体语言,包括表情、语速、语气、姿势等。聆听要把握案主非语言所表达的强烈程度以及与说话的意思是否一致等。非一致的语言表达,可能表示案主内心正面对一些挣扎,不容易表达或时机不适合表达出来。社会工作者可能会不同意案主的见解、行为,但聆听的重点是明白案主的观点,所以即使有不赞同之处,也无须急于反对。

3)同理表达

同理表达指社会工作者进入并了解案主内心世界,并将这种了解传达给案主的一种技术与能力。同理心包括情绪同理和角色同理。情绪同理即同感,指社会工作者如同亲身体验地感受案主的感受,是一种受他人状况感动的能力。角色同理是指社会工作者了解案主的情境、参考构架及观点的能力。社会工作者在表达同感时,要注意以下几点:给自己思考的时间,不要急于表达,有时可以巧妙地为自己争取思考的机会;恰当反应,不要自己滔滔不绝地演讲,也不要任案主没完没了地说个不停,应该在适当的机会做恰当的回应;应把握自己的情绪,使之与案主情绪相协调,不要表现得比案主更激动,也不要在案主激动的情况下,自己无动于衷;在辅导过程中有必要经常向案主询问自己所理解的是否正确,以便随时调整。

4)鼓励支持

工作者透过适当的话语和身体语言,鼓励案主继续表达自己的感受和看法。

根据上述诸项,请尝试对下面案例中的案主表达同感。

母亲说:当时我尽了一切努力,希望他(儿子)能忘记过去,不想其他人再提起他的错失,只想他能够重新改过。当时我也想到他到底会不会改过,会不会重蹈覆辙,但我相信人总会变好,也相信他会改变。只希望他能够把握这个机会,但他很快又开始吸毒,毫无悔意,我很失望,非常伤心难过,我不相信自己怎么会生出这样一个不听话的儿子。

社会工作者:(同感)

2.反映性技巧

反映性技巧指社会工作者如同亲验地了解案主的感受、内在含义、心路历程,并将体验到的内容及所代表的意义恰当地传达给案主。社会工作者小心选择案主可以明白的某些语言,与案主对谈,可以有效地与案主建立良好工作关系,并有助社会工作者学习聆听及尊重案主的经验,培养良好的辅导态度。

反映性技巧表现在语言方面的要求有 3 个方面:首先,社会工作者在使用反映性技巧时,语言要精简浅显,切忌使用专业词汇。使用精简浅显的说话与案主面谈,可缩小彼此的距离,并使对方感到亲切。其次,注意澄清案主表达中的意思。用心聆听案主的说话,特别是对问题或重要人物的名词及形容词,因为案主常常赋予它们特别的意义,澄清后才能更好沟通,鼓励案主解释她经常使用或特别的词汇。最后,重复案主的语言。在早期面谈中,尽量采用或复述案主的语言,不要轻率地改动她的特别用语。

3.引领性技巧

引领性技巧是指工作者引导案主具体、深入地探索自己的经验、处境、问题以及对人、对事、对世界的看法的技巧。

1)澄清

社会工作者引领案主对模糊不清的陈述作更详细、清楚的解说,使之成为清楚、具体的信息。澄清也包括工作者解说自己所表达的不甚清楚的信息。沟通本来就是困难的事情,每个人的内心都是一个独特的世界,各自拥有不同的生活空间,不是通过几句话就可以了解的。社会工作者与案主之间不是一般的人际沟通,而是要深入地互动。社会工作者必须对案主有较全面、深刻的了解才能真正按照其需要提供帮助。

2)对焦

对焦是指将游离的话题、过大的谈论范围,或同时出现的多个话题收窄,找出重心,并顺其讨论。对焦可以使会谈减少跑题、多头绪的干扰,使会谈能够集中在相关主题上进行深入、具体的讨论。但社会工作者在运用对焦时应注意与鼓励技巧的冲突,鼓励技巧的理念主张让案主多说话、尽量表达自己,这就免不了会出现谈话漫无边际的情况,因此,对焦技巧的运用不可生硬,应考虑偏离主题的程度及所持续的时间,以决定在恰当的时机进行对焦。

3)摘要

社会工作者把案主过长的谈话或不同部分所表达的内容进行整理、概括和归纳,并作简要重点的摘述。摘要技术的运用,可以帮助案主理清自己混乱的思路,突出案主在想法、感受、行为、经验上的特点或模式,促进案主对自己有较清晰的了解。另外,社会工作者作完摘要后,还应向案主查证摘要是否准确,容许案主否定、接纳或更正工作者的摘要。

4.影响性技巧

影响性技巧是指社会工作者影响案主从新的角度或层面理解问题或采取其他方法解决问题的技巧。

1）提供信息

社会工作者基于专业特长和经验,向案主提供所需要的知识、观念、技术等方面的信息。提供信息包括案主不知晓的新信息和帮助案主改正已有的错误信息。社会工作者在提供信息的时候首先要了解案主的知识背景,分析其对信息的敏感能力和接纳能力,选择适当的方式提供信息。

2）自我披露

选择性地向案主披露自己的亲身经验、处事方法和态度等,从而使案主能够借鉴他人的经验作为处理自己问题的参考。自我披露可以引导案主从其他的角度去思考问题,或参考别人的方法解决自己的问题;自我披露还可以为案主树立坦诚沟通的榜样,社会工作者的坦诚开放、与人分享自身的经历和感受的做法,会感染案主使其愿意表露自己的内心世界;自我披露对促进工作关系也十分有利,社会工作者的自我披露可以拉近与案主的心理距离,发展融洽的专业关系。

3）建议

对案主的情况、问题有所了解和评估后,提出客观、中肯和有助于解决问题的意见。作为专业的助人活动,在个案会谈中,社会工作者通过对案主问题及相关信息的了解,总会发展出具体的解决案主问题的思路,社会工作者应该向案主提出这些意见。但是,社会工作者首先应考虑清楚意见或方法的可行性、背后的理念及理论的正确性。而有时如何向案主提出这些建议比方法本身的意义还要重大,如果工作者生硬地强行要求案主按照自己的意见做,违背案主个人意愿,反倒会造成不进反退的后果。因此,如何向案主提建议非常重要。

4）忠告

社会工作者向案主指出案主行为的危害性或案主必须采取的行动,例如,工作员说:你那么想,可你并没那么做。——指出案主认识、情绪与行为的不一致。忠告通常是针对一些比较严重的事件或行为,但是,是否严重是一种价值的、道德的判断,是很主观化的。因此,社会工作者一定要反复斟酌自己的判断,而忠告之后,社会工作者应该耐心地讲清道理,提供案主不知晓的知识和视角,使案主有所领悟。

5）面质

指出案主言谈、行为、感受上不一致和矛盾之处或挑战案主去面对现实。先决条件是工作员与案主已经建立起可信任的、经得起考验的专业关系,案主不会因此恼羞成怒,要慎用面质。

5.点石成金技巧

穷途不是末路,绝处也可逢生。许多案主因为被当下问题所困扰,未能看到转变的可能,故此与案主建立关系的同时,不忘引领她尝试从不同角度思考,减少对问题的执著,可激发她去面对困扰,对将来的改变更有盼望。

1)指出希望

社会工作者将案主的投诉、抱怨,以他希望的转变作为响应,以淡化案主悲观、自责或不能改变的想法。例如:

案主:我和丈夫经常为小事吵起来,并且一发不可收拾!

社会工作者:我感到你也不想为了小事与丈夫越吵越大,直至一发不可收拾⋯⋯你希望和丈夫能较为平心静气去处理彼此的分歧。

2)换个角度

当遇到案主一些看似负面、固执及不利改变的想法,社会工作者应尝试引领案主从其他角度了解事物,减少将问题完全归咎自己身上,拓宽解决问题的视野。例如:

案主:这些年来,虽然丈夫对我不忠,但作为妻子,他一天不提出离婚,我也会忍下去,为这段婚姻坚持到底!

社会工作者:你忍下去也只为了挽救这段姻婚,你一定面对很大的压力了,多年来的坚持,从中你学会些什么?发觉自己有什么改变呢?是什么支持你这样坚持下去?

3)发掘潜能

社会工作者相信每个案主都具备某些潜质或资源,社会工作者只要细心发掘,一定可以帮助案主发挥其潜质或能力去应付目前的困难。既然深信案主是充满资源及潜能,面谈过程中便要不断注意及发掘这些潜能。社会工作者不应只注重案主明显的成就,许多潜能都是看似微不足道,甚至被视作是失败的经验,它们经常被案主所忽略,但在社会工作者眼中,它们可能是案主转变的契机。有些人误解个案面谈只容许谈论成功的经验,其实要实现协助案主从看似失败的经验里,发掘她们的坚毅及成功的地方,才是个案辅导最核心的精髓。

6. 探访技巧

探访是指社会工作者为了解或促进案主有关的适应情况,到案主平时的生活环境访问有关人员。探访的目的是了解案主适应情况;协助案主有关人员了解案主的困难;协助有关人员对案主的适应产生积极辅助作用;协助案主增进适应能力。

探访中社会工作者要注意以下事项:

(1)明确探访目标和目的;

(2)确定探访时间;

(3)因具体情况而确定是否事先约定;

(4)把握工作员形象(态度、服饰);

(5)对探访结果及时评估;

(6)注意答谢。

5.2.4　正确处理女性案主与社会工作者之间的现实性反应和非现实性反应

1. 女性案主与社会工作者之间的现实性反应

1）女性案主的现实性反应

（1）女性在面临困境和问题时，往往怨天尤人，难以认识到自己也是问题的一部分或与问题有关。

（2）女性防备心理较强，要与陌生的工作者很快进入一个信任的专业关系，案主自己心里有顾虑。

（3）女性案主天生的害羞、胆怯、犹豫心理特征使其主动求助的动机不强。

（4）女性案主容易受自身对机构的了解以及过往求助经验的影响。

（5）女性案主往往会对社会工作者的年龄、性别、外貌、穿着等过分关注。

2）社会工作者的现实性反应

（1）社会工作者受自身弱点的限制。

（2）专业经验不丰富的社会工作者面对不同案主时，往往会产生程度不同的心理压力。

（3）来自工作环境的压力对社会工作者的影响，包括倦怠、麻木、低成就感、压抑等。

（4）来自个人生活环境的压力可能导致在个案工作过程中，社会工作者受个人生活经验的影响而不自觉地将价值介入。

个案工作过程中，社会工作者不但要洞察案主的现实性反应，还要对自己的现实性反应敏感，要反思自己的反应究竟是自己的需要，还是为了案主的需要。

2. 女性案主与社会工作者之间的非现实性反应

1）女性案主的非现实反应

女性案主的非现实性反应——移情。陷于困境的女性基于生理、心理特征，情感脆弱，依赖心理较强，对协助她们解决问题的社会工作者容易产生情感转移。移情就是案主把早年或目前生活上对其他重要人物的感受和被压抑的情绪体验，投射到社会工作者身上，把他看成和他们一样，这种情形称之为情感转移。

社会工作者在处理女性案主的移情时要非常小心。处理不小心会让女性案主敏感察觉到社会工作者的有意疏离，导致其产生被拒绝、受伤害的强烈感觉，这会影响到专业关系的维持，案主可能会以退缩或离开的方式来表达对社会工作者的愤怒和不满。当社会工作者察觉到案主的移情时，首先要协助案主认识这种情感转移的深层意义，鼓励案主表达意识层面上的感受，并在适当的时候将这种情绪反应给案主，以增进案主的自我洞察；其次提供机会让案主将压抑的情绪得以宣泄；再次社会工作者要反省自己在工作过程中是否对案主过分认同或过分否定，是否鼓励案主移情。

2）社会工作者的非现实性反应

社会工作者的非现实性反应——反移情。反移情就是社会工作者把过去与他人的人际关系经验,投射到案主身上,把她当成那个特定的人看。社会工作者对于身处困境的女性案主容易产生过度同情,或者过度否定,"哀其不幸,怒其不争",这都是反移情的表现形式。

社会工作者可按下述自我检查和自我反思认识反移情表现,从而控制和解正。

(1)自我检查。自我检查反移情包括以下 19 个项目:

①发现自己昏昏欲睡,无法集中注意力与倾听;

②发现自己在否认焦虑的存在;

③发现自己在座位上坐不稳,并且感到紧张;

④感到自己过分感情化地面对案主的困难;

⑤发现自己对案主所说的内容采取有选择的反应和解释;

⑥发现自己过早地做了不正确的反应和解释;

⑦发现自己对案主产生莫名其妙的讨厌或喜欢的反应;

⑧发现自己不断地低估或遗漏案主的深层次感受;

⑨发现自己过分袒护案主,当案主谈论到受权势压迫时产生冲动性的同情反应;

⑩发现自己无法为案主着想,对案主的烦恼感受不能产生应有的反应;

⑪发现自己倾向于与案主争辩,并对案主的批评产生防卫或责难的反应;

⑫觉得该案主是最优秀或最恶劣的;

⑬发现自己的思想在会谈过程中被案主的幻想所占据,甚至对此有夸大的反应;

⑭发现自己习惯性地延迟会谈,或对案主有敷衍的现象;

⑮发现自己借戏剧性的话题使案主发笑或产生强烈感情;

⑯发现自己过分注意案主的隐私材料;

⑰感到自己强迫性地采取过早的解释和建议;

⑱发现自己梦及案主;

⑲发现自己借口太忙而不与案主会谈并把责任归于机构。

(2)自我反思。当通过自我检查,发现与女性案主存在反移情时,社会工作者应该进行自我反思。自我反思检测包括以下 13 个项目:

①为何对案主作出这样的反应?

②作那些说明时有何反应?

③为何向案主传递那些意念?

④为何问那种问题?

⑤如此行为是否符合协助案主之道? 是否仅为了好奇而问那些问题?

⑥为何做此劝告? 是否由于自己感到案主期待答复所有的问题? 而自己是否有自作聪明的反应?

⑦是否因主观的看法而影响那些问题?

⑧为何案主缺乏爱和安全感会使自己产生如同身受的感觉?

⑨为何(或为何不)要求该案主的丈夫或妻子同来会谈? 会不会是由于过分同

情案主而对有关人员产生拒绝感？

⑩为何在首次会谈时说的太多,而较少让案主诉说其发生的事？会不会想使案主认为自己知识丰富而希望她(他)会继续再来？

⑪为何对案主未前来赴约感到烦恼？会不会是对自己的专业能力没有信心？

⑫当案主应终止辅导或应转到其他机构时,为何自己不愿意让案主走？

⑬是否在利用案主以满足自己个人的需求或让案主在利用自己？

5.3 妇女个案工作案例

1. 案例描述

案主,林真,女,20 岁,大学二年级学生,中文专业。案主由她的姐姐陪同而来。据其姐姐叙述:在林真 13 岁时,家人偶然发现林真有自虐行为,具体表现为用力啃咬两手拇指的指甲,每次发现时都是咬到手指流血,或者拿钢笔尖扎手背,常常扎得手背满是血迹和墨迹。家人最初以为林真自虐是因为在学校里受了同学欺负或老师责骂,母亲向其询问,案主总是沉默不语。后来,母亲曾到学校了解林真在学校里的学习和同学人际关系的状况,没有发现异常情况,以为是案主进入青春期而导致的情绪焦躁症,也不再追问。

姐姐林方一直觉得事情不是这么简单,很担心妹妹,本来关系亲热、无话不谈的妹妹却连姐姐也不理睬。每次姐姐问得急了烦了甚至发脾气,案主却只是流眼泪,姐姐只得作罢。不放心的姐姐开始暗中观察妹妹的一举一动,尤其关注妹妹自虐时的情境。慢慢地,姐姐发现案主自虐多出现在林真看到母亲准备拍照材料,或者拍照的时候。问案主为什么会这样,案主的回答是"不知道为什么,看见这些东西就心烦"、"觉得好像很难受,就开始咬手指,这样心里才好过一点"。

自发现妹妹开始自虐行为后,林方进一步发现妹妹有厌恶异性的倾向,不愿意和异性接触。林方询问妹妹,妹妹的理由是:"异性都很脏"、"看了就讨厌,总觉得有一股难闻的味道"、"不想结婚"。最近情况越来越严重,案主在人多一点的地方即使被异性行人不小心碰到胳膊、肩膀等小块地方,回家后都要马上用自来水反复冲洗身体或衣服被碰到的部位。案主自小就特别喜欢和姐姐待在一起,感情非常好。案主自 10 岁以后和姐姐的关系越发亲密,做什么事都要在一起,总是要看到姐姐,两个人直到现在还睡在同一张床上,几乎到了形影不离的地步。案主经常说非常喜欢姐姐,要一直和姐姐在一起生活等类似的话。

案主在校成绩中等,性格略孤僻,不大爱说话,和同学、朋友关系一般。幼时成长发育正常,没有特殊病史。姐姐比林真大两岁,艺术专业,四年级大学生,身材高挑,也略要漂亮秀丽一些。林真身高大约 160 cm,身材略显瘦,容貌清秀,看上去娇小可爱。在姐姐向社会工作者叙述情况时她一直一语不发,面无表情但并不呆滞,双眼转动灵活,显得很有精神。林方是父母在林真三岁时抱养的,和林真没有血缘关系。据林方叙述,养父母对她不错,特别是养父。父亲在林真大约 8 岁时出国,至今未归。母亲是某大学艺术系老师,教授拍照,因兴趣和工作需要,加上林方天生高挑容貌端正,其母在家时经常以林方作为人体模特进行拍照,家中画室里不少画作都是林方的人体写生。父母及祖上均为正常人,没有家族病史。(改编自网络资源)

2.初步评估

案主林真有较严重的强迫症状,强迫行为表现为一旦被异性碰到,就要不断用水冲洗被碰到的身体部位或衣服。另外,案主看到与母亲拍照相关的东西就心烦意乱,出现用力啃咬拇指指甲,或用钢笔尖扎手的行为,直至疼痛流血,这种自虐行为可以初步判断是由案主对"母亲的拍照用具"的焦虑引起的,也属于强迫行为。这两种强迫行为已经对案主的身体带来了较大伤害,特别是前一种自虐行为,影响了案主的正常生活和社会功能。因此治疗的首要目标是要针对其焦虑和强迫行为进行化解和矫正。

此外,案主还表现出一些类似"同性恋倾向"的表面症状,恋慕对象是姐姐林方。很明显,案主对姐姐的过分亲近影响到了自己和姐姐的正常生活(或许林真本身没有意识到,或并不这么认为)。治疗中同时应对其依恋姐姐的原因进行探讨,寻找根源。

经过初步会谈,社会工作者决定对案主的自虐和强迫行为采用系统脱敏法尝试矫正,同时以心理——社会疗法和认知领悟疗法对其强迫观念和同性恋倾向进行追根溯源,寻找化解的途径和治疗手段。

3.介入过程

1)接案会谈(第一次会谈)

在第一次会谈中,案主并非自愿寻求咨询,从不主动开口说话。在其姐姐林方介绍完基本情况后,对社会工作者的问题回答得十分被动,每个问题只用最简洁的词语或短句回答,然后就开始看着她姐姐,往往问题最后都由姐姐代答。为建立正常互动的个案专业关系,首先要解决的是案主在咨询问题时对其姐姐的依赖。因此,社会工作者要求其姐姐回避,使案主与社会工作者处在一对一的状态中进行咨询会谈。

社会工作者:好吧,让我们回到最基本的问题上,重新开始,这样可以让我和你自己,能够对你目前的状况有一个真实的了解。你能告诉我,是什么原因让你来咨询?

案主:(沉默片刻)因为林方要我来。

社会工作者:完全是因为姐姐要你来,所以你才来的吗?

案主:林方说这样下去我的手会废的,对身体不好,看医生也没有用,只能看心理医生,所以我就跟她来了。

社会工作者:我是问你的看法是什么。换一种问法,当你咬啃手指,或者用笔尖扎自己的时候,你是怎么想的?事后你的想法又是什么?

案主:(犹豫半晌)我每次咬手指的时候都觉得很痛,但是不知为什么好像特别需要这样,不然就很难受。我也觉得好像……这样不好,但是一看到那些东西(指母亲的画和画具)就没有办法控制自己……

社会工作者:你自己也不喜欢那些伤害自己的行为,想摆脱这些行为,来咨询也是出于自己的某种意愿来的,我这样理解对吗?

案主:……(点头)

社会工作者:每个人都可能会遇到一些特别的事情,但是我们并不想告诉别人,包括父母、兄弟姐妹,并不是不相信他们,而是不知道怎么解释。这一点你可以放心,我们的工作职责就是聆听你的故事,并且为此保密,除非你愿意,我不会将你告诉我的事情泄露出去,包括你的妈妈和姐姐。这一点你觉得怎么样?

案主点点头,表示明白。

社会工作者:好的,这样我们就可以正式开始咨询了。你一般是在看到妈妈准备画具或者拍照的时候,开始咬指甲或者用笔尖扎自己,是吗?

案主:是的。

社会工作者:回想一下,有没有在其他情况下也会咬指甲或者扎自己?

案主(想了一下):没有

社会工作者:看到妈妈准备画具、拍照的场景,你有什么感受? 能给我详细描述一下吗?

案主:……嗯……我只要看到那些场景,心里就觉得很烦,很难受,很着急,然后就开始咬指甲了,如果碰上写作业,我就用笔尖扎自己……我也不知道为什么这样。

社会工作者:你之前说过咬指甲、用笔尖扎自己,其实很痛的,但是还是不自觉地要咬,是不是因为这样心里就会不烦?

案主:……也不是。刚开始咬的时候会越来越烦,然后就越咬越厉害,直到流血了,自己想着手很痛,就会慢慢平静下来。

社会工作者:咬到自己一心想着手很疼痛,嗯,这样是不是就可以不去想其他让你心烦的事了?

案主:嗯……是这样。

社会工作者:看到那些东西,会让你想到什么心烦的事呢?

案主:……(沉默,两眼看向别处)

社会工作者:还记得你第一次咬手指或者扎自己是什么时候的事情?

案主:13 岁。

社会工作者:具体是一个什么场景呢? 你还记得当时发生了什么事情吗?

案主:……13 岁……记不请了。(开始沉默,低下头显出不愿意理睬的样子,看得出来案主还不想说真话。可信任的专业关系还不够深入。)

社会工作者:看得出来,你很喜欢你的姐姐,而且很依赖她,是吗?

案主:(点头)我喜欢姐姐。姐姐很漂亮,很温柔,很干净。

社会工作者:如果有其他很漂亮温柔的女孩子,你也会喜欢吗? 比如会不会主动和她做朋友?

案主:(口气坚决)不会! 我只是喜欢林方一个人。

社会工作者:喜欢她到什么程度呢?

案主:……嗯……想待在她身边,一直在一起。

社会工作者:"一直在一起"的意思是只有你和姐姐一起生活吗? 有没有其他人呢? 案主:(沉默,欲言又止)

社会工作者:如果姐姐结婚了,有了丈夫,以后还有自己的孩子,你还是想和姐姐一起生活吗?

案主:想。

社会工作者:是因为想和姐姐一起生活,所以才不想和男性结婚吗?

案主:不是。是因为不想和男人结婚,所以才想和姐姐一起生活。

社会工作者(顿时觉得山重水复又柳暗花明):你不想和男人结婚的原因和理由是什么呢?

案主(语气嫌恶):因为男人都很脏,下流,很讨厌,不想和他们在一起,根本没法想象和他们结婚。所以和姐姐在一起就可以了,姐姐很干净,对我又很好。(社会工作者注意到案主多次提到"干净"这个关键词语。)

社会工作者:你是什么时候开始认为男性不干净,而且肮脏的呢? 你能讲一讲具体的情景吗? 这样有助于我们找出事情的根源是什么。

案主:……想不起来,反正我是一直这么想的。(再次低下头)

谈话过程至此两次出现阻抗现象,鉴于是首次谈话,不宜再深入进行下去。在大致向案主解释她这些问题的原因可能和早年经历有关,希望她回去以后适当回忆一些成长过程中的经历,尤其是 12 岁前后。至此,第一次个案会谈结束。由于掌握信息不多,暂缓对案主的强迫行为进行系统脱敏治疗。

2)第二次会谈

第二次个案会谈,案主仍然由姐姐陪同而来,在姐姐离去后便一直低着头,态度十分被动,回答问题只肯点头或摇头,偶尔回答一两个字便不再说话。社会工作者和案主在第一次会谈中建立起的专业关系又回到最初的抗拒状态。经社会工作者真诚耐心的询问,得知案主本人对再次来咨询比较抗拒,在其姐姐林方再三劝说下才勉强愿意前来。社会工作者可以肯定前一次谈话中涉及到了案主心理问题的某些关键内容,而她拒绝回答、含糊其辞的那部分内容可能就是事情的真相所在,也是案主强迫观念和自虐行为产生的原因。但继续深入询问可能引起案主更大的抵触心理甚至放弃,故决定对案主的自虐行为进行询问,以获得一些关于案主焦虑的刺激物的基本信息,先采用系统脱敏疗法处理案主的非适应性行为,并希望在这个过程中能找到线索。

案主的非适应性行为主要是焦虑和强迫行为,表现为看到母亲准备摄影工具或拍照,就感到焦虑、心理痛苦,为缓解焦虑转移注意力而用力咬指甲,或者用笔尖扎手,直到疼痛流血为止;强迫观念表现为认为异性很脏,身上有异味,自己被碰到就会沾染上这种异味,被弄脏,因此伴随只要是被异性碰到,不论认识或不认识对方,以及是有意或无意碰到,都要立即用水清洗被碰到的部位。

系统脱敏的具体治疗过程:首先对案主进行一段时间的放松训练,并向其讲解她的自虐和强迫行为都是后天习得的结果,完全可以去除,以及系统脱敏法的道理。

由于自虐行为对林真的身体伤害较大,在她基本掌握放松训练后,决定对自虐行为进行想象脱敏。首先要求案主列出焦虑的等级表,对姐姐、母亲、摄影工具、摄影作品、人体素描等进行依次评分。形成如表5.1焦虑等级表。

表5.1 焦虑等级表

刺激对象	焦虑程度	焦虑等级
姐姐	心情平静、不焦虑	0
母亲	稍有一点烦躁	1
母亲的摄影室	心情烦躁、开始心慌	2
母亲的摄影工具	烦躁、心慌意乱、开始感到内心痛苦	3
母亲的作品	十分烦躁、内心痛苦并开始要指甲	4
母亲的人体摄影作品	内心感到十分痛苦、用力咬指甲	5

前期工作就绪后,开始进行系统脱敏想象治疗。先令案主想象见到其母亲,当她感到一点焦虑烦躁后,让其停止想象并放松,然后反复,直至其能保持心平气和为止。然后告诉案主以后看见母亲就不会感到焦虑,如果还有情绪波动,就用这种方法疏导情绪,实现心灵平静。

3)治疗阶段

三天后,案主表示已经能够和母亲平静相处。然后开始向第二等级继续。经过一段时间的努力,案主在看到摄影工具的时候已经能够保持心情平和,并对自己的进展感到高兴,对个案辅导恢复了一些信心,开始愿意积极回答社会工作者提出的问题,对辅导采取较主动的态度。

社会工作者:你已经能够在看到母亲的摄影工具时心情平静,不咬指甲,也不扎自己了吗?

案主:是的。看到那些画笔、颜料、相机已经没有什么感觉了,只是看到画或者照片还是会觉得心慌,有时候不自觉地就会开始咬指甲,不过林方都及时阻止我。

社会工作者:你从12岁那年开始忽然出现这种怪癖,据我推测应该是由于某件突发事件,你愿意说出来吗?

案主:……

社会工作者:你看,系统脱敏治疗已经取得了不错的效果,你的自虐行为也得到了控制,如果到这一步不继续进行下去,有可能前功尽弃。因为我们还没有找到问题的症结所在,只有找到了事件的真相,我们才知道如何处理你自己的焦虑。你不想就这样放弃,是不是?

案主:是的,可是……

社会工作者:如果还不能找到引起问题的原因,并加以解决,以后治疗的进程就会变得慢,这对解决你的问题影响不好,总是咬指甲、扎自己,一方面伤害自己的身体,将来的生活也会受到影响;另一方面也让你、你姐姐、你妈妈担心。

案主:……嗯……

社会工作者:我猜,你其实已经想到问题的原因是什么了?

案主:……(点点头)

社会工作者:是不是和你的姐姐林方有关?

案主:(沉默数分钟)……妈妈从林方14岁开始就经常把她带到自己的工作室,给她画人体素描,或者拍人体照片。那天她带了一个她很喜欢的学生,嗯……是个男生。她把他带到家里的工作室,然后还是让林方去做模特。中间妈妈出来一趟,我就跑到画室门口想看林方。我看到那个男生没有在画板前面画画,后来就看到他……他站在林方面前,对林方动手动脚的……嗯……他正好挡在前面,我也没有看清……

社会工作者:这件事情你后来告诉妈妈了吗?

案主:……(点头)后来妈妈把那个学生赶走了,但是她还是会带一些学生来家里,还是让林方做模特。我想叫姐姐不去,但是姐姐说为了妈妈的工作她要去。之后妈妈让林方当模特的时候都会把画室门锁上,不让我看到……但是我越是看不到,就总是会想林方在里面有没有怎么样……然后心里很乱,总是想着,越想就越痛苦、难受,不知不觉就开始咬指甲、用笔尖扎自己……

社会工作者:问题的根源应该就是这件事情了。之后每次你妈妈让林方当人体模特的时候,你就会想到这件事情,担心林方又受到非礼,想保护她却不知道如何做,从而导致了你内心的痛苦。这种痛苦让你无法承受,又无处排解,所以你不得不使肉体疼痛,也就是用力咬手指,或者用笔尖扎手背,这样可以转移注意力,让自己不去想这件事。对不对?

案主:……嗯……我很喜欢姐姐,怕她受伤害,想保护她,但是又无能为力,所以一想到就会受不了……(皱眉)

社会工作者:后来那个男生有没有再到你们家来过?

案主:好像……没有……记不清了……

社会工作者:你应该从此很警惕那个男生,很注意他才对,为什么连他有没有再来过都不清楚?

案主:……后来他们每次有学生来画画……我只是想林方有没有怎么样……

社会工作者:也许这就是问题所在。你在目睹那件事以后,并没有把注意力放到那个男生身上,而是放到了林方身上,这是因为你对林方投入的注意力过多了。你的妈妈不可能对这样的事毫无反应,以一般的情理看,她是不会再让那个男生来家里的。作为成年人,你妈妈会保护林方,防止这种事再发生,也有意识地保护你,不再让你看到画室的情形,只是她不知道这样反而加重了你的焦虑。你从来没有想到这点,是吗?

案主:……嗯,没有想过。我后来一直有些怨恨妈妈,为什么要把那样的学生带到家里来,如果不是妈妈,林方也不会受到伤害了……

社会工作者:好。现在加入这点考虑,你再想一想,以前你之所以看到画、拍照工具就心烦意乱,是不是总是想到林方在被画的时候会不会遭到性骚扰,所以你痛苦?

案主:嗯……好像是这样。画室的门一关,我的脑海里就会出现那次看到的情形,然后觉得林方在里面被欺负,但是我什么也做不了,开始觉得很烦躁、慌乱……

社会工作者:但是你妈妈有可能让这样的情形反复出现在自己孩子身上吗?

案主:……不太可能……

社会工作者:对。12岁的时候你可能还想不到这一点,但是现在你长大了,要开始用成熟的观念看这个问题了。而之前你在看待这个问题的时候一直都从一种儿童幼稚的角度去看,那时候的你是无能为力的,你喜欢的人被欺负了,你除了难过什么也做不到,并且让你形成了林方在画室里就会遭到不幸的观念——这个观念很明显是不正确的,是不合理的。因为这种不好的情况不会被允许反复出现,你明白吗?

案主:……嗯……有点明白了。也就是说我之所以会心慌难受,是因为我对那时候看到的情景一直念念不忘,并且错误地认为每次都会发生。

社会工作者:看来你对自己出现问题的原因有了更深一步的认识。这些令你感到痛苦的想法实际上都是源于你在少年时受到的心灵创伤,并且一直以儿童的不成熟的想法来看待这个问题。

经过一番分析和解释,案主大致明白了她焦虑心理产生的根本原因。会谈结束后,社会工作者要求案主将辅导的体会写下来,并将自己对问题的理解放入行为治疗之中,当看到刺激物时在心里重复正确的观点,继续系统脱敏治疗。

4)结案

接下来的进程比较顺利,案主逐渐能够控制自己看到摄影工具或者人体作品时的焦虑情绪,并开始摆脱咬手指、用笔尖扎自己的行为。在社会工作者的引导下(认知领悟疗法),案主知道自己对男性的极端厌恶心理来自于12岁时发生的事情。然而究其原因还在于早年父亲离家,加上性格孤僻,常年不与异性接触,以至形成了一种对异性的不信任感。这种幼年时期就开始存在的不信任感在经过那次不好的事件后被激发,进而扩展为一种强烈的厌恶和不安全感。在明白这点后,案主遂在加入自己理解的基础上开始新的系统脱敏治疗。这一轮治疗主要针对案主对异性的厌恶,由于不会引起自残身体等行为,因此采用实际场所脱敏。让案主在其姐姐或母亲陪同下到实际生活中,逐步面对亲戚、较熟悉的朋友、陌生人等异性进行脱敏操作。经过两个月左右,案主基本摆脱了认为异性"身上有异味"、"很脏"的想法,在人多的环境呆过以后也不再出现多次清洗被碰触部位的行为,只是偶尔仍感到不舒服、似乎少了什么,这是长期形成的习惯在短期内改变后会出现的正常心理现象。

但是,案主对姐姐林方的过分亲密行为在这些情况都受到控制后却并没有太大的改观,虽然偶尔独自前来咨询,但生活上依然与姐姐形影不离,每次问起也依然说喜欢姐姐。这恐怕还与她未透露、未认识到的一些童年经历有关,因此咨询会谈在此进入对案主童年经历的回忆和分析。社会工作者从案主对儿童成长过程的回忆里了解到在林方被收养后,一度得到较多关注,特别是案主的父亲。据案主叙述,父亲对抱养的女儿十分喜欢,每次回家后都先抱林方,再抱抱自己,有什么东西也总是先想到给林方,这样的情形持续了很长时间,直到父亲出国前两个月才在案主身上稍稍多放了一些注意力。父亲出国后一直没有回来,母亲也从不解释父亲不回家的原因。直到前两年,案主才意识到父母亲早就离婚了,只是没有让两个女儿知道。

社会工作者分析这也许只是案主父母为了防止林方不适应新的环境,而采取的态度和方式,让林方感受到被重视和关怀。这样的做法却忽略了对案主的关注,而案主之前又是独生女,对注意力和关怀的突然减少十分敏感。这种情况本应引起案主对林方的厌恶或排斥,但却演变成现在的极度喜爱和依赖。社会工作者经过分析令案主认识到这其实是一种防御机制导致的结果。幼年的案主在突然失去宠爱后,为了重新得到关注而不断努力,并认为只要和林方在一起,父亲母亲在注意林方的时候就更容易注意到自己,所以总是要和林方在一起,时时刻刻形影不离以便得到父母的关爱。幼年的行为模式延续到现在,导致的结果就是案主对姐姐异常亲密的态度。

另外,由于嫉妒林方的想法被案主自己认为是不应该的、罪恶的,而被压抑到潜意识里,表面上表现为对姐姐的喜欢、仰慕,这是压抑和升华心理作用机制,把无意识中不能被接受的欲望转化为意识中相反的情感和行为。案主喜欢林方较明显的理由在于她认为"林方很干净",并反复强调,但在看到林方被性骚扰后还抱有这种想法,于正常思维而不太可能。在被点破这点后,案主逐渐开始接受以上分析,并写下每次会谈后的体会。几次反复巩固之后,案主逐渐从对林方异常的依恋中走出来,解除了之前自己加在精神上的光环,并且在行为治疗上也取得了不错的进展,自虐和强迫行为已经基本消失,并能以较成熟的眼光来看待以前不能面对的事物。因此,在嘱咐其用心巩固辅导效果后,个案辅导告一段落。

小结

本单元详细介绍了个案工作方法在运用于女性案主时的一般知识、方法、过程及技巧,强调社会工作者的女性主义视角和社会性别视角,并用具体实例分析社会工作者处理妇女个案时在不同阶段的专业技巧。

问题与思考

(1)为什么妇女容易成为社会工作的案主?请分析。

（2）妇女个案工作的伦理原则在运用于中国内地时,会遇到哪些冲突? 我们应该如何理解和处理这些冲突?

（3）从人类行为与社会环境、社会心理学、社会学等角度分析,妇女问题和困境形成的主要因素有哪些? 哪些属于社会制度层面的? 哪些属于个人家庭层面的?

（4）试分析处理妇女案例时,哪些情况要使用到危机介入? 在中国内地当前的社会环境下,为什么妇女庇护工作难以在全国范围内实施?

（5）认真阅读本单元第三节的案例,请整理出这个个案的发展阶段、社会工作者在不同阶段的主要工作内容和工作技巧。你对这个案例的处理有什么反思?

参考文献

[1]史柏年.社会工作综合能力(中级)[M].北京:中国社会出版社,2007.

[2][美]查尔斯·H.扎斯特罗,晏凤鸣译.社会工作实务——应用与提高[M].北京:中国人民大学出版社,2005.

[3]许莉娅.个案工作[M].北京:高等教育出版社.2006.

6

妇女小组工作

引言

　　乐群是女性的性格特征之一,这就使得组织和团体成为从事妇女工作的重要载体之一。在特定的组织和团体中,社会工作者通过有目的的小组活动和组员间的互动,推动妇女成员之间的知识、理念和经验的分享与整合,使妇女的个人成长进一步获得发展,更好地适应社会生活并解决自身问题。

> **学习目标**
> 1. 掌握妇女小组工作的概念。
> 2. 熟悉妇女小组工作的类型与功能。
> 3. 了解妇女小组工作的理论与模式。
> 4. 掌握妇女小组工作的过程与技巧。
> 5. 掌握妇女小组工作的具体操作方法。

知识点

　　妇女小组工作、妇女小组工作的类型、妇女小组工作的功能、妇女小组工作的模式、妇女小组工作的实施、妇女小组工作的技巧。

案例导入

随着离婚率的不断上升,单亲家庭成为家庭的一种主要模式。单亲家庭中的妇女面临着经济、子女教育、社会压力和自身心理情绪等问题。2000 年 5 月,中华女子学院社会工作系、香港大学社会工作及社会行政学系与北京市崇文区龙潭街道办事处,开办了单亲女性自强小组[1]。这次小组活动共进行了 5 次,通过设定不同的主题崎岖中成长—释放与宽恕—爱惜自己—自我升华—与孩子一起成长,从身、心、灵和社会层面循序渐进,协助单亲女性走出婚姻失败的阴影,获得自强自立的能力。5 次小组活动后,组员们普遍反映她们学会了以积极的情绪面对未来,学会了包容宽恕自己和他人。

单亲女性支持小组选取具有类似经历的离婚女性,通过小组的交流互动和借鉴经验,容易使成员间建立起彼此支持的关系,形成新的社会支持网络。同时小组的能力和人格培养训练也有助于女性提高自强自立的能力,开始新的生活。由此可见,小组在妇女社会工作中起到了解决问题和提高能力等特殊的效用。

6.1 妇女小组工作在妇女社会工作中的运用

社会生活中有很多问题的解决不是个人能完成的,也不是通过政策调整能解决的。如因离异和丧偶而成为单亲总是一种令人不快的经历,怎样能从消沉的情绪中走出来? 怎样能获得理解和支持,重新走出阴影、开始新的生活? 再如,独生子女的父母们怎样培养出优秀的孩子,如何看书? 听课? 运用小组的方法可以为这些问题的解决提供有效的途径。

6.1.1 小组工作的定义

小组工作定义虽未统一,但是综合专家学者的观点,主要有以下 3 个方面内容。

1. 小组工作是一种团体活动或经验

由于小组工作的前身是各种性质的社会服务活动,所以早期的小组工作者便将具有小组活动的性质、提供团体经验、满足个人及社会需要的活动看做是小组工作。其中以柯义尔(Grace Coyle)1935 年的定义为代表。他认为:"小组工作的主要目的是以经验为媒介,去满足个人的社会兴趣和需要,这种小组经验具有个人自我发展与社会价值的双重目的。"美国团体工作者协会也曾指出:"团体社会工作就是由团体工作者指导各种团体,从事各种团体活动,使这些活动有助于人的发展和社会目的的实施[2]。"

2. 小组工作是一种过程或方式

柯义尔 1939 年又指出:"社会团体工作是一种教育过程,在休闲时间里,由团体工作者协助施行于志愿团体。其目的在使个人利用团体经验获得发展与成长,并使其为了本身所需求的社会目的而利用团体[3]。"美国社会学家沙利文(D. F. Sullivan)也指出:"团体工作是一种帮助个人人格发展的方式,在此种目的之下,团体本身被当成一种主要工具。"[3]

3. 小组工作是一种社会工作的方法

1959 年美国社会工作教育委员会(Council on Social Work Education)发表由墨菲(Marjorie Murphy)主持的"课程研究"中指出:"小组工作是社会工作的方法之一,它透过有目的的团体经验,来增进人们的社会功能。"克那普卡(G・Konopka)1972 年指出:"小组工作是社会工作的方法之一。透过有目的的小组经验,提高个人的社会生活功能,并协助每个人能更有效地处理个人、团体与社会问题。"这基本是墨菲定义的延伸。

1972 年崔克尔(H. B. Trecker)整合众多学者的观点,进一步明确地提出了综合性的社会小组工作定义,如图 6.1 和图 6.2 所示[2]。

小组工作是由受过专业训练的小组工作者,在其所属机构的主持下,根据小组工作的原理和方法,以及社会工作者对个人、团体和社会的了解,通过运用他们之间的关系,以促进个人、团体与社会发展为目的的专业工作。它具有以下主要特点。

(1)它是组织团体和领导团体活动的一种方法。团体工作可以使参加团体的成员依据其个人的志愿和需要,通过与团体的交互关系,充分而自由地获得个人需要的满足、能力的发挥及其人格的发展。

(2)它是一种心理互动、行为交互的过程。

(3)它是一种社会化的工作过程。团体工作旨在通过团体活动促进个人、团体与社会的社会化。这种组织既与一般有名无实的团体不同,也与军队式的团体编制有所区别。

1. 意义:社会团体工作是一种方法 　　　　——由知识、了解、原则和技巧组成

↓

2. 对象:个人在各种社区机构的团体中 　　　　——包括个人、团体、社会机构和社区

↓

3. 方法:依靠团体工作者的协助,引导成员在 　　——通过接纳、团体个别化、团体目标决策方
团体中互动 　　　　　　　　　　　　　　案活动激励与辅导、组织与程序及资源的
　　　　　　　　　　　　　　　　　　　　运动

↓

4. 过程:以个人能力与需求为基础,促使成员 　　——例如参与、归属感、决策、责任感、成就自
与他人建立关系,获得成长的经验 　　　　　我动机以及调适能力

↓

5. 目标:旨在达成个人,团体和社区的发展 　　——目的在于达到个人行为的改变、团体民主
目标 　　　　　　　　　　　　　　　　　　气氛的形成和社区的发展

图 6.1　社会工作小组的定义

(4)它是一种民主化的工作。在组织团体的程序上,团体工作十分强调个人的自愿参加和自愿结合;在选择团体的组织形式、活动方式以及活动事项时,它非常重

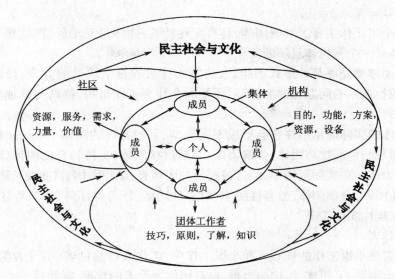

图6.2 社会工作小组全貌

视个人的需要、个人的意愿、个人的自决和个人的自由发展。

(5)它强调团体的小型化。团体工作认为只有在较小的团体中,成员才能发生最直接、最密切的相互关系;也只有在较小的团体中,每个成员才能得到最充分的重视,才能有最充足的自由发展的机会。

综合以上观点,小组工作的定义可以概括为:小组工作是指社会工作者以两个或两个以上的个人所组成的小组为工作对象,通过有目的的小组活动和组员之间的互动,引导、帮助小组成员共同参与集体活动,以获得相关经验,协调个人之间、人与环境之间的关系问题,促成行为的改变,恢复与发展社会功能,最终实现开发个人潜能,使个人获得成长的社会工作方法。

6.1.2 妇女小组工作概述

1.妇女小组工作的定义

所谓妇女小组工作就是指社会工作者秉持社会工作的理念,充分运用社会工作的方法和技巧,通过小组互动、小组经验、小组凝聚以及方案活动达到小组中妇女个人的问题解决、妇女个人和小组的成长与社会目标的完成的一种专业服务。

妇女小组工作的内容十分丰富,如女性的职业培训、女性的能力提升、女性的兴趣爱好培养、女性志愿者队伍建设、女性与反家庭暴力、亲职教育等,这些都能够以小组工作的方式开展。

2.妇女小组工作的构成要素[4]

与小组工作的构成要素一样,妇女小组工作的构成要素包括团体、工作者、成员、机构以及活动节目。

1）团体

作为小组工作主要工具的团体,具有 3 种特性:团体是互动的、团体是一个关系体系、团体是一个有机体且不断变化。

这个团体要发展某种形式的组织,决定团体吸收接纳成员的方式、设计活动内容、解决成员遇到的问题和冲突,甚至还要配合社会工作机构、协调与其他团体的关系等。

在具体的实际应用中往往会形成不同类型、目的各异的团体。Trotzer 将团体分为 6 类:指导和生活技巧团体、咨询团体、心理治疗团体、支持和自助团体、顾问团体以及成长团体。在实际运用中,经常被提及的团体有:治疗团体、自我成长团体、训练团体、自助团体、分享团体、教育性团体、讨论性团体、任务性团体、成长性团体、治疗性团体、家族性团体等。

2）工作者

工作者是小组工作的核心。在小组工作中,工作者以协助者、引导者的身份,协助发现和运用个人、团体、机构的力量,促进团体及个人的发展,在团体工作中起到决定成败的关键作用。作为有效的团体工作的带领者、组织者,有 8 个特征是十分显著的,即:勇气、诚实、创造力、同理心、自我认识、行动取向、热心、人性化。

(1)勇气。有效的小组工作者会坚持自己的信念,不为暂时的困难和问题所动摇。在需要的时候他们会冒险,有时也会跟随团体成员,即使他们知道自己会遭到成员的反对和生气,他们敢于正视难堪的局面,他们也会有理智地付出自己的爱。

(2)诚实。有效的小组工作者是真实的人,真诚地待人,他们会基于案主的利益,坦白心中的想法和感受,并有具体的行动,不会模棱两可。他们敢于承认自己的错误,迎接任何挑战。

(3)创造力。有效的小组工作者会遵守小组活动的规则,他们会适时地调整自己的技巧,而不改变目标。如果对团体发展有益,他们会与团体分享其个人经验。他们的一切活动都不会拘泥于以往的经验和习惯,而是不断地适应新的环境作出改变。

(4)同理心。小组工作者站在案主的角度看问题,会设身处地体会他人的情绪和感受,并与案主分享自己的心情。他们不评价他人,而是分享他人在痛苦、生气、快乐中的感受,使自己全身心地投入到工作之中。

(5)自我认识。有效的小组工作者能够不断自我反省,以开放的态度认识自己的坚强与软弱。他们能够悦纳自己,保持自尊与独立完整,充满热情与朝气地投入生活。

(6)行动取向。有效的小组工作者视自我察觉和了解为改变过程中的第一步,鼓励成员为自己设定目标,并且努力去实现目标。认为团体真正的成功是团体成员能够在团体外的生活中真正获得改变。

(7)热心。有效的小组工作者会热心地带领每一次团体活动,对成员体贴周到,关注团体的过程与价值,并充满信心,他们会把自己的热情与信心传递给每一个成员。

(8)人性化。理性的小组工作者对自我的概念、状态和内心有深入的了解,不断地寻求自我认识的提高。能够了解自己的过去、创伤,不会沉湎于回忆和痛苦,不会因过去的不幸而改变自己,他们能够在表现非常专业与表现非常谦卑的人之间寻求平衡点,平等而友善地与每一个人交往,不带有任何偏见和歧视。

3)成员

个人出于不同的目的进入小组,成为小组中的个人(the individual in the group),在小组工作过程中,通过由工作者协助提供参与团体的经验,使个人获得他人对自己的了解和感情的认同,在自由的气氛与环境中与他人相互交往,进而实现调节身心、发展技能、获得自信与归属感等自我需要的目的。

在小组社会工作中,工作者要达到的目标是完善成员个人的自我功能,使其能更好地面对未来的生活。自我功能是个人发展成熟,以及生理、心理和社会影响力的互动结果。这些影响力中最重要的因素包括个人遗传和天赋才能、动机、人际关系状况(尤其是童年阶段),个人所处环境的影响(包括不同文化中的价值观和道德水准、社会经济状况、文化变迁、社会组织制度变化等等),这些因素也是社会工作者在开展团体工作中要重点考虑和了解的问题。

4)机构

在海外及港台地区,小组工作者一般应隶属于各种专业的社会服务机构。所以小组工作者便成为机构的一部分,他们不仅代表机构,也依靠和运用机构所拥有的设备、经费及人员方面的支援,而且其活动的目标也与机构的功能和目的保持一致。

在我国内地,专业社会工作正处在发展阶段,社会工作专业所培养的人才在职业体系中刚刚有专门的职业资格认定。从事社会工作的专业人才可能并非服务于专业的社会福利机构,而目前社会福利机构中的从业人员中,经过专业系统学习的又屈指可数,比较"专业对口"的社会工作专业的毕业生进入了政府职能部门,成为公务员。真正进入"一线"的社会工作者,由于福利待遇、社会声望等因素的制约,人数还比较少,所以专业的工作方法在实践中的应用还需时日。值得一提的是,在上海、深圳等社会工作的先行试验区,专业化的社会工作机构已经纷纷建立起来,为社会和当地居民提供专业化的服务,使社会工作专业的理念和方法日益深入人心。

5)活动节目

在小组工作的过程中,活动节目或内容是至关重要的。活动是小组工作过程中的关键,工作者主要的工作便是运用专业知识,组织和筹划并帮助小组发展自己的活动,以满足小组成员成长和完善自我功能的需要。根据团体目标和工作阶段的不同,团体活动也有多种选择,主要的活动类型包括小组初期的活动、促进团体凝聚力的活动、增进团体信任感的活动、催化成员自我探索的活动、人际间互动沟通的活动、涉及个人隐私的活动、评价团体发展过程的活动、团体后期的结束活动。

3. 妇女小组活动的实施原则

妇女小组工作研究者通过妇女小组工作经验,总结出妇女小组活动实施的原则,包括以下几方面。

1) 实际生活经验原则

妇女社会工作者所安排的小组活动内容应该以使用为主,这样,能够给予活动的参与者现实的生活经验,解决她们在生活和工作中遇到的问题。另外,小组工作者还要考虑到妇女现实的成长需要。小组工作者可以协助小组成员透过活动实践学习知识,使她们能够将从小组活动中学习到的知识和经验内化在自己的知识构架中,并在她们的社会生活和职业工作中加以运用。

2) 自助学习原则

动机是人们学习和改变的动力,自主地学习能够形成较强的学习动机,小组成员在小组活动中自主、自学的态度,能够激发学习者强烈的学习动机和浓厚的学习兴趣以及形成她们持久学习的心境。小组工作者要调动小组成员,使她们成为小组的主体,她们可以透过辅导和协助小组成员自学,使她们在自主、自动中获得自立,以适应其生活需要。

3) 利用社会资源原则

所有小组都要利用诸多方面的社会资源,妇女小组也不例外。社会资源有许多种,如自然资源、人力资源、财力资源和组织资源及技术资源等。小组工作者要学会利用这些资源支持小组活动,同时也要协助小组成员去寻求各种小组活动所需要的资源。另外,社会资源的质量是不同的,所以,小组工作者要尽量寻求较高质量的社会资源,从而使小组能够获得最有效和较理想的资源支持。

4) 群体倾向原则

与男性群体相比,妇女群体相对脆弱,所以,她们更需要建立群体的意识,并透过群体的支持使自己得到发展。小组工作者要协助小组成员形成群体意识,让她们共同确定小组工作目标,共同执行小组计划,共同讨论小组活动的结果。

5) 主要目标和多项目标并重的原则

小组工作者要确定小组活动的主要目标,这个主要目标就是全面促进妇女社会生活能力的提高。所有妇女小组活动都要围绕这一目标进行,所以,小组工作者要根据小组成员的需要,与小组成员一起为不同的妇女小组确定不同的小组目标。

6) 兴趣原则

小组工作者要为小组成员安排妇女感兴趣的活动,并且通过小组活动使她们的兴趣得到满足的同时,进一步激发对小组活动内容的兴趣,使她们在兴趣得到满足的过程中,获得进一步的成长。

7) 注重亲职教育原则

对妇女来说,母性和母爱是她们所独具的特征,所有母亲都具有这一天性。但是,如何在现实生活中丰富女性的这一天性,并透过各种方式、方法使她们将这一天性倾注于日常生活之中,投入到子女的养育之中,却需要透过小组活动来学习和培养。所以,小组工作者要有针对性地为妇女计划这一方面的小组活动内容[5]。

4. 妇女小组工作的工作重点

社会工作者利用小组方法协助妇女时,应重视以下4点。

1)协助小组成员形成互助体系

在小组中,动力来源于小组中的个人或小组成员的力量。所以,小组工作者的主要任务是协助参加小组的妇女达到并创造一个能够互相接纳和互助的团体。

2)了解小组成员,善于利用小组过程

在小组中,工作者应该让成员了解小组中所发生的事情必须由小组共同来解决。引导小组成员表达感受,发展关系,促进彼此相互影响。因此,小组过程在协助成员达到目标及对小组成员的成长方面有积极作用。

3)帮助成员达到自助的状态,促使小组作用发挥

努力帮助小组成员增强个人的能力,使其能自动自发地发挥功能而成为独立的个人或小组。

4)协助成员在小组结束时,回顾小组的过程

小组成员了解小组经验,有助于其运用小组经验。人在整个成长过程中,当回顾这一经验时,能够加深印象,重新评估小组中有利与不利之处。在整个小组工作中,这是十分重要的一点。

6.2 妇女小组工作的类型与功能

6.2.1 妇女小组工作的类型

1. 小组工作的分类

在小组社会工作中,由于工作对象、目标和具体实施情况的不同,小组的分类标准很多。不同类型的小组所采用的工作方法、技巧也有所不同。常见的几种分类方式见表6.1[6]。

2. 妇女小组工作的主要类型

妇女小组工作有以下常用的类型。

1)发展性小组

针对不同年龄阶段妇女的不同发展任务,通过小组活动帮助其成员学会自我管理、自我教育,发展小组成员的资源和对抗环境压力的力量,扮演好个人的社会角色,发挥个人的社会功能,促进小组成员的自我成长。该小组可用于培养领袖人才、协助个人成长、帮助缺乏信心或社会适应不良的人,例如,进城打工妹成长小组、关爱女童小组等。

表 6.1　小组工作类型表

分 类 标 准	社 会 工 作 小 组	典 型 类 型
按形成方式分类	组成小组	任务小组、工作委员会、兴趣小组
	自然小组	家庭、朋辈小组、街头玩伴群体
按小组成员参与动机分类	自愿小组	志愿者小组、技巧训练小组
	非自愿小组	戒毒小组
按小组成员之间的联系分类	初级小组	家庭、小型成长小组
	次级小组	同事、同学
按小组的结构分类	正式小组	任务小组、行动小组、教育小组
	非正式小组	同学小组、街头或社区玩伴小组
按小组成员之间的界限分类	封闭小组	戒毒小组
	开放小组	维权小组
按小组目标分类	教育小组、成长小组、支持小组、心理治疗小组、任务小组	

2) 支持性小组

支持性小组是在小组这个互助系统中,利用群体互动的力量,促使小组成员依靠其他成员作为自己解决问题、发挥自己潜能和建立起信心的资源,达到小组成员的自主和互助,增强个人和社会的功能,进而凭借这种经验更好地适应社会。常见的支持性小组有单亲母亲支持小组、受虐妇女支持小组、下岗女工互助小组、弱智儿童家长小组等。

3) 预防性小组

预防性小组重视个人的社会适应问题,认为人的行为是在社会环境中以及与人交往中逐渐受影响和学习得来的,在小组中培养适当的环境,可以帮助小组成员预防个人产生违反社会常规的价值观和行为这种类型的小组可以进行社交技巧、自信心的训练,新角色的适应等,例如,准父母小组、两性社交小组等[7]。

4) 教育性小组

教育性小组通常由专业工作者提供以课程、研讨会、读书会等形式满足人们对有关知识和信息需求的活动。例如,孕妇学习如何教养婴儿、父母学习如何管教子女、搞好亲子关系等。

5) 治疗性小组

治疗性小组强调的是通过团体经验来治疗个人心理、社会与文化的适应不良问题。分为 3 种类型:①支持性治疗团体。这种治疗团体强调重建、增加或维持成员功能和问题解决的能力;②人际关系成长为目标的治疗团体——强调促进成员在人际关系中察觉、成长及改变的能力;③内在成长为目标的治疗团体——强调培育或促进成员成长和改变的自我察觉能力。在治疗性团体中需要较高的领导技巧及专门的治疗理论,如理性情绪行为疗法、交往分析、精神分析理论等,有多种治疗取向及目标。如遭丈夫虐待妇女组成的小组、青少年行为问题矫治小组等。

6)任务性小组

任务性小组是一个要完成特定任务的团体,因为它的目标非常明确而得名。一般仅会面几次,任务完成时团体会自动解散[4]。例如,为庆祝"三八"妇女节而开展文体活动,为迎接奥运而在社区妇女中开展的环境美化、清整绿化工作等,都是面临特定的任务目标而开展的活动。

3.其他常见的妇女小组类型

1)未婚妈妈小组

团体工作不但直接对未婚妈妈提供服务,而且将未婚妈妈的家庭也纳入其中。未婚妈妈的团体主要是"个人成长"团体。

下面是未婚妈妈小组活动的一个情况介绍。如每周聚会一次,每次90分钟。活动以讨论为主,偶尔加入角色扮演与心理剧。经过一段时间获得一定的团体经验后,还可以组成父母团体,让父母们有机会分享女儿因未婚怀孕的感受。父母团体每周2小时聚会。由于父母与女儿间的问题主要原因是缺乏沟通,所以,可以考虑让两个团体合并,工作者担任澄清与沟通的媒介。对于未婚妈妈来说,除了解决当前的问题,如教育、养育子女、健康、经济、心理、社会接纳,以及非婚生子由他人领养等之外,彻底解决由此产生的家庭危机也是非常重要的。通过团体工作方法,以及让其父母介入解决问题的情境中,可以有效地减轻其因为个人亲身经历和家庭及社会舆论所造成的心理压力,使其有信心处理好所面临的问题而走出困境。

2)未成年母亲小组

近年来,国外未成年母亲越来越多,已经成为一个社会问题。据估计,每年美国有100万十几岁的少女怀孕,其中有60万生育了下一代。这些未成年母亲经常面临以下问题:缺乏对现有社会及医疗服务的了解;不易接近服务(如交通不便、缺乏儿童照顾服务中心);经济基础不稳固;因为隐瞒怀孕的信息,而延误堕胎时机;怕被父母、学校、福利机构发现而受到惩罚;面对社会的批评;对成年人的误解;害怕即将成为一位坏妈妈。

这些少女们生理发育未成熟,社会经验有限,教育未完成,经济依赖,没有能力去抚养子女,尤其是因怀孕而不得不结婚的情况,很难保证其婚姻的稳定性。因此,针对未成年少女怀孕的服务通常有一些共同特点。首先,未成年少女怀孕的问题是复杂的,她们需要医疗、教育与心理卫生服务,而要提供这些服务有赖于医生、护士、教师、社会工作者与心理专家的支持。其次,未成年少女仍有很强的动机加入同龄人团体或进入学校,因此,提供其进入社区与学校方案,以满足她们的生活需要是很有必要的。再次,为了完成综合性的服务,社会工作者的计划协调能力是非常重要的[4]。

3)打工妹小组

近年来,城市中的外来人口数量不断上升,其中文化程度不高、年轻的打工妹占了相当的数量,将她们组织起来开展形式多样、内容丰富实用的小组活动,对其进行必要的城市生活适应、求职择业技能教育、计划生育与卫生保健知识的传授和教育,对提高城市务工人员的素质、促进社会和谐、维护打工妹群体利益等都具有十分重要的意义。

6.2.2 妇女小组工作的功能

1.社会功能

小组活动是社会生活的折射,通过内容不一、形式多样的小组活动,广大妇女可以从中得到丰富的生活经历。小组中聚集了许多需求相近的女性同胞,她们有着相似的经历和烦恼,当进入到小组当中,她们较容易形成一个适应性好、接纳度高、信任感强的群体氛围,通过分担痛苦、分享经验、共同学习、群策群力,有助于推动小组目标的实现,从而对参与小组工作的妇女产生有利的影响,使她们进一步融入社会、融入生活,促进家庭、社区的和谐发展。

2.学习功能

小组工作为妇女个人的成长和能力的提高营造一个良好的环境,在小组成员互动过程中,女性同胞从中反思自我、提升信心、学习各种方法和技巧,并且收获友谊。小组活动能够协助女性同胞快速成长。

3.解决问题功能

解决问题是小组工作最容易体现的一个功能。在小组活动过程中,妇女小组成员通过交流和互动逐渐发现自己的问题,并在社会工作者及小组成员的帮助下,积极寻找解决问题的途径,学习解决问题的方法。

4.矫正和预防功能

针对个体行为出现"异常"的女同胞,小组工作能够及时发现并采取专业手法加以干预,从而实现妇女行为和价值观的社会化、规范化。同时通过参与小组工作,女同胞也可获得自我发展和处理问题的方法,使她们在今后面临困境、遭遇问题时,能够更好地面对,防患于未然。

5.增权功能

各类妇女小组只有女性参加,她们有相同的经历与体验,可以使其避免因性别而产生的被忽视和受歧视,加强自我认同感。共有的经验也可以使小组成员在互动中得到心理的支持,从互助中得到能力的提升,达到自我增权的目的。在社区开展的"单亲母亲支持小组"、"幸福婚姻成长小组"、"亲子沟通小组"、"受暴力伤害女性小组"、"施暴者小组"等都具有妇女增权的含义[8][9]。

6.3 妇女小组工作的模式与理论[4][6]

小组工作有多种不同的工作模式,在使用小组工作方法时,需要根据不同的目标和成员的特征来选择适合的工作模式。

6.3.1　社会目标模式

1. 社会目标模式的理论基础

社会目标模式来源于小组工作的早期实践,其理论基础主要包括系统论、生态系统论、教育理论和社会学观点。其内容主要强调个人与个人、个人与群体之间是相互作用、相互影响的。社会目标模式的基本概念是社会意识、社会责任、社会变迁。社会目标模式较多的运用在社区层面,小组成员通过活动过程中形成共同的目标,推动小组工作过程,从而实现成员的自我发展,提升参与能力和社会行动的能力。

在社区中,社会目标模式的妇女小组工作比较常见,多是为了号召广大妇女参与社区建设而组织的各类小组活动,诸如妇女社区保洁队等。

2. 社会目标模式的特点

1)目标特征

以培养成员社会归属感、责任感,实现社会整合作为小组目标。培养并提升小组成员的社会意识,挖掘其潜能,提高其实现社会变迁的责任心;发展成员社会能力,尤其是与社会环境的互动能力;培养社区领袖,使她们有能力和有意识去带领并推动社会变迁。

2)成员特征

具有民主参与社会生活的动机和潜能。小组成员是来自同一区域、社区或阶层的人群。

3)工作者特征

具有影响者的角色。在开始阶段,社会工作者扮演使能者、引导者、倡导者的角色,在中间阶段,社会工作者需要充当引导者、资源提供者,并提供行动榜样。

3. 社会目标模式的实施原则

(1)小组目标与社区目标一致性,选择合适问题开展工作。

(2)增加组员社会行动力,激发社会责任感。

(3)遵循民主原则,鼓励小组成员充分参与。

(4)促进社会变迁目标的实现。

社会目标模式强调了社会参与行动,这对于新时期女性社会参与意识的提升、参与能力的提高、社会归属感的增强有着重要的推动作用。

6.3.2　治疗模式

1. 治疗模式的理论基础

治疗模式的理论基础来源于精神医学、心理治疗与咨询理论与技术,特别是行为修正理论、社会化理论、学习理论。治疗模式关注小组成员的心理和行为问题,通过对问题的介入和解决使成员实现更好的社会适应。

治疗模式工作组是针对个人行为的改变和心理的成长而建立的小组,诸如女性情绪控制学习小组等。

2. 治疗模式的特点

1)目标特征

通过治疗,促进个人行为改变为目标。

2)组员特征

组员具有较严重的情绪和行为问题。

3)工作者特征

工作者为治疗者、专家。

3. 治疗模式的实践原则

设定每位小组成员个别性治疗目标,综合成共同的小组目标;建立小组规范及价值系统;预先设定小组聚会的内容;强调为服务对象工作而不是与服务对象一起工作。

6.3.3 互动模式(交互模式/互惠模式)

1. 互动模式的理论基础

个人与社会系统之间存在依赖关系,小组的存在为个人社会功能发挥提供了有效场所,工作者通过组织小组成员互动,促使成员发掘自身潜能、增加社会交往的信心、知识和技巧,以使其更好地适应社会生活。互动模式关注成员与小组和社会环境的关系,重点集中于成员与成员之间为满足共同需要所产生的互动过程。

互动模式更多地关注于小组成员在互动中实现问题的解决,对于妇女小组工作而言,互动模式能够进一步启发妇女对于自身问题的思考,并通过同其他女性成员的交流互动,获得支持和肯定,满足其情感需要,提升交流的技巧,推动问题的解决。

2. 互动模式的特点

1)目标特征

互动模式是以促进成员产生社会归属感、形成相互支持为目标,目标(对象)焦点既在个人,也在环境。

2)成员特征

小组成员间有平等互惠的动机和能力。成员在沟通中达到共识,以实现小组目标并获得个人帮助,强调成员间的平等及个体独立性。

3)工作者特征

工作者为中介者、使能者。他们应协助成员互动,支持、帮助以实现特定的工作任务,引导小组自主发展。

3. 互动模式的实施原则

工作者应启发、动员小组成员主动思考问题,澄清小组成员的需要,寻找小组成员的共同需求并强化发展目标;向小组成员说明自己在小组中承担的角色和小组的作用;向小组成员提供信息,协调小组成员间关系。

6.3.4 发展模式

1. 发展模式的理论基础

发展模式吸取了发展心理学、社会关系和社会结构、小组动力学等方面的理论，认为人有潜力做到自我意识、自我评价和自我实现，人能够意识到他人的价值、评价他人，并与他人形成互动。发展模式强调以人的发展为核心，关注人社会功能的恢复与发展、强调通过挖掘个人潜力寻求解决问题的方法。

发展模式的妇女小组工作侧重于对妇女自身潜力的挖掘，在小组中，女性可以通过学习和分享来获得成长和发展，诸如下岗女工教育培训小组。

2. 发展模式的特点

（1）目标特点是促进组员和小组的共同成长。通过小组鼓励成员参与、表达自己，并找出成员共同的兴趣和目标；在成员间形成协助关系，以促进成员和小组的共同成长。

（2）成员特点是通过互动、学习、经验分享获得成长。

（3）工作者特点是协调者、使能者。鼓励、支持、帮助成员选择和完成特定任务，以实现小组目标；协助成员形成良好的人际关系，促成成员团结合作，以实现目标。

3. 发展模式的实施原则

发展模式的实施原则是发展成员认知，形成小组共识；建立小组目标，形成小组动力；激发成员潜能，增强成员能力。

6.3.5 赋权模式[10]

1. 赋权模式的理论基础

女性主义运动的兴起和妇女学学科的发展，为整个西方民主运动注入了生机和活力，越来越多的人关注着女性在社会中的地位和作用。女性主义社会工作的倡导者提出，应该避免以男子为中心的观点和视角，需要从女性的视角来审视妇女的生活和经验。

从总体看，女性主义社会工作的基本原则包括：①了解与妇女有关的研究成果和事实，发展出有效的工作技巧、知识和相关资源，明确目前社会中存在的对妇女发展不利的方面和内容，提供有益的信息；②承认妇女是独立的个体，重视妇女和妇女经验，信任并接纳每一位妇女，与女性案主建立平等的关系，鼓励妇女学习和掌握自己的生活；③肯定妇女，不使用性别歧视和压迫的语言，接纳不同的女性。

2. 赋权模式

女性主义学者在提出女性主义社会工作基本原则的同时，还提出了社会工作的重点应放在增进妇女的自我认同、自我形象和自尊上，鼓励妇女欣赏自己的成就，为自己的生活和工作争取支持和资源，在这一思想的指导下，赋权模式诞生了。赋权既是一个过程，也是一个结果，赋权可以分为个体层面、社区层面和社会层面3个层次。

在个体层面，重视案主个人生活技巧的掌握、自我效能的提高、自我意识的提升以及个人权力感、自重自尊、自强自信、反思意识、有意识控制的理念和技巧等,发展一个更积极、更有影响力的自我意识。

在社区层面,通过与他人的互动而结成一定的社会关系网络,从而拥有一定的社会资源或社会资本,这些社会资源或社会资本既可以帮助对他人施以更强的影响力,也可以帮助自身改善生活环境和工作环境。

在社会层面,这个层次的赋权大多以群体的整体性活动出现,目标指向对社会决策的影响。主要集中在:一是能表达自己的利益诉求和参与社会资源再分配,从而改善自己的困难处境;二是能争取到与健康社会和进步文化相匹配的社会公正和社会平等待遇。

3. 实现赋权

"赋权"的核心就是通过资源的提供、知识的获得和能力的培养,使个人能够提高控制自己生活的能力,从而在生活中减低无权感,由被动变主动,由弱变强。要实现赋权,就个人而言,拥有意愿改变和参与社会变革的动机;有能力对社会现实进行批判性分析;有能力制定行动策略和计划来实现自己的目标;有能力与人合作,共同实现群体目标。

赋权过程的几大要素:①增强自我效能,培养进取精神;②培养团体意识,与同伴建立同舟共济的意识;③减少自责,将自己从负面情绪中解放出来;④担负起赋权中的个人责任,建立自己做自己主人的意识,成为主动的参与者;⑤学习重要的知识和技巧,以解决个人问题等。而且,在赋权的过程中,工作者和案主实际上是一种互助互惠的关系,赋权的结果是双向的。

在一个单亲自强小组培训活动中,通过参与,单亲母亲实现了对自身处境的重新认识,学会了欣赏自己的优点,并与其他姐妹分享经验,并树立了互动和维护自己权益的意识,体现了在个人和社会层面对单亲母亲的赋权。

6.4　妇女小组工作的过程与技巧[6]

6.4.1　妇女小组工作的过程

根据小组工作的特点,妇女小组工作的过程可以分为 5 个阶段:准备期、初期、中期、后期、结束期。

1. 小组准备期

第一次小组活动的开展并不是妇女小组工作的开端,而是从工作者准备成立小组的那一刻起,妇女小组工作便已经开始了。

1) 成员特征

在组织妇女小组活动时,往往有一部分妇女清楚自己的问题和需要而加入小组;另一部分妇女会随着工作者的讲解和评估来确定自己是否加入小组。

2）介入焦点

工作者对加入小组的妇女真实需要进行评估,从而确立小组的目标和选择小组的类型。

3）小组程序

工作者需要协助准备参与小组的妇女了解小组的目标、机构政策、小组具体程序与活动,鼓励准备参加小组的妇女表达自己的期望。

4）小组工作者的任务

（1）明确工作目标。根据妇女小组成员的特征和介入的焦点,确定小组工作的总目标,以及更为详细的沟通目标和过程目标等。

（2）制订小组计划。根据妇女小组的不同特征,可以尝试列出下列计划清单:小组名称、理念即开办小组的原因、小组目标、小组性质、成员特性（年龄、教育背景）、小组结构、活动地点、小组内容（时间/节数、目标、内容）、事前准备（招募方法及时间、组前见面/通电话/问卷）、财政安排（收入、支出）、人员安排、所需器材等资源、评估方法、参考书目等。

（3）选择（招募）成员。妇女小组成员的招募,可以是机构中有需要的服务对象、接触到的有需求的对象,或者通过张贴海报、发放宣传品招募。在招募过程中,需要考虑女性的年龄、价值观、共同的问题、兴趣特点、对小组结构的接纳程度、自我能力等。

（4）申报并协调资源。向机构提出举办小组的申请,争取资源支持和向赞助机构争取资源。

（5）物质准备,诸如场地、座位、活动道具、材料等。

2．小组初期

1）成员特征

（1）具有两极情感困境。在小组初期,妇女小组成员的心理和行为是比较矛盾的。一方面她们试图尝试与他人建立初步关系,另一方面对他人抱着既想接近又想回避的矛盾心理,对新环境抱有观察和探求心理,犹豫不决、封闭、恐惧,以及高度的自我防卫,彼此不密切、少信任和距离感。

（2）受以往经验的影响。曾经参加过小组活动的妇女小组成员会较容易地融入小组之中。

（3）爱试探。小组成员会询问需要做什么,或者询问小组有什么规范和限制等。

2）介入焦点

在这个阶段里,工作者应该帮助妇女建立相互信任。诸如通过主动与成员沟通,引导成员互相表达信息,寻找并强调成员之间的相似性,澄清小组目标与成员期望之间可能的误解,培养成员积极倾听他人意见的习惯等。

3）工作程序

（1）介绍妇女成员并使彼此熟悉。

（2）向成员详细说明小组目标、工作程序、运作原则,回答成员提出的问题。

（3）讨论保密原则。

（4）建立小组合约。小组合约是社会工作者与妇女小组成员之间共同商定的、有关小组一起努力去实现的工作目标,以及工作方式的协议约定,通常采用口头承诺或书面协议的方式。

（5）制订小组规范。小组规范是在小组初期,小组工作者和小组成员一起建立的适合管理和协调成员行为的准则。包括成员之间的互动准则、成员所期望的具体角色和行为以及所要澄清和说明的小组的限制、信念、基本价值等。

（6）小组结构。工作者需要促进妇女小组成员建立小组结构,如小组的沟通结构、权力结构、角色结构等。

4）社会工作者的角色和任务

（1）小组工作者的角色为:①领导者(计划、引导发展小组活动)、②鼓励者(鼓励组员接纳小组的内部和外部条件,尽量表达自己)、③组织者(组织活动,打破僵局,帮助和促进成员相互熟悉)、④统筹者(有目的地设计并引导小组按照特定的路径与方向发展)。

（2）小组工作者的任务是充分理解妇女成员矛盾的两极心理状态,把工作焦点集中在如何帮助成员建立相互信任,创造可信赖的环境,促进成员间的了解,澄清小组目标,促进与目标一致的小组规范,承担好领导者、组织者、鼓励者和统筹者角色。

3.小组中期

这是妇女小组成员形成亲密关系的阶段,开始出现权利竞争和控制。这一阶段工作重点是围绕冲突的处理,实现小组目标和控制小组进度。

1）成员特征

（1）关系逐渐亲密。妇女小组成员彼此熟悉程度增加,相互之间更开放,开始关心其他成员,展开同胞式的竞争,发生从家庭成员到小组成员的移情。

（2）认同小组。妇女小组成员从心里承认自己是小组的一员,愿意在小组中表达自己的想法。

（3）出现权利竞争与控制。由熟悉到竞争,感受不到安全和满足的成员可能退出小组。

（4）在冲突中有些特殊表现,如攻击性的语言和行为,或者沉默不语。

2）工作者介入焦点

为帮助成员对自己和他人有更清楚的认识,工作者介入焦点如下:

（1）澄清自我感觉;

（2）恰当回应组员分享的信息;

（3）引导和协助小组结构更驱完善。

3）工作程序

（1）实现小组目标,提醒妇女小组成员保持对小组目标的意义理解。

（2）处理好小组冲突，关照不同妇女小组成员的不同需要，包容、冷静与理性地面对冲突。

（3）为小组发展过程重新整合。工作者逐渐从小组的中心位置退出，尊重与协助小组自己决定方向，但仍需提出自己对小组发展路径的建议。

（4）促进成员参与并增强能力。

4）社会工作者的角色与任务

（1）工作者的角色：在重建小组结构中是协助者、引导者；在处理冲突中是辅导者、调解者、支持者。

（2）工作者的任务：认识此阶段妇女小组成员间的亲密关系，促进她们相互认同；解决冲突，以帮助妇女小组成员加强对自己、对他人的认识；引导及参与小组结构重建；承担好调节者、协助者和辅导者的角色。

4. 小组后期

1）成员特征

（1）妇女小组成员彼此熟识和聚合，能接纳他人的个性、实力、态度和需要，能相互支持、自由沟通。

（2）对小组有较高的认同，很好地履行角色职责，承担一定的任务。

（3）家庭式的情感减弱，次小组出现。

（4）权利竞争和情感波动减弱。

2）工作者介入焦点

（1）协助妇女小组成员更好地认识自己，了解自己问题的形成因素，促进反思。

（2）鼓励妇女间互相尊重和关怀。

（3）鼓励妇女成员间互相帮助，以自己的能力解决问题。

3）工作程序

（1）关注小组角色的分化与运作。注意突然不参加小组活动的成员，注意自我封闭的成员，鼓励所有成员对小组的投入。

（2）关注小组目标的转化与追求。注意妇女小组成员对小组的新的期待，注意成员对小组目标转化的需求。

（3）关注小组规范和凝聚力。凝聚力过低，可能影响小组任务完成；过高，成员会有满足感，但可能导致从众行为的出现。

4）工作者的角色与任务

（1）工作者的角色是资源提供者，能力促进者，引导、鼓励、支持者。

（2）工作者的工作任务是：帮助成员深刻认识自己，鼓励互相尊重、关怀、帮助；关注小组动力变化和特点；做好资源提供者、能力促进者、引导支持者。

5. 小组结束期

1）成员特征

（1）离别情绪：妇女小组成员可能同时有正面和负面两种情绪感受，否认小组应该结束。

（2）情绪转移：开始在其他地方寻找新资源以满足自己的需求。

（3）两极行为：部分妇女小组成员由怕分离的焦虑到逃避行为，到不参加活动。

2）工作者介入焦点

（1）帮助成员认识分离带来的正面感受。

（2）让成员了解小组经验带给自己的重要意义。

（3）增强成员改变和发展自己的内心力量。

（4）保持成员的小组经验。

3）工作程序

（1）组织好结束期的活动：帮助妇女小组成员树立信心，即观察成员的变化，给予鼓励和肯定，让她们充满信心地离开小组；协助成员获取支持，即帮助成员与家庭等网络建立支持关系；鼓励成员独立，即鼓励成员独立完成工作，逐步降低小组对成员的影响，避免对小组的依赖。

（2）做好小组的评估：评估妇女小组工作过程和工作结果；评估妇女的收获和能力的提高。

4）工作者的角色和任务

（1）工作者的角色是引导者（引导情绪表达、学习处理离别）和领导者（完成理想的结束过程）。

（2）工作者的任务是：认识妇女小组成员离别情绪为主的心理行为特点；以帮助成员处理离别情绪和保持小组经验为介入的焦点；做好结束期的工作和小组评估；担当好小组领导和引导者的角色。

6.4.2　妇女小组工作的技巧[6]

随着小组工作的开展和深入，社会工作者需要使用不同的方法和技巧，使小组活动更为顺畅有效。

1. 沟通与互动技巧

1）全神贯注倾听

社会工作者要积极、主动地倾听每一位妇女小组成员的各种信息，并传达自己的专注与尊重。

2）积极给予回应

社会工作者要积极回答妇女小组成员的问题。

工作者：谢谢你的提问。这个问题很好，可能今天来参加活动的很多女性朋友都有这样的疑问，下面我和我的同事就给大家详细说明一下。

3）适当帮助梳理

使妇女小组成员的提问条理化。

4）及时进行小结

归纳、复述妇女小组成员所提出的问题。

工作者:刚才我们讨论了亲子关系中经常出现的一些问题,比如张女士提到孩子的教育问题,刘女士提到孩子和祖父母的关系问题,高女士提到了初为人母时的紧张和兴奋,还有很多,这些都是家庭中经常遇到的,或者即将遇到的问题。

5)表达鼓励支持

工作者用温暖的话语、愉快的表情向妇女小组成员表示支持。

6)促进互动交流

向妇女小组成员表达自己的理解。

2. 控制小组进程的技巧

1)适当给出解释

解释成员的语言、行为背后的思想。

工作者:我想张女士的意思并不是说在家里不可以请保姆,而是说,请保姆虽然不失为一种解决方法,但是其中的一些经济和法律问题应该慎重。

2)提供精神支持

营造和谐气氛;给成员以信心。

3)促使承担责任

鼓励成员在小组中承担负责。

4)避免行为失当

提醒成员注意自己的行为,不要失当。

5)连接

工作者:感谢大家这么积极地思考我们身边的问题,有的问题似乎还很棘手。接下来的时间,看看面对这么多复杂的情况,我们应该用一种怎样的心态应对呢?

6)严格设定界限

对妇女小组成员的发言设定必要的"条条框框"。

7)适当挑战成员的内心

对成员的内心作适当挑战。

8)分类妥善处理

分解问题,分别对待。

9)整合小组行动

梳理重复信息,合并同类项,寻找事物之间的内在联系。

3. 小组会议技巧

1)做好开场演讲

简短有趣,吸引人;内容合适;信息准确;注意成员年龄、文化程度。

2)设定会议基调

为会议定好基调。

3)把握中心话题

引导成员朝向小组目标。

4)播种未来希望

协助成员建立乐观、自信面对未来的信心。

5）善于以等待求变

允许成员以自己的进度变化。

6）真诚流露自我

适当自我流露。

7）告知可选方案

将方案公布给与会者。

8）灵活运用眼神

适当利用眼神传达本意。

9）订立行动同盟

争取成员订立行动同盟。

4．策划小组活动技巧

1）小组活动的设计

（1）小组开始阶段的活动设计：在小组的开始阶段，需要使妇女小组成员相互熟悉，消除紧张情绪，打破僵局，可以采用自我介绍、相互介绍、游戏等轻松的相识活动，如播放轻松欢快的背景音乐如"让我认识你"、"找朋友"等。

（2）小组进行阶段的活动设计：在这一阶段中，妇女小组成员需要巩固共识，获得认同感、归属感，需要进一步增强信任，挖掘潜能。例如，解人结游戏、信任跌倒游戏、"跟随我的脚印"、"我的角色圈"等。

（3）小组结束阶段活动设计：结束阶段可以进行活动的回顾，进而巩固成果，还可以包括彼此分享变化，处理分别情绪。

工作者：到今天，我们的活动就告一段落了。这些天来，我们进行了……活动……活动……活动，刚才每个人也分享了彼此的收获，相信大家还有很多感触，大家今后还可以继续联络……

2）设计小组活动应该考虑的因素

（1）要使小组的最终目标与各阶段目标相一致。

（2）考虑成员特征及能力。应该综合考虑妇女小组成员的心理、生理、情绪、受教育程度等方面的因素，以及她们的个人能力、参与集体活动的能力。

（3）考虑物质环境及资源状况。应该综合考虑活动的空间环境、资源的供给状况、交通等问题。

6.5　妇女小组工作案例

6.5.1　单亲母亲家庭服务计划

1．活动目标

（1）组织区内单亲母亲家庭，建立彼此之间的支援网络，借此实现互相支持及自我依靠的概念。

(2)提供教育性和支持性的服务,以防止单亲母亲家庭问题的恶化并恢复其家庭功能和回应其独特服务需求,如情绪、人际关系及亲子沟通。

(3)提升社区人士对单亲母亲家庭问题的关注,同时接纳此种家庭模式。

2. 策略及内容

(1)单亲母亲家庭服务主要运用网络发展策略和工作策略,包括互助小组网络及义工联系策略。这些网络最终目的是提高单亲母亲及其家庭的互相支持能力。

(2)网络发展在整个单亲母亲家庭服务期内可分为4个阶段。

①服务探索阶段:包括搜集有关服务资料、参加者需要及特色、强化推行的理念及因应参加者的特色计划服务内容。

②服务推行阶段:一方面借助工作者所提供的康乐与深化活动,运用网络发展策略去建立单亲母亲家庭的网络;另一方面,也从中培养一批单亲母亲会员去协助工作者为更多单亲母亲及其家庭提供服务,在这个阶段要运用"单组事前事后问卷"测试服务推行的成效。

③服务重整阶段:借问卷的结果重整工作计划,也因服务已推行了一段时间,过程中部分服务对象会流失及加入,故应重新根据所需人手、资源及对推行阶段所面对的问题的状况,寻求解决方法。

④服务巩固阶段:单亲母亲家庭在此阶段已建立了有效的多项网络,而这些网络的顺利运作,增加了单亲母亲家庭的家庭功能及生活满足感。

3. 工作者的手法及角色

(1)单亲母亲家庭服务在中心内以跨部门服务计划形式推行,由小组工作部、家庭教育部及社区工作部,分别抽调部分社会工作者于一定的工作时间开展服务,提供多元化的小组活动、单元式活动及社区教育活动,包括义工网络及互助小组。在1993年主要运用互助小组手法,分别建立了两个在职及非在职单亲母亲支持小组,发挥同辈支持功能,让她们分享及交流处理同类问题的方法,建立互相信任的支持关系。在义工网络建立方面,中心还动员了一个职业青年义工小组为单亲母亲的子女筹划两个儿童社会化小组,教导他们与别人相处之道及如何适应单亲子女的角色。

(2)在1995年,中心共提供了30次单亲母亲活动,活动分为5个类别:社交、支持性、发展性、互助及教育性活动,活动对象除单亲母亲外,也包括其子女的参予,以注重其子女的成长及发展,活动包括56节小组活动(4个家长小组及5个儿童小组)、5个例会、4个讲座、4个户外康乐活动、3个技能训练课程及5期会员季刊。

6.5.2 亲子关系平行小组[11]

1. 小组产生背景

在1999年和2000年暑假举办的坚强孩子俱乐部的夏令营活动中,通过问卷调查、面对面交流和直接观察,发现在青少年成长过程中,家庭的结构、经济状况、父母的教育观念及方法等都是影响青少年健康成长的重要因素。其中,无论是何种类型的家庭都存在同样的困惑：亲子沟通不畅，甚至关系紧张。对于一些来自单亲家庭的子女在性格、行为和社交方面的不健康表现，表面上看是由于不完整的家庭结构的压力所致，但深入了解之后却发现，家长对家庭与婚姻观念的认识、心理状态，以及与子女的沟通状况的不正常才是影响子女发展的原因所在。

孩子只是"问题"的呈现者，家长或者说家长与子女的关系状况才更应令人关注。因此设计并组织了亲子关系平行小组，以期对此类家庭的家长及子女有所帮助。

2. 成员的招集

通过某区少工委与各小学的"坚强孩子俱乐部"分别联系，推荐参加人选，统一召开说明会，向孩子及其家长介绍活动的目的、内容和要求，并了解每个家庭的情况，最后确定 40 个孩子及其家长参加活动。

3. 成员的特点

（1）成员来自单亲家庭，包括与父亲或母亲同住及个别与祖父母或亲友同住的孩子。

（2）个性特征：孩子多表现为沉默寡言、敏感多疑、表达能力欠缺，但自理能力强，爱劳动；女孩较顺从，男孩具有一定的叛逆精神，家长心理负担较重、情绪低落且不稳定。

（3）家庭经济状况：多为下岗职工或工作环境恶劣，自己负担孩子费用，经济压力较大。

（4）社会交往：交往范围狭窄，很少朋友。

（5）亲子关系：家长对子女管教严格但缺乏足够的信任；渴望子女成才但缺乏教育方法；忙于应付生活而很少互相交流，亲子之间缺乏沟通和相互理解，仅有的交流也限于表面化。

另外，突出的是家长对子女隐瞒或回避论及单亲家庭的成因、现实及困难，而造成子女的困惑和情绪波动。所以，工作者将增进亲子互动、加强了解和理解、带动家庭动力形成作为活动的重点。

4. 小组设计理念

针对单亲家庭父母和子女的特点，强调增进自我了解和相互了解，促进形成融洽的家庭气氛，以亲子合力来共同面对现实的困难。设计理念如下。

1）重建自我认知，增强生活信心

帮助单亲父母和子女客观地分析和认识自我，发现自己所具有的闪光点，调整非理性认知，提升自信心；通过小组内凝聚力的形成，协助成员建立社会支持网络，提高社交能力。

2）亲情互动，形成合力

采用平行小组的方式，增进小组动力，通过共同参与，有助于彼此分享信息，处理父（母）和孩子的行为及情绪问题，改善沟通技巧和亲子关系，加强进一步解决问题和面对冲突的能力；避免标签及将孩子的问题个人化，将问题定义为关系及互动的结果,互相体谅,增进感情,共同成长,迎接生活挑战。

5. 小组目标

(1)重新认识自我,提高自信心。

(2)增进亲子沟通及相互理解,坦然面对现实。

(3)提高社交能力,学会分享和借鉴。

(4)营造和谐的家庭气氛,促进家庭活力形成。

6. 小组活动安排

平行小组就是家长组和孩子组分别进行活动,但有共同的目标,由至少两位工作者分别带领两个小组。活动内容是互相配合的,具体运作目标及小组结构按组员的特性设计,以达到最佳的效果为目的。由于父母与子女都参与活动,所以更能彼此体会、互相支持和鼓励,促进亲子互动,增进感情和面对生活的勇气。活动的安排见表6.2。

小组活动安排注重两个小组互相借力,互相配合,互相促进。尤其是家庭作业及练习的完成更有保障,且有利于促进双方的转变。

7. 小组效果

通过历时一个半月的小组活动,成员的情绪和行为都有了明显的改善,对家庭的变化及现实也较以往能坦然面对了;孩子和家长在工作者的"穿针引线"下,增进了了解、消除了误会,学会了简单的沟通技巧,关系更加融洽;学会了表达自我,得到了理解和快乐,学会了沟通、信任与合作,成员间建立了亲密的关系,形成了互助网络。

表6.2　小组活动安排

家　长　组	活 动 形 式	子　女　组
互相认识,订立目标	讨论/游戏	互相认识,订立目标
我的难处与你分享	讨论分享	说说我的苦恼
了解成长中的子女	讨论分析	父母心,子女心
了解集体活动中的子女	户外竞赛活动	真我体现(户外)
亲子沟通的方法	讨论分析/游戏	我自信,我成长
亲子合力,其乐融融	参与性亲子活动	亲子合力,其乐融融
总结	分享/游戏	永远是朋友

小结

在本单元学习了妇女小组工作,分析了妇女小组工作的类型与功能,探讨了它的理论与模式,并结合小组实践与案例分析,详细介绍了妇女小组工作的过程与技巧。

妇女小组工作是小组工作方法与妇女工作的结合,运用小组工作的方法,妇女能够拥有一个属于自己的空间和环境,在小组中发挥自我的功能,并分享经验、学习沟通,从而改善情绪、态度和行为,增强信心和能力,使她们更好地适应社会生活。小组工作方法丰富多样,极具活力。妇女小组工作仍需要持续、深入地探索。

问题与思考

(1)回顾和复习小组工作方法的含义及特点。

(2)回顾和复习妇女小组工作的种类及其在妇女工作中的作用。

(3)回顾和复习妇女小组工作实施的重点和原则。

(5)回顾和复习妇女小组工作的模式及应用特点。

(6)回顾和复习妇女小组工作的过程和技巧。

(7)目前,在一些大城市的公办小学中,有部分外来务工人员的子女学习。其中,一些来自农村的女同学,存在着缺乏自信,与同学、老师交流较少,不愿参加集体活动的现象。如果需要组织在城市读书的农民工女童的小组工作,请你思考,应采取哪种类型的小组,小组活动的开展有哪些预期的功能呢?

(8)工作者是小组活动的核心,工作者的领导与决策关系着小组活动的成败。请你梳理一下在妇女小组工作中,工作者自始至终的角色、功能和任务的变化,体会不同角色的作用。

(9)请选择你熟悉的内容设想一个妇女活动小组(比如下岗女工培训小组、打工妹小组,或是女大学生自我认知小组等),设计一下第一次小组活动的开场白。

参考文献

[1]刘梦,陈丽云.小组工作手册——女性成长之路[M].北京:中国人民大学出版社,2004.

[2]李建兴.社会团体工作[M].台北:台湾五南图书出版公司,1993.

[3]Social Work Year Book. New York:Riussell Sage Foundation,1939.

[4]陈钟林.团体社会工作[M].北京:中国时代经济出版社,2002.

[5]丁少华.小组工作[M].北京:社会科学文献出版社,2003.

[6]全国社会工作者职业水平考试教材编写组.社会工作综合能力(中级)[M].北京:中国社会出版社,2007.

[7]史柏年.社会工作实务(初级)[M].北京:中国社会出版社,2008.

[8]李洪涛.妇女增权——性别文化冲突中的婚姻家庭辅导[C]//两岸四地福利学术研讨会,2002.

[9]万江红.小组工作[M].武汉:华中科技大学出版社,2006.

[10]王金玲.女性社会学[M].北京:高等教育出版社,2005.

[11]陈钟林.社区工作方法与技巧[M].北京:机械工业出版社,2005.

7

妇女社区工作

引言

社区是人们休养生息的重要场所，也是社会工作发挥作用的重要舞台。社区工作是正在建设社会主义和谐社会的重要组成部分。在社区中开展妇女工作，内容丰富、形式多样、效果明显，并为妇女事业的发展及社区的建设起到了很好的推动作用。

学习目标

1. 掌握妇女社区工作的概念。
2. 了解妇女社区工作的目标与功能。
3. 熟悉妇女社区工作的价值观与原则。
4. 熟悉妇女社区工作的模式、程序和技巧。
5. 熟悉妇女社区工作的具体实现方法。

知识点

妇女社区工作的概念、妇女社区工作的作用、妇女社区工作的价值观、妇女社区工作的模式、社区妇女工作的程序、妇女社区工作的技巧。

案例导入

　　随着社会转型和体制变革,单位解体,下岗职工增多。下岗妇女更是面临着经济、家庭、社会压力等问题。而"巾帼社区服务工程"就是社区承担对这部分服务的一次实践。2000 年某社区在此活动的推动下,创建了"知心大嫂"服务中心,为下岗女工服务。"知心大嫂"服务中心主要设置了家政部、培训部、家教部和婚姻介绍部,开展家政服务、"月嫂"部服务、家教服务和培训服务。为下岗女工进行的免费培训达 2 000 人次。服务机构有效地帮助了社区内下岗女工学习和提高工作能力,推进其再就业,到 2002 年 11 月为止,已有 1 500 名下岗女工重新就业。因其具有严格的管理机制和评估体系,积极有效地为社区内妇女服务,也解决了社区居民的服务要求,促进了社区的发展。

　　根据社区内的需求,"知心大嫂"社区服务机构为下岗女工提供技能训练、再就业链接等机会,提高了女性解决问题的能力。社区作为一个人员聚集区,有利于人员的召集和工作的开展。以社区为单位开展的妇女工作服务能够有效地分担政府的部分职能,对社区存在的问题,及时反馈,及时解决,给社区带来了方便。社区工作在妇女社会工作中发挥着有效的作用。

7.1　妇女社区工作的概念、地位和作用

7.1.1　社区工作的概念

1. 社区[1]

　　"社区"是一个外来语,20 世纪 30 年代由国外引入,它最早起源于拉丁语。德国社会学家腾尼斯将"社区"一词首先用于社会学,至今"社区"一词的含义已发生了很大变化。迄今,对社区这个概念的解释不下几十种。诸多定义可分为两类。一是从地理性区域观点出发,认为社区是一个地区内共同生活的有组织的人群;二是认为社区是由相互关联的人组成的社会团体。根据我国社会生活的实际情况,我国社会学界在研究和实践中使用"社区"这一概念,一般是指聚集在一定地域范围内的社会群体和社会组织,根据一套规范和制度结合而成的社会实体,是一个地域社会生活的共同体。

　　社区按区域可划分为地理性社区和非地理性社区两种。地理性社区又包括法定社区(乡、村、区县、市、省、自治区、国家等)、自然社区(城市、乡村、镇、民族聚居区等)、功能社区(经济特区、工业社区、文化社区、生活社区等);非地理性社区则包括职业社区、宗教社区、种族社区等。不同类型的社区有各自的特点,有些是人为组织的,有些是自然形成的。社区工作中所指的社区通常是地理性的社区,一般为较小的基层社区,如城市的街道和居委会、农村的乡镇等。通常由以一定的生产关系为基础

的人群组成;有一定的区域界限;有一定的特点的行为规范和生活方式;成员在心理上、情感上具有该地区的地域感情;有一定的服务设施和条件来满足社区成员的物质生活和精神生活需要。其所承担的基本功能,如经济功能、政治功能、社会功能、福利功能在当今社会发展中都出现了不同程度的减弱,并由此带来了一系列的问题,所以社区研究与社区实践已成为当务之急。

2. 社区工作

"社区工作"的概念可以区分为广义和狭义两种。广义的社区工作泛指一切社区性的社会工作;狭义的社区工作是指作为社会工作3种直接方法之一的社区工作方法和技巧。本书所指的"社区工作"是广义上的社区工作,指社区中的社会工作,包括在社区中开展活动、推动社区发展所采用的直接和间接的工作方法,如个案工作、小组工作、社区工作、社会工作行政、社会工作督导、咨询和管理等。所以,社区工作既是一种方法,也是一种服务活动。

社区工作具有以下共同点:①是社会工作的一种介入手法;②是一项有计划的行动;③是一种过程;④是运用集体行动的方法;⑤宣扬居民自助、互助及自决的精神;⑥能找出及满足社区的需要,解决社区问题,培养社区归属感和认同感,促成社区整合,改善社区生活质量;⑦能发展居民能力,加强其自主性;⑧能促进社会转变。

可以将社区工作定义如下:"社区工作是专业社会工作的一种基本方法。它以社区和社区居民为案主,通过发动和组织社区居民参与集体行动来确定社区的问题与需求;通过动员社区资源,争取外力协助,有计划、有步骤地解决和预防社会问题;在参与过程中,培养居民自助、互助及自决的精神,加强社区的凝聚力,培养社区居民的民主参与意识和能力,发掘并培养社区自己的领袖,以提高社区的社会福利水平,促进社区的进步。"[2]

3. 社会工作与社区工作

社会工作作为一种专门化的助人工作,19世纪末诞生于西方。王思斌教授主编的《社会工作导论》中认为"社会工作是指社会工作者运用社会工作专业方法帮助社会上处于不利地位的个人、群体和社区,解决困难,预防问题发生,恢复、改善和发展其功能,以适应和进行正常的社会生活的服务活动。"[3]

从历史上看,社会工作着重补救性的危机介入,重视改变或改善个人及家庭的生活条件,因而是在以个人和家庭为工作对象的个案工作、以小群体为工作对象的小组工作之后,被社会接纳的另一种介入方法。与个案、小组工作方法相比较,社区工作有更广阔的分析视角,可以使当事人的困难和问题获得较为全面的处理与解决。

对于社区工作与社会工作的关系,早在20世纪60至70年代的英国就已经有了很多讨论,总体来讲,社区工作被当做一种社会工作的专业,其专业任务包括"为了争取居民权益、倡导社会公益及公平"、"建立互助合作、互相关怀及群策群力的社区。"[4]具体来讲,可以从以下两个角度阐述二者之间的关系。

1）社区工作是社会工作的一种直接工作方法

社区工作作为社会工作的一种直接工作方法，遵循社会工作的基本价值观，如相信人有自决权、相信人有其尊严和价值、强调争取社会公平正义的重要性等，因而在社会发展与社会建设中发挥着越来越重要的作用。国外及港台地区的社会工作服务中比较多地采用社区工作的方法，如针对青少年教育、老人服务、康复服务、家庭服务等，提倡设立社区家庭服务中心、构建社区网络，以维护公民权益，提高公民社会参与的积极性，预防和防止家庭问题的发生。

2）社区工作是社会工作的一种特定的服务

社区工作是社会工作的方法，也是社会工作的一种特定服务。我国在开展社区建设过程中，各地都普遍建立了社区服务中心，向社区居民提供职业介绍、婚姻介绍、家政服务、法律援助、心理辅导等多方面的服务。举办消夏晚会、成立志愿者服务队等，以此来培养居民的社区归属感和互助合作精神，达到凝聚人心、保持稳定的社会作用。

香港大学梁祖彬教授认为"社区工作是透过专业人士、政府部门或民办组织的介入，解决地区内问题，改善服务设施及环境，提高生活素质，并加强居民与政府的沟通。"[4]

7.1.2　妇女社区工作的概念

所谓妇女社区工作是指社会工作者在社会工作专业的理念支配下，以社区妇女为服务对象，在充分了解和确定社区妇女的需求及相关问题的基础上，通过发动和组织社区妇女参与集体行动，利用社区内外资源，有计划、有步骤地解决在社区范围内与妇女有关的问题；同时，积极培养社区的妇女领袖、培养社区内妇女的互助精神和民主参与的能力，从而推动整个社区的妇女全面发展的专业服务活动。

许多针对妇女的服务内容能够放在社区的层面开展，如妇女合法权益的维护、男女平等的倡导、妇女互助、合作精神的推展、妇女个体自我成长意识的熏陶，等等。香港妇女服务中"以社区服务为服务本位"和"以妇女为服务本位"为出发点提供的妇女服务大多针对上述内容。前者把妇女看成是社区内的个体和可以动员的资源，注重发现妇女的潜能，协助妇女建立自信心，鼓励妇女参与社区事务和为社区内有需要的居民提供援助；后者在女权主义理论的指导下，特别注重协助妇女个体的自我成长，鼓励妇女争取两性平等和在政治、经济、文化与家庭等各个社会领域里呼吁消除对女性的一切形式的歧视和不公正的对待。

7.1.3　妇女工作在社区中的地位和作用

随着社会的发展，社区建设的地位和作用日益突出，给社区妇女发展和妇女工作带来了新的机遇和挑战。随着社会工作的理念和方法日益普及，现代妇女工作对提升妇女意识，促进妇女发展，推动妇女工作的科学化、规范化均有重要的意义。为此，可以从以下方面理解社区妇女工作。

1. 妇女工作与社区建设

女性是社区建设的重要力量之一,随着妇女事业的发展,女性素质的提升,妇女参与社区建设的积极性和水平都有了较大的提高,其方式方法也多种多样,在社区政治、经济、文化、教育、卫生、体育等各项事业中,都能够看到妇女的身影。

社区工作者通过调研、座谈、走访、参观、考察等形式,了解社区需要,为社区工作查漏补缺,积极探索服务社区;通过召开社区妇女工作会议、建立妇女工作网络体系、发展和完善新的妇女工作机制等,以较为完善的工作体系支持社区发展,发挥了不可替代的作用。

2. 妇女工作与社区服务

女性自身有着较强的服务意识和奉献精神,结合社区建设与妇女工作发展,许多社区纷纷成立了社区妇女服务队伍,发展社区服务业,一方面扩大了妇女工作领域,推动了社区发展,另一方面为社区中的部分下岗女工提供了工作岗位。在就业方面,社区还通过提供政策服务、信息服务、资金支持、法律援助等方式,扶持妇女自主创业,推进社区妇女再就业。此外,社区中还有为妇女儿童保健提供的专项服务等。

3. 妇女工作与社区教育

在社区中,广大妇女发挥自身优势,立足家庭,深入社区,开展行之有效的学习和教育实践活动,提升社区的文明水平,推动社区精神文明建设。例如创建"社区五好家庭",在提高家庭整体素质和文明程度的同时,促使家庭积极参与社区建设,增强对社区的认同感和归属感。许多社区还开设了妇女学校,通过课堂学习,推动女性终身教育和技能教育的开展。社区还开展妇女儿童法律法规的宣传教育活动,增强法制观念和自我保护意识。

4. 妇女工作与社区妇女组织

社区妇女组织是开展社区妇女工作的组织基础,部分社区成立有妇代会或是社区妇联,这些妇女组织成员来源广泛,覆盖面较为完整而且有一定的工作基础,是一个组织体系健全的社区建设团队。社区妇女组织的工作涉及到许多方面,诸如妇女维权、法律咨询、家政服务、娱乐健身、志愿服务等。它深受居民的喜爱,是妇女自我发展和社会参与的坚强后盾。

7.2 妇女社区工作的目标与功能

阅读资料

在居委会的支持下,某社区组建了一支妇女健身队。她们经常利用清晨和周末的时间开展多种健康有益的文化体育活动,例如健身操、踢毽子等。几年来,妇女健身队由最初组建时的十几个人发展到现在的五十余人。每天清晨,健身队成为社区里一道亮丽的风景。健身队还多次参加市、区组织的各类比赛,取得了一定的成绩。

分析思考

这支妇女健身队是如何体现妇女社区工作的目标和作用的。

7.2.1　妇女社区工作的目标

罗斯曼曾将社区工作目标概括为"任务目标"(task goals)和"过程目标"(process goals)两类。

任务目标,主要是解决一些特定的社会问题,包括完成一件具体任务、达到一些社会福利目标、满足某项社区需要。如小区绿化、小区环境卫生清整、救济低保对象、照顾孤老残障人士等具体的改善都属于任务目标的范畴。

过程目标,指促进社区人士的一般能力,包括建立社区不同群体的合作关系、发现及培养社区领袖参与社区事务、加强对公民事务的了解,以至增强社区居民解决问题的能力、信心和技巧等。过程目标追求两个方面的发展目标,一是通过建立人们的政治权利和对政治的认识,加强居民的政治责任感(政治重要性的认识,政治能力);二是通过培育人们的关系、态度和角色,提高和保持社区凝聚力(关系和网络、对他人的态度、角色的承担),如培养居民的小区意识、增加凝聚力、促进邻里关怀等。

英国学者托马斯(D. N. Thomas)提出了社区工作目标分类法。将社区工作目标分为分配资源和发动居民。

分配资源,指组织居民,为他们日常的生活安排争取合理而平均的资源调配,从而使居民的权益得到保障。

发动居民,在这一目标层次上,社区工作包含两个方面。一是可以促进公民权的发展。这是指培养基层居民的"政治责任感",即一方面使他们对政治感兴趣、掌握更多的政治知识和技巧去参与政治事务,同时使他们拥有信心和能力,成为政治意识成熟的选民,以影响政党和政府并监督政党和政府的运作。二是可以促进社会发展。这是指培养居民的社区凝聚力,增进居民间的交往及对社区的归属感,使居民觉得可以对整个社区做出贡献。

不难理解,妇女社区工作的目标也应着重在提升妇女的意识和能力,协助社区妇女建立自己的集体能力,从而解决家庭和社区问题,改善人们的社区生活环境。

妇女社区工作的具体目标归纳起来有如下几方面:①促进妇女参与解决自己的问题,提高社区妇女的社会意识;②调整或改善社会关系,减少家庭和社会冲突;③寻求个人和家庭需要与社会资源的有效配合,以满足个人和家庭需要,解决或预防社会问题,改善生活环境,提高妇女个人和家庭生活质量,促进社区进步;④追求权力和资源的公平分配;⑤发挥妇女的潜能,发现并培养社区妇女领袖;⑥培养社区居民互相关怀、互助互济的美德;⑦促进家庭及社区和谐与凝聚力。

7.2.2　妇女社区工作的功能

在社会工作实践的发展过程中,人们的认识也在不断地深化。开始时,人们往往把个人问题的原因归结于个人自己,因而也就出现了最初的个案工作方法。而后,人们进一步认识到,个人问题也受周围环境的影响,因而,小组可以作为一种工具,帮助个人解决问题并提高功能,于是也就有了小组工作方法。再后来,人们又认识到,社区作为人们社会生活的地域环境,也可以作为社会工作的一个工作单位,这样也就有了社区工作方法。因此,可以说社区工作是适应社区及人群的需要而产生的,也正因为如此,社区工作在社区层面发挥着其特殊的功能。

一般而言,社区妇女工作可以调整或改善人际关系,减少社会冲突;寻求社会福利需要,并与社会福利资源有效配合,以满足需要、消除问题、改善社区生活、促进社区进步;改善权力与资源的分配。社区妇女工作的这些功能是通过社区工作者扮演不同的角色发挥出来的。大致说来,社区工作者在社区工作中所要扮演的角色主要包括引导者的角色、促成者的角色、专家的角色、社会治疗者的角色、计划者的角色和倡导者的角色。正是通过这些角色的扮演,妇女工作在社区层面发挥着越来越重要的功能[5]。

7.3 妇女社区工作的价值观与原则

7.3.1 妇女社区工作的价值观

不同的人对社区工作可能会有不同的看法,但无论是把它看成一种介入手法还是一种社会服务,作为社会工作三大基本工作方法之一,它分享着社会工作的基本价值观。

1. 以社区妇女的需求为前提

秉承"每一个人都同等重要"的价值观,尊重每个案主的信仰,尊重其自行决定与处理生活的能力。妇女社区工作强调以社区妇女的需求为前提开展工作。

2. 以社区均衡发展为目标

社区工作是以社会民主正义为理想,其目标就是创造更为平等和相互关怀的社会。因此价值观应坚持以整个社会的均衡发展和妇女的全面发展为前提,拟订社会发展的全面计划。创造机会使每一个妇女获得自我实现,提供机会使妇女相互支持共同发展。

3. 提倡民主参与

妇女在家庭和社会中所扮演的角色,使妇女们更愿意追求个人兴趣满足,处理其家庭事务,关注个人和家庭生活水平的改善。社区工作者应担当起"鼓舞者"的角色,将妇女内心深处潜藏的善意和互助合作的情绪力量激发出来,共同为社区的福利努力。

4. 重视协同合作

社区工作中,个人力量是相当有限的,只有与他人协同合作,才能成功应对那些影响目前和未来生活的因素。在这个过程中,个人不但可以发挥影响力、肯定自我的价值,更可以成长为一个有尊严、有权利和有责任的成熟公民。同时,协同合作也可以减少不必要的冲突,更易于达成社区组织的共识。

7.3.2   妇女社区工作的原则

所谓社区工作的原则,指的是社区工作者在开展工作时所需遵守的规则。妇女社区工作的原则就是社区工作原则在妇女工作中的应用,应更加结合妇女的特点和需要,更好地调动妇女的积极性,发挥其潜能,使妇女工作的开展推动社区发展。

社区工作价值观代表着社区工作对社会的反应,是一种具有方向性的选择,并由此而衍生出相关的工作守则与之成为有机的整合。社区工作价值观涵盖的范围相当广泛,包括人的尊严和价值、正义和自由、制度取向(institutional orientation)、平等、民主、群众参与、互助合作与互相依赖、社会责任感等。社区工作价值观的形成和发展,受不同时期的历史、政治、文化及文化机构(例如教育及专业制度)等社会因素影响,会因不同时期、不同工作者本身的政治取向及当前的社会及组织环境而有不同的侧重点。

比如在香港,基于女性主义思想的妇女工作,通常是针对导致两性不平等的社会成因,提供以妇女为本的服务,以求最终消除角色定型、男尊女卑等观念,改变不平等的社会结构(包括政治、经济、社会、文化等)使社会走向真正的男女平等。所以,香港地区的妇女工作十分注重在改善妇女处境时,不仅从个人层面介入,而且从制度和政策层面介入和争取。香港的社会工作者和政策制定者很早就对社会上存在两性不平等的原因进行了总结归纳。通过分析,提出了改变妇女处境的方法是进行意识形态的调整和一系列服务政策的改变,以提供更充分的妇女发展空间。于是,香港提出了"妇女为本"服务的理念,以期达到:①减少并打破性别角色定型带来的不良效果;②尊重妇女作为独立个体的需要;③协助妇女提升意识,对自身"问题"进行重新界定;④促进社会结构的转变[6]。此外,他们还提出了10项针对服务对象的工作守则:①尊重女性作为独立个体而不是家庭角色的扮演者;②接受妇女及其带来的问题而不是责怪受助者;③确认妇女本身是一种资源,有能力处理自己的问题;④协助妇女认识作为一个个体的权力,她们可以要求私人时间、空间,用以个人发展,甚至娱乐;⑤增加妇女资源,争取政策改善;⑥通过一些微小的、容易完成的工作,协助妇女逐渐走出家庭;⑦重申妇女是自己的主宰;⑧促进妇女之间的互助,特别是面对类似处境的妇女,提高自信,增加资源;⑨工作者与受助者之间尽可能保持平等的关系,减少依赖性;⑩提供妇女参与服务机构的决策及服务。

7.4   妇女社区工作的模式、程序和技巧

7.4.1   妇女社区工作的模式

在国内外多年的妇女社区工作实践中,逐渐形成了很多行之有效的工作方法和

模式,或者也可以认为是工作策略,为开展妇女工作提供了很好的借鉴。主要的有地区发展模式(Locality Development)、社会策划模式(Social Planning)和社区照顾模式(Social Caring)。

1. 地区发展模式

该模式应对的是居民对社区事务不关心,关系淡薄,缺乏解决问题能力的社区。模式的基本假设为居民愿意参与社区事务,但缺乏沟通与合作,社区应该可以实现和谐。所以,该模式采用协助社区成员分析问题,发挥其自主性的工作过程,来提高居民及地区团体对社区的认同,鼓励他们通过自助和互助解决社区问题。

这种模式较多关注社区共同性问题,如强调建立社区自主能力、过程目标重要性超过任务目标、重视居民的参与和居民之间的交流,达到团结邻里,社区发展。优点是对居民参与社区事务有很好的促进作用。

2. 社会策划模式

该模式假设社区存在一连串问题,但是可以依靠专家的意见和知识,通过理性、客观和系统化的分析,使社区的问题得到处理。注重任务目标的实现,强调运用理性原则处理问题,注重自上而下的改变,指向社区未来变化。

社会策划的步骤为:明确目标—分析形势—分析自己的能力—界定问题—确定需要—建立达到目标的标准—做可行性方案—试测方案—执行方案—评估结果。其中工作者担当着技术专家、方案实施者的角色。该模式的优点是能保证服务质量,比较有效率,其不足之处是居民的参与率低,容易导致服务对象的依赖性上升。

3. 社区照顾模式

该模式中的"照顾",既包括行动照顾、物质支持,也包括心理支持和整体关怀。

1)定义

社区照顾是动员社区资源,运用非正规支援网络,联合正规服务所提供的支援服务与设施,让有需要照顾的人士在家里或社区中的家庭环境下得到照顾,过正常的生活,加强在社区内的生活能力,达到与社区的融合,并建立一个具有关怀性的社区。

2)特点

该模式的特点有:协助服务对象正常地融入社区;强调社区责任;强调非正规照顾的作用;提倡建立相互关怀的社区。

3)实施策略

实施策略包括在社区内照顾、由社会照顾和对社区照顾3种模式。

在社区内照顾(care in community)是指一些能使服务对象留在社区的支援服务。

由社区照顾(care by community)是指社区内的非专业人士,包括家庭、亲友、邻里、志愿者所提供的照顾和服务。

对社区照顾(care for community)是指除了动员社区及家人的力量(非正规服务)开展照顾服务,还需要充足的支援性社区服务(正规服务)辅助,使社区照顾相辅相成。

其中,由社区照顾中非专业人员包括家庭、亲友、邻里、志愿者所提供的照顾和服务是通过建构社区支持网络来完成社区照顾的。社区社会支持网络可以分为以志愿者为本的支持网络、妇女自助互助为本的支持网络和社区紧急支援网络等不同类型。

(1)妇女志愿者为本的支持网络。这种网络是围绕服务对象的需要,组织若干名志愿者与服务对象建立联系,以便提供及时的帮助。例如,社区中为独居的老年妇女建立的邻里支持网络。

(2)妇女自助互助为本的支持网络。这种网络是帮助有类似问题或需要的服务对象建立互助小组,使他们能够以自助互助的方式互助支持。例如,下岗女工支持小组、单亲家庭支持小组、受虐妇女支持小组等。

(3)社区紧急支援网络。这种网络是以协助个人或家庭预防突发事件或危机为主的支持网络。家庭纠纷、家庭暴力或个人的某种困难常常因无法得到及时的调节或处理而恶化,甚至酿成悲剧。因此,社区中应建立包括派出所、法庭、街道妇联、司法所、社区医院、居委会、社区志愿者和邻居等在内的既各司其职又相互联动的紧急支援网络,为有需要的妇女和居民们提供及时的帮助和援助服务。

这种社区照顾模式的最大优点就是人性化关怀,它通过动员社区普通居民参与社区照顾,还起到了倡导社区层面服务的综合化和社区工作的共同参与,对社会主义和谐社会的建立具有十分重要的作用。但是,如果社区资源不符合社区照顾的要求,就需要政府肩负起其责任和扮演角色,同时由于非正规照顾的特点,需要考虑激励机制的运用以保证其可持续性和服务的高质量,同时还要尽量防止对社区内有困难人士的排斥和歧视。

7.4.2 妇女社区工作的一般程序

根据社区工作的一般程序,妇女社区工作可以按照以下阶段进行。

1. 准备阶段

1)了解社区状况和进行社区分析

(1)识别社区边界(地理环境),了解社会经济和人口统计特色,社区的价值、信仰和权力结构。

(2)分析社区的需求(规范性的需求、感觉性需要、表达性需要、比较性的需要)、问题及相关事项。

(3)社区资源(人力资源、物力资源、财力资源,正式资源和非正式资源,社区内部资源和社区外部资源)分析。

2)准备阶段的任务

(1)确定主要任务和行动方案,包括:规划方案、筹集经费、招募和培训工作人员、联络社区组织、建立关系。

(2)确定介入策略和工作方法,包括:社区观察与社区调查;通过服务接近居民,建立信任关系;联系社区组织,建立合作关系。

(3)自我了解和准备,包括:是否有系统地介入社区计划、接近居民、认识和熟悉较多的居民和家庭、了解社区组织的运作情况。

　　2.启动阶段

　　（1）行动方针：发动资源、成立社区小组、训练居民带头人、巩固社区参与。

　　（2）主要任务：寻找和发现居民带头人，并进行培训；确立工作目标的优先次序；加强社区中的互助合作气氛。

　　（3）介入策略和工作方法：挖掘资源和进行社区教育、开展互助合作活动、推动成立居民小组、提供服务。

　　（4）阶段性工作目标：成立社区小组，培养社区骨干，使其能够协助解决社区问题。

　　（5）注意事项：防止居民对社会工作者的依赖，谨慎处理社区小组间的人事或权利争端问题。

　　3.巩固阶段

　　（1）行动方针：成立或巩固居民组织，使社区工作系统化。

　　（2）主要任务：建立组织内部合理的行政运作程序；分享组织居民的经验和技术；协助建立稳固的资源支持体系。

　　（3）介入策略和工作方法：互助合作，社区教育，争取行动。

　　（4）阶段性工作目标：居民组织得到大部分居民的支持，领导核心有健康的新陈代谢，组织工作系统化；社区得到外在民间团体的支持。

　　（5）注意事项：防止将注意力过分集中于居民领袖而忽视大多数居民；防止居民组织停留在服务提供方面，而忽视长远的居民参与的方向。

　　4.总结评估阶段

　　（1）主要任务：重新评估社区需要和问题，总结，决定未来工作方向。

　　（2）介入策略和工作方法：策划，倡导。

　　（3）阶段性目标：客观总结以往工作、评价干预的过程和效果、重新定义目标和任务的可能、评价工作者作为改变者的表现和态度、系统计划未来。

　　（4）注意事项：不能过于依赖感性或数据统计，着眼于未来，而不是走形式。

7.4.3　妇女社区工作的技巧

　　为了能够更好地分析问题、调动资源、实现目标，从而满足社区妇女的需求，在妇女社区工作开展的过程中，需要利用一些方法和技巧，使工作过程更为顺利有效。通常使用的妇女社区工作技巧有以下几种[7]。

　　1.建立妇女社区组织的技巧

　　社区组织分为人数较少、非正式的社区团体和人数较多、正式注册或登记的组织。

　　1）建立妇女社区团体

　　首先找到几位热心的社区女性，邀请她们一同讨论社区事务；然后通过她们将参与的妇女逐步扩大到十位左右；继而设定一定的团体目标并建立团体结构，通过民主的方式分配任务,分工合作。

在建立非正式的妇女团体的过程中,首先,要学会接触社区妇女,尽量找机会同她们多接触,给她们留下较好的印象,同时注意倾听,多了解社区妇女的特点,在个人化接触时,先让对方知道你是谁,再询问对方;其次,需要掌握一些处理人际关系的技巧,例如温暖和尊重、同理心、真诚、自我坦露等技术;第三,引导妇女团体成员互动的技术,包括阻止、融合、支持、质询等技术。

需要注意的是,在妇女社区团体建立的过程中,社会工作者需要促使热心社区事务的妇女愿意站出来参加讨论或是活动,社会工作者的辅导方式不是指令性的,不能指挥和命令社区妇女。

2)建立社区妇女组织

建立社区妇女组织的注意事项和程序如下:一是遵循我国社会团体、民办非企业单位登记和管理办法;二是招募成员,订立组织章程;三是推选领导者,成立董事会或理事会;四是设立执行部门;五是筹集经费。

在建立正式的妇女组织的过程中,社会工作者应做到以下几点:①指出对社区现状的不满,并争取得到社区妇女的认同,从而促成组织的建立和发展,通过组织来解决社区问题;②这一组织必须有能够被大多数人认同的领导人;③建立相应的工作目标和程序;④鼓励更多的社区妇女和居民参与到服务社区的活动中来。

2.社区教育的技巧

(1)普及知识。社会工作者需要经常向社区女性传播各类知识,如健康生活常识、孕期保健、子女教育等。此外,社会工作者可以通过发放宣传单,制作板报、社区刊物,召开座谈会等方式向社区妇女宣传各项政策法规,传递有关信息,例如最低生活保障制度、下岗职工就业政策等。

(2)培育社区妇女骨干。对社区妇女骨干的培养是妇女社区工作的一项重要任务。通常是以个别教授的方式,根据社区妇女带头人的情况和水平,来设计培养内容,既可以通过家庭访问、讨论和分享的方式,为她提供相关资料、提升参与和管理的意识,也可以将培养教育穿插在各类妇女活动中。

(3)动员社区妇女。对社区内女性的动员,能够提升她们的社区归属感和互助精神,在动员过程中,可以通过个人影响、家庭访问,或者讲座、研讨会等方式进行,引导社区妇女关心自身的状态、关注共同的问题,并参与到解决问题的队伍中来。

(4)发展社区关系。这主要是指社区工作者和妇女组织与社区内政府部门、社会团体及有影响的人士之间的互动联系,如与相关民政部门、新闻单位等建立关系,以个案故事和统计数字打动他们。

(5)开展互助活动。社区妇女的参与和互助行动,一方面能够增进社区中的妇女的相互了解,另一方面能够进一步推动社区建设、营造良好的社区氛围。互助活动的开展,使妇女社区教育更为深入和有成效。

3. 策划技巧

策划技巧可以帮助我们在妇女社区工作中,设计出较为详细具体的做法。

(1)确定计划。通过"头脑风暴"等方法使规划小组成员提出各种想到的策略,运用可行性、可接受性等指标评估出适合的策略,并对这一个或几个策略进行分析,最终选择出较好的策略。

(2)形成计划书。社区计划书通常包含以下几个方面的内容:方案目的和目标、时间和地点、工作者和参加人员、工作方式和相关知识、所需物品和预算、具体工作流程、应变方案、结束与评估。

7.5 妇女社区工作的案例——香港仁爱堂社区中心的妇女工作[6]

仁爱堂是一个位于市中心的小区,小区内有各种类型的社会服务,如小组及社区服务部、老人中心、幼儿园、家务助理等,还有医疗和体育设施供区内市民使用。由于位于市中心又毗邻大型超市,吸引了一大批年龄在 45～50 岁、初中文化程度的家庭妇女,为开展工作创造了有利的条件,许多活动都是根据她们的需要和兴趣而设计的。

1. 工作理念

将女性视为一个独立的个体。在亲子关系中,不鼓励女性将"教好子女"纯粹看成是一种责任,而是强调女性在缔造和谐温馨的亲子关系中获得的成就感、满足感。认为女性应正视作为母亲在教育子女中遇到的挫折等个体基本心理需要的存在,应意识到个人在满足自身发展需要时所遇到的额外的压力,会导致女性为满足社会和家庭成员的需要而压抑自己、失去自我,进入"无我"的悲哀心态之中,于是更加需要社区专业人士提供其所需的帮助。在婚姻关系中,女性通常容易以丈夫作为生命的轴心而失去自我,直至婚姻的破裂,因此更要重视提升女性自我意识,提供其所需要的协助。同时提倡女性按照个人意愿和兴趣选择留在家庭或走向社会,确认家庭对每一个人的重要性,同时确认"家庭照顾"是一项重要工作,如同律师、会计师、医生等男女都可以做,家庭照顾同样也可以由男或女来承担,没有谁比谁更重要。每个人都有选择自己生活方式的权利,真正的选择应该是以个人的满足感为最终目标的。

基于以上的基本理念,香港在提供妇女服务时十分看重在接受服务指导的过程中,妇女本人的成长体验,至于其中带来的"幸福家庭"、"美好婚姻"等只不过是副产品,而非终极关怀。在期待女性能掌握自己的生命方向,有足够的自主和尊重,满足妇女成长需要的前提下提供各种服务。

2. 工作方向和目标

仁爱堂妇女工作的总目标是提供妇女为本的服务,协助妇女成长。认为妇女在自身发展的不同处境下和不同阶段中有不同的成长需要,所以只有多元化的服务才能满足各类妇女的发展需要。为此,他们开展了婚姻辅导、亲职教育、关注健康、社区参与等多项有助于个人成长的妇女小组和活动。活动目标基本定位在以下几个方面:

(1)协助妇女建立互助及自助支援网络,运用小组动力帮助女性成长;

(2)提供资讯知识和小组经验,协助妇女在创造理想家庭生活中获得满足感和成就感;

(3)提升妇女个人意识及自信,拓宽视野和知识领域,加强与社会接触;

(4)发动妇女关心及服务社区内有特殊需要的人士和群体;

(5)针对社区中资源匮乏的妇女群体开展服务,建立支援及互助网络。

3. 服务手法及重点

针对以上各项目标,他们曾经在一年内组织了 22 个旨在提高小组成员自助互助能力的女性小组活动,以促进小组成员的个人发展。

如:为了协助妇女体验家庭生活中的成就感,组织了"携手亲宝宝"、"单亲俱乐部"、"夫妇沟通小组",这些活动,除了具有自助和互助的功能以外,更主要的是吸引社区内的居民积极参加,改变夫妻沟通的技巧和方法,同时鼓励妇女保留个人的发展空间,获得更大的发展。

为了提升女性的意识,拓宽知识领域和接触社会,举办了"妇女时事广场",鼓励妇女关心时事,创造参与社会的机会。他们还举办了深受妇女欢迎的妇女再就业培训讲座,通过积极争取,使社区中心成为政府"雇员再培训局"认可的培训机构,为社区内的妇女提供职前准备及就业技术培训,使妇女在重新投入社会工作的过程中,建立自信,能够在经济独立的生活中体验成长。

在妇女小组中积极鼓励妇女义工小组的发展,使有意愿的妇女能够有机会为社区贡献自己的精力、时间和能力,发挥个人潜能,在社区参与和服务中体验成长。

另一个重要内容就是针对特殊群体开展服务活动。其中特别关注了单亲妇女、丈夫在外地的妇女和新移民妇女。如:由单亲家庭组成的"仁爱家庭"从最初的 13 个会员后来发展到 30 多个,活动中由工作者以"赋权"为基本出发点,鼓励小组成员自助互助,为与自己有相同背景的妇女提供帮助建立互助及支援网络,他们还建立自己的发展委员会,设立权益、教育、对外服务、家庭活动 4 个工作组,为社区内的单亲家庭提供支援性服务,与其他机构联络,汇集力量争取以全面的社会政策来照顾单亲家庭的需要。

4. 服务的特色

首先,工作者保持一定的社会敏感度,服务的设计尽可能符合社区需要的转变和发展。在每年的工作总结中,注重分析妇女的需求,按照服务机构的定位,策划来年的发展方向和重点。

其次,重点发展支援性的小组。除规划长期支援网络的妇女小组外,服务多以短期小组为主,鼓励背景相同的妇女联合起来,提倡在自助助人中获得自身的成长,充分挖掘和利用社区力量。

再次,重视"赋权"。在培养妇女小组成员的个人成长中,特别重视提供机会让成员发挥领导才能,在相互支援的过程中互相启发,互相促进,拓展支援网络,激励相同背景而缺乏社会资源的有需要的人士迈出勇敢的一步,融入社会。

小结

本单元详细介绍了妇女社区工作,分析了其在社区建设、社区服务、社区教育中的地位和作用,学习了它的工作目标、功能、价值观与原则,并结合案例,分析了妇女社区工作的模式、程序和技巧。

借助社区这个广阔的舞台,妇女工作展现了自身鲜明的特色,妇女社区工作的发展也成为社区建设的一支重要力量。随着社区功能的不断完善,新的形势给社区妇女工作带来了新的机遇和挑战,社会工作者要认真研究、深入探索,充分调动各方面资源,在实践中不断促进社区妇女工作的新发展。

问题与思考

(1)社区概念与社区工作的特点是什么?

(2)结合你所在社区的情况,谈谈如何理解妇女社区工作的含义和功能。

(3)妇女社区工作价值观和原则的要点是什么?

(4)比较3种妇女社区工作的模式。

(5)如何开展妇女社区工作,其程序如何?

(6)假设社区中的某个家庭发生了家庭暴力事件,如丈夫殴打妻子,此时怎样建立社区妇女的紧急支援网络并如何使用?

(7)在某社区,社会工作者通过了解得知,许多妇女希望能够多学习文化知识、技术技能。请你结合妇女社区工作的一般程序,设计一个具体的工作流程。

(8)结合女性的性格特征,请你想一想,作为一名社会工作者,在最初介入时,如何让社区妇女尽快接纳你、认同你、支持你的行动?

参考文献

[1]陈钟林.社区工作的方法与技巧[M].北京:机械出版社,2005.

[2]王思斌.社会工作概论[M].北京:高等教育出版社,2006.

[3]王思斌.社会工作导论[M].北京:北京大学出版社,1999.

[4]梁祖彬等.社区工作理论与实践[M].香港:香港中文大学出版社,1998.

[5]李增禄.社会工作概论[M].台北:台湾巨流图书公司,1989.

[6]洪雪莲,冯国坚.香港妇女服务理论与实践[M].香港:新妇女协进会出版社,1995.

[7]全国社会工作者职业水平考试教材编写组.社会工作综合能力(中级)[M].北京:中国社会出版社,2007.

第三编

当代妇女社会问题与
妇女社会工作实务

8

妇女社会地位与权利保护

引言

　　自人类历史进入阶级社会后,妇女社会地位低下便成为社会发展不同阶段的不可回避的现象。新中国成立后,经过半个多世纪的努力,我国妇女的社会地位发生了翻天覆地的变化,有了极大的提高。但由于受传统社会性别文化的影响,男女不平等在一定程度上仍然存在。妇女的社会地位不仅反映着妇女的解放历程,反映着人类的进步,也反映着一个国家、一个地区的经济发展和社会文明的程度。

学习目标
1. 了解妇女社会地位的含义及其历史演变。
2. 掌握妇女社会地位指标体系的构建。
3. 掌握我国妇女社会地位的现状。
4. 了解妇女权利的国际保护。
5. 掌握我国妇女权利的保护。

知识点

　　妇女社会地位的历史与现状、妇女社会地位指标体系及其构建、妇女权利的国际保护以及我国妇女权利保护等。

案例导入

　　某国外著名大公司在华机构的女职员(一般职位)一旦生育,在哺乳期过后的一段时间内,往往被告知"因其工作表现不好",将不再续签劳动合同;或以"不胜任工作"为由,"调换"工作岗位(将工作调换成同岗位中最低级的或将原定的升职取消),并且被私下告知,如愿主动离开,不仅待遇分文不少,还将提供"表现优秀"的推荐信。无独有偶,在某 IT 行业著名公司,某女职员产假过后被调换了工作,并被口头告知她不胜任 IT 行业紧张的工作,要求其自动离职并保证给予优厚补偿。因对公司调换工作及要求自动离职不满,该职员回外地老家休养。一个月后返京,但公司以其违反劳动纪律、旷工为由解除了劳动合同。该职员虽提起劳动仲裁,但因旷工问题而败诉。

　　　　　　资料来源:王喆.妇联界委员热议:是什么阻碍了女性就业之路?[N].人民政协报,2008-03-11.

　　由于自然生理的差异,妇女主要承担了人类繁衍的重要责任,生育、抚育子女等大都由妇女来完成。因此,她们在与男性竞争的过程中处于不利的境地,他们一边和男性一起参与社会竞争,一边还要照顾家庭、抚养孩子。我国《宪法》明确规定了妇女享有与男性平等的权利和地位。《劳动法》中也明确对妇女孕期、产期、经期及哺乳期的特殊保护,并有产假规定和生育保险制度等。社会职业地位和经济收入是妇女独立的基础,虽然法律法规中都有对妇女权利保障的规定,然而在现实社会中,对妇女权益侵犯的现象却屡见不鲜。上述案例中的城市女性还是比较优秀的代表,仍然遭受性别歧视。那么其他女性的状况又如何呢? 尤其是农村妇女的社会地位更是我们所关注的。

　　在我国,妇女的社会地位究竟如何呢? 她们享有哪些权利呢? 如果在社会生活和婚姻家庭生活中遭到权益被侵害的情况,她们又该怎样维护自己的权益呢? 本单元就是针对这些问题而展开的。

　　妇女是在性别基础上而划分出来的一个社会群体,在这个群体中的每个个体都具有共同的自然属性和社会属性。她们分散于不同的阶级和阶层,但由于"性别"的同一生理属性,由于阶级社会中性别压迫下的同样境遇,而产生了共同的利益追求,成为有别于其他社会群体的特殊社会群体。在不同的历史时期,不同的社会制度下,不同的国家或民族中,妇女在社会体系或社会关系中所处的位置会体现为不同的状态。在远古时期的原始社会,存在着朴素的男女平等,并出现过女性作为主宰者的鼎盛时期。人类历史进入阶级社会后,伴随着阶级压迫的出现,性别压迫相继而生,男女不平等便成为社会发展不同阶段的不可回避的现象。因此,正确认识和评价妇女的社会地位,并对其权利进行切实有效的保护,不仅会实现女性的彻底解放,发挥她们在社会发展中的积极作用,也会促进社会的和谐、文明与发展。

8.1 妇女社会地位

全国妇联妇女研究所的陶春芳对社会地位进行了界定:社会地位指人(或人群)在特定的社会体系中与社会其他成员(或人群)发生的社会关联中,人们依据其参与权利和发生作用(权利)的状态而形成的社会层次位序。《中国妇女社会地位概览》中对妇女社会地位的定义是:妇女这一社会群体在社会层次结构中的位置,或者是妇女这一社会群体在社会生活和社会关系中的权利、机会及其从社会得到的认可程度。综上所述,本书认为:妇女社会地位就是在一定历史条件下,相对于男性群体而言,女性群体在社会体系和社会关系中所处的位置,包括权利的享有、机会的获得和被社会认可的程度。也就是说,与男性相比较而言,女性群体对社会资源和家庭资源所享有的权利以及在社会生活和社会关系中的机会和获得认可的程度之总和。马克思曾指出,男女之间的关系是人与人之间最基本最自然的关系,根据这种关系的性质就可以判断人类的整个文明程度。因此,正确评价妇女的社会地位,就要从男女之间关系的演变中认识、理解和把握。

8.1.1 妇女社会地位的历史

1. 妇女作为主宰者的鼎盛时期

在原始社会的母系氏族公社时期,妇女是权力的执掌者和社会的主宰者。摩尔根通过对部分原始部落的考察、分析并研究了原始部落女子的生活状况,指出女子在母系社会处于支配地位[1]。

1)生产力水平低下决定了妇女在生产活动中的重要地位

在当时的原始社会时期,生产力发展水平极其低下,生产工具只有石器和木棒,生产方式极为落后。男子外出狩猎,女子采集野果。虽然男子四处寻觅食、追捕猎物,但不是每次都获胜,因此收获往往是不定的,而女子采集的收获比较多而且较为稳定,保证了氏族成员生活的需要,成为氏族成员的主要生活来源。这就决定了妇女在生产劳动中的主要地位。

2)群婚形式决定了妇女在母系氏族公社中的主导地位

为了抵御恶劣的自然环境和猛兽的袭击,靠单个人的力量很难生存,大家便群而居之,婚姻形式也是群婚制。在这种情形下,生子只知其母不知其父。《吕氏春秋》中有记载:"昔太古尝无君矣,其民聚生群处,知母不知父。"①从我国"姓"氏的起源也可以看出是以女性血统为标志的,"姓,人所生也,古之神圣母感天而生子,故称天子。从女,从生。"②这种以血缘为纽带联结的人类共同体主要靠母系的血缘生存、维系和传承,因此决定了妇女在氏族公社中的主导地位。

---

① 《吕氏春秋》.卷二十,《恃君》.
② 许慎.说文解字.北京:中华书局,1965:258.

3)妇女生育功能维持氏族社会发展繁荣的现实奠定了妇女在氏族事务管理中的支配地位

当时"以力役力"而非"以智役力"的现实,使得人类自身的生产成为维系氏族社会发展繁荣的关键因素。而这种人类繁衍的功能为妇女所独有,因此女性被奉为"生育女神",并把女性的生育功能作为图腾加以顶礼膜拜。这就决定了妇女在氏族权力和事务管理中的支配地位。

综上所述,在母系氏族公社时期,妇女既是生产劳动的主要承担者,又是人类自身生产的繁衍者,在氏族公社的生产、生活和事务管理中发挥着重要作用,具有与男子平等的地位,更享有特别的尊重和崇高的礼遇。

2. 妇女沦为被主宰者的演变

随着社会的发展、生产工具的改进和生产力水平的提高,男子狩猎、耕种等生产活动开始发挥着重要作用,占据了主导地位,社会进入到父系氏族公社时期。此时,群婚制开始向对偶婚和一夫一妻制过渡,社会开始以男性的血缘为纽带。妇女因为要承担子女生育、抚养、教育等事务而失去了在社会生产劳动中的主导地位和氏族社会事务管理中的支配地位。剩余产品出现后,私有财产产生,私有制开始形成,妇女的社会地位发生了质的变化。男性主宰了生产资料、生活资料的所有权和社会事务的管理权,妇女被排斥在社会劳动之外,沦为男性的依附者地位。

1)男尊女卑的身份定位

在私有制出现后的漫长奴隶社会、封建社会等阶级社会中,妇女不仅失去了参与社会劳动和社会事务管理的资格,失去了经济上的财产权利,更丧失了人格身份上的独立。在西方中世纪时代,教会统治一切,其所宣扬的"女人是祸水"、"女人是不完全的人类"把妇女打入了女奴的深渊。《圣经》中女人是男人的一根肋骨生成的记载奠定了女性依附者的地位。又说夏娃不仅自己偷食禁果,还引诱亚当偷吃禁果而成为罪恶之源,女人被认为是低下的、非理性的、卑劣的低等动物。亚里士多德曾明确地指出:"男人天生高贵,女人天生低贱;男人统治,女人被统治。"[2]妇女承受着政权、族权、神权和夫权的四重压迫和支配,处于社会的最底层。在我国封建社会,父权家长制和男权统治使妇女的从属地位得到强化,三纲五常中的"夫为妻纲",三从四德中的"在家从父,出嫁从夫,夫死从子",婚姻规定上的"从一而终",无不显现了男女关系的强弱、主从和尊卑。

2)男外女内的角色分工

古希腊奴隶制社会,当时妇女的地位是极其低下的,只作为男人的附属物而存在,没有任何的权利可言。正如恩格斯所说:"她们过着差不多是幽居的生活,只能同别的妇女有所交往。"[3]我国古代甲骨文中的"女"字是一个跪着的人形,而"妇"字的解释是:"妇,服也,从女持帚洒扫也。"所谓妇女就是专干家务活的女人。《周易·系辞传》记载:"乾道成男,坤道成女",虽然认为男女是人类的两个部分,但他们有各自不同的作用和分工,生儿育女是女性的主要职责。"不孝有三,无后为大",这里的后指的是男孩,"产男则相贺,产女则杀之",女性进一步沦为了生育的工具。"男人是社会的,女人只是家庭的",妇女从事的主要是家务劳动和生育活动。这种男主外女主内的角色分工把妇女禁锢在家中,操持家务、相夫教子,不能参与社会活动和社会公共事务。

3)女子无才便是德的精神钳制

在原始社会,人与人之间是平等的,教育也不例外。"举凡争取生存和延续种族所必需的知识、技能、风俗习惯,均是每个社会成员必须掌握的,都是教育的内容。"[4]然而进入阶级社会后,教育成为男人的专利。学校教育产生之初就把女子排斥在大门之外,即使是女子接受的家庭教育等非正规教育也是学习如何成为家庭中合格的女性角色,其目的也是为了维护封建的宗法和礼教,是政治专制和等级制度的反映。这种服从的奴性教育压抑了妇女的精神,而来自于精神上的压制更加强化了妇女的被束缚地位。

3. 女权运动的兴起和妇女的解放

在欧洲,从中世纪后期起,开始出现了女子学校的萌芽。16世纪至17世纪中叶的文艺复兴不仅是人类思想的解放,更使妇女在一定程度上摆脱了传统观念的束缚,迎来了妇女史上的黎明。宗教改革运动促进了妇女思想的解放,她们开始更多地参与到社会生活中去。18世纪的工业革命对妇女地位的转变具有更加重要的意义,大机器生产动摇了男性体力的强势地位。无论男女老少都可以参与到社会生产当中来,只不过"仅仅因为他们的性别和年龄的不同而需要有多寡不一的费用罢了"[3]。女工因为廉价而被广泛接受,妇女开始真正走出家庭,走上社会的舞台。诚如恩格斯所言:"妇女解放的第一个先决条件就是一切妇女重新回到公共的劳动中去。"[5]妇女的劳动社会化不仅为他们经济上获得独立提供了条件,也使她们走出了家庭的私人环境,在社会化的生产过程中结成了各种社会关系,从而造就了一批妇女运动的先驱。她们在工业革命和启蒙思想影响下,争取自由和独立,要求与男子一样平等地享有政治、经济、文化教育等各方面的权利。女权运动以争取男女平等权利为核心,旨在消除性别方面的一切不平等。经过一代又一代人的努力奋斗,不仅形成了具有一定影响的女性主义理论,也使妇女的社会地位得到了卓有成效的进步与提高。

在中国,妇女在漫长的封建社会中承受着被压迫、被奴役的命运。历经数代王朝更迭、统治政权的变迁,对女性的欺压和歧视一再承继和发展。其间也伴有妇女对所受压迫的反抗和斗争,如近代农民运动中,妇女的社会地位有过变化,但却没有根本的改变。马克思指出:"某一个历史时代的发展总是可以由妇女走向自由的程度来确定……,妇女解放的程度是衡量普遍解放的天然标准。"[5]近代以来,我国妇女社会地位经历了3次大的变革,才使妇女得到了真正的解放。一是"五四"运动前后,女性问题抛出了反封建的宗旨,企图通过解放女性撼动封建意识形态,瓦解以夫权家庭为基础的传统社会结构;二是新中国诞生后,社会主义革命的成功使女性的社会地位发生了质的变化,由"家庭中人"变成了"社会中人";三是改革开放以来,在20世纪80年代后期,与经济体制改革相伴随,中国女性的社会地位呈现出了新的特点[6]。

8.1.2 妇女社会地位的现状

1. 构建衡量妇女社会地位的指标体系

妇女的社会地位是一个受多种因素影响并制约的复杂社会问题。要想客观、公正地认识妇女的社会地位,就要在科学思想和原则的指导下,构建一套衡量妇女社会地位的指标体系。这就要对妇女社会地位的概念、内涵、历史沿革、重要意义有一个清楚的认识,并要明确妇女社会地位的组成部分。

1)妇女社会地位指标体系的构建原则

构建妇女社会地位的指标体系应遵循以下几个原则。

(1)目的原则。目的不同则指标不同。妇女社会地位的指标体系分为不同的层次,如总体层次和各组成部分的分体层次。不同层次、每一层次既组成一个有机的整体,又有各自不同的指标要求。

(2)比较原则。在一定的社会历史时期,妇女社会地位的高低是与男性相比较而言的,如果没有男性群体作为参照,就不能真正了解妇女的社会地位。同时,比较的原则也指伴随社会发展进程的不同社会历史发展阶段的前后比较。

(3)全面的原则。只有深刻剖析妇女社会地位的内涵并详尽其各个组成部分,才能了解妇女社会地位的全貌。但又不能把所有的指标杂乱无章地罗列,也不可能对所有的指标穷尽。因此,应在尽可能全面的基础上,兼顾重要性、系统性和可行性三个要求,也就是要在层次划分全面的基础上,选取具有可操作性的、意义重大的、相互之间具有一定逻辑关系的指标。

2)国际上对妇女社会地位评价的指标建构

1988年在加拿大举行的"世界生产力科学联盟第六届大会"提出衡量妇女社会地位的指标,包括对待男女婴的态度、男女青少年入学比例、男女青年就业比例、妇女在国家机构重要领导岗位上的重要职务中的比例、妇女在家庭中的地位、妇女个人财产在社会财富中的比例[7]。

1995年联合国考察世界妇女地位时,构建了两个指标来反映两个不同的方面[8]。第一个是性别发展指标(Gender-related Development Index,GDI),用3项指数来比较男性和女性,即平均预期寿命、教育程度和收入水平。这3项指数经常被用来考察全球女性的地位。挪威、瑞典、芬兰和丹麦在这项测量中所获得的分数最高。第二个指标是性别权力测量(Gender Empowerment Measure,GEM),主要针对权力议题,由3项指数构成:女性在国会议席中的比例,女性在行政、管理、专业和技术性工作中的比例,获得工作和工资的途径。北欧四国在这项指数上的得分仍然很高,此外,加拿大、新西兰、荷兰、美国和奥地利也较高。采用性别平等的两个指标可以对妇女社会地位有一个全面、客观、深入的认识、理解和把握。例如,在希腊、法国和日本等国,GDI的得分很高,但GEM的得分却相当低,也就是说,这些国家的女性虽然在平均寿命、教育程度和收入3项指标表现不俗,但是无法获取更多的权力。这两个指标还显示,富裕国家的 GDI 得分高于发展中国家,而一些发展中国家的 GEM 得分却高于富裕国家,说明 GEM 得分与国家的富裕程度无关。

阅读资料

亚太女性社会地位调查　泰国最高中国第三

据韩国《朝鲜日报》报道,万事达信用卡国际最近以亚太 13 个国家女性的社会地位进行了调查,调查显示,中国女性地位较高,在 13 个国家中占第三位。

据介绍,调查内容包括女性劳动参加率、受教育程度、进入管理层的比率、平均收入等 4 个项目。调查中,把男女得到平等待遇的状态定为 100 分,然后对各项目所得分数进行综合并计算平均值。结果发现,泰国以 92.3 分居榜首,马来西亚(86.2)和中国(68.4)分列第二、第三位,韩国排倒第一。韩国在这 4 个项目中,只有在女性的劳动参加率上高于平均分(72.8 分)。

万事达信用卡国际的经济咨询委员亨德里克表示:"在所有经济领域中,女性的参与范围越大,实现高经济增长率的可能性就越大。在商业和劳动市场上,没能充分利用女性才能的社会和经济体制将会付出代价。"

资料来源:[2005-03-27] http://news.sina.com.cn/w/2005-03-27/09475475437s.shtml.

分析计论

根据以上材料,分析我国妇女社会地位状况。

2. 中国妇女社会地位的现状

我国学者虽然对妇女社会地位与男性群体相比较而言上达成共识,但对其组成部分却意见不一,有的认为包括政治、经济、文化、家庭等方面;有的认为应涵盖法律地位、政治地位、经济地位、教育地位、婚姻家庭地位以及女性的社交权和发展权等;还有的认为妇女社会地位的内容应从以下几个方面界定,即政治地位、经济地位、劳动地位、教育地位、健康地位、婚姻家庭地位等。在对妇女社会地位构建指标体系时,大都从总体和分体两个层面进行的,但是对各个分体层次的确定却存在着不同的划分。单艺斌的《女性社会地位评价方法研究》中从总体和分体两个方面进行分析,分体包括政治地位、经济地位、教育地位、婚姻家庭地位和健康地位等 5 个方面;崔凤垣等主编的《妇女社会地位评价指标体系研究》中也是从总体和分体两个方面进行的,分体包括政治法律地位、经济地位、教育地位、婚姻家庭地位、健康地位等 5 个方面;全国妇联和国家统计局 1990 年联合组织实施的建国以来首次中国妇女社会地位调查的指标体系包括法律权利、生育与健康、教育、劳动就业、社会参与和政治参与、婚姻与家庭、自我认知与社会认同、生活方式 8 个方面,2000 年联合组织实施的第二期中国妇女社会地位调查是从经济、政治、教育、婚姻家庭、健康、生活方式、法律、社会性别观念等 8 个方面进行的。经过对妇女社会地位研究状况的整理,本书从以下几个方面认识中国妇女社会地位的现状。

1）政治地位

阅读资料

在一次对修复运输路的讨论中，村民们在文化室集合，妇女们很自然地坐在最角落的位置，男性则围坐成一圈自顾自地讨论，妇女们也在小声地议论着什么，于是我们邀请妇女发表意见，可是妇女们还没发言，一个男性村民就说"别叫她们讲了，她们哪样东西都不懂。"妇女们听他这么一说，就没有人说话了。

资料来源：王肖静.社会排斥：农村社区能力建设中的妇女贫困问题研究[J].社会工作（学术版），2006(11)（下）.

在这个资料中，可以清楚地认识到我国妇女的政治地位如何，尤其是农村妇女，不但其自身的政治参与意识较弱，而且还会招致男性的排斥。我国妇女的整体政治地位如何呢？随着我国社会的发展和进步，我国妇女的政治参与程度也得到了不同程度的提高。

妇女的政治地位是指妇女在国家政治生活中所处的位置，可以从妇女政治参与、决策程度方面反映出来。政治地位体现了妇女对国家政治生活和社会事务管理的程度，是妇女社会地位高低的集中体现。

（1）全国人大代表中的女代表人数不断增多，在国家和社会事务管理中发挥着越来越重要的作用。列宁指出，政治中最本质的东西即进入国家政权机构。全国人民代表大会是我国政权组织形式，国家非常重视妇女在各级人民代表大会中的重要作用，1995年的《选举法》规定：全国人民代表大会和地方各级人民代表大会的代表中，应当有适当数量的妇女代表并逐步提高妇女代表的比例。十年来，女性参与地方人民代表选举的比例达到73.4%，男性为77.6%，性别差异较小。1998年第九届全国人大的女代表比例比1954年第一届高出了10个百分点。第十届全国人大会议女代表占代表总数的20.2%；女常委占全国人大常委总数的13.2%，比上届增长0.5个百分点。

（2）越来越多的妇女加入中国共产党和各民主党派，发挥了重要的执政和参政议政作用。妇女在中共党员中占有了一定比例。2004年，中共女党员人数为1 295.6万人，占党员总人数的18.6%，比1995年增长了3个百分点。中共十六大中女性代表占18%，比上届提高了1.2个百分点；十六届中央委员会中，女性占委员和候补委员的7.6%，比上届提高了0.3个百分点。在8个民主党派中有7个党派女性比例超过30%。十届全国政协一次会议委员和常委中的女性分别占16.7%和11.7%，比上届一次会议提高了1.2和1.7个百分点。

（3）女干部数量逐渐增多，层次也有了较大的提高。截至2004年底，县处级和地厅级干部中女干部分别占同级干部总数的16.9%和12.6%，比1995年增长了4.3和4.5个百分点；省部级以上女干部占同级干部总数的9.9%，比1995年增长2.8个百分点。2003年，全国新录用公务员的女性比例为27.8%，中央国家机关新录用公务员中的女性比例达到37.7%。此外，中国还重视少数民族女干部的培养，提高少数民族妇女的参政能力。

（4）基层妇女参政水平不断提高。2004 年,女性居委会委员达 23.7 万人、村委会委员达 44.3 万人,分别占居委会和村委会委员总数的 55.8% 和 15.1%。还有一批女性担任居委会主任和村委会主任。

通过以上的数据[9]可以看出,从不同历史时期的纵向比较上,女性的政治地位有了很大的提高,但与男性的横向比较,差距仍然很大。女性的参政意识不高,参政比例较低,参政人数较少,参政层次较低,参政职务多为辅助性角色。原因主要有 3 个方面:一是女性自身素质较低,二是外在社会制度的影响,三是传统的性别偏见仍然存在。

2）经济地位

妇女经济地位是指妇女在社会经济活动中所处的位置,是提高妇女社会地位的物质前提,可以从就业状况和收入状况两个方面反映出来。经济地位是妇女社会地位提高的物质基础和保障。

（1）就业状况。首先,妇女就业自主性增强。近年来,随着市场就业机制的确立,政府制定和执行扶持妇女自主创业政策,在税费减免、小额贷款等方面给予优惠。2000 年,妇女自己创业的比例达 21.4%,比 1990 年提高了 17.1 个百分点。目前,以中小企业家为主的女企业家已占中国企业家总数的 20% 左右,其中有 60% 是近十年创业成功者[9]。下岗女职工大多也通过自己的努力实现了再就业。其次,就业层次有所提高。随着科技发展、市场经济体制建立,女职工向上流动的机会增多。2000 年城镇在业女性中,各类负责人占 6.1%,比 1990 年增加了 3.2 个百分点;各类专业技术人员占 22.8%,比 1990 年增加了 5.4 个百分点。再次,就业结构有所改善。第三产业成为女性就业的主渠道,2000 年城镇女性商业服务业人员的比例为 30.8%,比 1990 年增加了 7.1 个百分点[10]。越来越多的女性进入计算机、通信、金融、保险等新技术行业。

（2）收入状况。建国后,为了大规模的社会主义建设,大量的妇女参与到社会生产劳动中来,但长期实行的却是低工资待遇,与男性同工不同酬。随着社会的发展和社会主义市场经济体制的建立,妇女的工资收入不断增长,福利待遇也有了明显的提高。她们从依赖丈夫到经济独立,不仅摆脱了经济上对男性的从属地位,也和男性一样成为家庭的主要供养者。1997 年国家统计局的调查资料表明,两性收入差距随着经济发展状况和个人教育投资的提高在逐步缩小。同时呈现出几个特点。一是性别差异。虽然妇女的收入不断增加,但仍与男性存在差距,据 1988 年劳动部和 1991 年社科院人口所的调查,1978 年 7 月,女职工人均月工资为 48.3 元,男性则为 61.1 元;1988 年 7 月女性为 138.8 元,男性为 164.3 元;1991 年女性为 193.7 元,男性为 231.2 元。由此说明,女性的收入增长速度尽管比男性高,但实际收入仍低于男性。二是地区差异。西部地区女性收入是男性的 77.8%,中部为 76.5%,东部为 78.0%。三是学历差异。不识字女性收入是同等程度男性收入的 61.7%,小学学历为

75.6%,大专学历为 92.8%,硕士研究生学历则两者几近相等[6]。四是城乡差异。城市高于农村、男性高于女性、城市女性高于农村女性。据全国妇联 1990 年的调查,城镇男性月收入均值为 193.15,女性则为 149.6 元,农村男性为 126.5 元,农村女性则为 102.92 元[6]。五是年龄差异。女性经济地位的提高主要表现在中青年群体上,她们中有些人的实际收入接近于同龄男性,有的甚至高于男性。年龄越大的妇女,她们的收入越低于同龄男性,越接近退休年龄,女性与男性的收入差距反而不断扩大。因此,中老年妇女、低文化妇女、农村妇女的经济地位应受到关注。虽然妇女的就业率不断上升,但社会上在就业领域对女性的排斥和歧视依然存在,女性找工作难或只能在传统或次级产业就业,单位招聘时要男生不要女生,限制女职工生育的潜规则,"干得好不如嫁得好"、"让女人回家"的回潮,仍有很多妇女从事的是低技术、低收入、无保障的服务业,而加大了男女之间的职业隔离。这些现实无不说明真正实现妇女与男性平等的经济地位仍然任重道远。

3)教育地位

妇女的教育地位是指女性人口总体在国家教育活动中所处的位置,可以从教育机会、教育层次和水平等方面表现出来。妇女的教育地位对其经济地位、政治地位等具有重大的影响,因此在妇女社会地位指标体系中占据重要地位。

(1)教育机会增加。法律上对妇女的平等教育权利的规定在现实中能否得到实现就要从教育机会的获得上来判断。首先,女性文盲率逐年下降。建国前因为经济文化的落后,我国女性的文盲率高达 98%。建国后,在"时代不同了,男女都一样"、"妇女能顶半边天"的政策倡导下,经过积极的扫盲工作,到 1982 年,女性的文盲、半文盲率下降到 45.23%,1997 年下降到 23.24%[11]。2004 年,全国城镇地区 15 岁及以上女性文盲率为 8.2%,比 1995 年下降了 5.7 个百分点。农村地区 15 岁及以上女性文盲率为 16.9%,比 1995 年下降 10.5 个百分点[9]。但同期男性文盲、半文盲率下降速度快于女性,女性文盲、半文盲人口为男性的两倍半左右,说明我国女性接受教育的机会远少于男性。具体有以下特点:一是年龄差异,年龄越大文盲率越高。1995 年,45 岁以下女性文盲率低于平均水平,而 65 岁以上男性 83% 是文盲、半文盲,是平均水平的 3.47 倍。二是城乡差异,由于经济发展水平落后和"重男轻女"思想严重,农村女性教育机会少于城市女性。1997 年,全国城市女性文盲、半文盲率是 14.01%,而农村为 28.35%,是城市女性文盲率水平的两倍多[11]。三是地区差异,经济、文化较为发达的沿海地区和东北地区,文盲率较低,而西南、西北地区的文盲率较高。但一个不容忽视的现象是经济发达地区,女性相对于男性的文盲较多,说明各地区依然普遍存在着男女不平等现象,而且男性大多占有了因经济发展而增加的教育机会。其次,女童教育成效显著。新中国成立时,全国女童入学率只有 15%,建国后,我国政府非常重视女童教育,男女儿童入学率差距逐年缩小。据 1995 年全国教育事业发展统计公报,男女童入学率分别为 98.9% 和 98.2%。2004 年,男女童入学率分别为 98.97% 和 98.93%,性别差距由 0.7 个百分点下降到 0.04 个百分点。"希望工程"和"春蕾计划"使大量的失辍学女童重返了校园。

（2）教育层次和水平有所提高。在如今知识、科技、信息为主宰的现代社会，一个人所受教育程度越高，其生存的竞争能力越强，其向上发展流动的可能性越强，也越能获得较高的声望。因此，女性的受教育程度在一定程度上反映了女性的社会地位。首先，初等教育。1982 年具有小学和初中文化程度的女性占全部女性人口的30.85% 和 13.53%，1990 年占 36.44% 和 18.92%，1995 年 1% 抽样调查具有小学和初中文化程度的女性人口比率是 42.32% 和 25.49%。2004 年普通初中在校女生比例为 47.4%。其次，中等教育。1982 年具有高中文化程度的女性占全部女性人口的5.22%，1990 年占 6.40%，1995 年 1% 抽样调查具有高中文化程度的女性人口比率是 7.59%。2004 年普通高中在校女生的比例为 45.8%，中等职业学校在校女生的比例达到 51.5%。再次，高等教育。1982 年具有大专及以上教育的女性占女性总人口的 0.32%，1990 年占 0.87%，1995 年 1% 抽样调查具有大专以上学历的女性人口比率是 1.61%[11]。2004 年全国普通高等院校在校女生为 609 万人，占在校生总数的 45.7%，比 1995 年提高 10.3 个百分点，女硕士和女博士的比例分别达 44.2% 和31.4%，比 1995 年提高了 13.6 和 15.9 个百分点。最后，成人教育及终身教育。据第五次全国人口普查数据，中国妇女的平均受教育年限为 7.0 年，比 1990 年增加了1.5 年，性别差距缩小 0.5 年。2004 年接受函授、夜大等成人高校教育的女性有 209万人，占学生总数的 50%[9]。2000 年具有高中以上教育程度的女性中，有 26.8% 的人最高学历是通过成人教育获得的，比男性高 2.2 个百分点。有 13.5% 的女性参加了某类培训或进修，40 岁以下的城镇女性参加培训的比例达 26.1%，城市女性进行专业职业培训，农村妇女进行实用技术培训[10]。建国后尤其是改革开放以后，随着我国经济的飞速发展和传统性别观念的改变，妇女的教育地位发生了质的飞跃。女性文盲率不断下降，女童入学率持续上升，各级各类学校在校生中女生比例均有大幅度增加，尤其是女性高等教育更是得到了快速的发展。在为这些成绩而欣慰的同时，我们也清醒地认识到问题的存在：两性之间差距依然存在，在同等条件下女性教育机会往往低于男性，教育层次越高性别之间的差距越大；女性的受教育程度低，2000 年中国妇女平均受教育的年限仅 6.5 年，小学以下文化程度的女性占 58.8%，比男性高 21.9 个百分点；女性群体内部也存在城乡、地区、代际的不均衡现象；农村贫困地区的女童、因父母务工而进城的"流动女童"和"留守女童"的教育仍存在很多的问题。

4）婚姻家庭地位

阅读资料

2004 年我和村民一起过春节，大年三十晚上吃团圆饭时发现坐在桌子旁边吃饭的除了我是女性外，其他全是男性村民，我邀请在厨房忙活的妇女一起来吃，她们很婉转地回绝了我，叫我赶紧吃，还频频地站在旁边帮我夹菜添饭，给男人倒酒，一直等到我们吃完她们才在厨房吃。这件事让我很震惊，后来经过调查了解到，本地的妇女是禁止与男性一起上桌吃饭的，尤其是有客人在的时候，平时有外人来村子，妇女都会躲到屋子里去。

资料来源:王肖静.社会排斥:农村社区能力建设中的妇女贫困问题研究[J].社会工作(学术版),2006(11)(下).

通过这个资料，可以看出我国妇女在婚姻家庭中的地位如何。尤其是在农村地区，男性的权威更是得到不容置疑的尊崇。但是随着我国社会文明程度的不断加强，我国妇女在婚姻家庭中的地位也会得到改善和提高。

妇女婚姻家庭地位是指妇女在婚姻家庭活动中所处的位置，包括妇女在婚姻选择中的自由程度、妇女在家庭中的角色地位、妇女对家庭资源的享有和支配程度、妇女对家庭事务的决策权利等多个方面。妇女的婚姻家庭地位是妇女社会地位的重要组成部分，可以从婚姻自主程度、家庭角色地位和家庭事务决策权利几个方面体现出来。

(1)妇女的婚姻自主程度日益提高。首先，妇女婚姻的自主抉择程度提高。据社科院1991年的调查，城市中女子能够自己决定和自己认同由父母决定的比率合计99.40%，农村为98.56%。另据从6省市的抽样调查，由父母决定婚姻者(自己也同意)，城市仅为4%，农村为28%。婚姻自主程度上仍存在着城乡差异和性别差异，城市中男性达95.54%，女性为94.64%；农村男性达78.97%，女性为70.88%[6]。其次，对早婚、离婚和再婚的认识改变。女性早婚现象有所改善，1982年法定婚龄前(5～19岁)女性婚龄前未婚比率为96%，男性为98%；1996年女性为98%，男性为98%[11]。由于长期封建枷锁的束缚，决定了妇女人身和经济上对男性的依附和从属地位，"好女不侍二夫"是妇女婚姻的写照，妇女没有离婚、再婚的权利，只能固守着不幸的婚姻。《婚姻法》中规定了婚姻自由，包括结婚自由和离婚自由两个方面，女性开始走出"从一而终"的藩篱，追求高质量的、幸福的婚姻。

(2)妇女的家庭角色地位有所改变。首先，生育者角色的改变。"传宗接代"、"多子多福"的传统习俗把女性作为了生育的工具。由于延续香火只能由男孩来承担，女性如果不能生育或生育女孩，不但女孩可能被扼杀，妻子也会遭遇丈夫、公婆的冷落甚至遗弃，成为家族的罪人。计划生育基本国策的实施和晚婚晚育的提倡，妇女从生育的重负中逐渐走了出来，10年来，总和生育率(即在育龄期间，每个妇女平均的生育子女数)保持在较低水平，2004年为1.8。"生男生女都一样"的宣传使"生育偏好"有所改变，女孩获得了家人的认可。其次，家务劳动者角色的改变。"男外女内"的传统性别角色分工使妇女被限定在家中整日围着锅台转，"内人"、"家庭主妇"的称谓说明了妇女的职责就是要服侍好丈夫、照顾好孩子和老人。由于家务劳动的不计报酬，虽然妇女辛苦有加，却不能摆脱对丈夫经济上的依附，正所谓"嫁汉嫁汉，穿衣吃饭"。工业革命后妇女虽然走出了家庭，参与了社会劳动，但承担着社会劳动与家务劳动的双重负担的妇女要去与男性竞争，使她们不堪重负。随着社会的发展，男性的观念开始转变，主动承担家务的比例有所上升，"家庭妇男"不再令男人不堪。

《当代中国妇女社会地位调查》指出,有48.15%的男性和51.21%的女性被调查者对"男人以社会为主,女人以家庭为主"的看法不赞成或表示怀疑。据陶春芳对11个省市的抽样调查,男性平均每天的家务劳动时间在2小时以上。沙吉才对6省市的抽样调查指出,丈夫平均每天的家务劳动时间比妻子少1小时。城市男性(41%)承担家务要高于农村男性(18.3%)。伴随着家用电器的普及化和家务劳动的社会化,妇女家务劳动重负会有所减轻。

(3)妇女有了更多的家庭事务决策权。由于传统的大男子主义思想的影响,男性一般把握家庭事务的决策权。女性参加了社会劳动后,伴随着经济上的独立,女性对家庭事务的决策上有了更多的参与权,家庭收入管理也趋向于夫妻共同管理,改变了男性独揽的局面。据第二期中国妇女社会地位的抽样调查,在家庭投资或贷款和买房、盖房等决策上,妻子参与决策的比例为60.7%和70.7%,比10年前提高了10.2和15.1个百分点。多数女性自主消费权提高,有88.7%的女性表示可以自主"购买个人的高档商品"[10]。据《当代中国妇女地位抽样调查》,家庭收入共管型城市占76.20%,农村占80.99%;城市中妻子管理者占10.25%,丈夫仅占3.79%,农村妻子管理者占6.94%,丈夫占10.21%,这说明夫妻之间管理权日趋平等与民主;城市中妻子的支配权大于丈夫,农村中丈夫的支配权仍大于妻子。

通过上面的分析可以看出,妇女在婚姻家庭中的地位有了显著的提高。同时一些问题依然存在。一是女性的家务劳动依然很重,承受家务与工作的双重压力。93%以上的女性要花近3个小时做饭和洗衣,有62%花约2小时照料孩子,花1小时左右辅导孩子。二是女性家庭地位仍受制于收入与男性相比较低的影响。妻子的月平均收入与丈夫相比较低,城市为85%,农村为60%[6]。三是传统的男性统治和生育观念还没有完全杜绝,尤其是农村地区,子女的发展甚至妻子自身的发展有时仍取决于丈夫。四是女性自身的素质仍有待于提高。

5)健康地位

在生产力发展水平较低的时期,人们对健康的认识仅限于身体方面,"无病即健康"。世界卫生组组织在1946年给健康的定义为:健康不仅仅是没有疾病和衰弱现象,而是身体上、心理上和社会适应上的完好状态。妇女的健康地位是指与男性相比较而言,妇女在身体、社会、心理等各方面的状况,是妇女社会地位的一个有机组成部分,可以从身体健康和社会心理健康两个方面体现出来。

(1)身体健康状况。首先,身体的解放。在传统封建文化的桎梏下,为了增强女性的依附地位,社会上广泛宣扬女性"柔弱为美"论。更有甚者发展为对女性身体的摧残,掀起了一场轰轰烈烈的"裹小脚"运动,"三寸金莲"成为女性健康的标尺。解放后,随着法律的制定、政策的颁布和社会宣传活动,裹脚陋习从根本上得到治理,对女性健康的评判尺度才能从正确的视角去判断。其次,死亡率下降。旧社会由于妇女低下的社会地位和落后的医疗卫生水平,妇女身体健康受到严重摧残,因生育而致的疾病和死亡居高不下。同时受传统"男孩偏好"的影响,女婴死亡率很高。随着社会经济发展,卫生保健事业的加强,联合国儿童基金会《世界儿童状况》显示:1991 年时,我国 5 岁以下女童死亡率是 37‰,低于一般发展中国家,高于发达国家。从全国统计资料看,1990 年女性死亡率为 5.8‰,男性为 6.6‰;1995 年女性为 5.9‰,男性为 7.0‰。表明我国女性的死亡率显著下降。再次,人口平均预期寿命延长。人口平均预期寿命是国际上常用的评价人口健康水平的指标。我国解放前是 35 岁,1981 年为 67.88 岁,其中男为 66.4 岁,女为 69.35 岁;1996 年为 70.80 岁,其中男为 68.71 岁,女为 73.04 岁[6]。女性平均预期寿命的增长速度快于男性,并有高于男性的趋势。最后,生殖保健加强。随着我国医疗卫生事业的飞速发展和《妇幼保健法》的实施,孕产妇死亡率由 1949 年的 1500/10 万降至 1995 年的 61.9/10 万,该水平低于非洲各国和美洲大部分国家,在亚洲也处于较低水平[12]。

(2)社会心理健康。心理健康是指一种高效而满意的、持续的心理状态。包括无心理疾病和具有一种积极发展的状态。由于生产力水平和认识程度的限制,人们对身体健康关注较多,对心理健康则不太重视。近几年来,伴随着自杀、行为异常、偏执及抑郁等现象的不断增多,心理健康开始引起人们的重视。首先,自杀状况。据卫生部 1992 年的统计资料,无论农村还是城市,15~49 岁各年龄组的自杀死亡率女性普遍高于男性。尤以 20~24 岁女性最高,说明了女性对待恋爱、婚姻的态度和承受能力。农村女性的自杀率普遍高于城市女性。其次,对待家庭暴力的态度。在传统性别角色地位的影响下,妇女往往成为丈夫的施暴对象,她们往往是逆来顺受,更加剧了她们的不利地位。据 1990 年全国妇联和国家统计局的调查,有 0.9% 的女性经常挨丈夫的打,8.2% 的女性有时挨打。并且实施家庭暴力的趋势已由农村发展到城市,由文化低层次家庭发展到文化程度比较高的家庭,由男性对女性和孩子的施暴发展到女性对男性的以暴制暴和女性对孩子的暴力。这样的情况都是心理问题的体现,这样的家庭环境对女性的健康成长极为不利。

随着医疗卫生技术的发展和相关法律法规的颁布,妇女的健康地位不断得到改善和提高。但同时也存在一定的问题:一是在一些地区,女婴的死亡率仍然很高,如广西男婴的死亡率为 33.10‰,女婴则高达 55.40‰[13];二是地区发展的不均衡,据 1995 年的统计资料,经济发达地区与相对落后地区的人口平均预期寿命最大差距可达 12 岁,尤其在西北、西南等经济落后地区,女性的健康状况应加以重视;三是城乡差异较为显著,农村女性死亡率远高于城市,如 1997 年城市女性死亡率为 4.52‰,而农村则高达 6.37‰[11];四是家庭暴力对妇女身心健康的影响巨大,更严重者可以导致心理失常和精神崩溃;五是女性的生育权和生育保险没有落到实处;六是拐卖、嫖娼、卖淫等现象及艾滋病的扩散还在摧残着女性的身心健康。

妇女的社会地位不仅反映着妇女的解放历程,反映着人类的解放进程,也反映着一个国家、一个地区的经济发展和社会文明与进步的程度。新中国成立后,经过半个多世纪的努力,我国妇女的社会地位发生了翻天覆地的变化,有了极大的提高。从妇女社会地位总体上来看是不断提高的,妇女的政治地位、经济地位、教育地位、婚姻家庭地位、健康地位都有了很大程度的改善和提高,其中教育地位、经济地位、婚姻家庭地位等方面进步较大,成就较为明显。但我国妇女社会地位还存在着一些不尽如人意的地方,如性别差异、地区差异、年龄差异、城乡差异等仍然存在,差距还很大,尤其是政治地位方面体现得更为明显。要想使妇女社会地位真正得到提升,发挥她们在社会生产生活和发展中的积极作用,就必须在政治法律保障的前提下,使她们获得人格身份上的独立,取得经济上的自主,提高受教育的程度,获得婚姻家庭中的主体地位、增强身心的健康。因此,妇女权利的保护对其社会地位的提高起着重要的作用。

阅读资料

全国妇联和国家统计局联合组织实施了第二期中国妇女社会地位的全国性的大型抽样调查,调查告诉我们:人们的精神生活满意度低于物质生活满意度。

随着我国社会经济的飞速发展,人们的物质生活水平有了很大的提高,本次调查的数据显示,有76%的被访者对自己的"衣食住行等物质生活"感到满意,其中20.3%的人感到非常满意。相对于物质生活的高满意度,人们对于自己目前的精神文化生活以及受教育程度的满意度则低一些。67.4%的人对于自己的精神文化生活感到满意,而对于自己目前的受教育程度感到满意的人则不到一半,仅有47.5%,是人们生活状况自评满意率最低的,在52.5%自我感到不满意的人中,有13.9%的人对自己目前的受教育程度感到"非常不满意"。

家庭生活满意度高于社会地位满意度,77.1%的人对自己的社会地位感到满意,18.2%的人不太满意,2.7%的人表示对自己的社会地位"很不满意"。92.8%的人对自己在家庭中的地位感到满意,其中感到非常满意的占39.8%。与人们对自己在家庭中地位的高满意率相对应,大多数人对于自己目前婚姻状况的满意率也非常高,达到了94.5%,并且45.7%的人感到对自己目前的婚姻非常满意,婚姻状况的满意率在基本生活状况满意度的自我评价中高居榜首。幸福美满的婚姻生活是高质量个人生活的核心,而在这些婚姻基础上构建起来的和谐美满的家庭则是支撑我们整个社会健康稳定发展的坚实基石;从此意义上来说,这个数字让人们充满了信心。

1. 旧观念遭遇挑战

观念一:"男主外,女主内"。

这种观点的支持率超过了一半,并且在农村的认同率远高于城市,男人比女人更认可这种社会角色分工。而在城市女性中62.7%的人不认同这样一种角色划分,这与城市女性自身具有较强的自我发展意识和空间是密不可分的。

观念二:"干得好不如嫁得好"。

这一观念对女性的影响是:女人依靠婚姻来获取社会资源和地位要比依靠自己的努力可行。在调查中发现,同意这一观念的女性比例在城乡均要高于男性,其中农村女性的认可率最高,达到了38.5%,城市女性的这一比例为33.7%,城市男性中有31.4%的人同意这一观点,农村男性同意这种观点的比例最低,为29.8%。这种观念在女性群体中获得如此高的认可,会对妇女自身的发展产生一种负面效应,它强化了女性依附于男性的思想,在一定程度上削弱了女性作为独立个体的自我奋斗意识,这很不利于妇女自立自强。

观念三:"没有孩子的女人不是一个完整的女人"。

在我国,生儿育女一直被看做是女人的本分,是其最基本的责任。在本次调查中我们发现,对于"没有孩子的女人不是一个完整的女人"这种看法,只有1/4的人明确表示同意,而不太同意和很不同意这种看法的人约占70%,说明人们对于女性和生育之间的关系有了较为宽松和开明的态度。

2. 新问题各执一词

问题一:在政府高层领导中,至少应有30%是女性吗?

对于"在政府高层领导中,至少应有30%是女性"这种提法,75%左右的人表示赞同,其中35%的人非常赞同这一主张,10.7%的人表示不赞同,还有14%左右的人对此没有明确表态。而对于"经济发展了,妇女地位自然就会提高"这样一个判断,近3/4的人表示认同,18.3%的不这样看,还有8%左右的人则感到这一判断似乎有些似是而非,选择了"说不清"。社会对男女两性社会角色的期望和规范,直接影响着男性与女性在社会经济生活中的行为方式和角色定位。调查结果表明,一些传统的社会角色规范逐渐被人们所抛弃,但一些传统观念仍然还有一定的市场。

问题二:"婚外情"可以原谅吗?

对于"配偶在性关系上的偶尔失误可以原谅"这种较为宽容的处理方式,只有一半左右的人表示可以接受,1/3左右的人则表示不能接受,其余的人则是一种很矛盾的"说不清"的态度,这说明人们对于性这方面的问题在处理上还存在着较大的争议。对此问题,男性和女性之间、城市和农村之间的看法差异并不大。

问题三:"丈夫应该承担一半的家务劳动"吗?

家务劳动的分工是每一个家庭都要面临的问题,这个问题处理不好往往会引发许多家庭矛盾和纠纷,对于"丈夫应该承担一半的家务劳动"这样一种观点,八成以上的人是表示认同的,并且无论是城市还是农村,女性都更赞赏这样的观点,而在抱消极态度的人中男性更多一些。

资料来源:[2002-06-05] http://news. sina. com. cn/c/2002-06-05/0631596288. html.

分析讨论

根据以上材料,对我国妇女社会地位问题,进行思考和讨论。

通过对全国妇女社会地位的调查数据,可以清楚地看到妇女社会地位改变和提升的轨迹。妇女的物质生活水平有了很大程度的提高,她们也更加追求精神文化生活水平和教育水平的提高。同时,大部分妇女对于自身婚姻家庭地位和社会地位感到比较满意。但该调查还显示,传统性别观念的影响仍然存在,这样不但不利于妇女自身的独立和发展,也不利于社会的文明与进步。因此,对妇女权利的保护仍然具有非常重要的意义。

8.2 妇女权利保护

建国后,我国政府一直致力于妇女的解放和妇女社会地位的提高,颁布了一系列的法律法规并制定了相关的政策来保障妇女权利的实现。在对妇女社会地位现状的剖析中,可以看到妇女在政治、经济、教育、婚姻家庭和健康等各个方面的地位都有了很大程度的提高,引起了世界的瞩目。我国妇女在国家社会生活中的地位越来越重要,在社会主义现代化建设中也发挥着越来越重要的作用。但同时还清醒地认识到在妇女社会地位的各个层面,女性与男性之间仍然存在着很大的差距,社会上依然存在着对妇女的歧视和排斥,很多妇女仍处于弱势和不利境地,因此,应切实采取措施对妇女权利予以保护。

8.2.1 妇女权利的国际保护

联合国自成立之初就致力于提高妇女地位、促进男女平等。经过半个多世纪的不懈努力,通过了一系列的国际公约、召开了一系列的国际会议,在促进妇女解放、提高妇女地位和加强妇女权利保护等各方面都做出了卓越的贡献。

在1945年的《联合国宪章》中开宗明义地提出:基本人权的信念……男女权利平等的信念。为了促进妇女的政治、经济及社会权利,成立了联合国妇女地位委员会。1948年的《世界人权宣言》中进一步阐明:人人有资格享有本宣言中所确立的一切权利和自由,不分种族、肤色、性别……。1951年通过《同工同酬的公约》。1952年通过的《妇女政治权利公约》中首次在法律上承认妇女享有平等的政治权利,包括选举权。第一次在国际文献中宣布各个成员国在男女平等原则上负有法律义务。1960年通过《关于就业及职业歧视公约》和《取缔教育歧视公约》。1966年通过《公民权利和政治权利公约》和《经济、社会和文化权利国际盟约》,呼吁妇女更多地参与公共生活,实现男女平等。1967年通过的《消除对妇女一切形式歧视宣言》中指出,在法律上和事实上承认男女平等的原则。1975年,在墨西哥城召开第一次世界妇女大会,通过了《实现国际妇女年目标世界行动计划》。同年,联大宣布1985年为"联合国妇女十年:平等、发展与和平"。1979年通过的《消除对妇女一切形式歧视公约》界定了对妇女的歧视:"基于性别而做的任何区别、排斥或限制,其影响或其目的均足以妨碍或否认妇女的人权和基本自由。"1980年,在哥本哈根举行第二次世界妇女大会,审查了"联合国妇女十年"上半年取得的进步,通过了《联合国妇女十年:平等、发展与和平后半期行动纲领》。1985年,在内罗毕召开第三次世界妇女大会,通过了《到2000年为提高妇女地位前瞻性战略》,以平等、发展与和平为总目标,为全世界妇女在2000年之前进一步实现男女平等、参与国家发展、维护世界和平提出了以行动为主,具有目标和措施的方案。1991年在维也纳召开的世界人权大会通过了《维也纳宣言和行动纲领》,承认妇女的权利是普遍人权不可剥夺、不可分割的一个组成部分。同年通过了《消除对妇女暴力宣言》。1994年,在开罗召开国际人口与发展会议,确定增强妇女权力,改善生育健康与权利是解决人口与发展问题的关键。1995 年,在北京举行第四次世界妇女大会,审查讨论了《提高妇女地位内罗毕前瞻性战略》的执行情况,通过了《北京宣言》和《行动纲领》,确定了提高妇女地位的 12 个重大相关领域①。

在以上背景下,世界各国妇女的地位都得到了不同程度的改善和提高。同时问题也依然存在:一是劳工市场中仍然存在着严重的社会性别歧视和隔离,世界银行1995 年和 1996 年的《世界发展报告》表明,不论发达国家还是发展中国家,女性的就业水平普遍低于男性;二是妇女贫困问题日益严重,联合国世界粮食组织与联合国粮农组织以及国际农业发展基金会表示,自 20 世纪 70 年代以来全球生活在贫困线以下的妇女人数已增加了 50%,而生活在贫困线以下男性的增加比例为 30%;三是妇女仍然面临着家庭暴力等暴力威胁,联合国儿童基金会对女性家庭暴力的报告表明世界各地有 20%~50% 的女性遭受家庭暴力或其他性犯罪;四是妇女在教育领域仍处于不利境地,世界文盲的数字展示了妇女教育的不利程度,据估计妇女文盲约有40%,而男子文盲则只有 28%;五是妇女难以平等参与国家高层决策,联合国各国会议联盟公布的一份研究显示,在接受调查的 65 个国家当中,只有 13% 的国会议员是女性。由此可见,妇女权利保护还有很长一段路要走。

8.2.2　我国妇女权利的保护

中国历来重视妇女的解放和发展,是许多妇女权利国际公约的成员国,积极参与妇女权利保护的国际会议,并于 1995 年承办了第四次世界妇女大会。在社会实践中切实采取各种措施,履行自己的承诺,不断提高我国妇女的社会地位。但因为经济发展水平的制约、社会传统观念的束缚、社会制度的影响以及女性自身素质的限制,我国妇女权利保护还存在着形式上与实质上的巨大差距,社会各个领域对妇女的歧视和排斥依然存在。因此,只有正视现实中存在的各种问题并积极采取相关措施,才能切实保障妇女的各项权利,才能促进妇女的真正解放,才能实现男女两性的平等、和谐与发展,才能充分发挥妇女在社会生产生活中的重要作用,才能推进社会的进步、民主与文明进程,才能实现社会的协调、可持续发展。

阅读资料

新中国成立后,我国政府始终把实现男女平等作为我国社会主义建设的一项基本目标。改革开放以来,特别是联合国第四次世界妇女大会后,我国政府认真落实《北京宣言》和《行动纲领》,在推进经济建设、民主法制建设和社会建设的进程中,采取了一系列积极措施,在促进妇女人权方面取得了新的成就。

第一,国家保障妇女人权的责任进一步加强。1995 年我国制定了第一部促进性别平等的行动纲领——《中国妇女发展纲要(1995—2010 年)》。2001 年制定了第二

---

① 邵芬,刘启聪. 妇女权利的国际法保护及其面临的挑战[J]. 现代法学,2002(5).

部《中国妇女发展纲要(2001—2010)》,该纲要提出了 21 世纪头十年中国妇女发展的 34 项主要目标和 100 项政策措施,妇女人权是其中的重要目标。我国政府积极批准和履行联合国有关的人权公约,如 1980 年加入《消除对妇女一切形式歧视公约》,2001 年批准了联合国《经济、社会和文化权利国际公约》,2005 年批准加入了《反对就业/职业歧视公约》,国家保障妇女人权的责任得到进一步加强。

第二,国家保障妇女人权的法律体系不断完善。2001 年修改的《婚姻法》第一次明确写入了禁止家庭暴力的规定,设立了离婚过错补偿制度和对离婚妇女无报酬劳动补偿制度;2003 年颁布的《农村土地承包法》强调了结婚、离婚和丧偶妇女平等获得土地的权利;2005 年新修订的《妇女权益保障法》明确规定了"男女平等是国家的基本国策",强调了反就业歧视、反家庭暴力的规定,第一次明确规定了禁止性骚扰;截止到 2004 年底,全国有 24 个省出台了反家庭暴力条例、意见或办法。

第三,妇女人权保障机制在政府层面和非政府层面得到发展和完善。1993 年国务院妇女儿童工作协调委员会提升为国务院妇女儿童工作委员会;我国已建立了法律咨询中心、妇女儿童法律援助中心等法律服务机构 8000 多个。我国法院系统建立妇女维权法庭 3000 多个。各地司法部门与妇联组织合作,成立"家庭暴力伤情鉴定中心"、"110 家庭暴力报警中心"、"家庭暴力投诉站"、妇女避救站、妇女权益法律援助中心等。2001 年,中国建立了由劳动和社会保障部等 13 个政府部门及全国妇联组成的全国妇女儿童权益协调组。

据统计,到 2004 年我国有 1 万多个非政府妇女组织。妇女联合会作为我国最大的非政府妇女组织,在保障妇女人权方面发挥着重要的作用。比如,建立了妇联干部特邀陪审员和劳动保障法律监督员制度。2005 年全国 31 个省、自治区、直辖市妇联组织全面开通妇女维权和反家暴热线。2000 年,中国法学会启动了"反对针对妇女的家庭暴力对策研究与干预"项目,开办了反对家庭暴力网站和向全国开放的反对家庭暴力资料中心。

正是我国妇女人权保障制度的发展为我国妇女政治、经济、社会和文化等权利的实现提供了根本保障。

资料来源:张晓玲.展示我国妇女和儿童权利保障成就的窗口[N].人民日报,2006-11-24(8).

分析讨论

根据以上材料,说说我国政府在妇女人权保障方面的努力。

1. 妇女政治权利的保护

1)妇女政治权利的保护及意义

妇女经历了男性主宰的漫长历史,被排斥在国家社会事务管理之外,失去了人格身份的独立,沦为男性的附属物。因此,妇女政治权利的享有和行使意义重大,不仅利于他们自身人格独立,真正以主人翁的身份履行自己的权利和义务,而且促进社会的文明、民主与进步,实现社会的可持续发展。

新中国成立之初,男女平等就被写入 1953 年的《中华人民共和国选举法》中。1954 年,我国《宪法》中明确规定女性在政治生活及其他方面享有与男子平等的权利。1992 年的《妇女权益保障法》对妇女的政治权利作了具体规定,如管理国家社会事务的权利、选举权和被选举权、担任国家各级领导干部的权利等。如女性有权通过各种途径和形式管理国家事务,管理经济和文化事业,管理社会事务;女性享有与男性平等的选举权和被选举权;应积极培养、选拔和重视任用女干部等。这就为妇女政治权利的享有和参与决策权利的具体实现提供了法律上的保障。1990 年以来中央组织部先后召开 5 次培养选拔女干部工作会议。1995 年和 2001 年中国政府两次发布《中国妇女发展纲要》,进一步明确了妇女政治权利和参与决策的具体目标,为妇女参与国家社会事务权利的实现和参政水平的提高提供了政策上的支持。

2)促进妇女政治权利保护的对策

要想解决法律上的平等规定和实际上的不平等待遇之间的矛盾,就要从以下几个方面努力。

(1)深化政治体制改革,确保妇女参政权的实现。联合国《行动纲领》要求:妇女要平等地参与各级决策进程,影响决策以便真正代表妇女利益,促进社会平等,加强社会民主。要实现妇女的参政权,就要进行政治体制改革,为妇女参政创设公平竞争、机会均等的社会条件。

(2)努力消除传统的性别刻板印象。分析女性参政的水平和层次低的原因,我们不难发现"男尊女卑"的传统性别观念依然在作祟。因此应改变传统的角色认知与定位,塑造男女平等的社会环境。

(3)把性别意识纳入到干部选拔中来。在《妇女发展纲要》中明确规定了女干部选拔的机制和原则。在干部选拔和任用的实践当中,要纳入性别意识,提出各层次女干部以及后备干部的培养选拔目标,并制定相关的政策性措施。

(4)提高妇女的政治素质,增强妇女参政的自信和意识。妇女参政意识不强与妇女自身自我认同低下有关。长期的男权统治的社会环境使她们形成了依附、自卑、服从的人格特征。因此要提高妇女的参政意识和自信,必须努力提高妇女的政治素质,唤醒她们的民主意识,激发她们参与决策的认同感。

2. 妇女经济权利的保护

1)妇女经济权利的保护及意义

恩格斯指出:"只要妇女仍然被排斥于社会的生产劳动之外,而只限于从事家庭私人的劳动,那么妇女解放,妇女同男子的平等,现在和将来都是不可能的。"[3]妇女只有走出家庭,参加社会生产劳动,才能获得经济独立,才能体现自身的价值,才能实现妇女的解放。

建国后,我国颁布了《宪法》等一系列法律法规和相关政策规定了女性享有与男性同等的劳动权利,妇女经历了由家庭到社会,由家务劳动到社会劳动的转变,依法享有了劳动就业权利、同工同酬权利、休息权利、获得安全和卫生保障及特殊劳动保护的权利、享受社会保险的权利等。《劳动法》中专门设定了对女职工的特殊保护,对妇女在经期、孕期、产期、哺乳期的相关权利进行了规定。《妇女权益保障法》、《工会法》、《女职工劳动保护规定》也对妇女平等的劳动权利给予了明确规定:各单位在录用职工时,除不适合妇女的工作岗位外,不得以性别为由拒绝录用妇女或者提高对妇女的录用标准;任何单位不得以结婚、怀孕、产假和哺乳等为借口,辞退女职工或单方面解除劳动合同等。另外,国家对以养老、医疗、失业、工伤和生育保险为主要内容的社会保障制度逐步加强,截至2004年底,全国28个省市自治区开展了生育保险社会统筹,参保职工约占城镇企业职工总数的60%。同时,保障农村妇女经济权利。2003年开始实施的《中华人民共和国农村土地承包法》规定,妇女与男子平等享有农村土地承包权利,任何组织和个人不得剥夺、侵害妇女的土地承包经营权。并积极维护进城就业妇女的合法权益。

2)促进妇女经济权利保护的对策

虽然法律上对妇女的平等劳动权给予了保障,但妇女在劳动市场中仍处于不利的地位。要想使妇女的经济地位切实得到提高,应从以下几个方面着手。

(1)要转变观念,消除歧视女性的就业环境。积极开展女性自主、独立意识的社会教育活动,建立性别平等的社会认同机制。

(2)要将男女平等的意识纳入决策主流,加强女性就业权益的法律保障。为使妇女的就业和社会保障权益落到实处,要真正贯彻执行保护妇女就业的法律法规,对歧视和侵犯妇女就业的行为予以坚决打击。

(3)完善就业机制,构建城乡统一的劳动力市场。《妇女权益保障法》中规定:国家发展社会保险、社会救济和医疗卫生事业,为年老、疾病或者丧失劳动能力的妇女获得物质资助创造条件。但农村劳动力市场的女性几乎没有任何保障,因此,应完善就业制度,实现城乡劳动力市场的一体化。

(4)加强对女性人力资本的投入和培训。父权社会对女性参与社会生产的控制主要通过限制妇女的受教育权来实现的。目前妇女就业中的不利地位也有知识技能低下的原因,因此应努力提高妇女的受教育程度,同时加强就业培训与服务工作,提高妇女的就业竞争能力和自我创业能力。

3. 妇女教育权利的保护

1)妇女教育权利的保护及意义

由于"女子无才便是德"思想的影响,妇女几千年来被排除在学校之外,即使是有限的家庭教育也是教育女性如何扮演好家庭角色,更强化了女性的弱势与依附性。"九五"世妇会的《行动纲领》指出:"教育是实现平等、发展与和平目标的一个重要工具。"妇女教育权利的获得不仅可以使妇女摆脱愚穷弱私的状况,而且会提高妇女自身发展的潜力,增强妇女参与社会活动的能力。

我国《宪法》规定了女性享有与男子平等的教育权利。《妇女权益保障法》、《未成年人权益保护法》、《扫除文盲工作条例》等一系列的法律法规中都对妇女的平等教育地位作出了具体规定,包括享有入学、升学、接受扫盲教育、职业教育与培训等各方面与男子平等的权利。1995 年的《教育法》规定,公民不分性别,依法享有平等的受教育机会。《义务教育法》《教师法》也都规定了男女的受教育权。《全国教育事业"九五"计划和 2010 年发展规划》中对女性的教育与发展给予了高度的关注。《中国妇女发展纲要(2001-2010)》更加明确地确定了妇女教育的主要目标。小学净入学率达到 99%,初中毛入学率达到 95%,高中毛入学率达到 75% 左右,高等教育毛入学率达到 15% 左右;成人识字率达 85% 以上,青壮年识字率达 95% 左右;并对终身教育和平均受教育年限都作了具体的规定。

2)促进妇女教育权利保护的对策

要想使我国法律中规定的妇女平等教育权得到实现,要想使我国教育发展规划和妇女发展纲要中的教育目标得到实现,就要做到以下几点。

(1)真正落实女性受教育的平等权利,并制定对女性倾斜的教育政策。男权社会是通过教育上的排斥和奴化来对女性进行统治的,女权运动也是从争取教育权开始的。因此要切实采取措施,制定对女性的教育倾斜政策以确保妇女教育平等权利的实现。

(2)切实增加教育投入并具有性别意识。社会性别意识主流化已成为妇女权利保护的一种积极手段。教育是妇女提高自身能力与发展的前提,因此要把性别意识纳入教育领域,加大对教育的投入,确保妇女与男子平等地接受教育。

(3)改善传统"性别偏好"的社会环境,重视贫困地区的女性教育。由于经济困难,供孩子上学成为贫困家庭的一项重负。由于女孩长大要出嫁,供女孩读书意味着教育投入的成本流失,加之女孩读书没有用、终归要围着"锅台转"的传统习俗,父母往往把有限的机会留给男孩。只有消除"性别偏好"的陋习,并加大经济支持,才能改变贫困地区女性教育的状况。

(4)增强女性的教育自觉性。过去妇女改变地位只有靠婚姻,即"夫贵妻荣",但代价就是对男性的依附与服从。现代社会的妇女通过自己的努力学习和奋斗,用自己的聪明才智获得向上流动的机会。最近几年,由于就业形势的严峻,"干得好不如嫁得好"论调又沉渣泛起。因此应增强妇女的自觉教育,培养她们独立自主的意识,积极争取教育机会和权利,通过自身的能力实现自己的价值。

4. 妇女婚姻家庭权利的保护

1)妇女婚姻家庭权利的保护及意义

有人把婚姻称为"坟墓",也有人把婚姻视为"天堂",婚姻直接影响着社会个体的生存质量和生命质量。家庭是社会的基本生活单位,关系着社会的稳定与发展。因此妇女婚姻家庭权利的实现,不仅关系着妇女自身摆脱对丈夫的人身依附和人格独立程度,也影响着社会的稳定、和谐与协调发展。

新中国成立后的第一部法律便是《婚姻法》,对妇女在婚姻家庭中的平等地位作出了明确规定。2001 年修改后的婚姻法重申了男女平等原则,规定了妇女享有的婚姻自由权利,由婚姻、家庭关系产生的人身权利和财产权利,生育权利等。城乡女性在选择配偶上虽然大多数也要得到父母的认同,但基本摆脱了父母包办、干涉的传统模式,实现了自主,婚姻质量有所提高。《妇女权益保障法》中规定了禁止溺婴、残害女婴;禁止虐待、遗弃老年妇女;在婚姻、家庭共有财产关系中,不得侵害妇女依法享有的权益;在同一顺序法定继承人中,不得歧视妇女;丧偶妇女有权处置继承的财产,任何人不得干涉等。2002 年的《人口与计划生育法》明确规定了夫妻双方共同承担计划生育责任。

2)促进妇女婚姻家庭权利保护的对策

婚姻是家庭的基础,家庭是社会稳定的基本细胞。我国政府承诺了《消除对妇女一切形式歧视公约》中关于"消除在有关婚姻和家庭关系的一切事项上对妇女的歧视。"并在《中国妇女发展纲要(1995—2000)》中提出了"建立平等、文明、和睦、稳定的家庭"的目标。要想切实保障妇女婚姻家庭权利的实现,就要建立一种平等的婚姻家庭关系。

(1)强化法律与政策保障。婚姻家庭属于私人领域,俗语说"清官难断家务事",这就使得妇女在婚姻家庭中的权益侵害容易隐形化,其保护也容易被忽视。因此,法律中对妇女权利的规定要真正得到贯彻,同时制定积极的家庭政策。

(2)推进家务劳动社会化的实现。"男主外女主内"传统性别分工的影响,使得家务劳动主要由妇女承担。由于家务劳动被视为家庭私事不被纳入社会总劳动量予以计算,不能领取相应的报酬,妇女要么成为单纯的被供养者,要么承担社会劳动和家务劳动的双重负担。因此只有实现家务劳动社会化,才能促进妇女社会角色的发展,实现自身的价值。

(3)提倡家庭美德,增强家庭法律意识。家庭和谐是社会和谐的基石,应大力提倡社会主义家庭美德,建立平等、民主的夫妻关系和家庭关系。大多数妇女因为不懂法,不但对不平等的待遇"合理化",更对丈夫的暴力、虐待和婚内强奸行为以忍为主。因此应加强相关法律知识的宣传教育,使她们明白自己享有的权利并能够采取法律的武器保护自己。

(4)确保女性在劳动力市场中的权利实现。妇女在婚姻家庭中的地位低也与他们的收入低下有关,因此应消除劳动领域的同工不同酬现象,消除劳动力市场中的性别歧视。

5. 妇女健康权利的保护

1)妇女健康权利的保护及意义

由于女性生理结构的特殊性,在传统的性别角色和分工模式下,妇女往往被视为生育的工具。男女之间的性别差异也被从生理上来认定并绝对化,从而得出男强女弱的结论。其实导致男女间差距的不是男女自然的生理差别,而是社会文化制度建构的社会差别。所以我们界定女性健康不能仅从生殖方面出发,1995 年世界卫生组织的《女性健康——增进健康造福世界》中界定了女性健康的范围:营养,生殖健康,与工作、环境相关的健康问题,传染性疾病,非传染性疾病,不良嗜好,精神卫生,针对女性的暴力等。对妇女健康进行全面的保护,不仅能促进妇女自己身心的和谐,使下一代健康成长,使家庭安定幸福,也能提高我国人口素质,促进社会先进的性别文化环境,推进社会的文明进程。

我国政府非常关心妇女的身心健康水平,妇女健康一直是政府工作中的一项重要议题。《妇女权益保障法》为全面保障妇女的各项地位提供了重要的法律保障。《母婴保健法》为保障母亲和婴儿的健康,提高人口素质提供了法律上的依据。为了发展母婴保健事业,国家提供必要的条件和物质基础以使母婴获得医疗保健服务。该法还对具体内容作出了详细的规定。《婚姻法》中对家庭暴力的明确规定,为妇女在婚姻家庭中的人身安全和身体健康提供了法律上的保障。《劳动法》、《全国女职工劳动保护规定》等法律法规对妇女的劳动安全与保护作了规定,保护妇女在职业领域、工作环境等方面的健康与安全。职业妇女的医疗保险和农村妇女的合作医疗保险得到实施。我国政府不仅积极参与世界卫生组织"2000年人人健康"的全球战略,而且提出"我国还应在实现2000年人人享有卫生保健的战略目标方面走在世界前列。"虽然离目标的实现还有相当的距离,但仍然可以看出我国政府对妇女健康地位提高的信心和努力程度。

2)促进妇女健康权利保护的对策

妇女健康权利的实现不仅需要外部的制度保障,也需要妇女自身的自觉。

(1)要加强对妇女身心健康权利保护的立法,并在实践中落到实处。虽然我国关于妇女权利保护的法律法规很多,但针对妇女健康权利的专门立法还是一个盲区。因此应制定包括女性营养上的、生育中的、职业领域的、生活习惯的、家庭环境的等各项内容的妇女健康的法律法规,切实提高妇女的健康水平。

(2)对女婴及怀孕妇女进行重点保护。由于贫穷,很多农村妇女在家中生育,就全国平均来看,2003年住院分娩率为70%,城市产妇住院分娩率为92.6%,农村仅为62%[1],城市相差30多个百分点。慢性传播疾病和营养不良使许多妇女在孕期体力不支。这不仅增加了妇女的健康风险,也影响国民素质的提高。"重男轻女"的陋习使许多女婴的生命和健康遭受危险。因此应加大对女婴和怀孕妇女的保护力度。

(3)加大对医疗卫生经费的投入并实施政策倾斜,关注经济落后地区妇女的健康状况。目前我国的医疗卫生事业发展迅速,但对落后农村地区和边远山区来说还满足不了现实需求。只有加大医疗卫生经费的投入,并向落后地区的妇女倾斜,关注进城务工女性的健康状况,才能实现"人人享有卫生保健"的目标。

(4)增强女性自身的健康意识。加强妇女健康知识的宣传,使妇女对自己的生理结构和机能有所了解并懂得如何进行保健。倡导妇女远离不健康的生活方式和落后的社会习俗。教育妇女养成良好的饮食、卫生和生活习惯,并坚持锻炼和运动。增强妇女依法维护自身各个领域中的健康权利的意识。

---

[1] 中国人类发展报告(2007—2008).[2008-12-29]http:cn.chinagete.cn.

小结

本单元主要讲述了两部分的内容。第一部分讲述了妇女社会地位及其历史演变;妇女社会地位指标体系的构建;我国妇女的政治地位、经济地位、教育地位、婚姻家庭地位、健康地位的现状以及存在的问题并指出对我国妇女权利进行保护的重要意义。第二部分讲述了妇女权利的国际保护。联合国通过了一系列的国际公约,召开了一系列的国际会议,旨在促进妇女解放、提高妇女地位和加强妇女权利保护。但问题仍然存在,如性别歧视与隔离、妇女贫困、针对妇女的暴力、妇女教育、妇女参与政治等方面。为了加强对妇女权利的保护,我国不仅成为许多妇女权利国际公约的成员国,积极参与妇女权利保护的国际会议,而且制定了一系列的法律法规保护妇女权益。

问题与思考

(1)妇女社会地位的定义是什么? 试分析其历史演变进程。

(2)试分析妇女社会地位指标体系及其构建原则。

(3)评价我国妇女的社会地位主要从哪几个方面进行? 我国妇女社会地位的现状如何?

(4)国际上如何对妇女权利进行保护的?

(5)我国对妇女的权利是如何保护的?

参考文献

[1]熊贤君.女子教育史[M].太原:山西教育出版社,2006.

[2]李银河.女性主义[M].济南:山东人民出版社,2005.

[3]马克思恩格斯全集(第四卷)[M].北京:人民出版社,1995.

[4]滕大春.外国教育通史(卷1)[M].济南:山东教育出版社,1989.

[5]马克思、恩格斯、列宁、斯大林论妇女.北京:中国妇女出版社,1978.

[6]单艺斌.女性社会地位评价方法研究[M].北京:九州出版社,2004.

[7]张敏杰.论中国妇女的社会地位和人权保障[J].浙江学刊,1995(4).

[8][美]艾尔·巴比.社会研究方法[M].邱泽奇,译.北京:华夏出版社,2005.

[9]中华人民共和国国务院新闻办公室.中国性别平等与妇女发展状况[J].中国妇运,2005(10).

[10]第二期中国妇女社会地位调查课题组.第二期中国妇女社会地位抽样调查主要数据报告[J].妇女研究论丛,2001(5).

[11]崔凤垣,张琪.妇女社会地位评价指标体系研究[M].北京:中国妇女出版社,2003.

[12]1996年中国人权事业的进展[N].光明日报,1997-04-01.

[13]李希和.对我国各地区婴儿死亡率及人口平均预期寿命分析[J].市场与人口分析,1995(4).

9

妇女与婚姻家庭

引言

进入 21 世纪的今天,回首近 30 年来中国的婚姻家庭状况,其观念、行为与模式都已经发生了巨大的改变。女性在这场变革挑战中从曾经的被动承受者,逐渐变为积极的促进推动者。婚姻家庭社会工作如何回应我国转型期婚姻家庭的变动和妇女(包括男性及其他家庭成员)的需求?

本单元主要介绍:当今妇女婚姻家庭的状况、婚姻家庭社会工作的基本知识以及如何将社会性别视角放入婚姻家庭工作之中,以促使妇女及婚姻家庭的建设与发展更具有平等和谐的内涵意义。

学习目标

1. 了解当今妇女婚姻家庭问题的一般状况。
2. 了解我国婚姻家庭社会工作的基本知识。
3. 了解和尝试在妇女婚姻家庭工作中纳入社会性别视角。

知识点

女性与婚姻家庭变迁、家庭社会工作要素、家庭社会工作内容、政府体制内的家庭工作、非政府开展的家庭工作、家庭社会工作方法、婚姻家庭领域中的社会性别视角。

案例导入

张涵坐在工会女工委员霍大姐面前诉说自己的苦闷:昨天下班时,所长临时召开科主任会,待她身心疲惫回到家已是晚八点了。如她所料,丈夫窝在沙发里边吃零食边看电视,见她进门就冷冷地说:"又这么晚,我快饿死了!"

张涵钻进厨房,洗菜、炒菜、煮面……。晚饭摆上桌,丈夫边吃边说:"女人还是不要上班的好。你做个科主任倒是挺成功,但是会影响咱们家庭的正常生活……,退职回家算了,我的钱足够养你!"

张涵心中既郁闷又困惑,自己倾心的丈夫怎么一结婚就变成了这个样子?家庭和家务注定就是女人的责任吗?这样下去如果再有个孩子,自己非累死不可。张涵很热爱自己的职业岗位,她不想退职回家做专职家庭主妇。最近她常常想,自己选择结婚成家这条路是不是错了?

婚姻家庭与女性有密不可分的联系,我们身边处于婚姻家庭与职业双重角色压力的张涵并不是少数。传统性别角色分工将女性局限在家庭的私人空间中,女人一生仅做好好女儿、好妻子、好母亲就可称之为好女人。现代社会中女性在公共领域与男性一起承担社会角色并做出重要贡献,但是,因为全社会缺少对现代新型性别文化的讨论,缺少对新型男人的社会教育,家务劳动、家庭责任基本还是由女性承担,这就出现了无数个张涵的苦恼。

张涵需要在这一问题面前做出冷静的思考和判断,张涵丈夫的观念与行为更需要调整和改变,全社会进行社会性别平等、男女共同发展的教育与宣传也同样重要。

家庭是丈夫和妻子一起建立的,在婚姻和家庭中男女应该分享权利,分担责任。

作为一个专业的婚姻家庭工作者,想一想张涵苦恼的原因是什么?如何尝试使用整合性的社会工作方法从多角度、多环节介入,为张涵这样的女性提供积极的支持性环境,协助她们在促进自身发展与平衡婚姻家庭和谐方面做出介入设计方案?

9.1 妇女与婚姻家庭的变化

9.1.1 社会转型带来的婚姻家庭变化

1. 离婚率上升

当人们越来越将婚姻纳入个人生活范畴,越来越注重个人体验时,婚姻也失去了以往的稳定。自 20 世纪 70 年代末开始,离婚率逐年上升。1978 年全国的离婚对数为 28.5 万对,1995 年为 105.5 万对,2003 年达到 133.1 万对。中国离婚水平已超过日本和韩国,与新加坡同属亚洲离婚率较高的国家。随着城市化和现代化的推进,我国的离婚率还将会保持继续增长的势头。离婚率的增长,特别是大城市离婚率的迅速攀升,挑战了婚姻所特有的双系抚育功能,使最适合子女抚养的制度环境发生了改变[1]。

2. 未婚同居现象发展

婚姻家庭的另一重要变化——未婚同居现象迅速发展,并被社会道德观念所默许。婚姻对两性关系的约束力在下降,家庭的传统形式受到挑战和排挤。越来越多的性行为不再借助于婚姻形式的约束[1]。

3. 婚姻维系不牢

很多婚姻的维系纽带是责任而不是爱情。有调查显示男女因爱情而结合的只占四分之一强,夫妻关系主要依靠爱情来维系的不到五成。许多夫妻互动不足,情趣少。内地不发达农村的不如意婚姻较多,表现为婚姻自由度较差,婚姻观念离文明、开化尚远,养儿防老、多子多福的传统观念占有重要的位置。女性的婚姻满意度低于男性[2]。虽然大多数婚姻的自我评价具有较高的满意度,婚姻质量仍然存在不少的缺憾。从前往各类婚姻辅导机构求助的个案可以看出如上的状况。

4. 婚姻冲突和家庭暴力

婚姻冲突和家庭暴力成为婚姻家庭问题的重要表现形式。由中国法学会反对家庭暴力网络在大陆东、中、西部三省九市县三千多样本调查中发现,34.7% 的家庭发生过家庭暴力,其主要受害者是女性。家庭暴力不是简单的夫妻矛盾冲突,它是基于不平等的性别权力关系所致,家庭暴力的干预对于构建和谐社会意义重大。在此需要提示:家暴干预是一项专业性很强、难度很大的工作,家庭社会工作者不仅需要鲜明的立场和理念,还需要整合多种理论与方法实施全方位干预介入模式。

5. 亲子代际间的隔阂与冲突

亲子代际间的隔阂与冲突在社会发生剧烈变革时表现得愈为明显。亲子两代人生活在不同的历史时期,形成了不同的价值观与自我观;父母希望孩子成才成功,固执于在孩子的学习成绩上评判优劣,子女在高期望值下不堪重负,难与父母达成共识。一般说来,家庭在青少年成长过程中应协助其完成 3 项重要任务:寻找和澄清自我形象;认识和处理原始的性欲,肯定以及性别认同,学习建立亲密关系;与父母分离,不再依赖父母,独立生活[3]。这给中国家庭的父母提出了严峻的挑战,中国传统文化中没有亲子平等交流的经验。缺少亲子间相互尊重的意识,缺乏平等沟通的知识与能力,势必影响青少年对家庭的归属,也影响父母在亲子互动中获得成功的感受。

6. 家庭养老问题日渐严峻

中国实行的是以家庭养老为主,与国家、社会和集体养老相结合的养老形式。值得注意的是,目前农村人口老龄化速度快于城市,70% 以上的老年人分布在农村,除少数发达地区建立退休养老制度外,绝大部分农村老年人没有养老金。再者,随着人口流动与青壮年子女到城市打工、就学,空巢家庭和老龄鳏寡孤独家庭在不断增加。有研究发现农村留下了一支"三八、六一、九九部队",传统农村家庭的养老功能在日益弱化。此外,农村的留守妇女因承担农活及家务导致的身心健康问题,留守儿童的成长问题,城市化进程中家庭关系的调整等都需要关注。

9.1.2 婚姻家庭的变化原因与妇女

婚姻家庭变化中的中国女性正经历着一场蜕变。一直以来被传统女性视为自己人生最后归宿的婚姻与家庭,越来越动荡不安:夫妻需求多样使关系调适难度加大;婚姻冲突时有发生,甚至导致暴力伤害;婚内需求无法满足而引发一方婚外恋情发生;连年来离婚率一直处于攀高上升阶段……。凡此种种,是什么原因导致婚姻家庭的变化? 女性在这场婚姻家庭的变化中应如何调整观念和增长能力?

1. 从注重血缘转向以爱情维系,婚姻家庭关系结构重新组合

中国是注重伦理的国家,中国家庭中血缘亲情非常重要。传统社会中以血缘关系为主要轴心,父与子代际之间的关系是第一重要关系。传统家庭通常以血缘亲情主导夫妻关系,女性在以血缘为重的家庭中承担着生育养育、操持家务、孝敬老人、维系生活运转的任务,处于家庭边缘位置。家庭的决策权通常由男性家长和丈夫掌管。

随着社会的演进及观念的变化,人们逐渐打破传统伦理束缚,摆脱以家长为中心的权力关系模式,加之家庭结构变小,夫妻关系逐渐成为家庭中第一重要关系,夫妻感情越来越成为稳定家庭的主要因素。一旦夫妻感情、爱情成为维系家庭的纽带,女性在家庭中的位置上升,夫妻平等则成为现代婚姻的重要标志,由此,家庭关系结构也开始重新组合。

这种变化必然伴随着矛盾与冲突。婆媳关系一直是家庭中敏感的话题,家庭从注重血缘转向以爱情维系,婆媳之间的关系也发生微妙的变化,现在的媳妇比传统的媳妇有更多的话语权与决策权,因此新型的婆媳关系的建立与调适能力问题摆在面前,身兼丈夫/儿子角色的男性却常常在此变化中满怀困惑。

2. 家庭结构的小型化与多样化

社会经济的发展,为小家庭从大家庭中分离出来提供了经济基础。人口流动频繁,活动地域的扩大,期望摆脱大家庭复杂人际关系的困扰,小家庭简单便捷的生活方式成为人们普遍的向往。20 世纪末叶,核心家庭已经占家庭总数的 73.3% 以上[4]。进入 21 世纪以来,单人户、一代户以及隔代户增速较快,相比之下,核心家庭比例明显下降。2000 年一代户占 22.28%,核心家庭户占 55.86%,二代户占 56.83%[1]。

此外,家庭结构发展还呈现多样化的趋势。以往以婚姻、血缘连接家庭成员而形成的家,今天已被各个类型的家庭所取代:没有婚姻关系仅有血缘关系的单亲家庭,没有血缘关系只有婚姻关系的丁克家庭和空巢家庭,既没婚姻关系又没血缘关系的独立门户的独身家庭等等。此外,非婚姻关系的同居生活方式也正在漫延。母子网络型家庭无论在城市还是在农村已成为普遍存在的现实,即从母家庭分离出的小家庭虽然有独立的经济、住所,但仍与母家庭保持着密切的联系。它们在经济、情感、养老抚幼等方面相互支持,它在某种程度上弥补了社会福利的不足,是有中国特色的家

庭结构形式。

女性在小型化、多样化的家庭中越来越显现其能力。以女性为户主的单亲家庭占绝对多数,单亲母亲支撑整个家庭运转,承担抚养教育孩子的责任;独身家庭的女性也为数不少,无论她们是自主选择还是被动选择,独立与自信是她们在这种生活方式中表现出的共同特质。

3. 家庭功能重心的转移

传统社会中的家庭功能主要表现在生育、养育和生产等方面。这些无可替代的功能使家庭占有无可替代的独特位置。

社会转型、经济发展以及计划生育政策的实施,家庭的生育功能、生产功能、养老育幼及教育功能逐渐向社会转移,呈现出弱化的趋向。一旦人们的需求可以在社会福利及社会教育机构中得到满足,家庭功能也开始了历史性变化。

在物质生活得到一定程度满足的同时,人们对家庭又寄予了更多的期望:在这里可以获得爱情与亲情,可以舒解内心的压力而享受丰富多彩的闲暇生活,可以被接纳、被信任、获得身心及个性的健康发展。由此,传统家庭并不看重的家庭情爱功能、性爱功能及家庭的享受娱乐功能都有逐渐增强的趋势。家庭功能从基本的生存型功能转向发展型功能,女性在家庭中的传统角色如生儿育女、抚幼赡老、操持家务等价值弱化,如何带动丈夫共同努力,加强婚姻家庭中的精神心理、情感文化因素以凝聚家庭,满足成员,对女性(也包括男性)都是挑战。

4. 家庭关系趋向感情化、平等化

中国传统社会的家庭关系是一个等级森严的伦理系统。自社会主义制度建立以来,法律上保证家庭成员不分性别、不分辈份,在人格地位上一律平等。社会转型的今天,人们对两性情爱、代际平等、家庭幸福的追求更为强烈。家庭关系感情化、平等化已成为中国家庭关系的主旋律。

家庭亲子间的平等化趋势是中国有史以来从未有过的,但是亲子间因价值观悬殊差异造成隔膜甚至冲突也普遍存在。长辈面对70、80、90后的子辈们注重自我、张扬个性、追求时尚等生活方式也充满着无奈与困惑。

女性的母亲角色与孩子的关系历来比父亲角色有更加紧密的关系。代际关系变化过程中,母亲更大的挑战是能否从传统的以照顾孩子的生活,关心孩子的身体的角色扩展,在家庭中倡导平等民主的家风,父母与孩子共同面对和学习,担当起引领孩子健康成长的朋友与伙伴的角色。

4. 家庭支持网络的变化

在家庭的生存发展过程中,尤其是遇到突发事件与变故时能够给予支持动力的资源既存在于血缘、姻缘、亲属关系中,也分布在所居住的地缘关系如邻里、社区内。此外,单位行政、同事关系以及国家的政策、法律对家庭也有着强大的支持力量。

家庭亲属网络的支持仍然是当今家庭依赖的主要对象,在困难与危机面前,亲友家人的帮助有着不可替代的作用。向服务型职能转变的政府正在加强社会福利保障体系的构建,加大对城镇社区居民及乡村农民的各种保障型功能服务如最低保障线、医疗健康服务、权益保障等。群团组织及社会工作服务机构也把促进家庭稳定与和谐作为服务的重点。女性面对家庭支持网络重要的变化,也应该从传统的家务劳作、情感维系角色转移,以开放的心态和应变能力使家庭更紧密地连接社会,更积极地借用社会资源壮实自己。

9.2　家庭社会工作概述

9.2.1　家庭社会工作的概念

家庭社会工作(family social work)是一个外来词汇。家庭社会工作是以家庭为本的社会工作介入,即动员社会及家庭资源,促进家庭正常运转及发展的社会福利与服务。

阅读资料

在郭村,"打老婆"历来是自己家的事情,不到出人命的地步,外人是不会管的。反家暴工作开展以后再不一样了,家庭暴力成为村民议论和参与治理的事情。社区的宣传板报画满了反家暴的宣传画。

村里的妇女支持小组成立了,二十多个家庭暴力受害妇女聚在一起开会呀、讨论呀,诉说心里话。反家暴项目协调组还用小额贷款的方式组织和培训妇女们养起了长毛兔。

现在郭村的妇女们变了样子,谁家的女人受到家庭暴力的伤害,妇女小组十多个人一起到这家谴责施暴者,你一言、我一语的"批判会"使施暴的男人难以招架。长毛兔的养殖和销售也为妇女带来了经济收益,以前向丈夫伸手要"小钱"的难过日子不见了,腰杆硬了,可以理直气壮地做事、做人。

反家暴项目的推动使郭村的男人也变了,几个男性志愿者带头成立了社区农民演出队,宣传反家暴知识。现在的郭村远近闻名,成为新农村建设、和谐家庭建设的模范村。

分析讨论

郭村的反家暴项目使用了哪种社会工作方法? 此项活动带来什么效果?

(简要提示:从上述案例中可以看到,郭村的反家暴项目使用的社会工作小组工作的方法推动了郭村的性别平等,也带来郭村社区文化的变革。)

9.2.2　家庭社会工作的要素

1. 家庭社会工作者

在国外,家庭社会工作者必须经过专业培训,而我国的社会工作还未形成完整的就业认证制度,从事家庭社会工作的人员分散在民政、社区、教育、法律、妇联等组织机构内,依据所在机构的要求,以本行业的知识、经验与价值观向家庭提供各类有偿的或无偿的服务。从社会工作专业发展的角度看,必须对从事家庭社会工作的工作人员进行专门的培训。

家庭社会工作者应具备对婚姻家庭问题分析的能力,具有应用家庭社会工作的基本理论、工作方法和技巧整合社会资源、协助家庭共同面对困境的能力。

2. 家庭社会工作的对象——家庭

社会变革使非传统的家庭模式如单亲家庭、无子女家庭、同居与独身等等逐渐增多;成员的个性发展与权利意识增强使家庭内部调解矛盾的能力降低;家庭生活发展历程中的突发变故常使家庭陷于困境而无力应对;全球化、市场化、都市化进程加快,需要家庭扩展知识,更新观念,以应对社会发展的要求;家庭成员对家庭的高期待,家庭模式的多样性和丰富性等诸多挑战、困惑,也使家庭期待着富有实效的帮助。基于此,家庭社会工作要有能力回应有需要的家庭,更能够在家庭的变化中有所作为。

3. 家庭社会工作的价值观

家庭社会工作的目标在于协助家庭发掘自身及社会资源,增进家庭功能,改善家庭关系,解决家庭困难。每一个家庭蕴藏着不可低估的能量和资源,社会工作者与家庭建立平等、尊重的关系,从家庭/成员的需要出发,充分相信家庭自身的能力并给予支持。与此同时,社会工作者还要注重倡导社会公平、整合社会资源,为家庭搭建良好的外在环境。这是家庭社会工作所遵循的工作价值观。

目前我国从事家庭服务的机构呈多样化,它们有自上而下的行政性特点,也有以家庭需要为出发的服务性质,还有以市场为导向的商业化特征,而专业的家庭社会工作能够为家庭提供有效的服务促使家庭应对变化、整合功能、促进成长,是因为有社会工作价值观作指导。

阅读资料

居委会张主任对怀孕三个月的淑君说:"早就对你说过,不结婚就跟他同居没好结果。看看现在,果然是……。现在他走了,你能拿他怎么办? 这女人呀,就得有个自尊,怎能让个男人随便摆布? ……"

淑君流着眼泪低声说:"张姐,您能帮帮我吗? 您看看我这样子,我实在没有办法了……。"

张主任说:"我帮助你就是支持你这种不负责任的行为。你怎能不登记结婚就住在一起了? 这不是合法的婚姻,也不是合法的家庭,你说我怎么帮你? 再说了,如果我真帮了你,其他年轻人也都跟着学,想做什么就做什么,那这社会、这家庭不都乱了套了吗? ……你既然当初能那样不管不顾,现在也应该自己去负这个责任。"

分析讨论

(1)评价一下张主任的态度及做法,她为什么会这样做?

(2)分析张主任不愿意帮助淑君是基于什么理念与价值观。

(简要提示:在上述案例中,张主任站在教育者/训导者的立场和角度对淑君的处境和需求不能理解,更谈不上接纳。她使用的工作方法是行政教育的、批判的方式,对淑君造成巨大的压力甚至造成伤害。她对家庭概念的理解过于偏狭,不能面对现今社会变迁导致家庭模式多样化的现实。张主任的工作模式是非专业的、传统的、教育的手法,不利于淑君面对自己的问题,更不利于淑君在解决问题过程中的成长。)

9.2.3　家庭社会工作的特点

1. 发现和得到信息的途径往往先从个人开始

经济贫困,生活变故及人际关系紧张等带来的心理压力会使家庭成员无助、沮丧,甚至丧失生活勇气。专业的家庭社会工作者会从个人困难、个人问题入手引领其家庭与个人共同面对困扰,增强个人的应对能力。

2. 从家庭整体的角度去观察个人、理解个人

每一个家庭都有他们不同的互动模式。个人的喜怒哀乐常常是家庭系统作用的结果,是家庭情绪的表现,通过专业的服务调整家庭关系,增强家庭功能,个人情绪及行为也会得到调整,家庭会更和谐、更稳定。

3. 确立家庭为本/家庭中心的理念

将家庭中有问题的成员看做是整个家庭的问题,引领家庭从积极角度善意地、正面地解释问题,合作地解决问题。充实家庭资源,了解家外系统如教育、医疗、房屋等社会政策及服务是否协调,是否有效,以此促进家庭外部环境的变化而获得整体功能的改变。

4. 形成工作者与家庭平等、尊重和信任的关系

社会工作者不是救世主,而是协助家庭成员发展良好人际关系,促进家庭成长和成熟的启发者、协调者和推动者。社会工作的介入将使家庭获得更多资源,获得可以战胜危机化解困扰的支持性力量。家庭社会工作者与其说是帮助者,不如说是陪伴者。因为只有在尊重、信任家庭的基础上,家庭才会产生出巨大的内动力去自行调整和改变。

9.3　家庭社会工作内容

9.3.1　家庭社会工作的任务与内容

1. 提供物质性的服务,协助家庭生活有序运转

对贫困家庭予以帮助,城市救贫依照最低生活保障线,农村则有扶贫、救灾的专项款项。物质性服务项目还有关于家庭衣食住行的家务服务、儿童及老人托管以及医疗健康服务等。

2. 提供心理及法律援助,增强家庭的应变能力

家庭或家庭成员遇到家庭关系冲突或紧张、子女教育困惑、婚姻危机以及离婚、

财产、继承等问题，可以到相关家庭工作及服务机构求助。家庭社会工作专业化有利于增强家庭应变的能力。

3. 开展教育与培训，提高家庭整体素质

针对家庭开设的婚姻、家政、家教等教育与培训，目的在于向家庭传授现代生活观念，以推进家庭的发展。各级妇女组织、教育部门以及民政、社区都在积极致力于这些工作。

阅读资料

王鸿雁是纺织厂女工，三年前丈夫突然提出离婚，之后就没有了音讯。王鸿雁在极度悲伤中与刚上初中的女儿开始了单亲的生活。因为不愿听到外人议论自己婚姻的变化，王鸿雁每天除上班之外，就关起门，守在家里，看着女儿读书。

王鸿雁变得对周围的一切非常敏感。工间吃饭她自己单独躲在一边吃自己带的简单的饭菜，因为她怕别人看她的饭盒。同班姐妹们买来一兜橘子挑了几个大的给她，她的眼泪就会涌流出来。她觉得这是别人在怜悯自己，而自己是一个失败的、穷困的女人。

天有不测风云，纺织厂效益不佳濒临破产，厂里工人人心惶惶。王鸿雁更感到绝望：如果丢掉这个工作，女儿上不起学，我们母女的生活可怎么办？

这天，厂工会副主席来到家里向王鸿雁明确说明，厂里已经制定转制的专门政策照顾有困难的职工，让她不要担心，还安慰王鸿雁：婚姻出问题并不表明你这个人有问题，有困难讲出来厂里帮助，大家分担，自己就不会那么孤独了。

原来，得知厂子破产的消息后，担心丢掉工作的王鸿雁在焦虑无助的情况下到街道妇联家庭服务中心求助，诉说了自己的苦闷和担心。接待她的韩姐一方面与她就生活、工作压力进行辅导，一方面与厂工会取得了联系，这才有了上述那一幕。

分析讨论

(1) 家庭服务中心针对王鸿雁做了哪些工作？

(2) 谈一谈家庭社会工作包括哪些内容？有什么特点？

（简要提示：家庭社会工作的介入使得王鸿雁得以继续工作，这样家庭经济有了保障，生活费用及孩子上学的费用也有了着落。）

9.3.2 我国家庭社会工作的体系

1. 正式的家庭工作机构

1) 妇联

全称为"中华全国妇女联合会"，是全国各族各界妇女在中国共产党领导下为争取进一步解放而联合起来的社会群众团体，是党和政府联系妇女群众的桥梁和纽带。妇联在组织、教育、推动妇女发展的过程中，也将维护妇女儿童权益，为妇女儿童服务作为工作的重点。其工作职责中也有关于家庭工作的内容，如普及家庭教育知识，开展"文明家庭"创建活动；认真接待和受理妇女群众的来信、来访案件等等。由于妇联的定位和其自中央到地方的网状组织结构优势,以及近十万计的妇联妇女工作者队伍,妇联已成为中国大陆婚姻家庭工作最主要的工作组织机构,为妇女儿童和家庭的健康发展做出了重要贡献。

2）工会

全称为"中华全国总工会",是职工自愿结合的工人阶级的群众组织。工会的服务对象主要是企事业单位、机关中以工资收入为主要生活来源的体力和脑力劳动者,因此,工会组织大多数集中在城市。维护职工合法权益是工会的基本职责,工会在关心职工的生活,解决职工困难,为职工服务方面做了大量工作,其中也包括职工的婚姻家庭工作。

3）社区居委会

社区居民委员会是城市社区居民自我管理、自我教育、自我服务的基层群众性自治组织,是社区成员代表大会闭会期间的常设议事机构,它具有管理、服务、教育和监督的职能。通常居委会设社区服务与社会保障、社区卫生与计划生育、社区治安与人民调节、社区文化教育科普与社区体育、社区环境与物业、社区协调与共建等委员会。社区居委会直接面对居民老百姓,对婚姻家庭关系调解、家庭教育知识普及、和谐家庭建设等方面做了大量的工作。

4）村委会

村民委员会是农村村民自我管理、自我教育、自我服务的基层群众性自治组织,实行民主选举、民主决策、民主管理、民主监督。村委会办理本村的公共事务和公益事业,调解民间纠纷,协助维护社会治安,向人民政府反映村民的意见、要求和提出建议。村委会在调解农村婚姻家庭矛盾,村民及邻里之间纠纷、促进家庭和谐发展方面起了重要作用。调解遵循的原则有依照法律、法规、规章和政策在双方当事人自愿平等的基础上进行调解;尊重当事人的诉讼权利。

2. 非正式的家庭工作联合体

邻里互助:邻里是人们以地缘关系为基础形成的一种初级社会群体。是生活在同一地域经久相处、守望相助、友好往来的若干家庭联合体,它随家庭产生而出现。邻里可以提供生活上的帮助,情感上的支持,还可以防卫外来的威胁侵害。邻里融洽相处可以为家庭营造宽松、平和愉悦的环境空间,如俗话所说的"远亲不如近邻"。

邻里互助原本是一种自然形成的关系行为,它具有自发性、主动性和非功利性的特点。它是人们心灵美好品质真诚、善良的表露。它也对家庭有着积极的支持作用。目前在不少城乡社区开展的强化邻里互助功能的活动,对服务于都市化生活方式的家庭有积极的作用。

阅读资料

邻里互助,都市近邻胜远亲

住在苏州工业园区的李先生开车去机场,半路上突然想起自己在出门时忘了关煤气灶,灶上还煲着一锅汤,家人又都不在。可李先生并未慌张,他拿出随身携带的

"邻里互助卡",一个电话给邻居,邻居用李先生放在他家的钥匙开门,轻松地解决了这个麻烦事。园区管委会宣传办公室主任姚文蕾说,从对门家庭建立互助家庭,到建立互助楼道,再到一个小区甚至整个社区互助氛围的营造,"邻里互助行动"已成为园区构建和谐社会的一道靓丽风景。

资料来源:后晨.邻里互助,都市近邻胜远亲[N]。新华日报,2006-09-12.

合肥和平路街道:"邻里守望"让社区老少皆有所乐

安徽省合肥市和平路街道推出"邻里守望"制,给社区的居民们心头一暖:空巢、孤寡老人生活不便,修家电、叠被褥,会有人随叫随到;孩子忘带钥匙回不了家,会有人把他们带回自己家……都市社会邻里之间"老死不相往来"的"城市冷漠症"在此冰融雪消。

"邻里守望"——守望安全、守望沟通、守望幸福。邻里守望使得居民逐渐习惯了"开家门,握邻手、互帮助、解邻忧"的社区氛围。一次又一次的包饺子、联欢会、趣味运动会让居民感情沟通的机会增多了。一些实际问题,如空巢老人、孤寡老人缺乏照顾等,也都得到了解决,居民的安全感和归属感得到了增强。"只要您拨打电话,我们十分钟内赶到"—— 这是和平路街道社区"爱心110"对所有社区家庭的承诺。

资料来源:[2007-02-08]http://news.xinhuanet.com/local/2007-02/08/content_5713081.htm.

分析讨论

(1)为什么"邻里互助胜远亲"?

(2)从案例讨论中,你对我国本土特点的家庭社会工作有什么新的认识?

(简要提示:邻里守望与互助是具有我国文化特色的主要的社会支持系统。挖掘城市及乡村社区中的丰富资源,以弥补现在社会福利保障的不足,是家庭社会工作中的重要关注点。)

9.3.3　我国家庭社会工作的内容

1. 政府体制内的家庭工作

1)家庭救助

家庭在遇到生活变故引起的特殊困难和意外灾害时,政府给予家庭现金和实物的救济,以便使他们增强应对困境的能力,顺利度过困难期。这些救助包括专项的政策性救助,如为解决响应政府计划生育号召的农村独子或双女户家庭的特殊困难,国家人口计生委与财政部拨专项资金对年满60周岁的夫妇给予奖励扶助,使他们能够安度晚年①;民政对象家庭也可得到长期的照顾与救助;对城乡贫困、低保、失业者及

---

① 《国务院办公厅转发人口计生委、财政部关于开展对农村部分计划生育家庭实行奖励扶助制度试点工作意见的通知》,(国办发〔2004〕21号)及人口计生委、财政部《农村部分计划生育家庭奖励扶助制度试点方案》(试行),2004-05-13.

遇意外灾害的家庭发放救济金;特定时间如春节的慰问与救助。

2)家庭生活服务

城市中的家庭生活服务有以下内容:保姆入户服务,其职责是协助家庭照料婴幼儿、老人及专做家务。目前此项管理已逐步走向规范化,服务人员与雇主双方经有关部门介绍、签约,从事服务的人员也经过短期培训;小时工即以计时方式领取工资的入户服务;社区服务网点的服务包括小食品店、小饭馆、小裁缝店等等,方便居民生活所需;小饭桌,即帮助双职工为小学生和老人提供午饭的服务;家庭病床和医院为行动不便的病人提供上门服务;由社区组织的一对一、户帮户的居民互助;便民热线服务即居民通过拨打热线电话,解决购物、洗澡、清洁、陪老人看病、送小孩上学、家电维修、保健咨询等难题。此外,社区还拥有自己的志愿者队伍无偿地为家庭,特别是经济和行动上有困难的家庭提供义务服务。

3)婚姻调解

夫妻双方由于思想感情、性格、生理、社会等方面原因产生矛盾和纠纷,导致婚姻失调时,为改善夫妻关系,避免家庭解体,由有关单位出面调解,使双方互相谅解,解除因冲突而造成的紧张。在中国,此类家庭婚姻矛盾,首先由双方工作单位和居住地区的居委会/村委会共同调解,争取达成夫妻和解。如果双方感情恶化,要求办理法律方面的离婚手续,法院仍进行调解,以维护家庭的稳定。调解被称为具有中国特色的婚姻工作手法,调解的理念是减少破碎家庭的出现,但是已经对婚姻当事人或家庭成员造成重大伤害的婚姻是否一定要基于维持进行调解,对此还应进行科学的评价和研究。

4)家庭生活教育

家庭生活教育是一种具有预防和发展功能的社区教育。它通过讲座、宣传、娱乐性活动、知识竞赛等方式提高家庭和家庭成员预防和解决家庭问题的能力,从而强化家庭功能,促进家庭人际关系的协调,促进和谐社区与和谐社会的构建。家庭生活教育的目的是为提高家庭生活质量,加强家庭文化建设。内容涉及婚姻家庭关系调适、家庭生活(包括环境、饮食、休闲、健康)管理与资源利用、家庭发展规划等。目前从事家庭生活教育的机构主要是社区、妇联、工会和教育机构等。

5)家庭教育与培训

家庭教育与培训有以下形式。

(1)婚姻学校,包括新婚夫妇学校、离婚夫妇学校等。目的在于帮助参加者了解婚姻不同阶段易产生的问题及相关的生理、心理、法律知识,帮助人们科学理智地面对婚姻,面对婚姻的矛盾与冲突。

(2)家长学校,包括父母家长学校与隔代家长学校等。主要讲授科学育儿方法、家庭教育方法等。

(3)家政学校,包括家政培训班、家庭服务员培训班等。参加者既有希望提高家政主持能力的家庭主妇(包括准主妇),也有准备做家庭服务员的打工者。讲授内容有家庭理财购物、家庭生活料理、家庭布置、病人护理等等。

（4）再就业培训，是专门为下岗职工组织的培训，所学均为短期速成便于就业的知识。

6）有关家庭的主题活动

作为家庭工作的主要机构的妇联开展了丰富多彩的家庭主题活动。

（1）"五好家庭"评比。五好家庭的标准是爱国守法，热心公益好；学习进取，爱岗敬业好；男女平等尊老爱幼好；移风易俗，少生优育好；勤俭持家，保护环境好。五好家庭的评选活动经历了半个世纪之久，随着时代变化概念也在不断更新、发展，适应夫妻关系平等、家庭模式多元、亲子关系民主、家庭生活优质与文明的需要。

（2）平安和谐家庭建设。这是妇联牵头开展的一项社会系统工程。它依托已经形成的司法保护、咨询投诉、普法宣传、社会救助、维权监督五大社会化维权网络，构建和完善了总体工作由维权联席会总协调，各部门分工负责、密切配合、专项工作由一部门牵头、其他部门协同的工作机制，拓展社会支持和社会协调工作体系，提高创建活动的社会影响力。

2. 非政府组织开展的家庭工作

1）城乡贫困家庭的救济与扶助

非政府组织开展的家庭救助，通常具有应急性和目标性。应急性表现在对突发灾害的迅速回应能力。与政府相比较，非政府组织参与救灾具有进入灾区直接向灾民提供面对面服务的特点，他们的物资、资金及人员及时到位，显示出其独特的工作效率与工作理念。目标性表现在其家庭救助工作通常采取项目运作的方式，事先制订明确的目标与规划，确定受益群体及数量，选定为达目标而运用的各种工作手法，较为规范的管理、监测与评估模式，精心计算并经过审核的经费投入等等。这样就为扶贫项目的成功运行奠定了基础。

2）婚姻家庭心理辅导

各类婚姻家庭咨询服务推动了婚姻家庭工作的专业化。咨询服务的形式有热线电话、个案面询、团体及家庭治疗，开辟这一领域的有专业心理学、社会工作、教育、医学界专业人士及志愿者。主办单位有教育、医院、妇联、民间社团及相关机构。家庭心理辅导不同于行政教育的工作方法，它强调工作者与求助者间的平等关系；把握助人自助的原则，相信求助者自身有内在的潜质；提倡互助，协助求助者扩充支持网络。

目前我国已经有一批专职、兼职的心理辅导员在做婚姻家庭咨询。但是，目前还没有自上而下的主管部门从专业及管理方面领导、监督此项工作，造成工作价值观、工作方法及咨询辅导水平参差不齐；由于社会工作专业化未形成，咨询辅导水平较低且带有明显的行政教育痕迹；心理咨询辅导缺少应有的社会地位和入职资格。闫明复在1996年国际社会工作者与国际社会工作教育联合会的会刊上发表论文指出："逐步推行社会工作职业化，建立符合中国实际的社会工作专业人员的录用、聘任制度，建立社会工作专业技术职务的评、聘制度"是将家庭社会工作推向专业化的关键。

3）家庭能力建设

面对社会转型出现的家庭问题，非政府组织及民间社区也开展了各种形式的家庭能力建设活动，力图使家庭及家庭成员能够增强面对社会变革挑战的能力。

9.4　家庭社会工作的主要方法

9.4.1　整合社会工作方法在家庭中的运用

家庭社会工作分布于政府部门、群众团体、社区、教育、新闻等单位以及一些非政府民间社团之中。一般来说，政府部门的家庭方法以行政教育、指导、管理等传统模式为主。专业的家庭社会工作多是由较早开设社会工作及心理咨询专业的院（系）教学部门开始倡导与实践。非政府民间团体尤其是面对社会开设咨询辅导服务的机构，对社会工作的专业价值观及其原则有较明确的认知。工青妇组织尤其是妇联在反省其组织发展功能的过程中，逐渐认同社会工作助人自助的价值观，对社会工作的专业方法也有了开始学习和实践的热情与动力。

家庭社会工作是一项整合性的专业社会工作。社会工作方法的选取应该针对家庭的需要运用于家庭工作之中。家庭的问题是多样的，社会工作者的工作手法也应该是多元的。

1. 个案工作应用于家庭

个案工作即社会工作者运用社会工作专业知识与技巧为个人或家庭提供情感及物资支持的服务。目前，个案工作已经比较广泛地应用于教育系统大、中学校尤其是高校大学生的心理咨询工作。工青妇社团组织及基层社区居委会、非政府机构开展的对个人或家庭的热线咨询、面对面咨询服务都可以称之为个案工作。

个案工作的目标是缓解和消除求助个人或家庭的困难与问题，调整心态，提高社会适应能力。个案工作的求助对象的问题相当高的比例涉及恋爱、婚姻、家庭（夫妻、亲子、婆媳等）关系及家庭其他问题的困扰，工作者可以用个案工作方法向他们提供服务。

2. 小组（团体）工作应用于家庭

小组工作是通过小组群体内部面对面的互动，协助小组中有较相同困扰的个人增强社会生活功能。小组可以使组员们有"同在一条船"的感觉，通过组员们的互助带动小组成员情绪状态改变，走出困境，最终达到自助与成长。

目前小组工作也开始越来越多地运用在实务工作之中。有专业特点的小组主要还是由具有社会工作专业理论与技能的社会工作、心理咨询专业人员开设。比如在学校开设的"青少年、学生成长小组"、"青年志愿者小组"；社区中开设的"单亲母亲支持小组"、"婚姻成长小组"、"亲子互动小组"，以及"老年康乐小组"等；团队训练公司举办"家庭夏令营"、"家庭拓展训练"等；反对家庭暴力项目中的"受害妇女支小组""施暴者教育与治疗小组"等。此外,一些医院也使用小组工作的方法为病人及家属开设"糖尿病患者互助小组"、"白血病儿家长小组"等等。

3. 社区工作应用于家庭工作

阅读资料

北京的初冬,寒风凛凛,丰台区南宫宾馆的会议室里热气腾腾,人声鼎沸。墙壁上贴着一张张写满字迹的大纸,这里进行的是丰台区右安门街道"幸福家庭成长小组"社区辅导员培训,培训者是中华女子学院的几位社会工作者老师。

丰台区右安门街道作为中国法学会"中国反对对妇女的家庭暴力对策研究与干预"项目城市社区干预试点单位。经过大规模的社区宣传,建起多机构干预网络,及时有效地为受害妇女提供积极援助。建立一支社区居民自己的预防、干预家庭暴力志愿者队伍,主动自觉地做施暴者及其家庭的辅导工作,将是社区干预项目可持续发展的重要手段。

街道仔细甄选的 22 名男性 8 名女性社区积极分子参加了辅导员培训,年纪最大的 68 岁,最小的 22 岁,他们有的是退休干部、工人,有的是教师,愿意为制止家庭暴力做贡献。

辅导员的培训以家庭小组的形式开始,用参与式的方法,在讨论、活动、游戏中引出了社会性别概念、男性气质与女性气质等诸多话题。大家积极投入每个问题的讨论,对施暴者观念与行为的社会养成,暴力行为对妇女、男性及孩子的影响,暴力的得与失,尤其是家庭暴力的本质有了更深刻的认识。大家一起探讨如何面对施暴者进行工作,促使他们改变暴力行为,使用良性的沟通方式。

两天多的培训在大家依依不舍中结束。三十多位未来的反家暴社区辅导员们纷纷表达学习感受,学习了社会性别平等与反家庭暴力的知识,学到了做施暴者工作的全新的工作方法,也深感肩上的重任:"社区拒绝家庭暴力,现在从我做起"。

接受了反家暴社区辅导员培训的志愿者们将像一粒粒火种,走进社区居民家中,传播社会性别平等,拒绝家庭暴力的观念,他们也会像朋友与家人一样帮助暴力家庭中的施暴者认识家庭暴力的危害,改变自己,重新学习新的知识,掀开人生新的一页——在平等的两性关系与家庭关系中享受生活。

资料来源:[2002-12-06] http://englishl. china. org. cn/chinese/funv/242827. htm.

分析讨论

(1)此项活动应用了什么社会工作的方法?

(2)右安门街道社区的反家暴社区辅导员培训有什么现实意义?

(简要提示:社区中蕴藏着丰富的人力资源。以社会工作理念及社区工作方法可以动员社区居民、志愿者参与社区倡导、社区宣传,促进社区关系的改变。)

社区工作是一种理念,是一个有计划的行动,社区工作也是一个过程。它意在培养社区居民的归属感和认同感,共同参与,共同解决,营造文明先进的社区文化,由此促进家庭生活质量。

无论政府还是非政府,都非常注重社区的资源与力量。通过社区宣传、社区动员凝聚起人气解决婚姻家庭问题。比如中国法学会反家暴网络城市社区干预项目试点——北京市右安门街道通过由公检法司、妇联、医院等联合组成的多机构合作网及数百名志愿者队伍尤其是"白丝带男性志愿者"的参与,有效地制止了该地区家庭暴力的发生,促进了妇女权益的保护和家庭的和谐发展。

4. 社会工作行政应用于家庭工作

社会工作行政的核心内涵是执行、实施社会政策[5]。将此理念放在家庭社会工作中,要关注有关家庭的社会政策的制定、出台及实施是否能够回应社会变革中婚姻家庭的转变,满足家庭成员的各种需要。

此外,家庭社会工作还需要对各类资源进行合理配置和管理,如服务机构人员的构成、家庭社会工作者的能力建设与专业培训、定期的工作经验分享会和机构督导制度、家庭社会工作的档案管理等。

9.4.2　家庭治疗

1. 概念与流派

家庭治疗出现在第二次世界大战后的美国精神医学界,20 世纪 50 年代运用于家庭社会工作服务之中。家庭治疗是一种治疗模式,以整个家庭作为治疗的单位,着重的焦点在家庭成员间的互动关系和沟通的问题,是处理人际关系系统的一种方法[6]。

半个世纪以来,形成了风格各异的家庭治疗流派。20 世纪末叶各派取长补短,越来越呈现综合态势。家庭治疗各派都以关怀家庭功能、强化家庭功能作为治疗的重心,将关注点投向调整与改变家庭系统的运作上。

鲍恩(Bowen)是家庭治疗领域的主要理论家、家庭系统理论的发展者,他在心理动力取向和系统取向之间架起了桥梁。他的主要贡献有家庭系统理论及 8 个连锁理论概念:自我分化、三角关系、核心家庭情绪系统、家庭投射历程、情绪截断、多世代的传递过程、手足位置和社会退化[7]。鲍恩的理论对随后不同流派的家庭治疗理论和技术都有重要的影响力。

结构派的家庭治疗致力于使丧失功能的家庭达到结构性改变,通过改变家庭的动力和组织去改变个人及家庭。创始人为米纳岑(Minuchin),他用于治疗的基本概念有家庭结构、子系统(次系统)概念、界限、权力和联盟[8]。沟通派家庭治疗注重观察和改变家庭成员的沟通模式,促进家庭在平等、对称的互动模式中而非对立的、强弱行为中去交流。策略派家庭治疗从独特的思维角度出发,以鲜明的创造性与操作性发展出短期治疗的模式,诸如"矛盾处方"、"维持症状"、"奇迹提问"等以解决问题为焦点的治疗方法。米兰系统派家庭治疗使用循环提问收集家庭的信息,促进家庭成员发现他们之间的差异,增进相互了解。从正向积极的角度解读家庭面临的困扰,用"未来取向"的解释,启发家庭构想未来的计划,破除僵化的家庭游戏,迫使家庭成员发明出更有弹性的相处方式[7]。

2. 家庭治疗的目标与范围

家庭治疗理论认为每个家庭成员的行为都是与家庭、与家庭其他成员互动的结果。个人的问题可能是家庭的问题,个人困扰可能是因为家庭有困扰。家庭治疗者注重家庭系统的测评与调整,其目标为:

(1)广泛且深入地评量家庭人员之间的交互关系的素质;

(2)了解与促进家庭人员之间的交互反应关系;

(3)了解与促进每一分子的角色扮演与角色功能;

(4)改善或解决家庭当前的交互反应关系上的难题;

(5)促进家庭人员的发展功能;

(6)充分发展现代家庭生活应有的功能[9]。

家庭治疗可用于各种精神异常,对婚姻失和、儿童青春期困惑与家庭关系的问题特别有效。它还可用于家庭遭遇重大挫折困难,如家庭成员意外死亡、成员失业、家庭迁徙;对家庭生命周期发展各阶段所产生的问题,如子女出生、离家独立等等引起的特殊心理问题。

中国的家庭治疗刚刚开始起步。家庭治疗是一项专业性、实践性非常强的处理家庭问题的工作手法,工作者必须经过专业的学习和训练。

9.5 婚姻家庭领域中的社会性别视角

9.5.1 关注焦点

1. 审视以父权文化为基础的婚姻家庭制度

父权文化系统地规范了男性/父系为中心的婚姻制度与家庭制度:男婚女嫁,女到男家的婚嫁习俗;从父姓,以父系血缘为家庭主轴的姓氏制度;男性为户主,从夫居的居住方式;父为子纲、夫为妻纲、好女子不嫁二夫,女子要从一而终的纲常伦理;男外女内、男刚女柔、男高女低、男尊女卑的性别规范……

传统婚姻家庭规范和体系对男性和女性赋予不同的生命意义,规范不同的行为活动,隔离在不同的生活空间,又对他/她们的付出给予不同的价值评判。在二元对立缺少公正评价的文化中,无论是男性还是女性都难于自主选择自己的生活方式,而女性在制度规范中则始终处在社会文化的边缘位置。近年来出生性别比失调这一严重社会问题的根源就在于此。

从社会性别视角审视父权文化体系中的家庭制度,可以更清醒地看到性别关系不平等的深层原因,也可以找到构建性别平等文化的切入点。

阅读资料

晨曦村小学每班的男孩比女孩都要多三分之一。

一直以来，人们都觉得生男孩比生女孩合算：男孩是家庭顶梁柱，可以娶进媳妇生儿育女，男孩还是父母养老的依靠。

村里的一系列现象也让大家觉得女人没有能耐，上不了台面，男人就是比女人强。因此村委会清一色的男人，连计生干都是男性担任。因为女人得嫁出去，宅基地不分给女性。女人不能进祠堂，修家谱也不会考虑女性家庭成员……如此种种不平等的待遇，如果生个女孩这个家庭可就惨了。

因为人们太想要生男孩，一些人便趁机而入：非法 B 超鉴定、秘密堕胎的黑医曾一度很有市场。

计生委"关爱女孩行动"开展起来了，村民们受到了社会性别平等教育，也得到了切切实实的实惠。国家的奖励扶助政策和地方政府针对生女户的特殊的扶贫、教育措施和规定使村民感受到"生男生女一样好"，"女儿也能成才"的概念也在慢慢深入人心。

分析讨论

（1）出生性别比失调反映了什么层面的问题？

（2）如何构建有利于女孩健康成长的外界环境？

（简要提示：对女孩生存状况的关注，需要婚姻家庭工作者关注这一问题与社会性别制度的关系，注重政策、文化、经济层面上做宣传倡导，探索完善治理机制。）

2. 质疑以性别划分角色与责任

婚姻家庭的性别分工源于社会对男性/女性不同的期待、要求和评价，表现在对他/她们因性别不同而"约定俗成"的分工中。深入分析，可以了解这一逻辑轨迹。

因认定了"男强女弱"生理性别的差异，便赋予他们不同的角色及责任，如"男人挣钱养家，女人相夫教子"，从而衍生出"男主外，女主内"普遍遵从的性别分工。通常，男性在外创造的价值是可见的，如薪酬、社会地位等；而女人则不同，生育是自己的事，繁琐细碎的家务看不到贡献，无价值可言。这种公共领域和私人领域的性别划分及不公正评价，最终造成男性女性在社会及家庭中地位、权利的不平等。

社会性别角色定型仍然对包括男童在内的男性在公众生活和工作环境中的角色予以更高的评价，这与妇女无薪酬的家务劳动、家庭照护和社区工作的角色形成对比[①]。因此，性别角色刻板定型，势必阻碍男性、女性作为一个"全人"的潜能的发掘，它为妇女的社会性发展设置障碍，也阻碍男性自由的选择与身心的健康。

3. 女性/男性的处境是社会性别机制所致

我们所观察到的婚姻家庭问题常常纠缠在性别关系上，如因刻板角色期待引起的恋爱关系破裂，性别角色分工引发的婚姻冲突，基于权利不平等导致的家庭暴力、

---

① 亚太地区经社理事会回顾《北京行动纲领》区域执行情况以及地区和全球成果高级政府间会议报告. 曼谷. 2004-09.

婚姻暴力等等。简单地将婚姻家庭中的性别冲突归结为这个男人不好,那个女人有错,并不能从根本上解决问题。伴随着中国社会转型,婚姻家庭领域普遍存在的性别关系张力,尤其内在的深层机制因素,需要两性及家庭成员共同面对,共同调整,共同磨合和共同改变。

在我国,男性未经历过身份自省的性别解放,自建国以来的妇女解放运动使女性的独立性逐渐增强,性别关系处在不均衡发展过程中,这势必使性别冲突逐渐加剧。因此,男性的参与、反思和改变显得更加重要。

两性在资源、责任和权利的分配方面存在的不平等,常常通过不同制度之间的互动而交叉存在,最终对个体造成不利处境。改变传统的性别角色分工和性别关系,重建新型的婚姻家庭和谐,需要进行全社会的倡导、宣传与教育。这是一场深刻的社会文化变革,社会政策、法律环境、社保制度、大众传媒及相关服务机构等方面应该形成系统的连接和互动,这项涉及性别关系重构的历史性任务仅由妇联、妇女组织独立承担,仅仅针对女性群体进行教育提高是不可能顺利完成的。

阅读资料

家庭,代表了人和人之间最亲密的关系,而丈夫和妻子就是这种关系的基础。但是从妇联的报告中发现,在各地监狱所关押的重刑犯里,都有一些女犯是因为杀死丈夫而入狱。在中国家庭中,女性往往被当做温暖的象征。那么,为什么这些女人会杀死伴侣,让孩子成为孤儿,让自己失去自由呢? 2005 年 3 月 7 日的新闻调查,《探访女子监区》记录下这样一个案例:

安瑞花,43 岁,用菜刀砍了丈夫 27 刀。安瑞花,村里人眼中连蚂蚁也不敢踩的老好人,谁也没有想到,这种事会发生在她身上。

安瑞花的右眼只剩光感。安瑞花告诉我们,她的眼睛是十几年前丈夫一次酒醉之后,用酒瓶子砸瞎的。终于,在忍受了二十多年之后,在一个丈夫酒醉后扬言要杀死全家人的夜晚,安瑞花也拿起了刀。

安瑞花与其他类似悲惨经历的受暴妇女都曾多次向外界求助:找村大队、找村长、找县妇联、找派出所……但是他们或劝她忍忍回去好好过日子,或找丈夫不轻不重地说两句。因为求助无门,也得不到实质的支持与帮助,使绝望中的"安瑞花"们产生杀夫动机,造成了这样的以暴制暴的结果。

分析讨论

安瑞花为什么杀死了丈夫?

安瑞花的案例有何启发? 要想预防和制止家庭暴力,应从什么地方入手?

(简要提示:家庭暴力受害妇女的悲惨境遇绝非是她个人素质能力低等单纯因素造成的。制止家庭暴力需要动员全社会共同参与,尤其需要相关救助部门明确的立场与直接援助行动。)

9.5.2 婚姻家庭工作模式的分析

社会性别理论是西方女性主义理论研究与实践的重要成果。纳入社会性别视角和性别敏感的婚姻家庭工作应该不断探索,发展出具有特色的问题解释角度与服务工作模式。

1. 传统模式的婚姻家庭工作

婚姻家庭历来被看做是女性活动的场所,女性在婚姻家庭中扮演的妻子、母亲角色在女性生命中占有绝对重要位置。传统婚姻家庭工作的主要对象是女性,强调和赞美女性在家庭婚姻中的"付出"与"牺牲",并将此作为评量好女人的单一标准。

认定女性就是天生的弱者,心胸狭窄,素质不高,没有独立自尊精神,由此出发所制定的工作策略仅仅以妇女为教育对象,而完全忽略女性整体处境的社会结构性及文化性因素。这种工作模式实际上将女性与男性分离开,无助于性别关系的调整。

过分强调"婚姻和谐"、"家庭稳定"的重要性,常常要求女性在没有感情甚至带来伤害的婚姻中隐忍个人的痛苦,规劝她们为了孩子、为了家庭不要轻易选择离婚。传统的婚姻家庭工作无视某些家庭中存在的权力关系,仅使用单一的调解、劝说方法,甚至谴责受害人有过错才导致关系紧张和冲突,致使遭受暴力伤害的女性孤立无援,处在绝望的境地中。

将孩子成长过程中出现的问题归咎于母亲。谴责母亲的家庭角色承担不到位,母亲的素质能力差才导致孩子成长出现偏差。于是出现各种形式的"母亲培训班",而对父亲的缺位和不尽责却视而不见。僵化的思维和定型的工作模式给女性带来身心压力及焦虑,使男性在家庭婚姻中无从获得锻炼成长机会,也影响了他们全方位地体验人生和实现价值。

阅读资料

桂花一大早就跨进居委会大门,这已经是第三次到居委会来了。王主任说:"怎么了? 又打你了? 这个人呀……"桂花低着头,胳膊和手腕上都是红肿的拧伤,一侧的脸颊和眼眶乌青。"我已经尽力做好自己的事了。昨天他回家我早就做好了饭,但是他吃了一口就摔掉筷子说菜太咸了,我只说了一句'不咸啊……'他就……"桂花眼泪刷刷地流下来。

王主任叹了口气"你家的这位,其实看着是个挺懂事理的人啊。你看,每次他打你以后不都是很后悔吗? ……年轻人火气大,过些年成熟了会好些……建立个家不容易,有话还得好好说……"

分析讨论

(1)你怎样评价个案中居委会王主任对桂花说的话? 她的建议能够解决桂花面对的问题吗?

(2)怎样才能为正处在家庭暴力关系中的桂花提供及时有力的支持?

(简要提示:家庭暴力触犯了法律,婚姻家庭工作者应该有明确的立场与观点,维护妇女权益。同时,工作者也要反思过分强调女性要贤惠、柔顺、善理家务的刻板规范,这样才能在工作中促进发展和改变。)

2. 具有性别敏感的婚姻家庭工作

性别敏感是指工作者能够觉察到在人的成长过程中,所谓的男性"阳刚"、女性"阴柔"在行为、态度等方面的差别并非天生而是社会化过程的产物,它常常与男性、女性在家庭社会中的资源、机会、权力、地位有直接的关系。性别敏感的婚姻家庭工作源于女性主义理论的基本概念,与女性主义不同的是,它更试图去更深入地了解男性和女性的发展,以及两性的性别角色刻板印象,并将这些议题整合到治疗介入之中[7]。

性别敏感的婚姻家庭工作注重与会谈家庭中的男性/女性成员建立平等、合作性的工作关系,避免滥用工作者的权力。在工作中帮助家庭成员对刻板印象化的性别角色限制有觉察和警醒,鼓励他/她们能够突破传统性别角色的束缚,在更广泛的领域中去作选择。强调作为一个全人,而非预设在生理性别的男人女人方面的人生发展。尽量避免使用性别歧视的语言与工具。倡导社会文化、社会政策、社区氛围的变革,为构建平等、尊重、和谐的婚姻家庭关系创造良好的外围环境。

9.5.3 纳入社会性别视角的婚姻家庭工作

1. 关注与评估的重点

关注与评估的重点如下:从社会系统、社会结构解释妇女问题;注重个人改变与社会改变间的相关性;注意某些婚姻家庭关系的冲突可能与刻板的传统家庭角色分工有关;关注婚姻家庭中存在的权力关系,例如家庭暴力、虐妻或虐童等;注重对弱者的维权、强者的削权干预;推进婚姻家庭适应时代的发展,注重与家庭成员讨论性别观念形成及改变的可能性。

2. 干预与介入的角度

从增强家庭功能角度出发,鼓励家庭打破性别/代际隔离,建立平等、亲密、相互关怀与合作的关系。与家庭成员一起讨论,对女性、男性给予家庭的贡献尤其通常由女性承担的生育、家务劳动的价值做出公正的评价。

婚姻家庭问题是家庭系统欠缺良性互动的结果,解决婚姻家庭问题也要邀请全家人坐在一起共同努力,各担责任,而非仅仅与作为妻子、母亲的女性探讨,而男性长期缺席。

婚姻家庭中的暴力及虐待问题要借助多种社会资源从调整和平衡权力关系入手。挑战价值中立,提倡对人格的尊重与平等。主张妇女增权(empowerment),改变处境,使她们能够掌控自己的生活。应尽量减少固化或强化传统的性别关系与分工,在帮助资源缺少的弱势妇女时,既要考虑她们自身的需求改变现状,又要引导和促进她们的改变朝向战略性社会性别利益的方向,促进她们的权能增长,促进其融入到社会发展之中。

理解女性在父权制文化中的边缘位置,应用专业的工作手法促使弱群女性建立联系,彼此分享经验,相互支持,而不是接受歧视性的标签一味地责怪自己,使自己更趋孤立。

性别敏感的婚姻家庭工作非常注重分析婚姻家庭问题现状与社会、经济、文化环境之间的关系,将干预外界环境因素放入到行动方案之中。整合社会资源,促进制度环境的改善,常常带来女性群体生存环境本质性的变化,取得事半功倍的效果。

纳入社会性别视角的婚姻家庭工作鲜明的特点在于其批判性与挑战性。这对于身处父权文化中的研究者与实务工作者来说需要有相当的勇气和坚持力。

近年来有学者将社会性别理念及分析手法尝试应用于婚姻家庭咨询、单亲母亲援助、社区反家暴项目中"受害妇女支持小组"与"施暴者教育与治疗小组"的运作与干预中,促进弱势妇女群体(家庭暴力受害妇女、单亲母亲等)自我意识的觉醒与能力增长,促进了有暴力倾向的男性的反思与改变,探索了有本地特点的初步经验。

社会性别敏感的家庭工作是一种意识,一种视角,要在学习、思考和不断实践中探索与总结,使之更具有可操作性。

小结

每一个人都来自于家庭,婚姻家庭与人密不可分。因此,了解和掌握婚姻家庭的相关知识对于一个人的自我认知、自我成长、与别人建立关系、进入社会、贡献社会都非常的重要。

婚姻家庭社会工作者必须掌握有关社会工作的专业理论与方法,同时还应该有能力清理传统的社会性别制度和社会性别文化在婚姻家庭领域形成的一系列规范定型,将服务纳入社会性别视角。

通过婚姻家庭社会工作培育新型的、具有时代特点的、基于平等和谐关系之上的婚姻模式与家庭格局,为促进新世纪中国的性别平等进程做出贡献。

问题与思考

(1)社会变革使中国的婚姻家庭发生了什么变化?

(2)什么是家庭社会工作? 试述家庭社会工作的重要性。

(3)简述我国家庭社会工作的特点及状况。

(4)谈谈具有性别敏感的婚姻家庭工作关注评估的重点与干预的角度。

参考文献

[1]唐灿.城乡社会家庭结构与功能的变迁[J].中国社科院报,人民网,2005-04-13.

[2]徐安琪.世纪之交中国人的爱情和婚姻[M].北京:中国社会科学出版社,1997.

[3]马丽庄.青少年与家庭治疗[M].台北:台湾五南图书出版社公司,2001.

[4]曾毅,李伟,梁志武.中国家庭结构的现状、区域差异及变动趋势[J].社会学,1992(2).

[5]王思斌.社会工作概论(第2版)[M].北京:高等教育出版社,2005.

[6]谢秀芬.家庭与家庭服务[M].台北:台湾五南图书出版公司,1989.

[7]IRENE GOLDENBERG, HERBERT GOLDENBERG.家族治疗理论与技术[M].翁树澍,王大维,译.台北:台湾扬智文化事业股份有限公司,1999.

[8]SALVADOR MINUCHIN.结构派家族治疗入门[M].刘琼瑛,译.台北:台湾心理出版社,1996.

[9]廖荣利.精神病理社会工作[M].台北:台湾五南图书出版公司,1993.

10

妇女与贫困

引言

贫困是世界各国普遍存在的一个复杂的社会问题,也是每个国家努力解决的重要问题之一。由于传统社会性别文化的影响及妇女在发展中处于不利境地,妇女贫困的现象越来越凸显。这不仅不利于妇女的自由、健康、全面的发展,不利于家庭的和谐与稳定,也不利于社会的可持续发展。

学习目标

1. 了解贫困的概念界定。
2. 掌握妇女贫困及其成因。
3. 掌握中国城市妇女贫困的现状、原因及对策。
4. 掌握中国农村妇女贫困的现状、原因及对策。
5. 了解中国扶贫政策的演变及扶贫工作的组织。
6. 了解国际贫困援助。
7. 了解小额贷款和参与式扶贫等扶贫项目。

知识点

贫困的概念、妇女贫困及其成因、中国城市和农村妇女贫困的现状、原因及对策、中国扶贫政策的历史演变、中国扶贫工作的组织、国际贫困援助以及小额贷款扶贫和参与式扶贫等扶贫项目。

案例导入

　　国家统计局对全国 592 个国家扶贫开发工作重点县的贫困监测调查显示,从经济状况、就业、教育、健康以及社会地位等方面衡量,贫困地区妇女的贫困程度更为严重。①2004 年,扶贫重点县在 668 元(农村绝对贫困人口的年收入标准)以下的绝对贫困人口共 1 613 万,其中 48.2% 为女性,女性人口的贫困率为 8.3%,比男性高 0.4个百分点;在 668 元以上,924 元(农村低收入人口的标准为年收入 924 元)以下的低收入人口共计 2 580 万,其中 48.5% 是女性,女性人口的低收入发生率比男性人口高0.6 个百分点。②女劳动力的就业机会及收入状况与男劳动力也有较大差距。2004年,扶贫重点县女劳动力的全年平均从业时间在 6 个月以下的占 17.8%,比男劳动力高 6.1 个百分点;平均从业时间为 9.3 个月,比男劳动力少 0.4 个百分点;从事农业劳动时间占 77.4%,比男劳动力高 10.4 个百分点。外出务工劳动力占 11%,比男劳动力低 12 个百分点。平均每个外出务工女劳动力的月工资为 460 元,比男劳动力低 16.1%。③女劳动力文化程度较低。女劳动力中的文盲率为 20%,比男劳动力文盲率高 13.2 个百分点。女劳动力接受过各种职业技术培训的比例仅为 7.5%,不到男劳动力培训比重的一半。值得关注的是,女童在校率低于男童。根据抽样调查结果,7~15 岁女童在校率为 92.8%,比男童低 1.3 个百分点。④妇女的健康状况相对较差。2004 年,扶贫重点县妇女健康人口比男性低 1.7 个百分比。主要是长期慢性病和体弱多病现象较多。⑤妇女的社会参与程度也很低。2004 年底,妇女担任社会职务(指乡村干部、村民代表、乡村集体企业和各种群众组织负责人等)比重仅为0.7%,比男性低 4.6 个百分点。

资料来源:[2005-08-17]http://www.93.gov.cn/czyz/sheqingmiyi1/xinxi2937.htm.

　　通过国家统计局贫困监测调查数据,可以看出相对于男性来说妇女更加贫困的社会现实。在同样的自然环境和社会环境下,妇女在很多方面都体现出比男性劣势的一面。

　　在我国,妇女的生存状况究竟如何呢? 为什么在同样的条件下,女性的贫困更严重呢? 妇女的贫困主要体现在哪些方面? 导致妇女贫困的原因是什么? 针对这些问题又该如何解决呢? 本章就是针对这些问题而展开的。

　　贫困是一个复杂的社会问题,在世界各国普遍存在。早在 16 世纪时,贫困问题就已经被关注。1601 年,英国《济贫法》的颁布更促进了世界各国对贫困问题的研究。但直到 20 世纪 60 年代,妇女在贫困人口中占大多数的事实才被人们发现,于是"贫困的女性化"研究开始提上日程,妇女贫困问题日益受到瞩目。

10.1　贫困及妇女贫困

10.1.1　贫困

最初对贫困进行界定时主要是从单一的经济收入角度出发的,分为绝对贫困和相对贫困两个层面。

1899年英国的朗特里对贫困的定义是:"如果一个家庭的总收入不足以维持家庭人口最基本的生存活动要求,那么,这个家庭就基本陷入了贫困中。"[1]《简明大不列颠百科全书》中文版第六卷中指出:"贫困是一种人的缺乏满足基本需要的手段的状况。"我国统计局1989年将贫困定义为:"个人或家庭依靠劳动所得和其他合法收入不能维持其基本的生活需求。"以上的定义都是从绝对贫困方面界定的,即主要指缺乏必要的收入来维持基本的生存需要。贫困标准就是以此为依据划定的,国际上的贫困线就是世界银行提出人均每天消费支出1美元,如低于此贫困线就被定义为贫困。中国1994年的贫困线为人均年收入440元,2000年为625元。

与绝对贫困相对应的是相对贫困,相对贫困是一个比较的概念,反映了不同社会成员之间的收入差距。一方面指的是因社会经济发展,贫困线不断提高而产生的贫困;另一方面指的是一个人或家庭的收入与其他社会成员收入的差距而产生的贫困,即其比社会平均收入水平少到一定程度所维持的那种生活状况[2]。也就是说,相对贫困指温饱基本解决,简单再生产能够维持,但低于社会公认的基本生活水平,缺乏扩大再生产的能力或能力很弱[3]。世界银行的专家认为,收入低于平均收入1/3的社会成员便可视为处于相对贫困状态[4]。

随着社会的发展,人们对贫困问题的认识不断深化,贫困的内涵也不断丰富,由"低收入导致的生活必需品的缺乏"到"缺少达到最低生活水准的能力",再到"权利和机会的被剥夺",从而呈现出贫困的多元化特征。联合国发展计划署在《1997年人类发展报告》中提出了"人类贫困"的概念,即人们在寿命、健康、居住、知识、参与、个人安全和环境等方面的基本条件得不到满足,而限制了人的选择。从而强调扶贫过程中的平等、社会参与、妇女赋权和对人权的尊重。这种在以人为本基础上对贫困的界定将性别问题提到贫困范畴内。

10.1.2　妇女贫困

到20世纪60年代,人们发现在贫困人口中妇女占了大多数。20世纪70年代后期,"贫困的女性化"(feminization of poverty)概念在美国提出。研究发现,贫困率增长最快的家庭结构是女户主家庭,由低收入或贫困的妇女和孩子组成[5]。因此,"贫困的女性化"是指贫困家庭中"女户主家庭"增多、贫困人口中女性越来越多这样一种现象。有学者从性别分析的视角论述了不可持续的发展过程与贫困危机的产生、加深之间的必然联系,并着重分析了其中的女性贫困化和贫困的女性化过程[6]。

1980 年联合国哥本哈根大会曾指出,妇女从事了世界上 2/3 到 3/4 的劳动量,她们生产了 45% 的世界食物,但她们仅获得 1/10 的世界收入。联合国世界粮食组织与联合国粮农组织以及国际农业发展基金会表示,自 20 世纪 70 年代以来全球生活在贫困线以下的妇女人数已增加了 50%,而生活在贫困线以下男性的增加比例为30%。据联合国的统计表明,全球处于绝对贫困的 13 亿人口中,70% 是妇女,她们难以获得收入、资源、教育及健康所需的保健设施和营养。

1995 年在北京召开的世界妇女大会通过的《行动纲领》中对妇女与贫困问题极为关注,并指出,当今世界上 10 亿多人生活在令人无法接受的贫穷状况下,其中大多数是女性,多数是在发展中国家。而且,在过去十年中,生活在贫穷中的妇女人数的增加同男子相比不成比例,在发展中国家尤其如此。在转型期经济国家,妇女贫穷人数日增的现象最近也成为一个重要问题,这是政治、经济和社会改革的一个短期后果。除经济因素以外,造成妇女贫穷的原因还有僵硬的社会认定的性别角色,妇女获得权力、教育、培训和生产资源的机会有限以及其他所出现的导致家庭不稳定的诸因素[7]。

阅读资料

全球妇女大进军:向贫穷和暴力威胁宣战

在新千年的第一个国际妇女节,为争取妇女应有的政治和经济地位,消除贫困和暴力威胁,由世界 3 500 个妇女组织共同发起和组织的"全球妇女大进军"活动将在日内瓦拉开序幕。

3 月 6 日,日内瓦"全球妇女大进军"组委会举办了《贫困与暴力》图片展,并将围绕这一主题举办电影展和电视讨论会。3 月 8 日,来自世界五大洲的各国妇女代表将在日内瓦国际会议中心举行本次活动的揭幕仪式,并在万国宫前的联合国广场举行有数千人参加的集会。

历时约 8 个月的"全球妇女大进军"活动在日内瓦开始后,将陆续在世界各地举行多种后续行动,最后于 10 月 17 日"世界消除贫困日"在纽约联合国总部前举行大规模示威,向安南秘书长递交有 1 000 万世界各地妇女签名的请愿书,要求联合国制定旨在铲除妇女贫困和暴力威胁的行动计划。请愿书中将呼吁联合国和各国政府:实行男女同工同酬,保证妇女最低工资待遇,取消妇女夜班和假日工作安排,确保老年妇女退休金的发放,实行妇女产假 16 周,给妇女以选举权,为反对性别歧视立法,取消对第三世界国家的外债等。

妇女在经济、社会和政治上所遭受的歧视、凌辱和不平等待遇,仍是新世纪摆在人们面前的重大课题。

经济全球化进一步扩大了贫富差距,致使世界绝对贫困人口迅猛增加,而妇女是贫困的最大受害者。目前全球有 10 多亿贫困人口,其中绝大部分是妇女。据国际劳工组织的统计,妇女承担了全世界劳动总工时的 2/3,远远超过男性,然而她们获得的劳动报酬只占 10%。

在绝大多数国家里,妇女还没有争得同工同酬的权利,并更易遭受失业威胁。

从政治层面看,一些国家的妇女尚未享受与男人同等的政治权利。

人类即将进入 21 世纪,然而还有不少国家的妇女至今没有选举权和被选举权。据各国议会联盟最近的材料称,在各国议会中,妇女所占比例平均为 13%,阿拉伯国家只有 3%;妇女居国家领导职位的更是凤毛麟角。从社会角度看,妇女权益仍然受到严重威胁,虐待妇女、性骚扰、拐卖妇女等现象仍普遍存在。

资料来源:[2000-03-08] http://news.sina.com.cn/world/69331.html.

分析讨论

根据以上资料,了解世界妇女贫困状况并思考原因。

10.2　当代中国妇女贫困现状

从性别视角进行分析,贫困的女性化已成为全世界各国普遍存在的一个现象。"贫困以妇女的面貌(以及儿童的面貌)出现已是无可争议的题目了。"[5] 在对发展认识的不断深化的基础上,反贫困和争取性别平等已成为各国乃至国际社会关注的议题。据相关统计资料,1997 年我国 5000 万贫困人口中,半数以上是妇女[8]。男女平等虽然是我国的一项基本国策,但由于传统性别文化的影响,在社会发展过程中男女不平等的现实依然存在,妇女有的被排斥在社会经济领域之外,有的既使是参与了社会经济发展,也无权共享经济发展所带来的成果。

10.2.1　城市妇女贫困

在传统"男尊女卑"社会性别角色观念和"男主外女主内"社会性别角色分工的影响下,长期以来由男人进行家庭与社会之间的联系,女人的职责主要是相夫教子,处理家庭内部事务,女人成为男人的依附者。建国后,在"男女都一样"的号召下,女性走出家门,开始从事社会劳动。随着社会主义市场机制的建立、经济结构的调整,城市妇女下岗或失业人员不断地增加。20 世纪 90 年代后,我国城市妇女贫困问题日益突出,越来越多的城市妇女陷入到贫困当中,具体表现为妇女的贫困人数不断增加和生活质量的下降。

1. 城市妇女贫困概述

1)收入贫困

男女在就业、收入上的性别差距在世界各国普遍存在。世界银行的一项研究表明,在过去 10 年中,妇女工资年约增长 1%,但妇女工资只有男子工资的 60% - 70%。在发达国家,1992 年加拿大女性平均只挣得男性工资的 79%,美国妇女平均收入仅相当于男子平均收入的 65%;在发展中国家,印度妇女实际工资只及男性的 50%,拉丁美洲妇女平均工资为男性的 71%[9]。在我国,城市中男女收入的差异也依然存在。1990 年,我国城市男女工人月收入之比为 1:0.774[10]。根据第二期中国女性社会地位抽样调查数据,城镇低收入的女性比男性高 19.3 个百分点。1990 年到 2000 年的 10 年间,女性的经济收入有了很大程度的增长,但是男女在收入上的差异逐渐加大。1999 年,城市受雇女性年收入(包括所有收入)为 7 409.7 元,占男性收入的 70.1%,男女收入差距同 1990 年相比增长了 7.4%[11]。

2)时间贫困

城市女性虽然参与了社会劳动,但由于传统观念的根深蒂固,女性仍然是家庭内部事务的主要承担者,要投入很多的时间和精力抚养孩子、照顾老人、料理家务。不但增加了女性与男性竞争的不利地位,而且使城市妇女个人的发展时间很少。第二期中国妇女地位调查数据表明:85% 以上的家庭工作由妻子承担;女性平均每天用于家务劳动的时间达 4.01 小时,比男性多 2.7 小时;城镇在业女性每天家务劳动时间平均约为 2.9 小时,仍比男性多 1.6 小时[11]。

3)资产贫困

根据加拿大国际发展署(CIDA)的贫困分析框架,(个人的)资产包括:知识与技能、健康与营养状况、洁净的水与卫生、自然资源(的获得)、金融资源(的获得)、安全与住处、影响力与地位和自尊[12]。

首先,城市贫困女性的受教育程度普遍偏低,科学文化知识不足、技能欠缺。在信息、科技飞速发展的城市社会中,不但在市场竞争中处于劣势,而且维持自身持续发展的能力也不足。

其次,大多数城市贫困妇女的居住环境欠佳,住房简陋而拥挤。绝大部分或全部收入用于食品消费,恩格尔系数较高。(恩格尔系数是指食物支出额与全部生活消费支出额的比率。系数越高,说明生活水平越低,如果达到 0.6,则意味着陷入贫困之中。)有些贫困妇女依赖城市最低生活保障维持基本的生活需求,营养缺乏,精神压力大,生活质量较低,健康状况也不容乐观。

再次,由于无收入或收入低,城市贫困妇女在家庭和社会中的地位较低,往往得不到家庭和社会成员的尊重。在家庭重大活动中没有决策权,在社会活动中参与较弱,这进一步加强了她们对自身能力和价值的否定和降低,更强化了她们的贫困程度。

最后,城市贫困妇女的社会关系网络狭小,一般是亲属和邻居。由于同质性强,使她们的社会资本贫乏而且质量较低,不能有效获得更多的信息、机会等社会资源。威尔逊等通过对美国城市贫民区人们的求职过程的研究发现,处于社会底层的人们特别是贫困女性不仅难以通过市场途径找到工作,而且由于她们居住于贫穷的社区,其社会网络成员也多是与他们本人一样的贫穷无业人员,他们也很少有可能通过社会网络获得质量更高的工作[13]。

2. 城市妇女贫困的原因

1)经济结构调整导致下岗或失业女性增多

在计划经济时代,城市就业实行统包统分的政策。由于限制职业自由流动,职工进入到单位后便成为"单位人",职工的养老、医疗、生育、住房等都包括在单位福利中。由于工作岗位等多方面的性别差异,男女同工不同酬现象依然存在。改革开放后,随着市场经济的引入,"单位人"开始向"社会人"转变,原有体制下的"铁饭碗"被打破。单位用人机制主要靠市场来调节,自然性别上的差异被放大,女性在与男性的竞争中处于不利境地。进入 20 世纪 90 年代,由于市场竞争导致大量城镇企业"关停并转",同时,农村大量剩余劳动力涌入城市,很多城市妇女下岗或失去工作。1993 年,中华全国总工会在 1 230 个公有制企业进行调查,发现下岗和失业女职工人数为下岗总数的 60%[14]。

2)劳动力市场中的性别歧视

首先是就业中存在的性别排斥,虽然《劳动法》中规定了女性与男性平等的就业权利,但在市场经济条件下,由于妇女生理结构和生育角色的影响,雇主为了追求利润的最大化,在招收员工时往往倾向于男性。即使招收女性,很多单位也要附加限制生育时间等不合理的规定。其次,由于经济领域竞争的加剧,企业在进行机构调整或人员裁减时,也一般存在着性别上的考量。再次,下岗女性的再就业困难重重。下岗女性大多是文化程度低或年龄较大,在劳动力市场中再次就业困难重重。许多妇女进入收入低、专业技能低的非正规就业领域,失去了正常的工资升级和基本的劳动保障。

3)婚姻变化的影响

改革开放后,随着社会主义市场经济的发展,人们的思想观念也发生了很大的变化。城市人更是视野开阔、思维活跃,为了追求自己的幸福,他们对待婚姻的态度也不再是固守传统观念。因此,城市中出现了越来越多的单亲家庭。印度经济学家吉他·申指出:"在家庭中,无论依据何种标准,女户主家庭总是最贫困的。"[5]有调查显示,由贫困妇女单独承担的家庭正以每年 10 万的数目增加[15]。很多丧偶、离婚的女性由于要抚养孩子、赡养老人,经济上、精神上的压力都很大,单亲母亲的贫困问题日益受到关注。

阅读资料

北京为 40 余名贫困母亲发放创业援助金

新华社北京 2005 年 5 月 14 日专电(记者刘江)北京市有关方面 14 日向 43 位贫困母亲每人发放了 5 000 元创业援助款,帮助她们解决家庭和事业困难。

这项名为"关爱母亲,真情援助"的行动,是北京市妇联、北京市慈善协会等六家单位联合发起的。其主要内容包括建立北京市妇联妇女救助网,开展形式多样的募捐活动,为贫困母亲提供更多的脱贫、致富机会;宣传和介绍一些适合妇女就业、创业的项目,为妇女就业提供项目支持;发挥首都巾帼维权志愿者的作用,为有诉讼需求的妇女群众提供法律帮助。

一位儿子患脑瘫的受助母亲在拿到援助款后激动地说:"谢谢大家的爱心。我要用这笔钱扩大养殖规模,养更多的鸡,攒更多的钱,为我的儿子治病。"

据北京市妇联有关人员介绍,受到捐助的贫困母亲是从全市各个区县筛选出来的,她们中的90%是30~49岁、具有初高中文化程度的妇女。导致这些妇女贫困的原因,主要是家中或本人患有大病或有残疾,久病拖累和高昂的医疗费导致贫困;其次是下岗失业,仅仅依靠300元左右的最低社会保障金度日;另外还有单亲家庭,独自抚养儿女和照顾老人等情况。

资料来源:[2006-05-15]http://news.qq.com/a/20060515/000736.htm.

分析讨论

根据以上资料,分析我国城市妇女贫困的原因及对策。

3.解决城市妇女贫困的对策

1)促进就业中的性别平等

虽然男女平等是我国的一项基本国策,在我国《宪法》、《劳动法》中也都规定了女性享有与男性平等的就业权利,但是现实劳动力市场中对女性的歧视、排斥和隔离却普遍存在。因此应采取积极措施促进就业中的性别平等。首先,加强法律的执行和监督。如果法律有明确的规定,而违法行为得不到有效地遏制、制止和惩罚,那么法律的权威性就会大打折扣。其次,转变传统的性别观念。关于"女人回家"、"阶段性就业"的论争无不说明了社会上传统性别观念的根深蒂固。因此应摒弃传统的性别偏见,正确认识女性在社会建设和发展中的重要作用和价值。最后,城市贫困女性应自强。权利和机会的获得在一定程度上也依赖于个体自身的积极争取。城市贫困女性应该改变传统"男尊女卑"的附属、依从观念,增强自身的自我、自立意识,努力提高自己的综合素质,充分发挥自身的自主性、能动性和创造性,才能参与到社会劳动当中,不但利于提高经济收入水平,也利于社会地位的提高。

2)加强政策制定中的性别意识

据国家统计局1991—2002年的《中国统计年鉴》的数据,我国城镇不同收入阶层之间的居民收入差距日益扩大,最高收入户居民与最低收入户居民之比由1991年的1:3.22扩大到2001年的1:5.39。另据国务院发展中心的统计数据,我国居民个人的基尼系数由1988年的0.382上升到2000年的0.458。(基尼系数是反映居民收入差距的国际通行指标,0.4属于差距过大,超过0.45属于极度不平等。)[2]女性与男性之间的收入差距也逐渐拉大。因此政府部门应采取有效措施消除社会收入分配中存在的性别不公平,并积极创造条件,对她们进行各种形式的就业和再就业技能培训,提高她们的素质,增强她们的就业竞争能力。同时采取多种措施,鼓励城市妇女自己创业,扩大就业的渠道和途径。政府部门在制定和执行相关政策的过程中,应考虑社会性别的因素,加强性别意识的敏感性。

3)完善社会保障制度

目前,城市居民的生活保障主要有"四条保障线":职工最低工资、国有企业下岗职工基本生活保障、失业保险、城市居民最低生活保障制度。由于制度设计上的考量,下岗和失业女性可以领取到国有企业下岗职工基本生活保障和失业保险金,因而被排斥在城市居民最低生活保障制度之外。但实际上大多数下岗和失业女性根本领取不到下岗职工基本生活保障和失业保险金,生活陷入极度贫困当中。即使有些贫困妇女领取到最低生活保障金,也只是勉强度日,维持最起码的生存条件。暂时的物质帮助和低层次的经济救济不能从根本上改变城市贫困妇女的处境。除了提高她们的整体素质外,还应该完善社会保障制度,加强城市贫困女性的养老、医疗等社会保险政策的完善和落实及居住条件的改善,这样,才能有效调节性别间的贫富差距,维护贫困女性的切身利益。

10.2.2 农村妇女贫困

农村的贫困始终是我国贫困问题的重点。在计划经济时代,由于严格的城乡二元经济结构和市场封闭政策,农村的经济缺乏活力。城市实行单位福利制度,贫困主要发生在农村地区。到1978年,农村贫困人口占农村总人口的30.7%[16]。改革开放后,以家庭联产承包责任制为主要内容的农村经济体制改革曾一度推动了农村经济的快速发展。但是随着城市化进程的加快,新的城乡发展差异出现,贫困农村青壮年男性劳动力的社会流动加强,希望通过外出务工获得更多的发展机会和收入。妇女尤其是已婚妇女由于要照顾孩子、赡养老人而守护在家中,她们不但承担了繁重的家务劳动,而且承担了更加劳累的农业生产劳动。传统上以"户"为标准的界定,家庭被认为是"均质"的,同一贫困家庭中的男性与女性贫困状况一样,无视性别之间的不平等,女性的不利处境被忽略。

1. 农村妇女贫困概述

1)经济贫困收入低

农村贫困地区一般比较封闭,传统性别观念的影响更严重。传统的性别角色分工普遍存在,男人承担养家的责任,正所谓"嫁汉、嫁汉,穿衣吃饭"。女人则整天"抱着孩子站"、"围着锅台转"。男人从事的社会劳动与市场相联系,是付酬劳动,可以增加家庭的经济收入,而女人从事的家务劳动和人口再生产劳动虽然对社会的发展和进步具有重大的贡献,但是因为不与市场联系,是家庭私事、是不付酬劳动,获得不到直接的经济利益,她们所创造的价值往往被忽略不计。改革开放后,随着社会主义市场经济体制的建立,城市化的发展进程加快,大量农村劳动力外出进城务工。贫困地区的女性承担了家务劳动和农业劳动的双重负担,但由于她们科技文化知识欠缺,大多采取的是较为原始的耕种方式,农业劳动的收入较低。根据全国妇联和国家统计局进行的第二期中国妇女地位抽样调查数据显示,1999年,在农、林、牧、渔业就业的女性平均年收入是2 368.7元,仅为男性收入的59.6%,比1990年的男女收入差距增加了19.4个百分点[11]。农业生产的低收入和农业的女性化进一步显现了农村贫困的妇女化现象。

2)文化贫困教育不足

世界文盲的数字为我们展示了妇女教育的不利程度。据估计妇女文盲约有

40%,而男子文盲则只有28%[17]。在我国农村贫困地区,教育上的性别差异很大。妇女和女童的教育状况也不容乐观,据中国儿童少年基金会春蕾计划的介绍,失学、辍学的学龄儿童中,女童占2/3;女性文盲占文盲总数的2/3。1990年,全国180万失学儿童中有100万是女孩。1997年文盲、半文盲15岁及以上的女性比例为23.24%,比男性高16.66%[18]。由于传统性别观念的影响较深,加上经济上的贫困,贫困农村地区教育上的性别差异普遍存在。"女子读书无用"、"女儿迟早是人家的,读书赔钱"的思想相当严重,女性大多没有接受教育;即使接受了教育,受教育程度也比较低,加上长期的不读书、不看报,知识存量也极为有限。农村贫困妇女的这种文化上的贫困进一步强化了她们落后的性别观念,加深了她们经济上的贫困,从而形成了一种恶性循环。

3)健康贫困营养差

首先,生育健康状况较差。因为经济贫困、交通闭塞和生育保健意识的缺乏,大多数农村贫困妇女选择在家分娩,由村里的接生婆接生,卫生状况较差,导致了极高的贫困孕产妇死亡率。据有关报道,农村贫困孕产妇的平均死亡率比全国农村平均孕产妇死亡率高出1倍以上[19]。其次,营养缺乏。农村贫困家庭连温饱都只是勉强维持,肉、蛋、奶等基本营养物质匮乏,更谈不上荤素搭配,合理膳食了。由于家庭经济条件的限制,贫困妇女一般是把较好的食物留给丈夫和孩子,自己吃剩下的或较次的食物,把自己的生活所需压低到极限。长此以往,导致很多贫困女性营养不良,劳动能力降低,更容易陷入贫困。最后,有病则拖。由于医疗保健知识贫乏,农村贫困妇女自我保健意识较差。对于一些小毛病一般是扛过去就算了,对于妇科病又觉得难以启齿不是忍就是自己采用一些土方法而延误了病情。"小病拖,大病扛,扛不过去见阎王"就是她们对自己生命健康的写照。因为身体健康状况导致的收入低,因病致贫返贫的情况时有发生。

4)权利贫困参与弱

我国《宪法》、《妇女权益保障法》及其他相关法律中都明确规定了妇女在政治、经济、文化、社会和家庭等各方面享有与男子平等的权利。然而在现实生活中,男女之间的权利平等仍然是我们不懈努力的追寻目标。尤其是边远的贫困农村地区,由于经济落后、文化贫乏、区域的封闭性等特征,传统性别角色下的男性统治的印记根深蒂固,有些地区的女儿仍然作为婚姻的交换物而存在,没有婚姻自主权,换亲、转亲、买卖婚等形式依然存在。嫁为人妻的女性依附于丈夫而生存,家庭的重大决策一般由丈夫决定。如在选择住房或决定盖房方面,以男性为主的比例较之女性为主的比例高达33个百分点,达到42.3%[20]。在男性权利占绝对优势地位的农村,妇女一般被排斥在政治权利之外,表现为不参与或参与弱。在以户为单位由家庭代表出席的表决方式下,男人代表了女人的意见。妇女自身尤其是贫困女性对国家政策、村级事务、社区管理等也认为是男人的事而不闻不问。有些自立意识强的女人如果参与了村务管理,不仅会招致男性的排斥和不理解,也会招致女性群体内部的排斥和不理解。"女人成不了大事"、"男人都哪儿去了,让一个女人瞎折腾"就是对妇女政治权利现状的典型描述。

2. 农村妇女贫困的原因

1)先天自然条件的限制

贫困是一个复杂的历史、社会现象,不仅涉及到政治、经济、文化等多个方面,也涉及到环境、制度、主体等各个层面。自然环境是人们进行生产生活的基本场所,在科学技术极其低下时,人们一般是"靠山吃山、靠水吃水"。在这种原始的生存条件下,先天自然环境的恶劣、资源的短缺、交通的闭塞是造成贫困的首要因素。1986年,国家确定了331个国家级贫困县;1994年,国家确定的国家级贫困县达到了592个。大都是边、远、山、穷地区,主要在西北、西南等内陆边远山区,不仅气候恶劣、土地贫瘠、资源匮乏、自然灾害较多,而且交通极为不便。据统计,占全国总面积2/3以上的西部地区,铁路里程不到全国的1/3[21]。这些不利的自然条件及由此导致的信息闭塞,使得贫困妇女听天由命、安于现状,每天过着"日出而作、日落而息"、"面朝黄土背朝天"、"上山下山,砍柴做饭"的日子。这种简单而原始的重复劳作方式,不仅增加了她们的劳动负担,加重了她们的劳动量,而且付出很多,但收益甚微,使她们无法摆脱贫困的命运。

2)传统性别观念的制约

农村贫困地区受传统性别观念的影响很深,加深了贫困的女性化趋势。一是女性家务劳动繁琐而无酬的付出。为了扮演好"贤妻良母"的角色,女性大都成为了家务劳动的自觉承担者。苏联经济学家曾从妇女的时间、精力支付及社会总收益方面考察过妇女以生育活动为中心的家务劳动间接对社会贡献的总价值,并得出结论:若以其他方式取代妇女这种劳动,全社会要付出的代价相当于每年雇佣1亿拿固定工资的工人,其报酬一年1 500亿卢布约合人民币5 000亿元,这还不包括倾注在小孩身上的无形的文化创造意义[22]。但因为这种劳动没有实际上的经济收入,其价值也不被重视,甚至被贬低或忽略。二是落后生育观念的制约。根据我国1982年第三次人口普查,大学文化程度的妇女平均生1.1个孩子,多胎率为1.23%;高中文化程度的妇女平均生1.82个孩子,多胎率为3.41%;而文盲妇女则平均生2.95个孩子,多胎率为40.19%。"多子多福"思想和男孩偏好的情结使农村妇女陷入越生越穷,越穷越生的恶性循环。三是"女子无才便是德"的影响使得女性的教育资本匮乏,人力资本不足,不但没有掌握脱贫致富的科技文化知识和技能,而且缺乏摆脱贫困的内在动力。

3)社会制度层面的影响

建国后,我国颁布实施的户籍制度把农民限制在了土地上,这种城乡二元格局对农民的生存与发展产生了重要的影响,对农村妇女的影响更加重大。在人民公社时期,虽然实现了男女同耕,但却同工不同酬,一等男劳动力工作一天可得到12个工分,而一等女劳动力从早干到晚却只能记7个工分[23]。这种把农民固守在土地上的制度使得土地成为农村成员的重要资源。尤其是实施家庭联产承包责任制后,当时土地上的收益几乎决定着一个农民家庭的整个收入。于是土地成了农村贫困地区一个家庭中的主要收入来源。我国的婚嫁习俗是女儿出嫁,从夫居。由于户籍身份的限制,通过婚姻流动的女性只能是从一个农村到另一个农村,从一个农民家庭到另一个农民家庭。"门当户对"的传统使得贫困家庭的女性转移到另一个贫穷家庭,社会关系网络狭小而且同质性强,社会资本匮乏。同时,虽然我国的土地承包政策和相关法律中都赋予女性与男性平等拥有土地和其他生产资源的权利,但由于婚姻关系和社会关系中的不利处境,实际上农村妇女很难真正获得法律赋予的权利。有案例研究表明,越来越多的农村女性正在失去土地权利[24]。农村女性出嫁后,她们在娘家分得的土地由其他家庭成员占有,到夫家后要么分不到土地,即使分到了,也是与婚姻关系维系在一起的。离婚后,她们不但没有了家,也没有了土地,而陷入极度贫困中。所以,农村女性对土地的使用是通过丈夫而实现的,所以离婚妇女的生存出路就是尽快再婚,这就是为什么在农村很少有女性单亲家庭的原因[24]。

阅读资料

宁夏回族自治区宁南山区 8 县,地处黄土高原,平均海拔 1 500 米~2 000 米,干旱缺水,年降雨量 400 毫米,生态环境脆弱,水土流失严重,自然灾害频繁,人口超载严重,每平方公里人口达 110 人以上,大大超过了干旱地区每平方公里 7 人的承载能力,是世界上有名的贫困地区,属全国贫困之冠。清朝左宗棠一句"陇中苦甲天下"也算高度概括(那时西海固属甘肃管辖,"陇中"也包括这里)。山区 8 县的贫困人口中有一半以上是妇女。她们的贫困主要表现在物质贫困,包括水、资源、粮食、资金的贫困。另外,还表现为更深意义上的文化贫困。据 1997 年一次调查表明,固原地区青壮年文盲率为 19.16%,其中西吉县回族文盲率高达 51%,海原县回族文盲率为 44.75%,而妇女文盲又占文盲中的 70% 以上。《宁夏日报》报道,自治区统计局扶贫工作队对固原红庄乡陈沟村调查,在全村 145 户特困家庭中,生两胎以上的家庭占 55.2%,其中生四胎以上的占 21.8%,沉重的人口之累,使贫困加剧。

资料来源:刘光森. 浅析妇女贫困与可持续发展[J]. 宁夏党校学报,2002(1).

分析讨论

根据上述材料,分析自然条件对贫困的影响以及为什么在同样的自然条件下妇女贫困更为显著?

3. 解决农村妇女贫困的对策

1)转变传统的性别观念

在谈及农村贫困地区的妇女,往往与低素质、没文化等评价语相联系。"男尊女卑"的传统性别观念下形成的农村性别文化导致了妇女物质和精神方面的双重贫困。首先,妇女在物质上处于贫困状态,她们的发展机会匮乏,农村妻子的月平均收入约为丈夫的 60%[25];其次,妇女的精神动力不足,长期封闭环境中的性别偏见已使女性自身认同了社会地位低下的现实,习惯了这样一种屈从的价值取向并世代延续。这种性别视角上的贫困文化从更深的层次上阻碍着女性的脱贫和发展。贫困文化是指穷人所习惯的一套规范和价值观,其特点包括屈从感,不愿为未来做计划,不能控制欲望的满足和对权威的怀疑。美国社会学家和人类学家刘易斯曾指出贫困文化对穷人的影响。在个人层次上表现为知识贫乏,生活无计划,意识到地位低下并接受这一事实,有自暴自弃或自毁的倾向[2]。因此,要想使农村贫困妇女真正摆脱贫困的束缚,就要转变传统的性别观念,消灭这种性别不平等的贫困文化,树立男女平等的先进性别文化,才能改变贫困农村妇女原有的价值观和生活方式,使她们产生内在的驱动力,认识到自身的价值和意义,发挥主观能动性,积极脱贫。

2)重视农村女性的教育与培训

首先,确保农村贫困女童平等义务教育权利的实现。虽然"希望工程"、"春蕾计划"等行动已惠及了很多农村的贫困女童,但是现实中贫困农村地区仍有一些女童因为家境困难而失学或辍学。因此政府部门应切实采取措施保证农村贫困女童受教育权利的实现。世界银行的研究表明,让女童接受教育是解决贫困的最有效的办法。即使仅仅接受过几年的基础教育,女性都会倾向于拥有一个更小、更健康的家庭,会更有可能自食其力、摆脱贫困,会更有可能送自己的孩子——无论男孩或女孩去读书。母亲接受教育的时间越长,婴儿的死亡率会越低。如果一个国家不能确保女性获得教育的权利、自由和平等的权利和机会,那么这个国家也会在其他方面的发展上落后于别的国家[26]。

其次,提高农村女性的受教育程度。据人口学家推算,女性受教育程度上升,家庭收入呈增长趋势。以文盲户收入指数 1 为标准,则小学为 1.36,初中为 1.64,高中为 1.96,大专为 2.66,文化水平每提高一个档次,收入指数至少上升 0.3。另外,在所有影响家庭收入的基本生产要素中,女性受教育水平的影响是 11.33%,耕地面积为 13.04%,家庭劳动力为 9.09%[18]。

最后,加强农村贫困妇女的技能培训。教育她们掌握相关的种植、养殖、农产品加工、编制等专业技术。通过教育不仅可以使农村贫困妇女掌握科学文化知识和专业技能,提高劳动生产率;而且可以提高她们的综合素质,改变传统性别观念,从而实现经济脱贫、文化脱贫和精神脱贫。

3)提高农村政策中的性别敏感性

虽然在我国法律规定和政策层面都强调男女平等,但在"天高皇帝远"的边远贫困山区,世代沿袭的村落性别文化、习俗仍旧发挥着巨大的影响作用。妇女权益被忽视、剥夺、侵犯的现象依然存在。因此,要注重法律的执行和政策的落实,并在此过程中提高性别敏感性,保护妇女的合法利益。我国农村传统上以户为单位进行生产、分配和活动,户主一般都是男性。重大事项的决策、参与和实施由男户主行使权利,女性的利益被淹没在以户为单位的形式之下。首先,土地政策中的性别敏感性。土地是贫困农村地区赖以生存的基本资源,要采取措施切实保障妇女的土地权利,使她们不致失去基本的生存依靠。其次,农村社会保障政策中的性别敏感性。随着我国政府对农村建设、农业发展、农民生存状况的关注,越来越多的政策惠及农村。社会保障制度也开始在农村实施,如合作医疗保险制度、最低生活保障制度等已经开始运作。由于传统的保守思想和短视效应,有些家庭并没有参加合作医疗保险制度,有的家庭只是男户主个人参加就觉得有了保证了,女性的权益保障仍然缺失。村里在确定最低生活保障对象时也习惯以户为单位,把指标给了男户主。因此,要真正转变观念,提高政策落实的性别敏感性,把女性当做独立的主体而非男性的附属存在,她们的社会保障权利才能真正实现。最后,扶贫政策中的性别敏感性。在以贫困县为扶贫对象的政策中,也主要以户为单位来操作,这种性别盲视的做法不利于妇女脱贫。即使是在村级参与实践项目中,如果缺少了性别敏感性,可能也是主要由男性来参与和实施,男性的技能提高和收入增加更加大了男女之间的差距,使女性越发处于不利地位。因此项目实施要有性别意识,要强调女性的积极参与,提高她们的技能和素质,增强她们摆脱贫困的信心。

阅读资料

提高项目实施水平 促进贫困地区妇女儿童发展

甘肃地处祖国西北腹地,总面积45万平方公里,辖14个市(州),86个县(市、区),总人口2 618万,其中妇女儿童占三分之二,有国家级扶贫工作重点县43个。

面对自然条件严酷,经济总量小,自我发展能力弱,妇女整体素质偏低,贫困人口较多的现实,全省各级妇联在项目实施中,广泛发动妇女参与,通过分级分类培训,建立项目工作责任制,制定项目管理制度,进行项目督导检查与评估,提高了妇联干部运作和执行项目的能力,保证了项目实施的质量,使广大农村妇女得到了实惠。10年来,共争取和实施各类妇女参与发展项目119个,资金达4 600多万元,项目覆盖全省14个市(州)、86个县(市、区),受益妇女超过320万人。妇女贫困面比10年前下降了17.83%。

——世界银行"赋予西部贫困妇女获得知识和就业机会"项目的实施,共帮助1 145名贫困妇女获得实用技术和技能,帮助1 069名贫困妇女实现创业。在该项目实施中,天水市妇联按照个体创业、自愿结合、整体推进、形成规模的思路,不仅帮助秦州区李子乡柳林村的妇女依靠双孢菇大棚种植走上了脱贫致富道路,而且带动了整个秦州区乃至天水市双孢菇种植产业的发展,促进了农村种植业结构的调整和优化。

——改善贫困地区生产生活条件项目的实施,使项目区妇女儿童的生存环境不断优化,参与发展能力显著提高。一是争取参与式整村推进扶贫项目9个,投入资金450万元,引导9个贫困县的9个贫困村立足当地实际,开展山、水、田、林、路综合治理,促进文教、卫生、环保及其他社会事业共同发展,取得了明显的经济、社会、生态和扶贫效益。二是争取妇女参与以工代赈项目11个、资金194万元,帮助11个贫困县的11个乡村解决了村镇道路、农田水利及示范基地建设问题。三是争取"三八林"

基地建设项目4个、资金45万元,对改善项目区生态环境起到了积极的作用。四是争取实施"大地之爱·母亲水窖"项目5批,资金1 707万元,项目覆盖全省66个县(市、区)的92个乡镇,共建成水窖17 555眼,小水利工程27处,解决了13万群众的生产生活用水及17万头大牲畜的饮水问题。一些项目村还结合水窖项目的实施,积极整合资源,发展厕、灶、厨、沼气池、太阳灶"三改二能"生态建设模式,治理美化村民居住环境,为山区生态农业综合开发积累了经验。

——贫困地区妇女劳务输出项目的实施,使农村贫困妇女获得了脱贫致富的技能和机会,有了相对稳定的经济收入。两年来,我们配合政府部门组织动员12万农村妇女富余劳动力向非农产业和城镇转移,其中向北京富平学校输送的2 600多名妇女,大多在北京从事家政服务员,年人均纯收入可达6 000元以上。

——"母亲健康快车"项目的实施,使项目区妇女真正获得了来自娘家人的关爱。今年3月,"母亲健康快车"运行后,广泛开展送医药、送知识、送健康等公益活动,共出车535次,为近万名群众进行了义诊服务,为8 000名农村妇女进行了妇科病普查,接送危重病人及转诊孕产妇205人。

资料来源:[2005-09-26]http://www.women.org.cn/allnews/0702/334.html.

分析讨论

根据以上资料,分析对贫困地区妇女实施贫困援助项目的重要意义。

10.3 中国扶贫政策与项目开发

中国政府一直致力于贫困问题的解决,制定了一系列的扶贫政策、扶贫规划,并大量投资扶贫项目,在反贫困方面取得了显著成绩。在建国后至1978年的计划经济时期,我国农村实行人民公社制度,在集体经济体制下,农村扶贫体现为对弱势人群的"五保"救济制度。其后中国政府的扶贫政策与行动经历了4个阶段的变迁,扶贫战略也根据形势进行了调整。

10.3.1 中国扶贫政策的演变

1.1978—1985年,制度改革扶贫阶段

此阶段的扶贫工作仍体现为救济型扶贫。伴随着农村经济体制改革的实施,家庭联产承包责任制激发了农民投入农业生产劳动的极大热情。土地产量有了很大的提高,农村经济呈现出较快增长的趋势,农村的贫困人口逐年下降。据统计,农村绝对贫困人口从1978年的2.5亿下降到1985年的1.25亿[2]。在农村经济增长的同时,贫困开始体现为向特定人群和区域集中的态势。1978年,民政部重新设立,开始组织社会救济。1984年9月,中共中央、国务院联合发出《关于帮助贫困地区尽快改变面貌的通知》,提出扶贫的战略目标,扶贫工作开始向有目的、有计划和有组织的方向发展。

2.1986—1993 年,开发扶贫阶段

此阶段的扶贫工作体现为救济型扶贫向开发型扶贫的转变。农村经济体制改革后,一部分地区、一部分人先富了起来,农村的贫富差距开始拉大。以区域为特征的贫困开始出现,1986 年国家确定了 331 个国家级贫困县,1990 年增加了 256 个 5 亿元专项贷款县,对老革命根据地、少数民族地区等老少边穷地区进行以县为单位的区域开发扶贫工作。针对输血式的救济型扶贫中贫困人口滋生的"等、靠、要"的消极、被动思想,此阶段着重于开发贫困地区和贫困人口的自我发展能力,增强他们自身的"造血功能"。开发型扶贫战略的基本途径是:重点发展有助于直接解决贫困人口温饱问题的种植业、养殖业和相关的加工业;积极发展能够充分发挥贫困地区资源优势,又能大量安排贫困户劳动力就业的资源开发型和劳动密集型的乡镇企业;发展有组织的劳务输出,引导贫困地区的劳动力治理、有序地转移;对极少数生存和发展条件特别困难的村庄和农户实行开发式移民。开发型扶贫的中心是帮助贫困人口形成自我发展的条件,并以此为贫困人口脱贫致富的基础[4]。到 1993 年底,全国农村没有解决温饱的贫困人口下降到 8 000 万人。

3.1994—2000 年,扶贫攻坚阶段

1994 年,我国政府公布《国家'八七'扶贫攻坚计划》,要求用 7 年左右的时间解决农村 8 000 万绝对贫困人口的温饱问题。在此期间,把国家贫困县的数量由 331 个调整到 592 个,中国政府逐年提高了扶贫资金的投入,中国的扶贫工作进入最艰难的扶贫攻坚阶段。1996 年 9 月的中央扶贫工作会议通过了《中共中央国务院关于尽快解决农村贫困人口温饱问题的决定》,提出了"扶贫到户"的扶贫新思路,要求对扶贫工作和资金利用监督管理,包括村级发展计划等。在对个体性贫困特征的分析基础上,扶贫措施开始由以区域为单位转向瞄准农户,以最大限度地提高扶贫资金的使用效率。1999 年 6 月的中央扶贫工作会议重申解决贫困人口温饱问题的扶贫目标。到 2000 年,中国贫困人口数量下降到 3 000 万左右[2]。

4.2001 年开始的新世纪扶贫工作阶段

2001 年 5 月,国务院制定了《中国农村扶贫开发纲要(2001—2010)》,提出了新世纪扶贫开发总的奋斗目标:尽快解决少数贫困人口温饱问题,进一步改善贫困地区的基本生产生活条件,巩固温饱成果,提高贫困人口的生活质量和综合素质,加强贫困乡村的基础设施建设,改善生态环境,逐步改变贫困地区经济、社会、文化的落后状况,为达到小康水平创造条件[27]。新世纪的扶贫工作,一是强调解决温饱和改善条件相结合;二是注重综合治理与全面开发相结合;三是扶贫对象由以县为单位发展为县村两级,在 592 个国家贫困县的基础上确定了 14.8 万个贫困村[2]。四是强调贫困群体的自下而上的参与扶贫工作。

10.3.2　中国扶贫工作的组织

1.政府部门

中国扶贫工作的组织结构体现为明显的行政管理特征,是一种以政府为主导的、

依靠行政组织体系的、自上而下的组织管理形式。包括政府专职扶贫部门和政府非专职扶贫部门两个部分。1986年,中国政府设立了国务院贫困地区经济开发领导小组及其办公室等专职扶贫机构,负责规划领导全国扶贫开发工作。由此,我国的扶贫工作开始走上机构化和专门化。1993年,国务院贫困地区经济开发领导小组改称国务院扶贫开发领导小组,从中央到地方实行垂直管理。

中国政府专项扶贫的组织机构还有财政部、发改委等。此外,中国政府还组织了各种形式的政府非专职扶贫部门和企业的扶贫活动,主要有中央(国家)机关定点扶贫、东西对口帮扶和省内扶贫等形式。1994年,开始实施中央、国家机关定点扶贫工作,参与该活动的单位有138个,到2001年,参与单位增加到272个。东西对口帮扶是指东部较发达省市对口支持西部省区发展,促进西部贫困地区脱贫。省内扶贫指各贫困省区机关干部下乡蹲点、区直单位定点扶贫等省内扶贫开发工作[2]。

2. 非政府组织

非政府组织(Non-government Organization,即NGO)指不以营利为目的,致力于服务民众,尤其是弱势群体的组织。中国NGO的扶贫对象主要是妇女、儿童、残疾人等社会弱势群体,其扶贫资金主要靠社会捐赠。2001年9月,我国政府在《中国农村扶贫开发纲要(2001—2010)》中指出,要积极地创造条件,引导非政府组织参与执行政府的扶贫开发项目。企业可以通过捐赠资金与非政府组织合作,共同参与扶贫开发[28]。

目前,中国NGO及其扶贫活动主要有:中国扶贫基金会的活动、中国青少年发展基金会的"希望工程"、中国儿童基金会的"春蕾计划"、中国人口福利基金会的"幸福工程"、全国妇联的"巾帼扶贫行动"等等。全国各级妇联结合当地实际情况,探索出小额贷款、连环脱贫、劳务输出、拉手结对、东西互助等帮助妇女脱贫致富的成功做法。中国人口福利基金会开展的"幸福工程"帮助贫困母亲卫生保健和识字,1995—2003年,受助妇女12.5万,惠及人口逾60万。中国妇女发展基金会2000年启动"大地之爱·母亲水窖"项目,解决西北缺水地区家庭的基本饮用水。中国NGO对贫困群体的扶贫及其自下而上的工作方式,不但促进了贫困群体的自主参与,促进了政府扶贫的制度创新,而且也促进了社会各阶层对贫困地区和贫困人群的关注。

阅读资料

"双学双比"活动

全国妇联与国务院扶贫领导小组等12个单位(后增长至14个),在全国农村妇女中开展了"学文化、学技术、比成绩、比贡献"的竞赛活动(简称"双学双比"活动)。这项活动主要有三个方面:①立足于科技兴农,对妇女进行文体科技培训;②围绕提高农业的综合生产能力,发展高产优质高效农业,组织开展适合妇女特点的生产竞赛;③面向市场,深化改革,为参赛妇女提供社会化服务。10年来,这项活动成为近年来在农村妇女中影响最大、效果最好的活动。其成果主要表现在以下方面。

一是科技培训,提高妇女的文化科技素质。以开发妇女智力、增加妇女生产技能为重点,围绕当地推广的先进科技成果和应用技术,对妇女开展多层次、多门类、多形式的培训。对文盲妇女边扫盲边学技术;对有一定文化的妇女进行实用技术培训;对掌握一定技术的妇女进行专业技术培训;对达到相应技术水平的妇女,组织她们参加农文校、农函大学习,考核合格者获"绿色证书"和农技员职称。活动开展以来,全国有2 000万妇女脱盲;近亿名农村妇女接受了实用技术培训;1 500万妇女参加了农函大、农广校的学习,其中有1万妇女获农民技术员职称;以妇女为主体的科技示范户924万个。

二是开展劳动竞赛,调动妇女参与生产的积极性。在"双学双比"活动中,各地紧紧围绕农业发展的总体规划,发挥妇女的优势和特长,开展区域性、专业性的劳动竞赛。据一些地区的典型调查,有50%的妇女所获得的经济收入占家庭总收入的半数以上。特别是那些种、养女能手还成为广大妇女依靠科技发展生产的带头人。到目前为止,有700人获全国"双学双比"女能手荣誉称号。其中9人获世界农村妇女生活创造奖。

三是建立服务体系,解除妇女发展生产力的后顾之忧。各地普遍建立了农技、林果、畜禽、金融、购销等服务组织,这支由专业人员组成的服务队定期为妇女送技术、资金、物资和信息。目前,全国农村各类妇女科技协会和专业协会成员达103万人。许多地区还创办了一批集生产、科研、培训、创收为一体的示范基地,组织妇女到基地参加实验,学习技术。

——通过小额信贷帮助贫困妇女摆脱贫困。

——培训贫困地区的妇联干部和农村妇女,提高贫困妇女的科技文化水平,逐步提高贫困女性接受各类的教育比例,全面提高贫困妇女劳动者的素质。

——广泛动员社会力量,关注贫困妇女,支持、参与各种针对贫困地区妇女的社会救济活动。如救助贫困母亲的"幸福工程"、救助失学儿童的"希望工程"、专门资助贫困地区失学女童的"春蕾计划"。

——把计划生育和扶贫开发结合起来。经过十几年的特殊扶持,这些年解决温饱问题的贫困人口中,一半以上是农村妇女,广大农村贫困妇女的生产生活条件状况有了较大幅度的改善,社会、经济地位明显提高。

资料来源:[2003-10-30] http://www.help-poverty.org.cn/helpweb2/fzzc/fzzc5.htm.

分析讨论

通过上述资料,分析妇联等组织在解决妇女贫困问题中的作用。

3. 国际贫困援助组织[2]

中国的贫困问题受到国际社会的普遍关注,国际组织、国际金融机构、非政府组织等各类国际机构通过多种形式参与了中国的扶贫实践,对中国的扶贫工作起到了一定的支持作用。国际组织在中国的扶贫援助形式主要有捐赠、贷款等经济援助和技术援助。据统计,1995—2000年间,国际组织在中国的扶贫领域的投入约为55亿元人民币,其中扶贫贷款44亿元,扶贫捐赠11亿元。参与我国扶贫工作的国际贫困援助组织主要有以下几个。

1)联合国系统

这是参与中国扶贫实践最早的国际组织,对中国的扶贫投资是无偿的。其中以联合国开发计划署(UNDP)为代表。1979年,UNDP就在中国设立了代表处。后来,联合国粮农组织(FAO)、世界粮食计划署(WFP)、联合国儿童基金会(UNICEF)、联合国劳工组织(ILO)、联合国人口基金会(UNFPA)等相继设立代表处。2000年9月,联合国峰会提出了千年发展目标,成为贫困与发展的指导思想。具体包括消除贫困、普及教育、促进教育和卫生健康、可持续发展等8个项目。联合国开发计划署在1999年的《人类发展报告》中指出,只有经济增长是不够的。经济增长还必须有利于穷人,即扩大穷人的能力、机会和生活选择。同时它始终坚持"赋权妇女"的宗旨,对妇女反贫困的贡献很大。

2)国际金融机构

国际金融机构以世界银行(WB)和亚洲开发银行(ADB)为代表,还有国际农业发展基金会(IFAD)、德国复兴银行(KFW)、日本协力银行(JBIC)等。其扶贫实践以贴息或低息贷款为主。世界银行成立于1945年,是当今世界上最大的发展援助机构之一,通过向成员国提供贷款、政策咨询和技术援助等手段来实现减贫和提高发展中国家人民生活水平的目标。其援助重点是基本社会服务,包括生育健康与妇女保健、营养等。成立于1966年的亚洲开发银行是一个多边的发展金融机构,致力于提高亚太地区人口,尤其是穷困人口的生活水平,其优先领域包括性别与发展。

3)非政府组织

非政府组织扶贫投资是无偿的,以福特基金会(The Ford Foundation)为代表,还有世界自然基金会(WWF)、香港乐施会(OXFAM)等。福特基金会建于1936年,是一个独立的、非营利的、非政府发展援助组织。它在各国的项目依该国需要而设置,在中国主要包括:艺术和活动、公民社会、发展金融与经济安全、教育和教学、环境和发展、治理与公共政策、国际治理、法律和权利、性与生育健康。

4)双边发展机构

双边发展机构以英国海外发展署为代表,还有澳大利亚、加拿大、德国、荷兰、芬兰、瑞典和日本等国政府的发展机构。这些外国政府对中国的扶贫大多是无偿的,但要求中国政府的积极参与。

10.3.3 中国扶贫项目的性别意识

针对世界上普遍存在的妇女贫困这一现实状况,有些研究者提出了以妇女的贫困作为出发点的"反贫困方法"。1995年第四次世界妇女代表大会对妇女贫困问题予以关注,要求政府和其他所有组织推进"性别意识主流化"的政策。世界银行和国际劳工组织的一些重点项目都反映了这一思想,低收入妇女被确定为特殊的目标群体[29]。在中国的扶贫工作中,扶贫对象是以县、乡镇、村等为单位,体现出区域性、群体性特征。在以户为单位确定贫困人口时,贫困妇女覆盖其中。事实上,妇女在受教育机会、健康等各方面受到贫困的影响程度要高于男性,而受到扶贫干预的影响却低于男性。国家统计局农调总队对全国592个国家扶贫开发工作重点县的贫困监测调查显示,无论从经济状况、就业、教育、健康以及社会地位等各方面衡量,贫困地区妇女的贫困程度都更严重。可喜的是,我国扶贫工作在小额贷款、参与式扶贫等方面逐渐体现出了为妇女赋权的性别意识,强调妇女的公平参与。

阅读资料

我国农村贫困妇女人数减至 1 200 多万人

新华网北京 4 月 11 日电 国务院扶贫办副主任王国良 11 日表示,中国妇女贫困程度以及教育、就业和社会参与等方面的状况比 10 年前有很大改善。农村贫困妇女人数从 1994 年底的 3 500 万人左右减少到 2005 年底的 1 200 多万人。

王国良是在"性别、扶贫和中国社会主义新农村建设研讨会"上介绍这一情况的。他说,中国制定实施了使农村妇女直接受益的一系列扶贫政策。如充分发挥各级妇联组织作用,通过小额信贷等方式支持贫困地区妇女兴办家庭副业,发展庭园经济;组织实施适合妇女特点的扶贫项目;帮助妇女学习实用技术等。各级地方政府也普遍把帮助妇女脱贫致富纳入扶贫计划。

"中国政府努力使贫困地区女童完成九年义务教育。"王国良表示,国家对 592 个扶贫开发工作重点县贫困家庭子女的义务教育实行免除学费和杂费,对寄宿制学生给予生活费补贴政策。

同时,体现性别意识的贫困监测指标体系也得以建立。从 2001 年开始,中央政府的贫困监测指标中,开始设立妇女劳动力文盲率、妇女从事劳动时间比重、妇女外出务工劳动力比重、7 岁至 15 岁女童在校率和妇女在社区中担任社会职务的比重等指标。

王国良同时认为,当前在贫困人口中女性是更为弱势的群体,受传统社会观念和文化影响,妇女在支配使用资源、参与公共事务决策管理等方面仍然处于不利地位;农村劳务输出中,无论是流动到城市还是留在农村的妇女,都出现了一些诸如女工人身权益保障、留守儿童特别是女童上学难等问题,这些问题仍将是今后扶贫工作的重点。

这次研讨会由国务院扶贫办外资项目管理中心、中国妇女研究会、世界银行、亚洲开发银行联合主办,旨在寻求把性别问题结合到国家扶贫活动和政策干预中的适当方法。此前,世界银行和亚洲开发银行共同开展了中国性别不平等与贫困等内容的专项研究,这次研讨会将对此进行深入讨论。

资料来源:[2006-04-11] http://internal. northeast. cn/system/2006/04/11/050361176. shtml.

分析讨论

从上述材料中分析中国政府对妇女贫困问题的努力及成效。

1. 小额贷款扶贫

20 世纪 70 年代中期,一些亚洲和拉丁美洲的发展中国家经过多年的扶贫实践经验,提出了适合穷人特点的微型信贷(microfinance)扶贫方式。这种小额贷款无须担保,通过一定的金融中介为具有潜在负债能力的穷人提供信贷服务,并对其进行必要的技能培训和技术支持,增强他们的自信和能力,使他们通过自己的努力改变贫穷的状况。目前,小额贷款已在世界各国推广,据世界银行估计,发展中国家有 7 000 多家小额贷款机构,为 1 600 万穷人提供信贷服务,全球小额信贷周转金已达 25 亿美元[27]。

在我国进行的扶贫工作实践中,为了更直接地推动贫困地区和贫困家庭的生产活动和经济发展,1986 年开始实施贴息贷款扶贫方式。但因为贫困农民缺乏必要的技术和管理能力,所取得的经济效益不太明显。1993 年 9 月,我国政府开始在部分地区试验小额贷款的扶贫模式,到 1999 年,全国投入的资金总量达 30 亿元,覆盖 240 多万贫困农户。不仅初步实现了小额贷款的本土化和规范化,而且进入了扩大范围和规模的新阶段[27]。我国政府在《中国农村扶贫开发纲要(2001—2010)》中进一步指出:"积极稳妥地推广扶贫到户的小额信贷,支持贫困农户发展生产。"

在世界各国的小额信贷扶贫实践中,越来越重视贫困妇女的积极参与。一是因为妇女日益成为农业生产的主力军。据联合国粮农组织调查,全世界一半以上的粮食由妇女生产,尤其在发展中国家的农村,人们消费的粮食有 80% 由妇女生产。二是妇女的还贷率比男子高。在马来西亚的实验项目中,妇女的还贷率达到 95%,而男子的还贷率只有 72%。在我国工业化、城市化发展过程中,大量农村劳动力向非农产业转移,其中以男性劳力为主,妇女逐渐成为农业的主要生产者。调查表明,我国绝大部分农村中 70% 以上的劳动力为妇女[30]。实践证明,那些投资少、见效快的种植业、养殖业和以农产品为原料的加工业既能够发挥区域资源优势,又适合农村贫困妇女需要,是比较有效的扶贫产业项目。全国 28 个省区市妇联于 1998—2002 年在农村组织和发放小额信贷扶贫资金 9.5 亿元,帮助 200 多万名农村贫困妇女摆脱了贫困。2000—2002 年在城镇组织和发放小额信贷资金 2.04 亿元,帮助 60 万妇女实现了不同程度的创业和再就业[12]。

在针对贫困妇女进行的小额信贷项目中,强调贫困妇女参与机会的获得,要求贫困妇女积极、广泛地参与。通过项目培训,她们不但提高了经济收入,而且获得了知识和技能,接受了新的思想和信息,提高了文化素质和经营能力。更为重要的是,她们获得了一定的成就感,增强了她们的自信和对自身价值的重新认识。小额贷款强调妇女参与,是促进贫困妇女发展的一种有效形式,例如联合国开发计划署四川仪陇项目、加拿大国际合作署新疆妇女创收项目等。吴国宝通过对中国 10 个小额贷款项目的案例研究指出,当负责机构为非官方组织(NGO)或妇联而不是政府和项目管理办公室时,贷款的还款率较高;当借款者统一是女性而非男女混合群体时,还款率也较高[31]。

2. 参与式扶贫

阅读资料

从中国妇女研究会了解 贫困人口女性占"多数"

在目前我国 2 000 多万贫困人口中,仍有 60% 是女性。无论在城市还是农村,妇女收入总体上少于男性,妇女比男性更容易陷入贫困。

记者从中国妇女研究会了解到,目前在我国的扶贫开发政策中越来越多地关注妇女参与扶贫并从反贫困中受益。全国妇联开展的"巾帼扶贫行动"被纳入了国家总体扶贫计划,国家扶贫政策中提出关注妇女群体获得贷款的具体措施。

目前国家和地方政府还继续通过开展实用技术培训、小额贷款、劳务输出等帮助农村妇女摆脱贫困。从 1995 年至 2002 年,我国以贫困户为对象已累计发放了 40 多亿元小额信贷,并规定要求以妇女为主要承贷人。

2003 年,国家统计局的农村贫困监测报告把性别平等列入扶贫项目影响评估的一个方面。在山西等地,从 2001 年开始建立扶贫开发的性别统计,在扶贫政策和项目上坚持妇女优先原则,规定对不涵盖妇女的扶贫项目不予审批。

专家指出,由于我国妇女贫困人口基数大,妇女遭受贫困的深度和广度相对于男性来说仍然较为严峻。为此,还应采取从社会性别角度在扶贫政策中加大资金和技术投入,增加贫困地区妇女获得并利用低息贷款、进入市场的机会,让妇女作为主体和决策者参与扶贫等对策,进一步加大对贫困妇女的扶持力度。

资料来源:[2005-01-03] http://news.qq.com/a/20050103/000165.htm.

分析讨论

通过上述资料,讨论我国妇女反贫困的难点之处。

"参与"的概念大概出现于 20 世纪 40 年代和 70 至 80 年代,国际发展领域以此对贫困援助活动进行了反思。随着参与式发展理论的兴起,参与的概念日益丰富,具体包括:①发展对象在发展过程中的决策作用;②受益群体对资源的控制及对制度的影响;③政治经济权利向利于弱势群体调整;④构建社会角色相互平等的伙伴关系等[32]。参与式发展强调目标群体(尤其是穷人和妇女)对项目的规划、实施、监测与评价的全过程的参与。其核心是赋权,通过发言权及决策权的赋予,使目标群体受益,即重新认识自身的知识和能力,主动参与,唤醒自信,增强可持续发展的能力。参与式贫困项目的对象是贫困人群,对其中的弱势群体尤其是妇女给予特别的关注。

我国传统的扶贫模式采取自上而下的行政程序,注重经济收入的增多,贫困者处于听命者、被动者角色,消极等待救济和帮助,自我发展能力不足,无法实现可持续发展。20 世纪 80 年代末到 90 年代初,"参与"概念被引入中国,主要用于农村扶贫项目中。通过将参与式方法运用到扶贫与社区发展的本土化努力,参与式扶贫的新模式在我国应运而生。在以村级为单位的扶贫行动中,通过参与式村级规划模式的实施,贫困农民的生活得到了明显的改善。国务院扶贫开发领导小组在"扶贫开发规划研究"中提出识别目标群体和贫困村的 8 个指标:人均年粮食产量、人均年现金收入、土坯房的农户的比重、人畜饮水条件、通电率、女性长期患病率和中小学女生辍学率。其中后两个指标具有性别敏感性。目前,我国已有 8 万个贫困村运用参与式管理原则,制定了 3 ~ 5 年的扶贫计划,5 万个贫困村开始实施[33]。

"赋权"理论认为妇女贫困是因为没有获得充分的发展权利、参与发展的机会与能力不足。所以需要建立一种帮助和赋权贫困妇女的扶贫模式,关注妇女的公平参与。在参与式扶贫模式中,强调贫困妇女自下而上的积极参与到扶贫项目的实施、决策等全过程中来,倾听她们的心声和经验,了解她们的兴趣、需求和期望,给予她们平等的获取资源的权利。通过这种具有性别意识的参与式扶贫模式的实施,不仅使妇女参与决策成为可能,增强了妇女的自我发展能力,也在一定程度上促进了性别平等的逐步实现。中国农业大学国际农村发展中心(CIAD)从 20 世纪 90 年代就进行农村贫困妇女参与式项目实践,涉及退耕还林、技术推广、女童教育等许多与贫困相关的内容,并运用性别分析法分析妇女的性别分工、性别需求等问题,制定适合的项目计划并监测项目实施,取得了很多经验[7]。

随着性别意识的深入,在扶贫工作中应该具有更强的性别敏感性。在妇女的反贫困与发展过程中,应充分考虑妇女的性别利益和性别需求,满足她们知识技能更新的要求,保证她们对资源的享有,保障她们基本人权的实现,最终实现性别平等和妇女的全面发展。

小结

本单元主要讲述了三部分的内容。第一部分主要是贫困概述,包括贫困以及妇女贫困的相关知识;第二部分主要是我国妇女贫困的现状描述,城市妇女贫困主要体现在收入、时间和资产等方面,农村妇女贫困主要体现在经济、文化、健康、权利等方面,然后具体分析了城市和农村妇女贫困的原因并提出解决对策;第三部分主要是我国扶贫政策与项目开发,我国扶贫政策经历了制度改革扶贫、开发扶贫、扶贫攻坚以及新世纪扶贫等几个阶段,取得了一定的成绩。扶贫组织也得到扩展,既包括政府组织也包括非政府组织,既包括国内组织也包括国际组织。

问题与思考

(1)什么是贫困?什么是妇女贫困?

(2)我国城市妇女的贫困主要体现在哪些方面?试对其原因进行分析并指出对策。

(3)我国农村妇女的贫困主要体现在哪些方面?试对其原因进行分析并指出对策。

(4)试分析我国扶贫政策的演变历程。

(5)我国扶贫工作的组织主要有哪些?

(6)对我国妇女进行扶贫的主要途径是什么?

参考文献

[1]S. ROWNTREE. 1901 Poverty. A study of Town Life. London：Macmillan.

[2]李小云. 普通发展学[M]. 北京:社会科学文献出版社,2005.

[3]童星,林闽钢. 中国农村贫困标准线研究[J]. 中国社会科学,1993(3).

[4]康晓光. 中国贫困与反贫困理论[M]. 南宁:广西人民出版社,1995.

[5]瓦伦丁·M·摩格哈登. 贫困女性化?——有关概念和趋势的笔记[C]//马元曦. 社会性别与发展译文集. 北京:生活. 读书. 新知三联书店,2000.

[6]谭琳. 女性、贫困与可持续发展——从里约到北京:性别视角的形成[J]. 国外社会科学,1997(5).

[7]刘晓昀,李小云,叶敬忠. 性别视角下的贫困问题[J]. 农业经济问题,2004(10).

[8]刘光森. 浅析妇女贫困与可持续发展[J]. 宁夏党校学报,2002(1).

[9]庄平. 全球化与不付酬劳动[J]. 文史哲,2000(3).

[10]张莹. 妇女的贫困与权益保障[J]. 山东干部函授大学学报,1999(12).

[11]第二期中国妇女社会地位调查课题组. 第二期中国妇女社会地位调查主要数据报告[J]. 妇女研究论丛,2001(5).

[12]林志斌. 中国妇女与反贫困的回顾与展望[J]. 妇女研究论丛,2005(4).

[13]WILSON W J. The Truly Disadvantaged. The City. The Underclass and Public. Chicago：Chicago University Press.

[14]常凯. 公有制企业中女职工的失业及再就业问题的调查与研究[J]. 经济学研究,1995(3).

[15]李慧英. 面向21世纪的妇女发展战略(上)[J]. 国际社会与经济,1996(7).

[16]彭珂珊,张俊飙. 中国贫困地区投资政策研究[J]. 调研世界,1995(2).

[17]联合国教科文组织国际与教育发展委员会. 学会生存——教育世界的今天和明天[M]. 北京:教育科学出版社,1996.

[18]徐宏玲,李双海,杨亚梅. 女性贫困人口教育与脱贫[J]. 河北农业大学学报(农林教育版),2000(4).

[19]吴宏洛,范佐来. 农村妇女的贫困与反贫困[J]. 福建论坛(人文社会科学版),2007(6).

[20]全国妇联妇女研究所. 中国妇女社会地位概观[J]. 南方人口,1994(2).

[21]李强. 中国扶贫之路[M]. 昆明:云南人民出版社,1997.

[22]赵琳琳. 当代中国妇女社会地位的文化与教育反思[J]. 广州大学学报(综合版),2001(9).

[23]朱玲. 田野调查手记——转折时期中国乡村贫困妇女生存权与发展权的实现[J]. 中国人力资源开发,1995(4).

[24]林志斌. 论农村土地制度运行中的性别问题——来自全国22个村的快速实证调查[J].

农村观察,2001(5).

[25]单艺斌.女性社会地位评价方法研究[M].北京:九州出版社,2004.

[26]Department for International Development Poverty Elimination and the Empowerment of Women. 2000.

[27]刘豪兴.农村社会学[M].北京:中国人民大学出版社,2004.

[28]中国农村扶贫开发纲要(2001—2010)[N].人民日报,2001-09-20.

[29]刘霓.西方女性学[M].北京:社会科学文献出版社,2001.

[30]杨顺成.反贫困应注重妇女的广泛参与[J].林业与社会,1999(3).

[31]吴国宝.扶贫模式研究——中国小额信贷扶贫研究[M].北京:中国经济出版社,2001.

[32]李小云.参与式发展概论[M].北京:中国农业大学出版社,2001.

[33]石新荣,金晓.参与式管理——西部农村新模式[N].人民日报(海外版),2003-09-02.

11

妇女与就业

引言

由于传统的就业观念、妇女的整体素质和就业竞争能力相对较弱等原因,现阶段的妇女就业与再就业面临的形势依然比较严峻。这不仅关系到妇女的生存与发展,关系到家庭和社会的稳定,而且决定着全面建设小康和谐社会目标的实现。本单元主要介绍妇女就业的历史与现状、妇女就业指导与职业培训、妇女劳动保护、职业妇女自我调节与保护、为进城打工妹提供的服务等内容,使学生对妇女的就业有宏观的了解。

学习目标

1. 了解妇女就业的历史,掌握妇女就业的现状。
2. 掌握妇女的职业培训的特点。
3. 掌握妇女劳动保护法及其应该完善的内容。
4. 掌握职业妇女的自我调节与保护措施。
5. 了解为进城打工妹提供的服务内容。

知识点

经济转轨时期妇女就业的特点、妇女就业的现状、就业指导和职业培训的内容、妇女劳动保护法的实施现状、年轻职业女性和中年职业女性的心理特征和调适方法、为进城打工妹提供服务的措施和方法。

案例导入

案例1

女大学生就业难

早在 20 世纪 80 年代中期,刚刚萌芽的城镇劳动力市场就出现排斥女性毕业生而偏爱男性毕业生的现象。为此,1985 年中共中央办公厅下达了 38 号文件,要求纠正。但据《人民日报》1987 年 7 月 31 日报道:"在今年大学毕业生分配过程中,一些用人单位拒收女生的现象又趋严重。"北京市高教局和国家教委证实:截至 1987 年 7 月 25 日,北京大学被退回改派的女生就有 100 多名,中国政法大学还有 12 名女生未能分配出去,中国人民大学被退回的女生占退回毕业生数的 80% 以上,连历来供不应求的中央财经金融学院也有 3 名女生被退回。"用人单位拒收女生的一般理由有:高分低能、实际工作能力差、出差不方便、结婚生孩子要误几年工作等等"。

案例2

企业更愿意招用男性职工

1987 年,全国总工会女工工作委员会对北京、辽宁等 11 个省市自治区的 10 个行业的 660 家企业进行调查,在回答"对男女都适合的工种,您愿招男工、招女工或各占一定比例"问题时,660 位企业领导有 30.4% 回答"愿招男工",5.3% 回答"愿招女工",64.3% 回答"各占一定比例"。甚至在被认为是"女性职业"的 89 个纺织企业,也只有 25% 的企业领导愿意招女工,而愿意招男工的企业达 37.5%。女性"待业"或"失业"统计资料可以更全面地反映全局。在待业(失业)人数中,无论是"女青年"还是全体失业女性,其占总数的比例都高于 50% 以上,大大超过了相同年份女性就业比例。

通过以上两案例,分析女性就业难的成因。

11.1 妇女就业的历史与现状

11.1.1 我国妇女就业历史

1. 1949—1977 年中国城镇妇女就业史

要说明中国女性较高的劳动参与率以及男女相对平等的工资形成的原因,必须回顾新中国妇女就业的历史。

建国初期,新中国面对以美国为首的西方资本主义国家的经济封锁和军事威胁,为了自身的安全与国际地位,选择了优先发展重工业(包括军工)的道路。这条路也是社会主义苏联当时看起来走得很成功的发展道路,正好可供仿效。发展重工业需要有相当的资金积累,我国当时却一穷二白。在资金奇缺的条件下要发展重工业除非政府能用行政手段控制物资与劳动力的价格及其流向,得到廉价的物资和劳动力。自发的市场经济无处不在无时不在,为防止物资与劳动力价格在市场规律的作用下上涨,政府只能在物资管理上实行计划调拨,在劳动力管理上实行统包统配,实行计划经济。

发展重工业需要搞大规模的经济建设,既然劳动力极其廉价,对劳动力的需求就无限增长,在动员了几乎全部男性劳动力的同时,动员女性劳动力参加生产建设就成了当时各级行政部门和妇联的任务。这可以从当年全国妇女大会决议中找到依据。《关于今后全国妇女运动任务的决议》(1953 年 4 月 23 日中国妇女第二次全国代表大会通过)指出:"我们伟大的祖国已经进入一个新的历史时期,有计划的国家建设已经开始,——在此时期,妇女运动的中心任务是继续教育、发动和组织广大妇女群众,参加并搞好工、农业生产和祖国各方面的建设,充分发挥应有的作用。——在农村中做妇女工作,必须以教育、组织妇女参加农业生产为中心,使她们成为爱国增产、增加单位面积产量的重要力量。"《1956 年到 1967 年全国农业发展纲要》(1960 年 4 月 10 日中华人民共和国第二届全国人民代表大会第二次会议通过)第二十四节规定:"从 1956 年开始,在 7 年内,要求每一个男子全劳力每年至少做 250 天左右的工作。——妇女除了从事家务劳动的时间以外,在 7 年内,根据不同地区的不同情况,要求做到每一个农村女子全劳力每年参加农业和副业(包括家庭副业)生产劳动的时间不少于 80 天到 180 天。"对农村女性的动员尚且如此,何况城镇女性。我国妇女就业人数大规模的增长就是在这样的背景下开始的。

全民所有制女职工在 1949 年为 60 万人,到 1957 年增长为 328.6 万人,增长率为 547.7%,其在全民所有制职工中的比重也由 7.5% 上升至 13.4%。1958—1960 年,我国在"3 年超英,5 年超美"的口号鼓舞下,开展了"大跃进"和"大炼钢铁"运动,城镇职工人数迅速增加,全民所有制女职工人数从 1957 年的 328.6 万增长为 1960 年的 1 008.7 万,女工比重也由 13.4% 增长为 20.0%,女工的增长速度大大高于男工。其中,1957—1958 年 1 年间女工人数猛增 2.47 倍[1]。

1961—1963 年是经济困难时期,国家精简职工,女工人数也相应减少,从 1960 年的 1 008.7 万减少到 1963 年的 656.6 万,在全体职工中女工比重并没有下降,依然保持在 20% 左右[1]。

1966—1976 年是我国经历了史无前例的"文化大革命"的 10 年。一方面,由于以"革命"为中心,经济增长缓慢甚至倒退,城镇企业劳动力需求增长缓慢,吸纳消化劳动力的能力下降;另一方面,已经成熟且强有力的统包统配的劳动制度依然可以不顾企业需求计划安置男女劳动力。理论宣传部门则把"包下来就业"和"妇女就业率提高"看做是"社会主义制度优越性"的重要体现,堵住了任何试图改变现状的出路,不得不以"上山下乡"来消化 1700 万新增男女劳动力。

1966—1976 年,未发现有关女性就业的资料,但以"文革"后的 1977 年数据与

"文革"前的 1965 年相比,可以发现,12 年间全民所有制企业女工比重从 1965 年的 21.0%增长到了 1977 年的 28.3%,增长了 7.3 个百分点,只是略低于过去 12 年 (1953—1965 年)所增长的 9.3 个百分点[1]。

与此同时,在工资分配上,我国逐步形成了一种相对平等的"大锅饭"式的工资分配制度。行业、年龄、工龄和学历相同的职工之间包括男女职工之间工资差别很小。

2. 经济转轨时期的妇女就业

时过境迁,国际形势和中国的国际地位已经发生了根本性的变化,经济和社会发展战略要有所调整;计划经济积弊难返,我国经济发展与人民生活水平严重落后,经济体制转轨势在必行。由于当年错误的人口政策使我国劳动力的供给大大超过了劳动力的需求,由于统包统配产生的副作用使企业冗员重重,由于人多地少农村剩余劳动力剧增,中国就业矛盾突出。随着经济体制转轨与统包统配劳动制度的松动,随着现代企业制度的建立,劳动力之间包括男女劳动力之间的就业竞争在所难免,中国妇女就业开始接受市场经济的考验。

1)城镇女性就业问题的先声——大邱庄

中国经济体制转轨从农村开始,市场经济对劳动妇女的冲击或者说对男女两性劳动分工模式的冲击也首先从农村开始。天津市大邱庄"妇女回家"是一典型案例,曾引起较大的社会反响。十一届三中全会以后,大邱庄从单一种粮食的经济结构逐步转变为农、林、牧、副、渔、工、商七业并举的经济联合体,走上了发展社会主义商品经济的道路。经济结构的变化,使大邱庄的多数男劳力由种田变为务工,而 84% 的已婚妇女却退出生产劳动岗位成为从事家庭副业和家务劳动的家庭妇女。据调查,十一届三中全会以前,大邱庄 95% 以上的妇女参加集体生产劳动,其中有近百名 60 岁以上的老年妇女参加半日或全日劳动。十一届三中全会以后,老年妇女全部退出集体生产劳动岗位,至 1988 年,45 岁以下有劳动能力的 525 名已婚妇女中,参加集体生产劳动的仅有 80 余人,占已婚妇女总数的 16%[2]。大邱庄"妇女回家"是对过去大规模动员女性参加公共生产劳动的逆反,是城镇女性就业问题的先声。

2)城镇女性就业难

由于经济转轨,政企分开,城镇工业企业对劳动力的成本收益比开始敏感起来。1980 年 8 月,中央提出了"在国家统筹规划和指导下,实行劳动部门介绍就业、自愿组织起来就业和自谋职业相结合"的"三结合"就业政策,突破了过去 20 年铁板一块的计划经济"统包统配"的就业模式。80 年代中期,我国开始在全民所有制企业新职工中实行劳动合同制,并在招工时实行"面向社会、公开招收、全面考核、择优录用"的"双向选择"政策,就业竞争初现,劳动力市场配置的时代即将来临。事实表明,女性在就业竞争中处于弱势地位。

3)妇女"阶段就业"

企业在招工中偏爱男性,对既有女工则以延长产假为名,释放剩余劳力。早在

1980 年,全国许多地方开始对孕期哺乳期女性"放长假",即延长法定产假,从 56 天延长至 3 年。1980 年 11 月 6 日,中共全国总工会党组、中共全国妇联党组联名向中央书记处递交了《关于辽宁省一些企业对怀孕哺乳女工实行放长假的报告》。报告反映:"据三市(沈阳、大连和鞍山)不完全统计,已有 30 多个企业对怀孕、哺乳女工实行留职放长假 1~3 年(抚顺甚至到 4 年),发放本人工资的 70%~75%(抚顺有的企业只发 15 元)。"后来有学者将此称之为"妇女阶段就业"。在实行市场经济的工业化国家,妇女阶段就业表现为一种平均趋势。妇女在即将生育第一个孩子以前回家休息,抚育孩子,就业率下降,当最后一个孩子上学以后,妇女重新参加社会劳动,就业率回升。以就业率为纵坐标,以年龄为横坐标,妇女职业生涯曲线呈 M 型。在计划经济体制下,中国女职工的职业生涯曲线与男性基本相同,产假短暂,工资照发,就业没有"阶段"。

"放长假"从法律意义上说是违反我国有关劳动法律法规的,但从经济学意义上来看却引发了一个值得我们深思的问题。全世界实行市场经济的国家,企业主们为了降低劳动成本,一般都尽可能地缩短妇女的带薪产假。为了限制带薪产假的缩短,联合国颁布《生育保护公约》(1952 年修订),要求各国至少应保证女工享有为期 12 周的带薪产假,产假津贴为产前工资的 2/3。尽管如此,美国等一些国家的法律依然允许对产假期间的女工停发工资。而我国相当数量的企业同样是从自身的经济利益出发,却愿意延长女工的带薪产假至 156 周。我国女性劳动力供过于求或"物欠所值"的状况可见一斑。

4)剩余劳动力

"编余职工"、"下岗职工"中女性比例高。"妇女阶段就业"只是刚刚进入市场的城镇工业企业对女性就业的一个初步反应,当劳动力行政配置逐步走向市场配置,当劳动政策有所放宽,当企业用人权得到初步承认,女职工往往首当其冲地成为剩余劳动力。1984 年,河南、河北和黑龙江等地开始了"优化劳动组合"的试点,至 1987 年已遍及全国。如果说 1986 年推行劳动合同制是对新增劳动力实行市场调节的话,那么"优化劳动组合"则是要挑战"固定工",打破"铁饭碗",对原有的劳动力也实行竞争上岗。随之而来的是"编余职工",其中女性居多,"优化劳动组合"也曾被认为是"男化劳动组合"。

11.1.2　妇女就业现状

1. 优质岗位女性所占比重较小

随着经济的发展、竞争的加剧,目前中国女性就业中存在的歧视现象也日益突出,特别是加入 WTO 后,男女不平等的情况也有所加深。它不仅表现在女性就业主要在一些层次比较低、收入比较低的部门,而且就业的稳定性和福利待遇也不尽如人意。再从就业的总体来看,越往技术部门、管理部门上升,女性就业的机会就越少,呈现出一种"金字塔"形状,这说明存在着女性就业歧视。女性就业主要在服装制造、零售、旅游、娱乐服务等这些技术层次低、收入低、主要是简单重复的体力劳动的经济类型部门中，女性占到35%～60%，而在建筑业、国家政党机关和社会团体、科学研究和综合技术服务业、房地产业、电力煤气供应等技术层次高、收入高、对劳动者的综合素质要求也高的经济部门中，女性只占了20%～34%。

2. 男女两性收入差距呈扩大趋势

调查显示，1999年城镇在业女性的年均收入是男性的70.1%，男女两性的收入差距比1990年扩大了37.4个百分点；以农林牧渔业为主的女性年均收入仅是男性收入的59.6%，差距比1990年扩大了19.4%，低收入女性比男性高了20%。

3. 女性生活福利保障不尽如人意

首先，男女两性享受各项社会保障的程度和覆盖面存在差异。调查显示，女性享受公费医疗或医疗保险的比例为52.3%，比男性低7.9个百分点；女性享受失业保险的比例为41.8%，比男性低6.5个百分点；女性享受退休金或养老保险的比例为60.5%，比男性低5.4个百分点；女性享有工伤保险的比例为46.8%，比男性低10.5个百分点。其次，"生育歧视"在许多非国有企业大量存在。据调查，有些用人单位甚至明目张胆地在劳动合同或单位内部的规章制度中规定："女职工在劳动合同期内不得怀孕、生育。否则，一经发现，即予辞退。"用人单位对孕期女职工采取"变岗减薪"办法，怀孕或生产的女职员被调岗、降级较为常见。而那些招收季节性的临时用工的企业，除了国家强制执行的年老、失业、大病、统筹、工伤等5大保险的执行情况比较好外，生育保险却只有4成。

4. 女性就业机会少于男性

2000年末，18岁至64岁的城乡女性就业比例为87.5%，比男性低6.6个百分点。尤其是女性再就业困难，其中下岗女工约占下岗职工的60%，再就业的只有30%，80%的下岗女工家庭生活水平下降。国企下岗女工普遍感到再就业困难，她们中有49.7%的人认为自己再就业时受到年龄和性别歧视，比下岗男工高18.9个百分点。而在这一男女就业不平等的队伍中也不乏女高才生。2004年，全国大学毕业生200万人，其中有80万人未能及时就业，而这80万人当中有相当一部分是女性。

在相同条件下，女生就业机会只有男生的87%；女毕业生初次就业率仅为63.4%，比男生低8.7个百分点。中国人民大学劳动人事学院的调查显示：在被调查的75家企业中，有42家（56%）表示，在工薪相同的情况下，愿意招收男大学生，只有3家表示愿意招收女大学生。在许多招聘会上，有不少用人单位打出了"只限男生"、"男生优先"的招聘条件。女生必须付出更多努力才能获得平等的就业机会[3]。

5. 男女两性就业不平等还表现在职业培训和退休年龄上

在我国，虽然女性也有培训机会，但是往往被局限在某几个行业和职业上，譬如商店服务业、餐饮业、服装业等。在接受经营管理培训的人员中，女性占的比例很少。另外，根据国家有关规定，男性干部工作年限为60周岁，女性工人年限为50周岁，女干部年限为55周岁；《公务员法》中明文规定，男性公务员退休年龄是55周岁，女性公务员退休年龄是 50 周岁。这种在退休年龄上区别对待,其基本出发点是"以男女两性的不同生理特点为依据",从保护女性权益的角度出发而制定的。但是,我们也应该看到,女性的平均寿命要高于男性,而且对于大部分 50 至 55 周岁的女性来说,还是具备继续参加工作的能力和意愿的。而我国的现行劳动法律法规实际上剥夺了广大女性 5 至 10 年的工作机会。而且广大女性退休员工所获得的养老保险金也会因为其工作年限较低而低于男性,由此致使广大女性经济收入减少。

11.2 妇女就业指导与职业培训

11.2.1 妇女就业和再就业的意义

在就业工作中,抓好妇女就业和再就业工作有着特殊的意义。

1. 有利于巩固和提高妇女的地位

新中国成立后,特别是改革开放以来,随着我国经济和社会的发展,妇女地位有了明显的提高,在政治、经济、文化、社会、家庭等各个领域享有了与男性同等的权利,妇女权益受到了法律保护。但是,我们也要看到,"男女平等"作为宪法原则,要不断得到巩固和加强,还必须建立在稳定的相互平等的经济基础之上。弱化妇女的就业作用,失去经济地位的支撑,"男女不平等"问题就会重新出现。我国正处于社会主义初级阶段,实现经济地位平等的主要方式就是谋求就业机会平等。只有抓好妇女就业和再就业工作,促进妇女较充分的就业,较顺利的再就业,才能逐步提高妇女的经济地位,也才能进一步提高妇女的政治和社会地位。

2. 有利于促进家庭的平等和睦

家庭是社会的细胞,妇女在家庭中的情况也是妇女在整个社会中基本状况的基础。如今,城市家庭的开销逐年增加,特别是中年妇女,大都上有老,下有小。由于我国现阶段普通劳动者的平均收入还不是很高,一个普通家庭,单靠丈夫一人工作,不用干别的,就是维持日常生活都会很艰难。如果夫妻二人都有工作,那么情况就会大有改观。家庭建设、家庭的稳定与进步是社会稳定与进步的基础。通过增强妇女对家庭收入的贡献和支配权、对个人事务的自主权,发扬中国妇女精打细算、勤俭持家、尊爱老人和重视子女教育等传统美德,促进家庭殷实向上,成为平等、文明、和睦、稳定的社会单元。

3. 有利于妇女的全面发展

按照以人为本的发展观,强调人生有两大主题,一是生存,二是发展。就业不仅是人谋生的需要,而且是将个人纳入社会关系总和成为社会人,并随着人类社会的整体进步而不断发展的基本前提。要看到,这些年来,部分女性就业层次提高,关注和参与国家和社会事务的程度不断加强,为她们的发展提供了机会。据有关资料统计,到 2000 年底,我国妇女从业人员占全社会从业人员的 46% 左右。随着经济发展,由于个人家庭状况的不同,也有一部分妇女因为家庭经济条件好而回到家庭,承担"全职太太"的角色,不再有求职的愿望,这也是妇女发展多样性的变化,应当尊重这样的选择。因此,在妇女就业问题上不应该搞"一刀切"。

11.2.2　妇女就业指导与职业培训的内容

阅读资料

七宝镇关于促进妇女就业的"七个一"措施

在不断加大就业工作力度进程中,镇妇联深感肩上的担子之沉重,自身责任之重大,我们将按照"党政所急、妇女所需、妇联所能"的要求,充分发挥桥梁纽带作用,把帮助妇女就业作为维护好妇女合法权益,促进妇女发展的首要任务,有的放矢地加强妇女就业指导,积极有序地开展妇女技能培训,扎实有序地拓展妇女就业渠道,千方百计地做好妇女就业安置,进一步提高我镇失业妇女和农村富余女劳力的就业竞争能力,促进社会主义和谐社会的构建。为确保我镇妇女就业工作有序、顺利推进,镇妇联决心在今年重点出台"七个一"措施。

1)建一套措施——发挥桥梁纽带作用

建立由镇妇联牵头,镇劳动保障事务所、镇救助所、镇社区办等各职能部门参加的每季度例会制度,通报阶段工作,商讨解决工作中热点难点问题,及时交流就业信息。同时要求各基层妇女组织,全面、及时掌握劳动年龄段内妇女就业基本情况,设立妇女就业工作台账,定期交流检查,提高和完善妇女就业服务。

2)设一个窗口——提供妇女就业帮助

在镇劳动保障事务所就业服务窗口设立妇女就业窗口,为妇女就业提供政策咨询、职业指导、职业介绍等多项服务。同时还专门开辟"就业指导室",为需要特殊帮助的就业困难妇女"一对一"提供就业心理引导和择业辅导,提高她们就业自信心。

3)织一张网络——构建妇女就业平台

发挥妇女就业指导员作用,借助劳务所的就业援助员、劳动保障监察协管员两支队伍,对辖区内的无业女性进行地毯式清查,挖掘企业就业岗位,搭建互动的平台,通过定期上门访问,使就业援助工作更加有的放矢,从而拓宽失业女性的就业渠道。加紧与镇劳动保障事务所联系,充分利用政务网资源,由劳动保障所及时向各村委、居委发送就业岗位信息和培训信息,提高就业岗位信息传输的深度和广度,为妇女搭建一张就业网络。

4)送一门技能——增强妇女就业本领

帮助妇女转变就业观念、提高职业技能,根据市场需求和新产业的发展需要,依靠具有免费培训资质的社会办学机构开展具有市场导向性的就业培训,增强培训的针对性、实用性和有效性。积极宣传动员本地失业妇女参加区政府推出的"企业下单、培训机构接单、政府买单"的"三单联动式"定向培训,配合劳动保障部门组织外来女性参加农民工职业技能培训实事工程,提高女性从业人员持有职业资格证书的比例。对有创业意愿的妇女依托闵行区开业指导专家服务队的指导开展创业培训,帮助她们学习经营管理,掌握创业技能,实现自主创业。对高技能女性人才关注的同时,也进一步注重激发下岗失业妇女自觉学习、自我发展的内在动力,鼓励她们在实践中提高就业层次,在竞争中磨练就业技能,以扩大职业选择范围,提高岗位适应能力。

5)架一座桥梁——畅通妇女就业渠道

根据失业、农村富余妇女缺技能、少文化、高年龄的特点,主动与镇劳动保障事务所和各用人单位联系,争取从"四保"岗位和服务型企业内多争取岗位,创造适合她们的就业机会。同时利用社区力量,开拓非正规新岗位,探索灵活多变的就业新方法。依托窗口优势,大力宣传自主创业优惠政策,鼓励失业、农村富余妇女加入自主创业队伍,在加强创业培训的基础上,有效开发适应市场需要的创业项目,帮助更多的妇女实现自主创业,提高创业成功率,架起一座企业和失业、农村富余妇女的沟通桥梁。

6)树一面旗帜——培植先进创业典型

通过筹办"十佳"评选活动,评选表彰一批镇民营经济"十佳"杰出女性、社区服务"十佳"女明星、非正规就业劳动组织"十佳"女性带头人,树立创业和再就业的妇女典型,培养激励更多的妇女在寻岗创业中创造新的业绩。

7)撑一把大伞——维护妇女合法权益

要关注本镇妇女在就业中的工作条件、劳动报酬、社会保险等条件保障。与镇劳动监察协管服务社协调,年内设立妇女就业维权专柜,从机制上保障妇女就业优先权,主动维护妇女合法权益。在开发就业岗位中,优先考虑符合条件的失业、农村富余妇女上岗,对生活困难、就业困难的妇女尽可能提供必要的帮助,让妇女就业成为全社会关注和重视的工作。

妇女就业,关键是拥有政府的扶持和社会的支持。今年的工作中,我们将进一步加强宣传引导,用好用足各项就业优惠政策;进一步利用各种资源,完善妇女就业服务措施;进一步挖掘就业潜力,鼓励妇女创业带动就业;进一步拓展就业渠道,打造妇女就业工作品牌;进一步强化教育培训,提高妇女就业竞争力。我镇还将通过各种形式,大力宣传男女平等基本国策和文明进步的妇女观,努力营造有利于妇女创业就业的社会环境,促进妇女广泛平等充分就业。

镇妇联将一如既往以促进我镇妇女发展为目标,充分发挥组织优势,为我镇妇女搭建好就业平台,让他们在社会参与中实现新的进步,新的提升,充分展现出七宝新时代女性的精神风采和时代风貌。

资料来源:[2007-04-17] http://zt1.shmh.gov.cn/mhfl/subNews.php? id=675.

分析讨论
根据你所在地妇女就业状况,总结出妇女就业指导和职业培训的内容。

11.2.3　妇女就业指导与职业培训

1.加强职业培训,开发城市妇女人力资源

发展是 21 世纪全人类共同关注并孜孜以求的社会目标,社会的进步使人们对发展内涵的理解更加广泛和深刻。妇女的发展、妇女人力资源开发受到社会的关注。妇女是一个多元、复杂的社会范畴。

我国广大城市教育的普及程度较高,基本普及了九年义务教育,这一方面为城市妇女取得生产能力、生活保障、自我发展提供可能,另一方面也为她们接受多种形式的职业培训、高等教育、继续教育以及终身学习打下基础。

目前,我国有 1 300 多万妇女在成人高等学校学习。全国有一所女子大学,三所女子职业大学和 1 600 所女子中等职业学校。这些院校以及各地妇女活动中心在促进妇女职业教育方面发挥了积极作用。但是,这样的规模与我国庞大的职业妇女队伍相比,只是杯水车薪。在城市妇女中蕴藏着极大的学习需求和学习优势,呈现以下特点:

(1)学历教育向高层次转移,人们普遍要求接受高等教育;

(2)要求知识更新,接受继续教育、终身教育趋势明显;

(3)适应生活、工作的快节奏,要求社会各类教育更加灵活开放,提供更加方便的形式,学习不受时空的限制;

(4)转岗培训、再就业培训、流动人口培训成为城市妇女教育的新热点;

(5)迎接"银色浪潮",老年教育方兴未艾。

为适应这些需求,应有效地解决城市不同阶层妇女在社会转型期面临的现实问题,为她们创造参与各类教育的条件,针对各个不同层次妇女的不同需求和性别特点,提供实际实用的教育、培训服务。多项研究表明:知识和技能在推动劳动力流动、帮助个体改变命运中的作用是非常显著的。因此,加强妇女职业培训应是社会转型期城市妇女教育的一项重要任务。

2.城市妇女的职业培训

1)城市妇女职业培训要实现多样化、社会化

多样化就是尽可能扩大教育机会,尤其是扩大妇女受教育培训的机会,尽量减少学习的限制和障碍,发展多层次、多类型、多形式的教育培训,并逐步完善培训的机制和体系。

社会化包括两层含义,一是成人教育培训要为社会服务;二是依靠社会办成人教育培训。城市妇女职业培训对经济、产业和劳动力就业情况的依附性大,要提高培训的层次,增设专门的妇女职业大学,开展高等职业教育,发展非正规高层次女性职业培训,为广大妇女提供专门培训,培养高级人才。要积极探索办学体制的多元化的新格局,建立社会力量办学的激励机制,并形成各级各类学校多种形式的联合,形成相互沟通、相互衔接,结构合理,覆盖面宽的成人教育、职业培训网络。

2）加强培训课程的开发和合理设置

要广泛开发有利于妇女就业、发挥妇女优势的专业,加强妇女教育内容的职业性和实用性。课程内容应适合妇女特点,增加针对性、广泛性和教学形式多样性。要利用计算机、多媒体和网络等远距离教育手段,建立更多的没有围墙的学校。

要根据产业结构的调整和劳动力人才市场的变化,积极发展适合城市妇女特点,面向新兴产业和现代服务业的专业和培训项目,同时也要加强老行业岗位技能的更新培训,结合国有企业改革,积极在妇女中培养技术和经营管理人才。

3）关注特殊人群的应急培训

目前,我国就业再就业形势严峻,下岗失业人员再就业压力很大。提高下岗失业人员的再就业能力,最有效的手段就是加强职业培训。因此,职业培训服务工作的重点之一是加强下岗失业女工的培训,以改变她们就业层次低和贫困化的趋势。要抓好短期应急培训,使她们能尽快掌握技术技能重新上岗就业。培训的内容既要注重眼前,也要着眼未来,要把职业技能培训和文化基础教育结合起来,在进行职业培训过程中,适当增加和渗透基础教育的内容。同时,要积极开展创业培训,促进自主就业、自谋职业、灵活就业,为扩大就业渠道服务。

4）更新观念,营造有利于妇女发展的外部环境

妇女教育是一个系统工程,要提高城市妇女的整体素质,提高女性成才率,需要国家、社会、家庭方方面面的关心和支持。要充分发挥宣传导向和政策导向的作用,通过舆论、道德、价值观念的作用,消除各种阻碍妇女接受教育并限制她们从中受益的偏见和陈腐观念,为妇女提供更多的发展机会。在政策的制定和实施中,应该得到政府和社会各种形式的优惠和补偿。"女性的前途在于自己觉悟",女性通过提供自身素养,获得对自身价值和人生价值认识,就能冲破束缚,充分实现自我,发展自我,为社会做贡献。

3. 农村女性的就业指导

阅读资料

培训 示范 牵线
——山东即墨着力培养妇女发展经济实力纪实

针对妇女致富愿望进行培训,培养典型示范带动、出台优惠政策引导、牵线搭桥建立"家庭工厂"……本着"人人至少有一项致富本领"的目标,山东省即墨市着力培养妇女发展经济能力,取得显著效果。

——根据愿望培训技能。该市妇联采取入户调研、发放调查问卷等形式,将需要培训妇女的年龄、文化层次、技能水平、参训意愿等情况登记造册,建立起了农村妇女劳动力资料库。一方面依托市农广校成立了妇女科技培训中心、妇女科技指导站,建立起市、镇、村三级培训基地,对农村妇女进行农业科技培训,另一方面深入到全市各企业根据用工需求情况设置服装、电气焊、皮鞋制作、计算机、畜牧、种植等专业,使参训妇女的转移率达到95%以上,人均月增收都在500元以上。

——培养典型示范引导。本着"选树一个典型、传授一项技术、辐射一方妇女、兴起一项产业"的目标,即墨妇联联合科技局下发了《关于培养、选树巾帼科技致富带头人的实施意见》,大张旗鼓表彰了 24 名在种、养和加工业生产经营中涌现出的妇女典型,以引导、示范、带动其他妇女创业。目前全市共培养扶持了 64 名妇女成为创业"小老板",并带动周边妇女就业,实现了共同富裕。省创业带头人、"三八"绿色奖章获得者于爱民下岗不失志,在妇联的帮助下筹资 50 万元承包 280 亩土地和 360 亩荒山,栽植冬枣、日韩梨、大樱桃等经济林果 10 余万株,雇佣员工近 200 人,95% 以上都是中年妇女,年工资均在 3 000 元以上。同时,她充分发挥辐射带动作用,无偿传授技术,提供优质树苗,在普东镇、华山镇帮扶创建了两处葡萄基地,使更多的姐妹走上科技致富的道路。

——牵线搭桥帮助致富。农村妇女农闲季节大多无收入,即墨妇联充分发挥即墨批发市场的带动作用和女厂长经的群体作用,牵线搭桥,扶持创办了一批"家庭企业"。王村镇 10 多个村建起了 175 个手工加工点,主要加工项链扣、服装、发制品、电子元件、纸盒等,金口镇引进了布艺工艺品手提袋加工项目等,农村妇女月收入在300 ~ 1 200 元之间,有力地推动了农村妇女增收致富。

资料来源:海樵,杨明涛等.培训、示范、牵线——山东即墨着力培养妇女发展经济能力纪实[J].中国绿色画报,2007(1).

分析讨论

针对当地农村女性就业状况,分析材料所提供的现实性和可行性。

11.3　妇女劳动保护

11.3.1　妇女劳动权益的定义和内容

妇女的劳动权益表现在妇女在岗位录用、薪酬、晋职晋级、专业技术职务评定等各方面享有与男子平等的权利。具体来讲有 3 层含义。

(1)各单位在录用职工时,除不适合妇女的工种或岗位外,不得以性别为由拒绝录用妇女或者提高对妇女的录用标准,在晋职、晋级等方面,应当坚持男女平等的原则,不得歧视妇女。

(2)任何单位均应根据妇女的特点,依法保护妇女在工作和劳动时的安全和健康,不得安排妇女从事不适合从事的工作和劳动。

(3)妇女在经期、孕期、产期、哺乳期受特殊保护,任何单位不得以结婚、怀孕、生产、哺乳等为由,辞退女职工或者单方面解除劳动合同。

阅读资料

《女职工劳动保护规定》的相关条款

第一条　为维护女职工的合法权益,减少和解决女职工在劳动和工作(以下统称劳动)中因生理特点造成的特殊困难,保护其健康,以利于社会主义现代化建设,特定本规定。

第二条　本规定适用于中华人民共和国境内一切国家机关、人民团体、企业、事业单位(以下统称单位)的女职工。

第三条　凡适合妇女从事劳动的单位,不得拒绝招收女职工。

第四条　不得在女职工怀孕期、产期、哺乳期降低其基本工资,或者解除劳动合同。

第五条　禁止安排女职工从事矿山井下、国家规定的第四级体力劳动强度的劳动和其他女职工禁忌从事的劳动。

第六条　女职工在月经期间,所在单位不得安排其从事高空、低温、冷水和国家规定的第三级体力劳动强度的劳动。

第七条　女职工在怀孕期间,所在单位不得安排其从事国家规定的第三级体力劳动强度的劳动和孕期禁忌从事的劳动,不得在正常劳动日以外延长劳动时间,对不能胜任原劳动的,应当根据医务部门的证明,予以减轻劳动量或者安排其他劳动。

怀孕七个月以上(含七个月)的女职工,一般不得安排其从事夜班劳动,在劳动时间内应安排一定的休息时间。

怀孕的女职工,在劳动时间内进行产前检查,应当算作劳动时间。

第八条　女职工产假为 90 天,其中产前休假 15 天。难产的,增加产假 15 天。多胞胎生育的,每多生 1 个婴儿,增加产假 15 天。

女职工怀孕流产的,其所在单位应当根据医务部门的证明,给予一定时间的产假。

第九条　有不满 1 周岁婴儿的女职工,其所在单位应当在每班劳动时间内给予其两次哺乳(含人工喂养)时间,每次 30 分钟。多胞胎生育的,每多哺乳 1 个婴儿,每次哺乳时间增加 30 分钟。女职工每班劳动时间内的两次哺乳时间,可以合并使用,哺乳时间和在本单位内哺乳往返途中的时间,算作劳动时间。

第十条　女职工在哺乳期内,所在单位不得安排其从事国家规定的第三级体力劳动强度的劳动和哺乳期禁忌从事的劳动,不得延长其劳动时间,一般不得安排其从事夜班劳动。

第十一条　女职工比较多的单位应当按照国家有关规定,以自办或者联办的形式,逐步建立女职工卫生室、孕妇休息室、哺乳室、托儿所、幼儿园等设施,并妥善解决女职工在生理卫生、哺乳、照料婴儿方面的困难。

第十二条　女职工劳动保护的权益受到侵害时,有权向所在单位的主管部门或者当地劳动部门提出申诉。受理申诉的部门应当自收到申诉书之日起 30 日内作出处理决定,女职工对处理决定不服的,可以在收到处理决定书之日起 15 日内向人民法院起诉。

第十三条　对违反本规定侵害女职工劳动保护权益的单位负责人及其直接责任人员,其所在单位的主管部门,应当根据情节轻重,给予行政处分,并责令该单位给予被侵害女职工合理的经济补偿;构成犯罪的,由司法机关依法追究刑事责任。

第十四条 各级劳动部门负责对本规定的执行进行检查

各级卫生部门和工会、妇联组织有权对本规定的执行进行监督。

第十五条 女职工违反国家有关计划生育规定的,其劳动保护应当按照国家有关计划生育规定办理,不适用本规定。

第十六条 女职工因生理特点禁忌从事劳动的范围由劳动部规定。

第十七条 省、自治区、直辖市人民政府可以根据规定,制定具体办法。

第十八条 本规定由劳动部负责解释。

第十九条 本规定自 1988 年 9 月 1 日起施行。1953 年 1 月 2 日政务院修正发布的《中华人民共和国劳动保险条例》中有关女工人、女职员生育待遇的规定和 1955 年 4 月 26 日《国务院关于女工作人员生产假期的通知》同时废止。

分析讨论

结合一些女职工劳动权益受损的案例,学习和讨论。

11.3.2 妇女劳动保护现状

我国的妇女劳动权益保护历来被认为是比较好的,因为女性的政治地位和企业的国有化程度比较高。但是,随着经济体制的改革,非国有经济成分扩大,计划经济下的妇女劳动权益保护模式受到冲击,而新的保护机制没有及时生成,因此,在妇女劳动权益保护方面,出现了许多问题。妇女劳动权益受损主要由劳动力市场的性别差异和歧视产生,在企业外部主要表现为就业与报酬差异与歧视,在企业内部主要表现为男女在岗位配置、工作评价和报酬待遇等方面的差异与歧视。自 20 世纪 80 年代中期以来,这些方面都出现了一些新的问题与特点。

1. 就业性别差异与就业歧视

对于我国大多数女性劳动者而言,就业性别歧视是妇女劳动权益实现的主要障碍。没有劳动力市场的入口券,其他性别平等就失去了基础,因此就业保护是妇女劳动权益保护的主要内容。当前,我国妇女的平等就业现状有所改观,主要表现在女性就业渠道,特别是创业机会增多,但同时也存在一些就业性别不平等的问题。

下降的女性就业率是一个比较敏感的结果指标。根据全国妇联第二期妇女社会地位抽样调查显示:近 10 年来,男女两性在就业方面出现了比较明显的差距。其中,城镇 18~49 岁女性在业率为 72%,比 1990 年下降 16.2 个百分点;男性在业率为 81.5%,比 1990 年下降 8.5 个百分点。女性下岗再就业率为 39%,男性为 64%。

当前的就业性别歧视主要有以下特点。

(1)就业歧视的普遍性。几乎贯穿招聘、筛选和录用的全过程。自从我国的劳动力市场开放之后,带有性别和年龄歧视性的广告就从未被有效禁止。根据谭琳教授等在 2002 年的调查,发现各种形式的外部员工招聘形式都不同程度地存在着性别和年龄限制。

（2）就业歧视的多层性。当前,从低层的打工妹、下岗女工到高层的女大学生、女研究生,都有不同层次的就业性别歧视,但在不同的时期,表现特征不同。例如,在20世纪80年代末主要表现在学历较低、年龄较大,或者专业技术水平低的女性中;进入2000年之后,由于劳动力市场的不景气,高教育层次和年轻的女性也出现了就业机会或条件不平等现象。很多国家机关和国有大型企业也都拒绝接受女大学生,甚至女硕士生,或者在聘用上差别对待,女硕士生相当于男性本科生,甚至一些传统的女性职业,例如翻译、文秘等也是如此。

（3）就业歧视的复合性。在我国,性别歧视和年龄歧视是明显地结合在一起的。目前在劳动力市场上一个最流行的口号是"35岁以上的女性没有人要"。尽管在男性求职群体中,也有年龄歧视现象,但歧视的年龄下限平均比女性高5~10岁左右。

（4）就业歧视的边缘化。自2000年之后,越来越多的企业采用弹性雇佣方式,政府也在积极推行多种就业模式,其结果在扩大就业率的同时,加大了女性在非正规就业群体中的比例。估计我国当前的非正规就业比重为22.7%,其中大部分为女性。这些妇女大部分从事传统服务业、家政和非全日制工作。非正式就业女工主要有两个来源:一是农村流入城市的"打工妹",二是城市的"下岗女工"。她们在寻找职业过程中往往要承受一些性别、年龄以及报酬方面的多种歧视。

2. 职业性别差异与歧视

我国已经形成了所谓的"女性职业",这些职业的特点是收入低、待遇低、社会声誉低。例如,办公室内勤、服务和辅助人员,家政人员和临时员工等。而一些职业已经成为"男性职业",例如,企业家、职业经理人、企业高层主管、政府高级官员、高级专业技术人员等。职业性别隔离的产生固然是由多方面原因引起的,但劳动力使用过程中的歧视仍是其中的一个主要原因。

企业内部的性别平等问题贯穿人员管理的全过程,包括岗位配置、技术培训、职务晋升、报酬待遇、特殊劳动保护以及尊严维护等各个环节,这实际上属于职业或事业发展中的性别平等或平等待遇问题。

3. 收入性别差异与待遇歧视

与就业和事业发展不平等相伴随的是收入差异。根据第二期我国妇女社会地位抽样调查资料显示:1999年,城镇在业女性收入是男性收入的70.1%,该比例在1990年时为77.5%。但收入性别差异主要表现在行业之间。在女性聚集的劳动密集型和低报酬产业,例如服装、纺织、文教体育用品制造和皮革加工等,收入普遍偏低。此外,企业内部职务之间的收入差异扩大也是性别差异的原因,因为女性在企业内部占据高层职位的比例相对男性要少。

4. 女性特殊劳动保护与歧视

传统的女性特殊劳动保护主要基于生理特征的保护。近10~20年来,因为员工的安全健康问题较为普遍,所以没有显示出明显的性别歧视,但也存在隐性歧视问题:一个是女性怀孕、生育和抚养幼儿期间会遇到职业生涯阻隔、裁员风险,导致许多女性,特别是知识女性不得不在事业发展与家庭生育之间做出痛苦的选择。另一个是工作场所的性骚扰问题。根据一些非大型的正规调查和媒体披露,性骚扰比较严重地存在于一些工作场所。据全国妇联的相关调查揭示,有70%左右的女性曾遭遇过不同形式的性骚扰,但绝大多数采取回避态度。

11.3.3 完善妇女劳动保护法

目前我国法律对妇女劳动权利提供了较为全面的保障。然而,随着社会的发展,以及社会主义市场经济体制的逐步确立和完善,许多新问题、新情况超出了现有立法范围。尤其是我国劳动体制本身就处在一个不断改革的过程中,这就使进一步完善保障妇女劳动权利的立法成为客观必然。完善保障妇女劳动权利的立法工作应从以下几个方面入手。

1. 制定一部保障妇女劳动权利的主体法,避免立法数量大、交叉重复多的问题

改革开放以来,我国妇女劳动立法工作步入了新的历史时期,在短短十几年的时间内颁布了大量保障妇女劳动权利的法律、法规。这固然是我国保障妇女劳动权利立法工作的巨大成绩,是妇女劳动地位提高的重要标志。但不可否认,在立法过程中出现了法律上的重复、交叉现象。例如,对妇女劳动就业权利的保障,在《女职工劳动保护规定》第3条中规定:凡适合妇女从事劳动的单位,不得拒绝招收女职工;在《劳动法》第13条中规定:妇女享有与男子平等的就业权利,在录用职工时,除国家规定的不适合妇女的工种或岗位外,不得以性别为由拒绝录用妇女或者提高对妇女的录用标准;在《妇女权益保障法》第22条中也规定:各单位在录用职工时,除不适合妇女的工种或岗位外,不得以性别为由拒绝录用妇女或者提高对妇女的录用标准。又如对妇女劳动保护权的保障,《女职工劳动保护规定》第5条规定:禁止安排女职工从事矿山井下、国家规定的第四级体力劳动强度的劳动和其他女职工禁忌从事的劳动;《劳动法》第59条规定:禁止安排女职工从事矿山井下、国家规定的第四级体力劳动强度的劳动和其他禁忌从事的劳动;《妇女权益保障法》第25条也规定:任何单位均应根据妇女的特点,依法保护妇女在工作和劳动时的安全和健康,不得安排不适合妇女从事的工作和劳动;《女职工禁忌劳动范围的规定》第3条更是详细规定了女职工禁忌从事的劳动范围。诸如此类的重复现象不一而足。

相同的内容,在不同的立法层次上出现重复,不仅影响人们对法的理解,给法的宣传、学习带来困难,而且必然影响法的适用。尽管立法的原意是想通过不同层次的立法,如法律、行政法规、部门规章等互相补充、完善,从而使对妇女劳动权利的保障更加全面、详尽。然而现实情况是,如此之多的法律依据让人无所适从。法律应当简洁、通俗,易于民众理解和接受。因此,有必要对现有相关的法律、法规进行综合、精简,制定一部保障妇女劳动权利的主体法,内容涵盖促进就业、劳动合同、劳动报酬、劳动保护、社会保障、就业培训、劳动争议、法律责任、监督检查等各个方面,这必将为妇女劳动权利的保障提供明确而有力的法律依据。

2. 明确界定"女职工"这一权利主体的内涵

我们知道,《劳动法》是劳动关系的参加者之间依据劳动法律规范而形成的一种权利义务关系。与任何法律关系一样,劳动法律关系也是由主体、客体和内容3个要素所构成的。劳动法律关系主体,即权利主体,是指参加劳动法律关系、享受劳动权利和承担劳动义务的当事人,它是由劳动者和用人单位双方构成的。一旦妇女与用人单位按照劳动法的有关规定正式签订劳动合同,明确各方的权利和义务,双方之间就形成了劳动法律关系,成为劳动法律关系的主体。然而,当妇女作为法律关系主体一方时,现有法律对这一权利主体的界定不够明确。在计划经济体制下"女职工"的劳动权利保障不言而喻是指国有单位的女职工,这些单位女职工的劳动权利保障与其说是一项法律权利,不如说是被看成一项社会福利,被看成是社会主义制度优越性的体现。

十一届三中全会以来,我国经济体制开始了向市场经济体制的过渡,逐渐形成了以公有制经济为主体、多种经济成分共同发展的格局。私营企业、乡镇企业、三资企业迅速发展,在这些新兴企业中聚集了大量女性劳动力。她们吃苦耐劳、廉价、易于管理,成为这些企业迅速发展壮大的一个重要因素。然而大量的调查显示,这些企业女职工的劳动权益极易受到侵犯。正是由于权利主体不够明确,有些企业就以女职工是指国有企业女职工为由,拒绝执行相关法律、法规,连有些女职工自己也认为女职工的劳动权利保障是那些"公家饭"的企业才有的,造成任意解除女职工劳动合同、延长工作时间、拖欠工资、"四期"保护不落实等侵犯女职工劳动权益的现象屡屡发生,成为新闻媒体反复报道的事实,有些恶性案件更是触目惊心。

可以预见,随着改革的不断深入,这些企业将成为我国经济发展中的重要力量。而在这些企业中,女职工占相当的比例,这就使对这部分企业女职工的劳动权利保障势在必行,在《劳动法》中应明确界定"女职工"这一权利主体的内涵,将"凡在我国境内的所有企业,包括国有企业、乡镇企业、'三资'企业、私营企业、个体经济中从事体力劳动或脑力劳动,以工资收入为主要生活来源的女性劳动者,都平等地依法享受各项劳动权利、履行劳动义务"写入《劳动法》或保障妇女劳动权利的主体法中。只有进一步明确权利主体,才能消除人们的模糊认识,正确地适用法律,真正实现法律的平等与公正。

3. 规定具有切实约束力和可操作性的法律责任

《劳动法》中的法律责任,是指用人单位或劳动者作为劳动法主体违反劳动法规定而依法应当承担的法律后果。通常在《劳动法》的责任主体中,最重要的一类主体是用人单位。我国《劳动法》所规定的法律责任中,有绝大部分是针对用人单位的违法行为而设立的。因为劳动法从立法宗旨上看是劳动权益保障法,所以法律需要通过规定对用人单位侵权行为的制裁,通过明确法律责任,来保护劳动者的合法权益。从现行法律来看,在对妇女劳动权利的保障上,法律责任并不明确。

(1)有些侵权行为缺乏相应的法律责任。例如《劳动法》第13条和《妇女权益保障法》第 22 条都规定,凡是适合妇女从事的工作和岗位,不得以性别为由拒绝录用妇女或提高对妇女的录用标准。如果出现类似的违法行为,应负什么法律责任? 对此,无论是《劳动法》,还是《妇女权益保障法》中都没有相应的规定。正因如此,目前许多企业、单位乃至国家机关在招工中出于自身利益考虑,拒绝录用女性,或对女性附加身高、容貌、几年内不得生育等歧视性条款。法律责任不明确,严重损害了法律的严肃性、权威性,成为现实生活中此类侵权行为屡屡发生的重要原因。

(2)侵犯妇女劳动权利的法律责任多为行政法律责任,而且又多为行政处分,在计划经济体制下,行政命令指挥一切,行政处分发挥很大作用。然而在向市场经济转型的过程中,行政处分的适用范围和法律效力都表现出较大的局限性。例如《妇女权益保障法》第 50 条中对直接责任人员的行政处分,在国有企业或集体企业还能发挥一定的作用,然而如果发生在私营企业、乡镇企业、三资企业,这种行政处分就显得鞭长莫及了。

(3)有些侵权行为,尽管规定了相应的法律责任,但由于执法主体不明确而使有关法律责任形同虚设。例如在《妇女权益保障法》、《女职工劳动保护规定》中,都规定"有关部门"、"所在单位的主管部门"执行,具体指什么部门? 立法上不明确,执法中必然产生相互扯皮和推诿现象。

因此在立法过程中应明确各种违法行为的相关法律责任,明确执法主体的执法权限、程序以及由于执法不力所应承担的法律责任,运用诸如责令改正、罚款、限期整顿乃至停业整改等各种措施以维护法律的尊严和劳动者的合法权利。对消极应付、相互推诿的,要对主要负责人作适当的行政处分,渎职触犯刑律者应依法追究其法律责任。

4. 增加就业培训的力度

现代社会,竞争日益激烈,就业培训成为劳动者提高就业能力、就业层次的一个有效途径。许多国家如美国、日本、德国等都将员工的就业培训纳入法制轨道,建立了完善的就业培训制度。改革开放以来,我国也制定了相关的职业培训法规,如《劳动法》中关于职业培训的专章规定、《职业教育法》、《企业职工培训规定》等。然而上述法规多为原则性规定,尤其缺乏有关女性职业培训规定的立法。例如在《妇女权益保障法》"劳动权益"的专章规定中,只字未提妇女应享有的职业培训权利方面的内容。客观地分析,女性作为社会中的弱势群体,其劳动技能的提高、就业水平的改善乃至社会地位的提高,在很大程度上有赖于国家政策和法规的引导、扶持,否则只能使女性劳动者在低层次的劳动环境中生存,从而人为地造成女性地位的沦落。因此在建立市场经济体制的过程中,加强对女性职业培训方面的立法应当是保障妇女劳动权利立法的重要内容。

5. 增加劳动场所中对妇女人身权利的保护范围

根据我国现有的法律、法规,在劳动场所对妇女人身权利的保障,主要体现在劳动安全生产、劳动健康保护等方面,而对其他方面的保护却不够。例如对工作场所中的性骚扰,这种严重侵犯妇女人身权利的行为就无法可依。受到性骚扰的女性,往往顾虑到情面、晋升、就业前途等因素而敢怒不敢言,身心受到极大伤害。在一些发达国家,已有这方面的立法规定。我国也应尽快弥补这方面的立法空白,从而为妇女营造真正安全、平等的就业环境。

11.4　职业妇女自我调节与保护

11.4.1　年轻职业妇女的心理特征及调适措施

阅读资料

"职场丽人"是个令很多女性向往的称谓。可如今许多职场女性在享受它带来的高薪的同时,也在承受着巨大压力,甚至以牺牲身体健康为代价。"三八"前夕,记者在南宁采访这些女性时,听她们说得最多的就是一个字"累"——家庭的重担、工作的压力、竞争的残酷。

1)压力很大　顾不上婚恋育儿

"谁都知道私企人事变动是常事。虽说我一个月收入三四千元,但心里还是没底。所以,我要让自己已经拥有的一些条件发挥最大效益,尽量为后半生赚足资本。"住在南宁市外滩新城的罗小姐说。

27岁的罗小姐在一家私营企业做管理工作。由于工作太忙,她迟迟没有结婚,却有了独自投资买房买车的念头,她认为这样才能显出自己的独立。不久前,她贷款20万元在外滩新城买了一套100平方米的房子。然而,在独立、能干、有钱的光鲜外表下,她在精神上却承受着别人看不到的重重压力。

按照罗小姐目前的状况,房子的首付几乎已经花去了她所有的积蓄,下一步,还面临着装修等压力,再加上每月有近千元的房屋贷款要还,如果今后买车,还将增加几百元的养车费,这笔账算下来,还真让罗小姐捏了一把汗。

罗小姐说:"一个人决心靠自己,就只能在年轻时铆足了劲工作、赚钱。现在,因为有了目标,自己在工作上比以往更加投入,生活上也变得节俭了许多。"

谈到结婚生孩子,罗小姐摇了摇头:"实在太忙了,至少目前还没这个计划。过了30岁以后经济条件稳定一些再说吧。"

记者在采访调查中了解到,在南宁市,80%的职业女性认为随着社会竞争的不断加剧,面对的压力也越来越大。她们认为年轻就是最大的资本,也深知"少壮不努力,老大徒伤悲"的道理,所以希望趁年轻时多拼搏,多积累。而事业和家庭对于20多岁的年轻女性来说,又如鱼和熊掌不可兼得,只好暂且将终身大事置于一边。很多女性即使结了婚,也将生孩子的计划放在30岁以后。

2)努力拼搏　咬紧牙关向前走

杨小姐,26岁,南宁市某事业单位职工。杨小姐最近觉得越来越累,她抱怨说:"如果只想做一名普通职员,我现在可以生活得很轻松。但我想干出一番事业,并且在 30 岁以前有提升的机会,所以现在只能咬紧牙关往前走。"

杨小姐 22 岁大学本科毕业就到现在的单位工作,工作上尽心尽职、勤勤恳恳,得到同事们和上司的好评。但工作一段时间后,杨小姐很快觉得自己的知识不够用了。周围大学本科生到处都是,从学历上丝毫看不出自己的优势。于是她利用业余时间自费读研究生,并在短时间内通过了英语六级考试。

杨小姐说:"别人都说我的压力是自己找来的。当我手捧通过辛苦努力换来的各种证书时,我觉得自己很充实。那么多那么难的考试我都应付过去了,工作和生活中还有什么坎是我过不去的呢?"年轻的杨小姐对自己的职场生涯和未来生活已经有了规划:"30 岁以前,我想趁自己年轻、接受新知识的能力比较强,好好在事业上搏一搏。40 岁以后我会逐渐回归自己的生活,将重心放在家庭上,做一个好妻子、好母亲。"

3) 自我调剂 保持身心健康

二十五六岁是现代女性"时刻准备着"的起跑线,随着社会竞争的不断激烈,职业女性的就业压力也在不断加大。很多职业女性在工作一段时间后,会觉得自己所学知识不够用。通过参加各种补习班学习以实现自我增值,无论对职业女性个人本身还是对她所创造的社会价值来说,都是一个进步。值得提醒的是,证书仅仅是所学知识的一个证明,但并不代表实际能力。一些职业女性一味忙于获取各种证书,承受学业和工作的双重压力,忽略了身体的健康,忽略了实际工作能力的培养,这是不可取的。

医学专家告诫年轻职业女性,一个人的承受能力有限,如果忽视健康,不掌握自我调节的技巧,以致无法摆脱工作压力和不愉快情绪,最终将身心俱损,得不偿失。同时,职业女性也应该以积极乐观的态度面对人生,处理好生活、工作的关系,保持健康的心态,面对社会的挑战。

资料来源:[2005-03-07] www.fzkb.cn/news/20050307/fz6b/104035.htm.

分析讨论
总结年轻职业女性的心理特征及调适措施

11.4.2 中年职业妇女的心理特征

对于中年职业女性来说,所面临的考验会更多。她们面临着来自生理、家庭与事业、子女教育、夫妻感情方面及社会习俗方面的种种压力,使得职业女性较同龄男性和其他年龄阶段的女性来说容易产生更多的困扰,出现心理危机。美国心理学家艾略特·雅克于 1965 年提出了"中年危机"这一名词,并很快流行开来。最近,美国《幸福》杂志就高级女白领面临的中年危机问题进行了调查分析。300 名接受调查的妇女年龄在 35 岁至 49 岁之间,94% 的被调查妇女中是经理或高级管理人员,近一半的人年薪 6 万美元以上。结果令人吃惊,他们中近 90% 的人已经或正在考虑对工作、生活进行重新调整,近 1/3 的人说她们经常感到抑郁消沉,超过 40% 的人说她们感到自己陷入了困境,对自身价值、人际关系等感到不确定或焦虑。在我国,随着市场经济的不断发展,人们的生活节奏加快,竞争越来越激烈。中年职业女性面临着生活、事业上的竞争和挑战,她们可能比其他年龄阶段的女性遇到的问题更多、更复杂。如何面对压力和挑战,如何战胜困难、摆脱困扰,是值得每一个中年职业女性认真思考的。这里就此问题做一下浅显的分析,旨在与中年女性朋友一起正确地认识自我、战胜自我,坦然面对人生的"重大转折",度过这段不平凡的时期。

1. 中年职业女性心理困扰的具体表现与分析

1)来自身体健康状况方面的问题与压力

女性步入中年以后,尤其是过了40岁,生理机能逐渐开始衰退,相继出现与衰老有关的变化。也许有一天偶然对镜会发现,曾是光泽红润的面庞已有些松弛,眼角边多了几条明显的鱼尾纹;曾是乌黑的发丝间出现了几根白发,不免心中生出几分惆怅与悲凉。然而,这还仅仅是外表的改变。随着年龄的增长,身体内部机能也在发生着变化。由于长期从事脑力劳动,加之家务劳动繁多,参加体育锻炼的机会大大减少,于是一些疾病便会"光临",医学界称中年为"危险期"。据统计分析,中年职业女性常见的疾病是心脑血管疾病,国内近年来进行了一次规模较大的病理普查,结果表明,在35岁左右的妇女中,将近1/3的人检查有动脉粥样硬化的斑块。脑力劳动者比体力劳动者冠状动脉狭窄的发生率高一倍。妇科肿瘤,像乳腺肿瘤、卵巢肿瘤、子宫肌瘤在35~50岁左右也经常发生。此外,中年女性还易患代谢性疾病,如糖尿病、肥胖症、高血脂症等。如果进入更年期,还可能出现心悸、头昏、潮热、盗汗、过敏性和抑郁性的情绪变化等身心症状。

身体机能的衰退和疾病的发生,使得中年职业女性明显感到体力精力大不如从前,困倦、疲劳、记忆力减退、工作效率下降常常困扰着她们,对健康、体力的担忧也与日俱增。这些心理上的困扰反过来又会影响身体健康。

2)来自家庭与事业之间关系的问题与压力

中年职业女性要承担家庭与社会工作的双重任务,在家庭里,她们要照顾好子女、丈夫的衣食住行,对老人要尽孝道。人到中年,其子女正值青少年期,其可塑性、危险性都是最大的。执拗与顽固、鲁莽与勇敢、半成熟和半幼稚、独立性和依赖性交错在一起,做母亲的此时要为子女的升学、就业、婚恋、犯罪等问题操心。这一年龄阶段,她们的丈夫也正值事业的顶峰时期,他们比妻子更关心事业的成败,希望妻子能做个贤内助,这就意味着女性要承担更多的家务劳动。中年阶段,双方的老人都已年迈,不再像从前那样帮助料理家务,而是需要子女的赡养与照顾,这无疑又加重了家务负担。在工作方面,这一代人受过良好的教育,有很强的事业心与责任感,处在社会的大变革时代,想成就一番事业。在家庭与事业之间,她们总想"求全"。

如何处理好家庭与事业之间的矛盾,并非易事,常有顾此失彼的现象发生。只顾事业,疏忽了对家庭的照顾,可能引起家人的不满,出现家庭危机。若因家务而影响工作,又可能让人怀疑其能力不足,因而在上级和同事面前失去应有的信任和尊重,自尊心、自信心受到伤害。在工作中,她们要力争表现出精明、强干且有经验,才能赢得他人的信任。中年职业女性受传统文化的影响较深,在家庭与事业的双重压力下,许多中年职业女性出现心理疲劳症状,表现为易劳累、心情欠佳、神经过敏、失眠、头昏、人际关系紧张等。长期下去,很可能导致心理疾患。

3)来自夫妻之间感情方面的问题与压力

许多中年职业女性忙于工作、社会活动和家庭生活之中,事业、家务、子女、老人等诸多的事务占据了她们生活的大部分时间,使得她们难得经常与丈夫在一起交流思想、感情,更少有时间单独在一起娱乐。同时也由于年龄的增长,失去了青年时期对婚姻、爱情的浪漫幻想。人到中年,对于毫无变化的婚姻生活可能产生"厌倦"心理。夫妻之间吸引力减少,夫妻关系不和睦现象发生,感情日渐淡漠,彼此都会感到生活沉重、精神孤独。在夫妻关系的处理方式上,知识女性较强调独立意识,不依附、不顺从,要求感情上的平等与相互尊重,不委屈求全,这就难免出现争执或冷战。据调查表明,有16%的中年夫妇承认不和睦,即使不离婚,却也是貌合神离,出现感情危机。家庭是人生的避风港、停泊站,但感情上的危机使得一些中年职业女性又平添了许多烦恼。

4)来自传统观念、社会偏见方面的问题与压力

在传统社会中,女性的位置是在家庭里,其自身价值只是体现在相夫教子、孝敬老人之中。随着生产力的发展和社会的进步,女性的地位在不断地提高。人们越来越相信,女性不仅在家庭,而且在社会的各个领域都有着不可替代的作用。然而,几千年来形成的关于女性的种种偏见却不能完全根除。因此,在女性的成长过程中,会时时遇到来自各个方面的压力,构成女性进步的障碍,这在中年职业女性身上体现得尤为明显。在家庭生活方面,人们评价家庭生活是否美满、子女教育得如何乃至丈夫的穿着是否得体,这一切似乎都是女性的责任,实际上人们仍把女性定位在家庭生活中。在工作方面,中年职业女性所面临的挑战和压力更大。这首先表现在年龄上已失去了优势。有人说,在中国,35岁是一个尴尬的年龄。许多单位把用人的年龄界限定到35岁,职称的破格与优惠政策也定在了35岁。有些工作岗位,也只录用男性或青年女性,使得中年职业女性展露才华的空间大大受到了限制。可见,女性到了中年,可供选择的职业比年轻人少了许多,职业变动的可能性也少了。其次是在社会认可方面,虽然社会对男性的期望比女性期望高,从表面上看,女性似乎可以免去这方面的压力,然而现实并非如此。中年职业女性渴望事业的成功,但要获得社会的承认却不是一件易事。例如,在当今社会中,女性领导干部所占的比例很少。据《辽宁妇女社会地位调查》一书的统计表明,全省女干部的比例是36.72%,明显低于男性。在一些重要岗位上,要比这个比例还低,如行政部门只占18.87%。许多男性到了中年可以顺理成章地走上领导岗位。还有在职称评聘过程中,中年职业女性也不如同龄男性占优势。同等条件下,男性在职称评定中要比女性被聘用的可能性大。男女之间地位上的不平等,并非由女性本身的能力所致,而是社会偏见的影响所致。

工作重任与社会偏见带来的压力,往往造成中年职业女性职业适应不良现象,时常感到工作压力大,害怕、担心工作失败,对别人的评价过于敏感。在人际关系的处理上,可能与上下级、同事之间产生摩擦、争执,造成人际关系紧张。因此,中年职业女性会时常感到沮丧与焦虑,心境欠佳[4]。

11.5 为进城务工妇女提供的服务

阅读资料

昨天,也就是 2006 年 9 月 20 日上午 9 点 40 分,在广州增城新塘镇务工的张小英横过马路时,手持的铁锹刮到了一辆丰田轿车,开车的人下来,将她一把揪住,先是一拳,然后是一个耳光,最后将她一把推倒在地,这时,一辆呼啸而过的货车正好经过,张小英被当场碾死……

丰田车是日本进口的,银色,开车的人是增城新塘五牛制衣厂的老板。铁锹是用来干活的,这是中国农村最常见的农具,也是她的基本生产资料,张小英是个普通女工,月收入只有三四百元。

据报道,张小英本来和几个老乡一起坐在马路的对面,她们刚干完一单活儿,正在等待接下一单,顺便歇歇脚,喘口气。马路上车来人往,街边的店铺琳琅满目,这些都与她们无关,她们眼睛瞅着需要她们干活儿的那些人和地方,这时,一辆招工的车缓慢停在马路的对面,她们立即像弹簧似的跳起来,踏着斑马线向对面走去。

一开始,张小英的铁锹扛在肩上,她担心过马路会碰到人,换提在了左手,但她万万没想到,在城市,铁锹碰到一辆低于肩膀的轿车尤其是一辆高级轿车,远要比碰到一个高于肩膀的路人后果严重得多,要是她的铁锹撞到了一个路人的脑袋,顶多不过挨几句骂,道个歉,流了血也不过领到医院包扎一下花几个钱。不幸的是,她的铁锹把一个毫无怜悯心的"有钱人"开的一辆日本原装进口的丰田车的轮胎上面的边缘刮出了"痕迹",这就注定了她的灾难。本来已经踏上人行道的张小英,被强行拖回到马路的中央,一拳头,一耳光,最后一推,倒下的张小英,脑袋正好被塞在飞速旋转的车轮下面……

农民工张小英永远离开了这个世界,留在她身后的是绝望的丈夫和不更事的儿子,还有分隔成两间的 20 m² 的铁皮小屋,还有床尾堆着的几根从外面捡回来的做饭用的木棍,还有墙上吊着的一个用作筷桶的矿泉水瓶,还有里面插着的五支筷子……

资料来源:[2006-09-20]http://blog.sina.com.cn/u/1197218033.

分析讨论

结合你身边进城打工女性的生活现状,讨论当今社会应为进城务工女性提供哪些服务?

据中国社科院的一项调查显示,我国农村劳动力进城务工的规模约为 1 亿,其中

40%为女性,而且比例还在持续上升,由于身份樊篱的禁锢、社会体制的不公平、文化程度的约束、法律知识的欠缺,她们权益受侵犯的现象较为严重,其中尤以劳动权和社会保障权最为突出。

11.5.1　进城务工妇女劳动和社会保障权益保护的现状

1. 劳动就业权

劳动就业是一项基本的人权,妇女劳动就业权是妇女获得并享有财产权利的重要途径和保障,妇女只有参加社会劳动,才能成为经济生活的主人,实现女性权利和义务的统一,实现自身的社会价值。《宪法》第四十二条规定:"中华人民共和国公民有劳动的权利和义务。"《妇女权益保障法》第二十二条规定:"各单位在录用职工时,除不适合妇女的工种或者岗位外,不得以性别为由拒绝录用妇女或者提高对妇女的录用标准。各单位在录用女职工时,应当依法与其签订劳动(聘用)合同或者服务协议,劳动(聘用)合同或者服务协议中不得规定限制女职工结婚、生育的内容。"比照以上相关规定,进城务工女性劳动就业权受侵犯主要表现在以下几个方面。

(1)就业歧视。一方面由于城市的容纳度有限,加之城市大量的下岗职工和失业者也在寻找就业机会,造成进城务工人员进城以后挤占城市居民就业机会,增加城市就业压力,于是城市政府制定一些明显歧视进城务工人员的政策法规,她们只能从事又脏又累城里人不愿干的活;另一方面则为性别、年龄、身高等方面的歧视,一些企业只使用黄金年龄段的女工,避开女工的婚、孕、产期。

(2)劳动关系建立不规范,没有劳动合同或劳动合同不公正。《劳动法》明确规定"建立劳动关系,应当订立劳动合同。"《私营企业劳动管理暂行规定》第七条规定"私营企业用工必须按照平等自愿,协商一致的原则,以书面形式签订劳动合同,确立双方的权利义务。劳动合同签订后,须经当地劳动行政部门鉴证并备案。"但目前非公有制企业中劳动关系非常不规范,尤其是私营企业问题更加突出,根据2005年3月8日杭州《每日商报》中对杭州外来女工就业生活调查:有近53%的外来女工没有和用工单位签订劳动合同。对大多数进城务工农村女性来说,合同更是一个陌生的词,有些企业虽与女工签订了劳动合同,但内容也多是不公正的,只规定女工的责任和义务、惩罚以及解雇的条件,却没有载明雇主的责任、义务和违约后的赔偿,肆意对女工进行盘剥与敲诈。

(3)安全卫生条件差,女工特殊劳动保护落实不到位。劳动安全卫生保护直接关系到劳动者的生命安全和身体健康。《劳动法》第五十二条规定:"用人单位必须建立、健全劳动安全卫生制度,严格执行国家劳动安全卫生规程和标准,对劳动者进行劳动安全卫生教育,防止劳动过程中的事故,减少职业危害。"然而部分非公有制企业尤其是中小私营企业,单纯追求经济利益而不顾女职工身体健康,有30%的进城务工女性反映工作环境差,主要有噪音、粉尘、刺激性气味等,由于劳动保护措施不力,中毒、人身伤亡的事件常有发生。女工特殊劳动保护是针对女职工的生理特点和抚育后代的需要,对女职工在劳动过程中的安全和健康依法加以特殊保护。劳动部在 1988 年发布了《女职工劳动保护规定》,1990 年颁布了《女职工禁忌劳动范围的规定》,然而据中国网全国维护妇女儿童权益协调组办公室 2002 年 11 月的调查数据显示,有 78.5% 的妇女在经期没有受到特殊保护;40.1% 的妇女在孕期没有受到特殊保护;25.6% 的妇女在哺乳期没有受到特殊保护,有些企业随意解除辞退"三期"女职工。

(4)工作时间长,工资报酬普遍偏低,且工资常常不能及时发放。《劳动法》第三十六条规定:"国家实行劳动者每日工作时间不超过八小时、平均每周工作时间不超过四十四小时的工时制度。"第四十六条规定:"工资分配应当遵循按劳分配原则,实行同工同酬。"然而女工一般一天工作时间至少在 10 小时以上,且获得的报酬普遍偏低,部分私营企业支付给女职工的工资没有达到最低工资标准,一些企业还存在拖欠和克扣女工工资的现象[5]。

2. 社会保障权

所谓社会保障权是指社会成员在暂时或永久丧失工作能力、失去工作机会,或收入不能维持必要生活水平等状况时,获得由国家或社会提供的保障基金。一般认为,社会保障体系主要包括养老保险、医疗保险、社会救济、社会优抚、社会救助、社会福利等方面。

《妇女权益保障法》第二十八条规定:"国家发展社会保险、社会救助、社会福利和医疗卫生事业,保障妇女享有社会保险、社会救助、社会福利和卫生保健等权益。"第二十九条规定:"国家推行生育保险制度,建立健全与生育相关的其他保障制度。"

由于历史的原因,中国社会保障制度是一种城乡分离的二元社会保障模式,城市实行的是以社会保险为核心的社会保障体系,农村实行的是以家庭保障为主的保障体系,体现了一种社会分配的不公平,而具有双重身份的农民工群体包括进城务工女性,其社会保障权遭遇尴尬和不公平也就应运而生了。据统计,进城务工人员养老保险的总体参保率仅为 15%,医疗保险的平均参保率为 10% 左右,失业保险、生育保险等目前仍与绝大多数农民工无缘。而在参保者中保险关系中断和退保的又占很大比例。

1)养老保险

由于我国养老保险制度还处于完善和发展阶段,在具体施行中缺少相关法律、法规的支持。特别是对农民工参保缺乏具体的配套政策,加之各地的保险政策不统一,收费标准、保险待遇相差很大。同时,农民工就业不稳定,流动性大,本身收入较低,一些企业为降低成本又不为农民工办理参保,导致大量进城务工农民还没有纳入养老保险体系。目前农民工参加养老保险的总体参保率为 15% 左右,而女性参保率比男性低 2.1 个百分点。进城务工人员既得不到养老保险制度的惠泽,其过去长期依赖的农村传统养老模式也正日益瓦解,今后大量生活无着的老年农民工滞留城市,将给城市的稳定、城镇经济社会的发展带来影响。

2）工伤保险

工伤保险是指国家通过立法建立的由社会集中建立基金,对在经济活动中负伤致残,或因从事有损健康患职业病丧失或部分丧失劳动能力的劳动者,以及对职工因工死亡后无生活来源的遗属提供医疗救治、生活保障、经济补偿、医疗和职业康复等物质帮助的一种社会保障制度。按照《工伤保险条例》规定,各类企业均应为其员工办理工伤保险,尤其是2004年6月劳动和社会保障部出台了《关于农民工参加工伤保险有关问题的通知》,农民工工伤保险权益将日益得到相应的保障,但目前调查数据显示,享受工伤保险的妇女仅为39.2%,比男性低9.2个百分点。现实情况是一旦发生了事故只会得到微薄的补偿,以后生活无着,发生职业病伤害的可能会在疾病"积累"的过程中(甚至患病后)被除名遣送回家,而辛苦打工所得根本不够支付昂贵的治疗费用,甚至导致其倾家荡产,恶疾缠身。

3）医疗保险

在医疗保险政策上,国家允许农民工与其他城镇劳动者同样参加基本医疗保险,并享受基本医疗保险待遇,但仅限于与企业形成劳动关系的务工人员,平均参保率仅为10%,而女性农民工还有很大一部分从事保姆等家政服务行业,根本未进入医疗保险的视野,她们的健康保障令人忧虑。据统计,有36.4%的女性农民工生过病,甚至多次生病,其中59.3%的人没有花钱看病,而是倚仗年纪轻、体质好,硬挺过来的。生育保险是女性因生育或者计划生育而暂时丧失劳动能力时,社会给予必要的物质帮助的一种社会保障制度[6]。

《劳动法》和《妇女权益保障法》专门对女职工实行特殊劳动保护作出了规定,特别强调了女职工在孕期、产期、哺乳期内享有的权利。但对一些用人单位来讲,这种规定并不适用于农民工,在执行国家政策法规时,往往很少考虑农民女工的生育权利,不少"打工妹"不仅没有生育保险待遇,而且一怀孕就面临被辞退的危险。有的农民女工怀孕生子即使不被辞退,她们在生育期间的待遇也根本无法与城市女职工相提并论,有些农民女工因为无力承担正规医院的生育费用,而不得不求助于"接生婆",或者无证"个体诊所",其生育权利、生存质量令人担忧。除以上所举社会保险外,现行城镇社会救助体系也只覆盖城镇户籍人口,进城务工女性享受不到任何社会救济、社会优抚、社会救助、社会福利等方面的救助,在因失业、疾病、意外伤害致生活陷入困境时,往往孤立无助。

11.5.2　为进城务工妇女提供服务

为保障农村外出务工年轻女性的安全流动和合法权益,目前亟待形成安全畅通的女性劳务输出渠道和建立女性安全流动监测机制,建立健全能有效规约用人单位、职业介绍机构和职业技能培训机构的法律制度及执行机制,提高年轻女工的综合素质。

1. 提高服务与管理水平

有关部门应采取以下措施提高自身的服务与管理水平。

（1）由政府部门主办的中介机构应逐步取消向外出务工人员收取中介费的做法，尽力利用社会的补贴与资方的酬劳来维持自身生存与发展。为此，政府要制定规则加以引导，免费提供政策咨询及相关信息。

（2）在劳动力流入地，要大力发展有关职业介绍的免费公共服务，提供劳动力供求双方直接见面的平台。

（3）引导与推动营利性职业中介机构强化信用和提高服务质量；建立针对民办中介机构的信用监察体系，统一职业介绍市场管理。

（4）规范正规中介机构的收费行为；建立统一的劳务市场，规定所有企业必须到劳务市场按照规定程序招工。

2. 规约企业用工行为

有关部门要根据《劳动法》、《劳动保障监察条例》、《妇女权益保障法》等法律法规的规定，从以下方面对企业的用工行为加以规约。

（1）劳动执法监察部门应对各种企业执行当地政府颁布的最低工资标准的情况进行审查和核实，对那些执行不力的企业要严加惩处。

（2）有关法律法规应将工资明确界定为法定劳动时间内的劳动报酬，以消除用延长劳动时间的方法掩盖正常工作时间内工资较低的假象，并使超额劳动能真正获得较高报酬。

（3）有关部门应对当地企业的劳动安全保护状况进行定期检查，并对那些劳动安全保护设施不完备的企业实行罚款、停产、吊销营业执照等行政处罚。

3. 加大劳动执法力度

有关部门或机构应当从以下方面加大劳动执法力度和提高执法实效。

（1）劳动执法部门应着力从制约企业延长工时、拖欠和克扣工资、制造虚假合同、忽视劳动安全、逃避社会保险等入手，切实维护打工妹的切身利益。

（2）全国人大和国务院每年把检查《劳动法》、《劳动保障监察条例》及《妇女权益保障法》的落实情况，作为各级人大和政府履行自身职能的重要内容之一。

（3）各级劳动监察部门应切实承担起查处侵犯打工妹劳动权益事件的责任，必要时采取舆论曝光、经济制裁和行政处罚等手段，督促用人单位、职业中介及职业技能培训机构严格遵守《劳动法》、《妇女权益保障法》、《合同法》、《女职工劳动保护规定》等法律法规。

（4）各级人民法院应专门设立进城务工人员维权法庭，按照简易程序从快处理农民工维权诉讼并对此类案件减免诉讼费。

4. 建立社会监管机制

为了遏制和消除侵害外出务工女性权益的不端行为，应从以下几点入手建立社会监管机制。

（1）有关部门应强制违法乱纪的企业改善劳动环境，并重视对企业决策层的道德与法律教育，提高其尊重女工权益的自觉性。

（2）建立由劳动部门牵头、司法局、工青妇等部门参加的劳动保障与劳动安全保护监督委员会，将群众监督与司法监督、行政监督有机结合起来维护外出务工女性权益，定期对女职工劳动保障与劳动保护情况进行检查，对问题比较突出的行业和企业进行重点抽查并在发现问题后限期整改。

（3）确立工会组织在企业中的真正独立地位，为维护外出务工女性的劳动权利提供组织保障。工会组织应强化源头维权力度，力争把女职工的劳动权益和特殊权益保障写入集体合同。

5. 完善职业培训，拓展职业教育

有关部门应采取以下措施保证对外出务工女性进行职业培训的质量和效果。

（1）在培训方式上，建立以政府投入为主、个人适当收费为辅的培训网络。

（2）培训要体现出全面性和针对性；培训内容不仅要有技能培训，也要开设职业道德、法律知识、安全生产与健康生活指导等课程，以纠正当前培训活动中"重技能，轻流动安全与权益保障"的偏差。

（3）充分发挥地方工青妇及宣传部门在培训活动中的监督职能和作用，督促一些技校转变其对劳务输出人员培训不力的现状。劳动局应会同司法局、工青妇等机构和组织派人去技校专门进行劳动法规、外出务工人员安全与维权方面的教育。为将人口压力转化为人力资源以促进经济社会可持续发展，建议从以下两方面拓展中等职业教育：①在教育理念上，应把中等职业教育视作义务教育的自然延伸，在财力容许的情况下，对于那些没有机会进入高中或大学学习的学生一律免费进行中等职业教育和培训；②职业教育与职业培训是既有内在关连又有不同侧重的事物，前者侧重于连贯性和系统性，后者则侧重于专门性和实用性。因此，有关部门不能将实施义务性中等职业教育期间的培训等同于集中介与培训职能于一身的普通技校的那种短期培训，而应按照全日制职业学校 1～3 年的中长期培训方式进行系列而又连贯的培训。对于农村年轻女性来说，这样做的好处是既可以使她们避免过早地成为一些不规范企业的侵扰对象，又可以为她们以后的个人发展提供有利条件并且让这种发展具有可持续性。

6. 呵护心理健康

为保障农村外出务工年轻女性的安全流动，建议从以下方面着手去呵护她们的心理健康。

（1）各级政府要协调卫生、民政、妇联等部门和组织，把呵护外出务工女性的心理健康当做城市文明建设的重要方面来抓；要加大这方面的经费投入，如在社区或医院开设专门针对外来务工女性的心理健康门诊和心理咨询热线，挂靠有关机构建立外来务工女性心理咨询服务中心和心理健康教育培训基地。

（2）大众传媒要广泛宣传有关女性心理健康的知识，积极引导人们关注外出务工女性的心理健康，为她们营造一种较为宽松、仁爱的社会氛围。

（3）建立"打工妹之家"或"打工妹联谊会"之类的活动场所和组织，让外出务工女性真正拥有自己的私人生活空间。

（4）为外出务工女性的心理健康提供法律制度保障。国家在完善法律体系的进程中,应专门将保障外出务工女性的心理健康列入有关法律条文。

小结

本单元阐述了我国妇女就业的历史概况,分析了我国妇女就业中存在着优质岗位女性所占比重较小、男女两性收入差距呈扩大趋势等现状;在此基础上,提出了妇女职业培训的相关特点和就业指导的一些措施;妇女的劳动权益保护通过妇女劳动保护法得以维护,而妇女劳动保护法随着时代的进步要不断与时俱进;针对职业妇女越来越严峻的生活和工作压力,本单元着重分析了年轻职业女性和中年职业女性的心理特征及职业情绪调适方法;本单元的最后一节是对进城务工女性劳动和社会保障权益保护现状的阐释,并在社会政策层面和进城务工女性的个体层面提出了一些服务方案。

问题与思考

（1）考察附近社区妇女就业的基本情况,并利用本单元所学知识,提出解决社区妇女就业难的措施。

（2）针对当今女大学生的就业心理,设计一份问卷并分析其结果,写一份短小的调查报告。

（3）目前职业妇女面临的最大困惑是什么？如何解决？

（4）访谈一位进城务工女性,了解其心理需求。

参考文献

[1]佟新.社会变迁与中国就业的历史与趋势[J].妇女研究论丛,1999(1).

[2]张娟,马文荣.大邱庄"妇女回家"的思考[J].中国妇女,1988(1).

[3]沈奕斐.被建构的女性——当代社会性别理论[M].上海:上海人民出版社,2005.

[4]谭琳.中国妇女就业:现状与对策[M].北京:中国妇女出版社,2003.

[5]杭州外来女工就业生活调查[N].每日商报,2005(905).

[6]《妇女权益保障法》实施情况调查报告[DB/OL].[2002-12-04]http://www.china.com.cn/zhuanti2005/node_5241695.htm.

12

妇女与教育

引言

　　教育是培养人的一种社会活动,自有人类社会便有教育。教育与社会共存,同社会发展、人的发展相依托。人类社会的进步为教育的发展提供了最基本的物质前提,教育的实施则是推动人类社会不断前进的重要手段和中介。但是,长期以来,占人类半数的妇女却不能享有教育的权利,造成了中国妇女整体文化素质不高的现实,直接影响着中国妇女地位的提高以及妇女发展的水平,从而深刻影响了社会的发展与人类的进步。教育是妇女解放的重要部分,教育在推动妇女解放、实现男女平等伟大理想的历史进程中,起到了不可替代的重要作用。妇女是如何走入长期以来被男子独占的教育领域? 如何享有与男子同样的教育权利? 在这一奋斗过程中面临的问题是什么? 本单元将从对历史的梳理和对现实的审视中,逐步回答这些问题。

> **学习目标**
> 1. 了解妇女教育的历史和现状。
> 2. 了解妇女教育的作用和价值。
> 3. 认识妇女教育发展中的问题及其影响因素。
> 4. 掌握妇女教育问题的措施方法。

知识点

　　理解妇女教育的作用和价值、以社会性别的视角分析妇女教育发展中存在的问题、解决的思路与对策。

案例导入

2002 年法国《解放报》驻京记者彼埃尔·阿斯基（中文名韩石）在巴黎出版了一部轰动一时的《马燕日记》,很快登上法国年度畅销书排行榜。马燕在 2000 年 5 月 2 日的日记中写道:"这回我们放了一周假,妈妈对我说:'孩子,妈妈想对你说一件事'。妈妈说,你怕这是最后一次上学了。我就睁大眼睛望着妈妈,您怎么会说出这样的话来呢? 妈妈接着说,你们姐弟三个上学,你爸爸一个人在外地打工,是顾不过来的啊! 妈妈你这么一说,看来我是必须回家了。妈妈说是啊! 那我两个弟弟呢? 妈妈就说你两个弟弟还必须念书。我就问妈妈为什么男孩儿能念书,女孩儿就不能念书呢? 妈妈就说你还小,不懂这些,等你长大了就会明白。今年我上不起学了,我回来种田,供养弟弟上学。我一想起校园的欢笑声,就像在学校里读书一样。我多么想读书啊! 可是我家没钱。我想上学。妈妈,我不想回家。我想一直待在校园里那该多好啊!"

资料来源:马燕. 一位西部乡村失学女童的日记. [2004-11-25] http://cul. sohu. com/20041125/n223182174. shtml.

这篇日记是作者在宁夏西海固地区采访时偶然发现的。它记述了一个西部乡村女学生的日常生活,她对上学的渴望,对自己可能辍学的担心,妈妈不让她上学的痛苦以及通过学习改变命运的决心。可见,现实中西部地区女童的受教育权并没有得到保障。其根本原因在哪里? 是经济的贫困还是母亲思想观念的落后与保守? 恐怕兼而有之。因此,如何改变贫穷的面貌,转变人们思想深处桎梏女性受教育的落后与保守观念,正确认识女性受教育的意义和价值,是妇女教育的当务之急。

12.1 妇女教育的历史与现状

只要一谈到妇女问题(包括妇女教育),都会很自然地想到,这是一个历史问题。换言之,妇女问题具有深远的历史性,有着深厚的历史传统的积淀。所以,谈论妇女教育问题首先从历史谈起。通过历史的梳理,既可以了解中国妇女教育在不同历史时期发展的状况,又可以提高对解决妇女教育问题、提高妇女教育水平,实现男女教育平等的信心和责任心。

12.1.1 妇女教育的概念

1960 年 11 月 14 日至 12 月 15 日在巴黎举行的第十一届会议通过《取缔教育歧视公约》,指出:"教育"一词是指一切种类和一切级别的教育,并且包括受教育的权利和机会、教育的标准和素质,以及教育的条件等。妇女教育则是指基于性别而发生在一切种类和一切级别的教育。

12.1.2 我国妇女教育的历史

我国妇女受教育的历史,可以分为以下 3 个历史阶段。

1. 从远古到鸦片战争前的妇女教育发展史

自有人类便有教育,并且教育也本无性别之分,也没有男女教育的不平等,人类初始阶段的原始社会教育就是如此。在原始社会里,教育还融合在生产劳动和社会生活之中,没有文字、没有专门的教育场所和专职的教师,年轻一代是在生产活动和社会实践中,在年长一辈言传身教影响下,接受教育,学习生产技能和社会生活中的习俗、礼仪、宗教和道德规范。这时的教育是全民的,机会平等的,无男女之别。

到了奴隶社会,由于对立阶级的存在,教育才开始出现阶级的不平等,由于社会大分工的出现,也带来了教育上的两性差别。女子失去了与男子同等受教育的权利,被排除在学校教育之外。漫长的封建社会,广大妇女在儒家"男尊女卑"、"三从四德"等思想氛围中,失去了独立人格,处于被压迫、受歧视的境地。在教育上,经受着不平等的待遇。在形式上,恪守着"男主外、女主内"之古训,固守于家庭。就其内容而论,则重于伦理说教,接受的是如何为女、为妻、为母的训练,其目的就是培养"三从四德"式的贤妻良母。这种从形式到目的都渗透着男女有别、女性卑下的教育,实际上是男权主义的附属品,是封建强权政治的产物。

但是,古代女子教育也不是全然没有一点成绩,也并不是说所有妇女都毫无反抗,甘心受欺凌、侮辱和压迫。

古代女子教育中家学占有重要地位。在女子被排斥在学校教育之外的情况下,"家业世传"式的家庭教育有着不可估量的作用。如汉代第一位史学家、教育家班昭即在父兄教育下成长。诗人蔡文姬则直接受业于父。宋代杰出的诗词大家李清照,出身于学者仕宦之家等等。

当然,封建时代女子读书学习较之男子不仅人数少,而且水平低,从根本上说,极少数才女并不能改变"男尊女卑"的社会现实,也不可能实现男女教育的平等。

2. 近代社会女子教育发展史

严格地讲,女子教育,特别是女子的学校教育,无论是西方还是东方都是到了近代社会才真正开始。

中国是在侵略者大炮轰击下被迫走出中世纪、进入新时代的。1840 年鸦片战争的爆发把中国推上世界舞台,中国社会发生了剧变。

中国女子学校教育的实施,最早是 1844 年英国东方女子教育协进会会员、传教士爱尔德赛(Aldersay)在宁波建立的女塾,这是中国本土存在的第一所女子学校。教会女子学校虽然其宗旨在于为西方的宗教和政治服务,但是,对于当时中国的女子教育来说却是一新生事物,开中国女子学校之先声。20 世纪初,教会女子大学也开始创建,主要有华北协和女子大学(1905)、福州华南女大(1914)、金陵女子文理学院(1915)。此外,一些教会大学还兼收女生,如金陵大学、岭南大学、沪江大学、礼雅大学、燕京大学等。

经过资产阶级维新派数年的宣传和酝酿,加之教会女子学校的直接影响,中国人自办的第一所女子学堂终于诞生于维新变法的高潮中。1898 年女学堂在上海城南高昌庙桂墅里落成,名为"经正女学"或"中国女学堂"。学校的主要创办人为当时的中国电报局局长经元善。女学的创建,打开了中国女子教育的禁区,以实际行动冲击了封建传统观念。它虽然随维新变法的失败而关闭,但是它却开启了中国女子学堂创办之路。这直接导致了中国第一个女学章程的产生,即 1907 年清政府颁布的《奏定女子小学堂章程》。至此,中国的女子教育被压抑了千百年之后,第一次取得了初步的合法地位。

女子中学的产生,源于辛亥革命后,1912—1913 年中华民国南京临时政府颁布的《壬子·癸丑学制》。学制规定,初等小学可以男女同校;女子小学之上可设女子中学、女子中等及女子高等师范等。

女子进入大学,产生于五四运动时期。第一个公开发出大学开女禁呼声的是甘肃省的女青年邓春兰。邓春兰出生于一个开明的知识分子家庭。在五四思想解放大潮的影响下,1919 年 5 月 19 日,邓春兰毅然上书北大校长蔡元培,正式呈请北大开放女禁。信中说,万事平等,俱应以教育平等为基础。1920 年元月,蔡元培在《中华新报》发表与记者的谈话,表明北京大学明年招生时,倘有程度相合即可报考,如程度合格,亦可录取。嗣后,江苏无锡女子师范毕业生王兰,首先申请入北京大学哲学系旁听,即获允准。邓春兰也援例入北大旁听。之后,全国各地高校起而仿效,上海、广州、山西、天津、福建等地公私立大学陆续招收女生。

大学要求开女禁的同时,一些男子中学也要求兼收女生。这样,湖南、广东、北京等省市部分中学陆续实行男女同校,有些还实行男女同班。

男女同学,使妇女在争取男女教育平等权的斗争中又前进了一步。1922 年《壬戌学制》的颁布,学制以其单一的性别含义载入女子教育发展史册。在学制上不再有性别之分,意味着女子和男子一样可以就读于各种类型、各种层次的学校,在形式上争得了女子接受教育的权利。但在事实上,女子受教育的机会,并未与男子均等,可以说还有相当大的距离。如 20 世纪 30 年代,女子接受初等教育的人数仅为同期学生数的 15% 至 17.6% 。至于高等教育女子接受教育的机会和状况,同样是不均等的。以 1947 年为例,研究生、大学生、专科生、专修生的女生人数,分别占同类学生总数的 13.7% ,17.7% ,17.6% 和 21.4%[1] 。

事实证明,尽管中华民国的法律,规定了男女受教育的机会平等,而实际上却是不平等的。中国妇女依然有 90% 以上是文盲。也就是说,中华民国的成立,在推翻封建帝制的伟大胜利之后,却未能摆脱半封建、半殖民地的命运。中国妇女并未从根本上改变其受压迫和欺凌的命运,教育不平等的现实依然没有从根本上改变。

3. 中国妇女教育现状——成就与经验

任何一个社会,妇女受教育的程度总是与她们所处的社会地位联系在一起。1949 年中华人民共和国成立后,政府便以法律形式确定了妇女在政治、经济、教育、科技、文化等各方面享有与男子同等的权利,强调妇女作为人的独立性,注重提高妇女的社会地位,打破了几千年形成的"男尊女卑"的旧观念,从而使广大妇女身心上的沉重枷锁得以解脱。为了加速提高妇女文化素质,中国政府还采取了一系列有利于妇女受教育的政策措施。经过半个多世纪的努力,中国妇女受教育的状况得到较大程度的改善,特别是女性学校教育取得了令人鼓舞的成就。

以 2006 年的统计为例,在高等教育阶段,女学生占学生总数的比重,博士33.87%,硕士46.36%,普通本科48.06%;并且女性接受高等教育方面,在专科、成人本、专科的比例均超过男性,专科51.13%,成人本、专科51.36%。再看义务教育阶段情况,初中阶段普通初中女学生比例为47.27%,初等教育阶段普通小学女学生比例为46.66%。妇女扫盲教育取得较大进展。虽然,男女两性还存在一定的差距,但是对于女性相对较低的受教育水平来说,女性教育的发展速度还是值得肯定的。

中国妇女教育事业之所以取得如此巨大的成就,有以下几方面因素。

(1)中国有一个有利于妇女教育的社会环境。建国以来,我国政府十分重视提高妇女的政治、经济和社会地位,宪法、义务教育法以及妇女儿童权益保障法等法则规定男女平等,在法律上维护女性受教育的权利。1995 年联合国第四次世界妇女大会通过的《北京宣言》和《行动纲领》提出,将社会性别意识纳入决策主流。中国政府成为承诺社会性别意识主流化的 49 个国家之一。同年,中国把男女平等定为促进社会发展的一项基本国策。将性别意识纳入决策主流包括 3 方面的内容:①政府担负促进妇女社会协调发展的责任;②政治、经济、文化、社会在任何法律法规、政策、资源调配以及项目执行前,要进行性别分析;③建设性别平等机制,监督和保证性别平等政策措施的实施。中国政府不断建立和完善促进性别平等的国家机制,进一步缩小教育中的性别差距。为男女两性的教育公平提供制度环境。在教育过程中,通过加大男女平等基本国策的宣传力度,形成男女平等的舆论氛围,改变家长、教师和学生中"重男轻女"、"男尊女卑"等传统观念,消除女性辍学、男性受教育优先的社会现象,营造男女平等、和谐发展的良好社会环境。

(2)除各级政府教育部门外,全社会的积极参与和协调配合保证了妇女教育的顺利进行。严格意义上说,中国妇女教育问题是一个社会问题,这一问题的有效解决需要全社会的努力。例如,由团中央青少年发展基金会倡导的"希望工程"是一项群众广泛参与的社会公益事业。希望工程自 1989 年 10 月实施以来,至 2004 年 15 年间累计接受海内外捐款 22 亿多元,资助 250 多万名贫困学生上学读书,援建希望小学 9 508 所,在每 100 所农村小学中,就有 2 所是希望小学,培训希望小学和农村小学教师 2 300 余名。又如妇联系统实施的一项专为救助少数民族地区辍学女童重返校园的"春蕾计划",也取得了较大成效。"春蕾计划"通过开办"春蕾班",捐建"春蕾学校"等形式救助贫困失学女童,实施规模遍布全国 30 多个省区市。至 2007 年,"春蕾计划"已筹集资金累计 6 亿多元,捐建"春蕾学校"500 多所,捐助"春蕾女童班"近 5 000 个,救助失学女童 170 多万人次①。

再次,制定发展妇女教育的鼓励和优惠政策,推进女童入学和妇女扫盲进程。

1986 年《义务教育法》颁布,以法律形式正式确定"国家实行九年义务教育"。1992 年党的十四大提出本世纪末在我国基本普及义务教育,基本扫除青壮年文盲的"两基"目标;近年来教育部和财政部又组织实施了"国家贫困地区义务教育工程",设立了"国家贫困地区义务教育助学金",以帮助贫困地区实现普及九年义务教育的目标。2003 年 12 月 30 日,"国家西部地区'两基'攻坚计划"在国家科教领导小组会议上审议通过。国务院成立了由国务委员陈至立任组长、有关部门负责人参加的国家西部地区"两基"攻坚领导小组。2004 年该计划正式启动。中央投入 100 亿元专项资金,采取集中投入、分步实施的原则,从 2004 年开始,到 2007 年,用四年时间帮助西部地区尚未实现"两基"的 372 个县(市、区)以及新疆生产建设兵团的 38 个团场达到国家"两基"验收标准。该《计划》在国务院领导下,由教育部、发展改革委、财政部和地方人民政府共同组织实施。该计划收到了显著的成效。陈至立在国家西部地区"两基"攻坚领导小组会议上指出:西部地区"两基"攻坚目标如期实现。[2] 410 个攻坚县中 368 个实现"两基",西部地区"两基"人口覆盖率从 2003 年年初的 77% 提高到 98%。4 年累计扫除文盲 600 多万名,青壮年文盲率降到 5% 以下。从总体上来说,中国的女童在入学机会上已经和男童没有显著的差异。

12.2 妇女教育的意义和价值

12.2.1 妇女教育水平是衡量一个国家或地区社会进步程度的重要标志

妇女教育问题是平等问题、人权问题、人口问题、妇女问题、民族宗教问题、贫困问题在教育上的综合反映,是妇女解放历史进程中的重要组成部分。从一定程度上讲,对妇女教育的重视、发展程度,是衡量一个国家和地区社会进步程度的重要标志。

1995 年 9 月 15 日联合国第四次世界妇女大会庄严通过了《北京宣言》,200 多个国家的政府首脑,向全世界表明了他们的决心:

(1)通过向女孩和妇女提供基本教育、终身教育、识字和培训及初级保健,促进以人为本的可持续发展,包括持续的经济增长;

(2)防止和消除对妇女和女孩的一切形式的歧视;

(3)确保妇女教育和保健方面机会均等和待遇平等,并增进妇女的性健康和生殖健康的教育;

(4)使女孩和所有年龄的妇女发挥最充分的潜能,确保她们充分、平等地参加为人人建立一个更美好的世界,并加强她们在发展进程中的作用。

---

① 徐辉,朱永新等.解放思想更新思路加快教育发展(笔谈)[J].教育研究,2008(5).

联合国开发署《2003 年人类发展报告》中明确指出：教育上的"性别平等并不仅仅是性别自身的目标，而且是实现其他所有目标的核心。"

《2005 世界母亲状况》报告援引研究证明：妇女教育每增长 1％会带来 GDP 平均增长 0.37％的结果。

12.2.2　妇女教育是提高妇女地位的重要途径

教育平等是普遍平等的一个先决条件。妇女教育可使妇女多方面受益。具体表现如下。

第一，教育可提高妇女就业数量和质量，增加妇女收入。妇女的就业质量随着妇女教育的提高而提高。文化教育水平的高低直接影响着妇女所掌握的专业技术。妇女的受教育水平愈高，在智力型行业就业人数愈多，就业质量愈高；教育水平愈低，在体力型行业就业的人数愈多，就业质量愈低。如第二期（2000）中国妇女社会地位调查数据显示，见表 12.1。

表 12.1　城市女性在业者从事的职业类别与教育程度　　　　　　（％）

教育程度	初中或以下	高中或中专	大专或以上	总计
各类负责人（除村、居委会外）	1.17	2.58	6.59	2.39
村居委会负责人	2.9	3.74	1.72	3.01
护理人员或其他卫生专业技术人员	0.75	4.55	2.27	2.23
中小学幼儿教师	1.40	8.35	20.09	6.32
经济业务人员①	3.00	9.06	15.02	6.68
其他专业技术人员②	1.41	7.12	18.32	5.68
餐饮娱乐及居民生活服务人员	11.12	6.91	2.34	8.48
商品采购销售及仓储人员	18.63	14.29	3.24	14.99
其他商业服务业人员	7.96	6.88	2.85	6.86

①经济业务人员是指经济计划、统计、会计、审计人员、国际商务人员和其他经济业务人员。
②其他专业技术人员包括科学研究人员、工程技术人员、农业技术人员、金融业务人员、法律专业人员等。
资料来源：全国妇联妇女研究所课题组. 中国社会转型中的妇女社会地位. [M]. 北京：中国妇女出版社，2006：114－115.

女性随着受教育程度的提高，从事农业劳动的比例降低，见表 12.2。

表 12.2　农村女性在业者从事农业比例　　　　　　（％）

不识字或识字很少	小学	初中	高中	中专及以上	合计
97.62	92.98	86.58	75.12	17.11	89.15

资料来源：全国妇联妇女研究所课题组. 中国社会转型中的妇女社会地位[M]. 北京：中国妇女出版社，2006：114－115.

受教育情况不仅影响着就业的质量,也制约着就业的数量。关于失业下岗女工的调查研究表明,在失业下岗的女工中,她们突出的共性就是文化素质偏低。据2003年开展的对西安市下岗妇女就业情况及心理状况问卷调查结果显示,在下岗女工中,文化程度在大专以下的占下岗女工总人数的83.2%[3]。一项关于武昌市500名下岗失业的妇女的调查也显示出,文化程度在高中、中专以下的占83.6%[4]。

教育与个人收入的增长密切相关。研究证明,在初等教育阶段每增加一年学校教育时间,可使受教育者就业后的工资增长10%以上……[5]根据第二期(2000年)中国妇女地位社会调查,妇女的受教育程度越高,其收入也越高,见表12.3。

表12.3　不同教育程度与女性年收入　（元）

教育程度	不识字或识字很少	小学	初中	高中	中专	大专	大本	研究生
女性年收入中位值(元)	1 200	2 000	3 000	5 000	6 500	8 000	10 000	15 500

资料来源:全国妇联妇女研究所课题组中国社会转型中的妇女社会地位[M].中国妇女出版社,2006:112.

第二,教育可提高妇女的参政意识。教育程度以及文化水平越高的女性,越关心国家大事及经济社会的发展,更有发展自身政治权利的要求。教育程度越低的女性,对国家大事和经济社会的发展越漠不关心,越忽视发展自身的政治权利。据调查,按学历的高低进行排列,见表12.4。

表12.4　不同文化程度城镇妇女对政界人物的准确知晓率　（%）

学历 ＼ 人物分类	国家主席	政府总理	中共中央总书记
不识字或识字很少	31.9	41.8	42.9
初小	58.5	67.2	68.6
高小	65.0	76.9	75.0
初中	79.1	88.6	87.2
高中	86.8	93.8	92.6
中专	92.6	96.4	96.8
大专	98.2	98.2	97.7
大学本科及以上	97.6	98.9	98.9

资料来源:全国妇联妇女研究所课题组.中国妇女社会地位概观[M].北京:中国妇女出版社,2006:150-151

第三,教育可提高女性的家庭地位。根据全国妇联和国家统计局组织的《第二期中国妇女社会地位调查》中的武汉调查点所作的问卷调查,得出如下结论:①在现代社会中,学历对妇女婚姻自主权有显著影响,学历越高的妇女,婚姻越能自己做主。②学历对妇女家庭事务的决策权有显著影响,学历越高,家庭事务的决策权越平等。③虽然妇女还是家务劳动的主要承担者,但随着妇女学历的提高,家庭劳动的分工越趋向于平等。④学历对妇女的消费决定权有一定的影响,学历越高,夫妻之间的消费决定权越趋平等,伴随妇女学历的提高,妻子的消费决定权相应提高,丈夫的消费决定权逐渐削弱[6]。调查结果见表12.5～表12.8。

表12.5 学历与妇女家庭日常事务决定权比较 （%）

	家庭日常开支谁决定			家庭日常事务由谁决定		
	丈夫	妻子	夫妻共同	丈夫	妻子	夫妻共同
低学历妇女	25.0	40.2	34.8	24.5	35.6	39.9
中等学历妇女	12.4	44.8	42.9	19.8	37.6	42.6
高等学历妇女	7.9	47.4	44.7	2.8	42.9	54.3

表12.6 学历与重大事物决定权交互分类表 （%）

	购高档商品			是否要孩子			孩子升学就业			投资贷款		
	夫	妻	其他人	夫	妻	其他人	夫	妻	其他人	夫	妻	其他人
低学历妇女	39.3	10.3	50.5	16.1	10.1	50.5	29.8	12.3	57.9	41.2	11.5	47.3
中等学历妇女	20.7	12.9	46.4	10.2	15.3	74.5	16.7	15.2	68.1	27.6	17.2	55.2
高学历妇女	15.8	13.2	71.1	5.5	5.6	88.9	9.1	18.2	72.1	23.5	20.0	56.5

表12.7 学历与家务劳动承担交互分类表 （%）

	做饭			洗碗			洗衣服		
	丈夫	妻子	其他人	丈夫	妻子	其他人	丈夫	妻子	其他人
低学历妇女	8.5	85.5	14.2	11.4	80.0	8.3	4.8	92.4	2.8
中等学历妇女	32.5	69.6	6.9	29.1	63.1	7.8	11.5	84.6	3.9
高学历妇女	27.0	56.8	16.2	21.6	62.2	16.2	11.1	83.3	5.6

表12.8 学历与家务劳动承担表 （%）

	收拾屋子			照料孩子			买煤		
	丈夫	妻子	其他人	丈夫	妻子	其他人	丈夫	妻子	其他人
低学历妇女	10.5	87.7	2.4	9.1	84.0	6.9	79.9	9.5	10.6
中等学历妇女	14.6	81.6	3.8	10.6	81.9	7.5	76.8	10.5	12.9
高学历妇女	10.5	84.2	5.3	38.7	52.8	8.5	67.6	2.9	29.5

第四,教育可提高女性的生活质量。西方休闲理论认为,不同的休闲品位与风格可以反映相对的经济财富和社会地位,积极有益的休闲具有促进女性自我成长、精神解放和行为变化的潜能。

第一期(1990年)中国首次大规模妇女社会地位调查显示,从文化程度的情况看,随着文化程度的提高,女性利用闲暇时间丰富自己业余生活的比例也越高。大专、大学文化程度的妇女看书报和为自己购书的积极性最高,两个月内不曾看过书报比例为1.4%和1.3%,而不识字或识字很少的则到93.5%;两个月内没有为自己购过书的,城镇大学程度的妇女比例为 31.0%,大专为 24.4%,而小学文化程度的则在 81% 以上[7]。

第二期(2000)中国妇女社会地位调查也表明,受教育程度对女性各项休闲活动的影响均排列在第一、二位,教育在很大程度上决定了人们对休闲活动的参与,且受教育程度越高,参与休闲活动的概率越高[8]。

自 1958 年美国经济学家加尔布雷思在《丰裕社会》一书中首先提出"生活质量"概念后,西方社会从 20 世纪 60、70 年代开始了关于生活质量的研究。我国关于生活质量的研究始于 20 世纪 80 年代中期。虽然对何谓生活质量至今学术界还没有完全一致的认识,但从目前关于生活质量的相关研究看,生活的主观感受可以作为衡量生活质量的重要指标。研究表明,教育是生活质量的重要组成部分。在对女性受教育程度是否满意的测量中发现,受教育年限和教育程度位于第 2、3 位,在对女性精神生活满意度的测量中,教育的影响位于第 2 位[8]。

第五,教育能够促进正确的社会性别观念的确立。社会性别观念是现实社会中妇女的社会地位在人们观念上和心理上的折射,同时,在一定程度上,社会性别观念也会影响和重构现实社会中的性别关系和妇女社会地位。在这里,以几项最有代表性的观点为例,如女性相貌比能力更重要,"男性能力天生比女性强","干的好不如嫁的好","男人以社会为主,女人以家庭为主",说明受教育程度与以上观点认同的关系。

相貌与能力哪个更重要?调查结果表明,女性文化程度越高,否定"找工作时相貌比能力更重要"的比例越高。不同文化程度女性各群体中持"不同意"的态度比例分别为:"文盲半文盲"中有 54.4%,"小学"程度群体中有 59.3%,"初中"程度的女性中有 64% 左右,"高中和中专程度"的女性中有 67.7%,"大专及以上"程度的女性中有 69.7%[8]。

"男性能力天生比女性强",对这一带有强烈的生理性别决定论色彩的命题,同样表现出文化程度越高,认同的比例就越低的趋向,如图 12.1 所示。

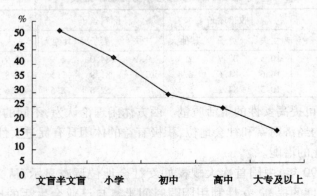

图 12.1 不同文化程度认同"男性天生比女性强"的状况

资料来源:全国妇联妇女研究所课题组.中国社会转型中的妇女社会地位[M].中国妇女出版社,2006:440.

再如,通过对"干得好不如嫁得好"的调查,了解婚姻和事业在女性心目中的位置,可以分析女性的职业自信心以及社会对女性能力的评价。总体上看,同意的比例随文化程度分布不同而变化,如图 12.2 所示。

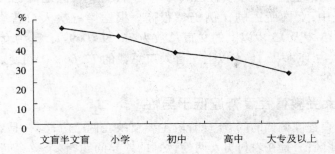

图 12.2　不同文化程度妇女对"干的好不如嫁得好"的认同

资料来源:全国妇联妇女研究所课题组. 中国社会转型中的妇女社会地位[M]. 北京:中国妇女出版社,2006:443.

对"男人以社会为主,女人以家庭为主"受教育程度越高,认同率越低,见表12.9。

表 12.9　受教育程度与对"男人以社会为主,女人以家庭为主"的认同　　（%）

受教育程度	非常同意	比较同意	不太同意	很不同意	合计
文盲和小学	22.2	37.3	27.2	13.3	100.0
初中	12.0	25.1	41.9	21.0	100.0
高中及以上	4.4	17.2	41.5	36.8	100.0

资料来源:全国妇联妇女研究所课题组. 中国社会转型中的妇女社会地位[M]. 北京:中国妇女出版社,2006:449.

以上从多方面、多角度论述了女性受教育的状况与妇女地位的关系。通过以上一些图表具体而又直观地展示了女性受教育的多方面意义和价值。尤其是在知识经济时代,女性受教育的重要性更具时代的意义。长期以来,我们的研究或者宣传更多地是从宏观的角度、叙述的方式展示女性受教育的意义,缺乏实证、具体的佐证资料,在一定程度上未能引起人们对妇女教育的重视,或重视程度不够。通过以上研究,希望人们更加深刻、全面地认识妇女教育的意义和价值。

12.3　妇女教育存在的问题

虽然我国妇女教育取得了前所未有的成就,但是作为发展中国家,我国妇女的整体素质仍有待进一步提高,在现实生活中女性受教育的完全实现还存在着各种困难和阻力。我国妇女教育目前所面临的问题主要表现在以下几个方面。

12.3.1 妇女文盲、半文盲的比例较高

虽然建国以来全国一亿多女性已摘掉了文盲的帽子，但是，妇女文盲仍很多，并且在文盲队伍中，女性所占的比例仍然很高。根据第五次人口普查资料表明，到2000年，全国15岁及15岁以上的文盲总数为86 992 069人，其中女性文盲人口为63 204 457人，占15岁及15岁以上文盲人口总数的72.66%。可见，妇女扫盲任务仍然是很艰巨的。

12.3.2 妇女受教育程度普遍低于男性

妇女受教育程度偏低的问题，现阶段主要反映在两个方面：一是农村地区，尤其是贫穷、落后地区；二是在农村男女两性教育的差异问题，整个教育问题的重心仍是义务教育问题，即女童教育问题，如入学率、辍学率问题。

首先，男女之间的受教育水平的差距，更多地集中在农村地区。这里以一项关于湖北省农村妇女教育的研究为例，调查表明，农村妇女的教育程度普遍偏低，主要集中于初中和小学教育水平。初中及以下受教育程度人口的比例达到了90.8%，而高中或中专以上教育程度的比例仅为9.3%。从性别分组的情况看，农村妇女的受教育程度明显低于农村男性受教育程度：未上过学的农村妇女人口比例为3.8%，比农村男性高出2.2个百分点；受过小学、初中教育的农村妇女人口比例为92.3%，比农村男性高出10.0个百分点；而受过较高文化层次教育（高中、中专）的农村妇女人口比例为3.8%，比农村男性低3.3个百分点，即接受初中及以上教育的农村女性比例均分别低于农村男性，小学、未上学的农村女性比例均高于农村男性[9]。

当然，并不是在城市或经济发达地区男女受教育程度的差距就不存在。其实，在不同的地区，尤其在经济比较发达的地区，男女两性的教育差异并未消除，只是其发生扩大的阶段发生了推移[10]。如有研究表明，在东中部城市地区，在第12年前，男女几乎没有任何差异，但从第13年开始，性别差异迅速加大，并且这种差异一直持续到第16年左右。也就是说，东中部城市地区的教育差异主要体现在进入大学上。在东中部农村地区，性别差异拉大的时间主要是在第5年到第8年，大约在初中阶段[8]。

其次，女童教育问题。农村男女两性教育的差异问题，乃至整个教育问题的重心仍是义务教育问题。

根据联合国儿童基金会的界定，女童包括18岁以下所有的女性，女童教育是对这一年龄阶段所有女性进行的基础教育。

关于女童教育是一个世界性话题。2005年《世界母亲状况》报告的主题是"女童教育的力量与前景"。多年来，女童教育一直是中国政府和社会关注的问题，也是中国实现普及义务教育的重点和难点问题。近年来，全国女童入学率有了进一步提高，但在西部地区，女童入学率低、辍学率高的现象仍很严重。尤其是在边远少数民族地

区,女童失学更成为影响总入学率的主要因素之一。以广西为例,从广西全区来看,女童入学率和辍学率与男性的差距明显缩小。但对于民族贫困地区来说,情况就不一样了。有一项关于广西自治区的调查,4 个调查样本县的辍学特点都是女生高于男生、初中高于小学、农村高于城镇。主要有以下特点:①从总体来看,小学生辍学的很少,初中辍学率较高,毕业率低;②民族地区女童辍学高于男童,男童主要原因是厌学,女童主要是家庭经济困难和家长观念陈旧;③辍学年级以小学毕业年级、初一下学期和初二年级为最多;④非正常年龄段学生辍学的比例明显大于正常年龄段的学生,等[11]。

大龄女童教育问题令人堪忧,由于地域发展不平衡、早婚早育习俗的不良影响、家长文化素质低下,以及应试教育教学脱离当地生产实际等因素,女童辍学特别是大龄女童辍学态势严峻。以 2004 年四川省邑中市平昌县为例,初一新生入学率达94%,其中女童入学率82%;初二辍学率23%,其中女童辍学率达29%;初三辍学率为27%,其中女童辍学率为32.1%,邑中市 15 岁以上女童辍、失学总数达到了4 000余人[11]。

12.3.3 社会性别视角下学校教育中的问题

女孩子背上书包进入学校,表面上看来与男孩子一样平等地受到了教育。但实际上,即便在同一间教室,面对同一个教师的教学,学着同样的教材,因为多种因素的影响,女孩子们实际在学校里受到的并不一定是平等的教育。入学机会的平等不等于发展机会的平等,我们也可以看到许多女孩子在最后的学业成就上还是和男生有一定的距离。实际上,我们在重视女性受教育机会平等的同时,却忽略了在教育过程中女性受到的不平等待遇。

教材中的性别偏见是其中之一。教材是知识的载体,师生双方正是通过教材这个媒介的帮助来完成教学活动的。同时,教材内容还隐含了一定的社会文化含义,学生对于世界、社会、人的认识往往是从教材开始的。教材的内容、版式、插图、练习等对学生产生着潜移默化的影响。

性别偏见是人们对某一性别(通常都是女性)的人所持的不符合事实的、不公正的态度。教材是如何表现性别偏见的呢? 有学者通过对我国现行全日制基础教育语文教材研究发现,图画和课文中的男女主角数目,以男性为主;小学教材中女性形象出现率仅为20.4%,而且年级越高,课本中女性出现的比例越低。小学语文教材中出现的男性多为社会型、事业型、管理型,而女性出现较多的为家庭型、服务型等。

阅读案例

教师的印象——谁聪明? 谁用功?

"绝对不是笨,就是不听课……其实他一点也不笨,聪明得要命。"

"实际上他是有能力做难题的,但他就是不好好干。所以他一点就透,他聪明极了,如果按现在的观点来看,他是有创造性思维的孩子,是真的,绝对是这样的。"

"女生是很认真,就是脑子不好用,没办法。"

"像她这样的,不是不努力,而是实在是,脑子不太……我自己的看法,我觉得这些都是可以原谅的。"

分析讨论

以上事例,或许很多教师都有着类似的经历。它充分说明教师的期待和指导也带有明显的性别差异。在中学,教师往往认为男生更聪明、更有发展潜力。教师以不同的态度对待男女生所取得的成绩。当女生成绩好时,会被认为是死记硬背、认真刻苦的结果,而男生成绩好则是因为聪明、能力强。教师的性别偏见挫伤了女生的自信心。当女生的成绩随着年级的上升、年龄的增长在逐步下降时,许多教师不是反省自己在教学方式和教育观念上的性别偏差,从客观的角度去分析这种现象,而是用世俗的刻板印象来鄙视女生的发展,致使不少女生不仅学习吃力,而且心理负担加重,自卑感增强,成就动机减弱。

在一般情况下,学校教师与辅导工作者对于不同性别的学生有着不同的期待。他(她)们对其升学要求与建议在很大程度上都会受到他(她)们自身的性别观念的影响。比如,学校教师与辅导人员更多地会建议男生选择数学、物理、计算机等理工专业,而鼓励女生选择人文科学、语言、师范等专业学习。在就业方面,人们头脑中的观念是男孩子应该在外闯事业,而女孩更应该呆在家里,所以教师会建议男孩选择有发展前途、有竞争力、富有挑战性的工作,而让女孩子选择那些所谓的安逸、稳定的工作。一般来说,升学和就业过程中的这种性别分化往往会加深社会各方面中的性别隔离现象。就学校教育中不同层面、不同环节的性别平等问题的研究,可以用图12.3 表示。

该图直观地勾勒出学校中男、女生性别意识形成的因素和过程。学校、家庭、社会是男、女生性别意识形成的主要因素。学校因素包括教科书、校园中的隐性课程以及师生的互动。上述因素共同作用于学校中的每一个体,从而形成关于性别的刻板印象,进而影响着个体的发展。

12.4 妇女教育的发展

12.4.1 妇女教育发展的艰巨性

制约妇女教育发展的因素有 3 个方面。

首先,外部原因。在关于西部少数民族贫困地区女童失学现象的众多研究中,研究者们普遍认为,"贫困"和"观念"是制约女童教育的基本因素。如物质条件的落后、自然环境恶劣和教育投入少是影响我国教育均衡发展的两个致命因素。自然环境是人类生存和发展的基本条件,也是影响人们文化教育活动的客观因素,对办学条件的形成和改善以及学生的身心发育与学习都会产生程度不同的影响。西部 10 省

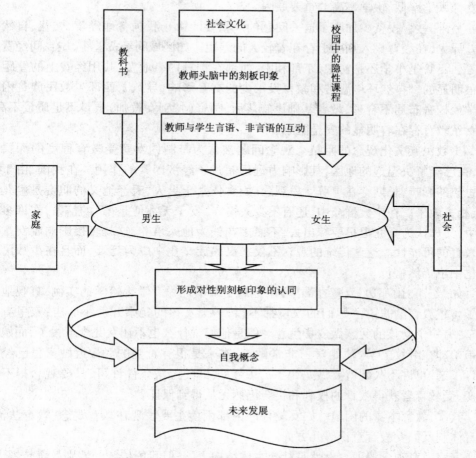

图 12.3　学校教育中的性别公平问题

资料来源:郑新蓉.性别与教育[M].北京:教育科学出版社,2005:167.

市自治区大多位于高原、荒漠、大石山区,气候多变,灾害频繁,水土流失严重。西部地区自然环境的不良状况,一是造成了人口居住分散和交通不便,给学校布点乃至学龄儿童按时接受义务教育带来了一定难度;二是地域上的封闭或偏僻,交通不便造成了信息传播的局限性;三是恶劣的气候,特别是青藏高原地带低温、缺氧,在不同程度上给广大教育工作者和学生的身心健康带来了影响;四是自然环境恶劣和交通不便,直接影响了教育的投入成本。严酷的自然生态环境不利于办学,更不利于形成发展妇女教育的社会环境。由于居住分散、地广人稀、山高坡陡、交通不便,学生上学路途遥远,要翻山越岭,有的甚至要走 6 个小时,遇到雨天雪天就无法上学。尤其是女童,上学时已有八九岁,到了高年级已进入青春期,徒步上学不安全,家长不放心。也正是因为学校所处环境恶劣,很少有女教师在这些学校从教。缺少女教师,使女童在思想、学习、生活出现困难时不仅得不到应有的关心、支持和帮助,还经常受歧视,这成为女性入学率低、辍学率高的重要原因。

另外,教育投资少加剧了这一问题的严重性。由于我国各地经济、文化、自然条件差异大,在教育投入制度上存在着较大的差距。如区域间经费差距、城乡间经费差距等。不管是小学还是初中,东部和中、西部在预算内事业费、共用经费上的差距都是很明显的。自然环境恶劣和教育投入少的交互影响,导致了西部少数民族贫困地区学校校舍布局不合理、教育基础设施落后、师资(特别女教师)数量不足质量不高,使女童教育存在着明显的安全隐患。

少数民族文化观念的阻抗。观念问题被认为是制约女童受教育程度的深层原因,在已经解决温饱的地区,其影响力远远超过了经济因素的作用。在我国,由于封建思想的影响,长期存在男尊女卑观念,妇女依附于男人,天经地义的职责是生儿育女、相夫教子。在广大群众中,还有不少人恪守"女子无才便是德"的信条,在许多家庭中,父母认为女儿迟早要嫁出去,不愿多花钱为他人培养,这就直接影响着女童接受教育的可能性。这些传统的观念不仅在汉民族文化中广为延续,而且在少数民族文化中也仍然盛行。

如《纪事:山那边,女童在渴望》中记载了两个优秀女学生辍学的实例,直观地展现了女童教育的悲情:"她们的家境都不错,一个女孩的父亲开着小商店,家里有摩托车;另一个女孩的父亲做皮货生意。但是他们说什么也不让女儿念下去了,而她们的弟弟却在继续上学。""她学习非常勤奋,本来是很有希望的。最近她家里已经给她订了亲,也许不久她就要做妈妈了。"[①]可见,即使经济条件许可,只要观念得不到改变,受教育者获得教育的权利和机会仍然无从得到保证。

其次,教育本身的困境。妇女教育的内部困境主要表现在教育观念、教育法治、教育体制及妇女教育意识等几方面。

家庭教育观念淡薄。女性是社会主体结构之一,但我国传统的性别教育歧视、西部少数民族特有的文化习俗以及认识水平低下的交互影响,使少数民族女童一生下来就处在家庭的边缘和社会的边缘地位。女性的社会功能和作用被定格为繁衍后代的生育工具,女孩只要懂得一些简单家政即可,会生孩子、会操持家务、会服侍自己的男人就行;即便被送到学校里,也只为认几个字而已。这种落后的教育观念,在少数民族地区仍根深蒂固。

义务教育法执行不到位。追求教育的公正、公平和平等,一直是人类的理想。当我们用法律形式进行教育民主诠释时,从理想到现实,从理论到实际,无疑是一种了不起的进步。我国义务教育从法律文本的出台到今天已经实施了20多年,但我国农村地区法律意识淡薄,有法不依和执法不严的现象仍然存在。

应试教育的影响。我国从1977年恢复高考至今已有30年,其间教育改革没有

---

① 张琳,韦小红. 纪事:山那边,女童在渴望[EB/OL].[2004-07-14] http://www.gansudaily.com.cn/20040714A00021005.htm.

中断过。从 80 年代开始,素质教育的思想开始进入人们的教育视野,同时女童教育也开始被人们关注,人们试图在素质教育观念的指导下,消除一直存在的性别教育失衡,关于妇女教育的理论研究和实践研究被推向教育前台;但由于观念、体制等原因,我国素质教育在很大程度上仍停留于形式主义层面,而应试教育以其封闭性、标准化、同步化的影响深远。我国传统的"男主外、女主内"的性别文化也使西部少数民族贫困地区的女童被排斥在教育的大门外。虽然高校年年扩招,读大学比原来容易得多,但找工作难、找理想的好工作更难,加之对于农村家庭来说,要承担高昂的教育费用,就进一步萎缩了女性受教育的可能性。

妇女自身教育意识低下。农村传统的生产生活方式和落后的习俗,形成了女性的弱化人格,农村女孩从呱呱落地时起就因性别不同而受到不同的待遇。这一切不断加深了她们的自卑心,从而导致自我期望值低下。在她们长大成人后,这些心理就如同妇女心灵的腐蚀剂和束缚女性发展的枷锁,又潜移默化地感染并麻痹着生活在其中的下一代女童,成为她们上学的严重阻碍。正因如此,导致了女性主体意识不强,缺少通过努力,上学读书提高自立自强能力来改变自身处境的意识,容易放弃上学的权利和机会。在广西民族贫困地区,女童教育问题研究通过对女童自我意识、交往意识、现代意识的调查,结果表明:由于经济、文化的落后和环境的封闭,从整体上说女童思想意识水平存在地区差异且总体水平较低。这是阻碍她们发展的关键性因素,也是阻碍民族贫困地区发展的关键性因素之一[12]。

12.4.2 政府对妇女教育的促进

首先,国家和政府要提高对妇女教育重要意义的认识,充分发挥自己的权威职能,积极采取有效措施,为妇女教育的实施与发展创造必要的条件。

澄清观念,扫除思想文化上的障碍。要在全社会范围内,倡导男女平等,多媒介、多途径、多形式宣传女性作为生产者、创造者、管理者、教育者等多种角色;有计划、系统地宣传女性典范,增强女性"自尊、自爱、自强、自立"的意识。

其次,构建社会支持网络,完善妇女教育的保障体系。妇女教育不仅仅是一个教育问题,而且是一个极为复杂的社会问题,所以,应建立一个有广泛参与度的社会支持网络,采取物质、法律、精神等多种支持手段,对妇女教育给予全方位的支持和帮助。要建构以政府支持为主体,家庭为基础,非政府支持和妇女自我支持(即自我发展)为辅的多层次、多结构的系统。

在这里,政府是国民教育的主体,承担着向全体公民提供教育和预防教育不公平的责任,因此,政府应在整个社会支持系统中处于主体地位,协调社会各界力量,组成一个贫困地区妇女教育的保护网络,关心和救助失学女童。政府必须通过国家立法、制定政策等方式,对女童平等受教育提供相应措施。针对妇女受教育权利不充分的情况,需依据《中华人民共和国义务教育法》、《中华人民共和国未成年人保护法》与《中国妇女权益保障法》等法律,给予妇女教育尤其是女童教育特别关注,保障女童受教育的权利。在区域不平衡发展过程中,国家通过财政转移支付教育投资体制、制定特殊政策加大对贫困地区的教育投入,改善办学条件,提高教育质量等方式,增强学校对女童的吸引力。为农村妇女的发展开辟渠道,通过小额贷款等项目等,改善她们的生活。通过提高妇女的地位,积极影响妇女对角色的定位。

家庭教育是女童教育的基础。作为社会化的家庭教育,应引导孩子掌握人所需要的基本生活习惯,奠定孩子社会化的人格、思想和行为的基础。

通过多种途径,切实提高家长的教育文化素质,增强家长的教育意识,尤其是形成男女平等的观念,为女童的健康成长提供有力的保障。

保障妇女受教育必须要有非政府力量的参与。非政府支持社会力量,通过经济、精神支持等方式关心失学、辍学女童。它包括来自于国际非政府组织、社会群体(各种非政府团体和组织、事业单位,也指非营利的第三部门)。

12.4.3 学校对妇女教育的提高

学校应注意从性别教育入手,把正确的性别观念渗透到各个年龄阶段的教育中,帮助两性,特别是女性客观认识、评价自己,建立更全面、正确的计划,从而根本改变传统观念。

深化教育改革,创新女童教育模式。我国女童教育同整个教育系统一样,属于应试教育范畴。女童教育要走出樊篱,就必须进行一系列的改革和创新,合理定位培养目标。鉴于大部分贫困地区,女童的最后归宿只能是回到她们的土地,可以借鉴陶行知的"乡村教育"思想,运用"生利主义之职业教育"理论,让贫困地区尤其是西部少数民族儿童都有机会学习"生利"的技术,争取经济上的真正独立,做自尊、自信、自强的女性。改革教育内容。课程是实现教育目标的途径。限于家庭经济的贫困等原因,进一步升学的孩子极其有限,大多数家长期望孩子学到实用的知识,较早地承担家务劳动和生产劳动。所以,课程编制应力求符合地方经济的需要,逐步规范和提高女童教育的要求,体现时代性、实用性和人本化特征。课程内容还要注意引入社会性别视角,探索因材施教的教育教学方法。随着社会的发展与进步,人们日益认识到,男女平等是对性别差异充分认识与尊重的平等,而不是否定差异的"一视同仁"。

12.4.4 妇女教育中的社会工作服务

对于大龄妇女而言,加强教育的有效途径是将短期培训与系统教育有机结合起来。社会工作者可以利用其长期从事一线服务工作,与群众熟悉的优势,根据服务对象的特点和意愿,为其提供相关的教育培训信息,推荐教育培训结构,协助服务对象制定学习计划等。因为每位妇女的既有文化水平不同,进一步接受教育的动机,也各有异,所以社会工作者应该严格恪守悦纳、理解的专业伦理,秉承助人自助的理念,在与服务对象反复商讨的基础上,共同制定学习目标、计划,挖掘其内在的潜力,促使服务对象经过教育培训之后真正有所得,提升其发展的能力。

十年树木,百年树人。根据前文所述,妇女教育滞后的现象是由政治、经济和文化等多方面因素共同造成的,要想有效地提高我国妇女的教育水平,社会工作者可以从以下几个方面作出努力。

首先,深入调查,收集翔实的资料,为深入研究和政府决策打下坚实的基础。我国整体上妇女教育的发展都比较滞后,然而各地区的具体情况又不尽相同。因而,社会工作者一方面要配合政府及专家学者进行大范围的调查研究工作,另一方面可以利用自己和群众联系紧密的专业优势,深入到所在片区的群众家庭当中,了解妇女尤其是女童接受教育的状况及面临的困难,并如实记录下来,为进一步深入研究和政府决策提供全面丰富的第一手资料,进而推动我国女童教育的理论发展和实践进步。

其次,移风易俗,通过实际工作改变人们对妇女教育的错误认知。目前,社会对妇女教育尤其是女童教育的发展还缺乏应有的重视,甚至有的家庭基于种种考虑,强行剥夺了女童受教育的权利。社会工作者应该通过知识讲座,或是举办民俗表演等群众喜闻乐见的活动,宣传保护女童受教育权利的相关法律法规,以及发展女童教育的重要意义。在有条件的地区,社会工作者还可以联系有名的女学者、女企业家等成功人士,向群众讲解其奋斗历程,提升人们对女童也能通过接受教育走向事业成功的信心。总之,社会工作者应该采取各种有效的宣传形式,改变人们对女童教育的落后认识,促进女童教育的发展。

再次,深入群众家庭当中,帮助家庭解决女童在接受教育过程中遇到的困难,以切实的工作保证女童顺利接受教育。社会工作专业的实践性和应用性非常强,因为它既有自己特有的助人理念、方法,又能够为服务对象联系所需的外部资源。社会工作者通过进入群众家庭当中,深入了解其女童接受教育的困难所在,与服务对象平等协商,共同制定服务计划。如果家庭是因为经济困难而欲终止女童的教育,那么一方面社会工作者要为女童的父母讲解国家的政策法规,以及分析这样做会对女童以后的发展造成怎样的危害;另一方面,社会工作者可以通过为女童向学校申请费用减免,或者联系有关部门和机构为女童提供教育经费等途径,减轻家庭的经济压力,保证女童能继续接受教育。如果女童是因为身体或心理原因而造成学习困难,那么社会工作者应该把她转介给相关的专业人士进行治疗,恢复其学习的乐趣和能力。

最后,以社区为依托,创建一套能促进妇女教育尤其是女童教育发展的长效机制,并进行经验推广,提升我国妇女教育的整体水平。推动妇女教育的发展是一项复杂而艰巨的系统工程,社会工作者应该依托社区,在社区中建立相应的应对机制,做到社区女童教育问题有专人负责领导,有稳定的团队协作,全面掌握社区女童的教育信息,出现问题能及时有效地解决,争取创建模范社区。然后,可以对外进行社区经验的推广和典型示范,进一步提升我国妇女教育尤其是女童教育的整体水平。

小结

本单元回顾了我国妇女受教育的历史,分析了我国妇女受教育的现状以及新中国成立后妇女教育取得重大成就的经验;展示了妇女教育在国家、社会的进步、妇女地位的提高等方面所具有的意义与价值。虽然我国妇女教育取得了前所未有的成就,但是作为发展中国家,我国妇女的整体素质仍有待进一步提高,在现实生活中女性受教育的完全实现还存在着各种困难和阻力。与男性相比,妇女教育的问题主要表现在文盲、半文盲的比例仍偏高,受教育的程度仍偏低等。尤其是在边远落后和少数民族地区女童教育发展方面仍面临着比较严峻的问题。本单元还重点分析了女童教育发展的诸多对策。

问题与思考

(1)妇女教育的主要问题。

(2)简述妇女教育的发展策略。

参考文献

[1]韦钰.中国妇女教育[M].杭州:浙江教育出版社,1995.

[2]陈至立.西部地区"两基"攻坚目标如期实现[N].中国教育报,2007-11-16.

[3]郭慧敏.社会性别与劳动权益[M].西安:西北工业大学出版社,2005.

[4]吴倩.下岗女工与再就业问题研究——武汉市下岗女工再就业状况调整报告[J].当代经济,2006(18).

[5]世界银行.1991年世界发展报告[M].北京:中国财政经济出版社,1991.

[6]许传新,王平."学历社会中"的妇女家庭权利研究:以武汉为例试析学历对妇女家庭权利的影响[J].中华女子学院学报,2002(1).

[7]中国妇女社会地位调查丛书.(全国卷1)中国妇女社会地位概观[M].北京:中国妇女出版社,1993.

[8]全国妇联妇女研究所课题组.中国社会转型中的妇女社会地位[M].北京:中国妇女出版社,2006.

[9]王春艳,杨奎.湖北地区农村妇女教育现状及影响因素[J].中华女子学院山东分院学报,2005(3).

[10]蒋永萍.世纪之交的中国妇女社会地位[M].北京:当代中国出版社,2003.

[11]贺霞.中国女童教育现状聚焦[N].中国教育报,2005-11-07.

[12]陈时见,刘继平.广西民族贫困地区女童教育问题研究[J].社科与经济信息,2001(10).

13

妇女与健康

引言

健康是妇女的基本权益。促进和改善妇女健康始终是妇女社会工作实务的主要内容。针对妇女的健康,妇女社会工作可以从哪些方面帮助妇女改善健康状况？本单元主要介绍目前我国妇女健康的现状、主要问题以及社会工作专业介入妇女健康服务领域的方法和途径。

学习目标

1. 掌握目前我国妇女健康的状况和面临的主要问题。
2. 了解在现有社会政策与福利体系下改善当前我国妇女健康状况的途径。
3. 运用社会工作专业帮助城市与农村地区的妇女提高健康水平的方法。

知识点

妇女健康的基本内涵、妇女健康亟需改进的主要方面、从妇女社会工作专业角度提升妇女健康水平的主要途径。

案例导入

乳腺癌已经成为广大女性最常见的恶性肿瘤,乳腺癌的早期诊断与治疗被公认为恶性肿瘤中最能有效提高患者生存率的群防措施。针对这一状况,2008 年 3 月 8

日,天津某社区居委会联合一批社区医生和大学生志愿者团体,为社区的全体妇女提供乳腺癌免费筛查宣传活动,包括乳腺临床触诊检查、乳腺癌预防保健知识宣传和乳腺自查技术教授等在内的专业服务。现场前来参加活动的居民络绎不绝,医生、大学生志愿者、居委会工作人员都给予了耐心的解释和专业的辅导,许多妇女都觉得受益匪浅,纷纷表示以后要更加关注自己的身体健康,做好预防措施。此次活动受到居民的一致赞誉。

上述这一社区活动属于典型的社区社会工作专业方法对妇女健康服务领域的介入。针对妇女的健康,妇女社会工作还可以从哪些方面帮助妇女改善健康状况?

世界卫生组织将健康界定为人在生理、心理及社会适应 3 个方面全部良好的一种状况。那么妇女健康应该是妇女在生理、心理及社会适应方面均具有良好的状况。健康是一项基本人权,妇女有权享有健康,妇女健康也是关系到社会及经济发展的主要因素之一。第四次世界妇女大会《北京行动纲领》中指出"妇女有权享有能达到的最高的身心健康标准。享有该权利对妇女的生活和福祉及参加公共和私人生活各领域至关重要"。

从妇女健康的含义上看,妇女健康包括从妇女生命开始到生命终止整个生命周期的健康,而不仅仅是妇女在生育时期的健康。传统观念一般习惯把妇女健康更多地局限于妇女在生育方面的健康,例如医院设有妇产科,主要是针对女性的生育功能和生育器官而设置的。但是,现代意义上的妇女健康强调妇女在整个生命周期的健康,关注女性在不同年龄阶段的健康,包括对女婴、女童、少女、育龄妇女、中年妇女、更年期妇女、老年妇女均给予悉心的爱护和关照。处于生命周期不同阶段的妇女,其生命和健康都有价值。因此,有关妇女健康的社会福利政策和服务不仅应该惠及处于不同生命周期阶段的妇女,在妇女社会工作实务介入的层面,相关的妇女服务机构和社会工作者也需要关注所有年龄阶段的女性群体。

一个社会整体的女性健康的状况意义重大,从发展的观点看,妇女的健康水平会影响到妇女参与社会发展的程度。同时,作为重要的家庭角色,妇女身心的健康状况也会直接影响到家庭的状况、孩子的状况、家庭稳定程度乃至整个社会的发展。因此,在妇女社会工作的具体实践中,我们必须关注妇女健康,增加妇女在整个生命周期里获得恰当与优质的保健、信息和服务;加强设计妇女健康的预防性方案,改善妇科病、解决性传染疾病、艾滋病及性健康和生育健康问题。因此,我们不仅要在妇女健康的诊断和治疗上提供有效服务,还要帮助妇女预防那些危害健康的风险因素,进而从整体上保证社会的健康水平。

总之,随着社会工作进一步专业化的发展,我们应该以促进妇女健康为契机,将妇女的健康需求纳入到社会政策体系和具体的社会工作实务领域中,使越来越多的妇女关注自己的健康,并获得切实可行的服务、信息和治疗帮助,尤其是对于那些处于弱势的妇女群体。因此,妇女健康是我国健康领域中的重要问题,同时也是妇女社会工作领域中的重要层面。

13.1　妇女健康的主要领域

在整体水平上,建国以后,尤其是改革开放以来,我国政府在促进妇女健康和赋权方面均做出了较大努力,制定并实施了大量的政策和服务项目来改善妇女的健康。政府出台了一系列有关的法律和政策、与非政府组织合作开展了包括服务、倡导和教育在内的各种维护健康的项目,积极建设妇女赋权的大环境。

1. 在法规和政策层面

目前我国已基本形成妇女权益保障支持体系,1994 年 10 月颁布了《母婴保健法》,之后相继制定和修订了《婚姻法》、《人口与计划生育法》、《计划生育技术服务管理条例》、《母婴保健法实施办法》、《婚前保健工作规范》、《劳动法》等,颁布和实施了《中国妇女发展纲要(2001—2010)》和《妇女权益保障法》。1995 年,政府对人口工作思路的定位从以行政管理为导向转变为以服务为导向,从单一的人口控制转变为促进生殖健康。国家计划生育委员会发起了"计划生育优质服务"项目,并坚持不懈地将人口控制与妇女发展问题相结合,也直接促进了妇女的健康水平。

2. 在具体操作层面

各级政府建立了妇女儿童工作委员会,人大和政协每年都会进行相关的执法工作检查,以保证妇女在健康方面的权益得到贯彻落实。截至 2003 年,国家基本建立了遍布城乡的人口和计划生育服务网络,其中县乡两级技术服务机构 3.3 万多个,技术服务人员 12 万人。此外,还有近百万遍布乡村的志愿者和服务人员;约 60% 的乡(镇、街道)建立了育龄妇女信息管理系统,为基层日常的生殖健康和计划生育服务提供信息指导。加上卫生系统建立的近 3 200 所妇幼保健院,每一个县(区、市)都配备了生殖健康和计划生育流动服务车[1]。各级卫生部门一直把妇科病查治作为妇女保健的一项常规工作,不断加大资金投入。除此之外,政府还开展多个项目提高妇女的健康水平。国家在 2000—2001 年期间投资 2 亿元在 378 个国家级贫困县实施"降低孕产妇死亡率和消除新生儿破伤风"项目;2002—2005 年中央财政和项目地区配套投入 4 亿元继续实施"降消项目",并扩展至全国 1 000 个县,覆盖人口 3 亿多。我国政府还采取积极措施,改善乡(镇)卫生院接生条件,开辟孕产妇急救绿色通道,提高农村孕产妇住院分娩率,实行贫困孕产妇救助等,母亲的安全状况明显改善。

正是在政府的积极推动下,我国妇女的健康水平得到了全面提高,妇女的健康状况也得到了极大程度的改善,主要体现为孕产妇死亡率降低、妇女平均预期寿命大为提高、妇科病检查的比率上升等诸多方面。根据卫生年鉴的数据,与 2000 年相比,目前我国妇女的产前检查率由 89.36% 提高到 90.9%,住院分娩率由 72.9% 提高到 91.6%,孕产妇死亡率由 53.0/10 万降低至 36.6/10 万,婴儿死亡率由 32.2‰降低至 15.3‰,已婚育龄妇女避孕率达到 84.6%,我国妇女平均预期寿命由 1990 年的 70.4 岁提高到 2003 年的 74.0 岁。全国每年有 1/3 以上的 65 岁以下已婚妇女可以享受到妇科病检查,2004 年为 37.3%[2],妇女的健康水平得到明显改善。总之,这些全国性的监测数据表明,我国妇女的健康状况有了根本性改善。

总之,政府制定和采取了多项政策措施与服务项目,大大提高了妇女的健康水平。但是,在提高妇女健康方面仍然存在很多问题。

阅读资料

国家卫生部最新的统计数据显示,我国乳腺癌 40～49 岁的女性发病率已从 5 年前的十万分之十七增加到十万分之五十二,每年新增宫颈癌患者 13.15 万人,占世界总发病人数的 1/3,每年约 5 万人死于宫颈癌;另外,40% 以上的更年期妇女存在抑郁症状;在已婚女性中,70% 左右的患有妇科炎症。目前,乳腺癌、宫颈癌已占我国城市女性恶性肿瘤的第 1 位和第 2 位,35～49 岁是高危人群。更令人担忧的是,在我国有高达 30.6% 的女性"从未进行过妇科检查",还有 8.5% 的女性"不记得"自己何时做过妇科检查,这表明每五名女性当中就有一名没有进行过妇科检查,妇女健康状况令人堪忧。

一方面,我国人口数量较为庞大,针对妇女健康的服务项目难以惠及到每一个妇女,对于那些边远和贫困地区的妇女,获得医疗资源的难度比较大,尤其我国在削减卫生部门财政预算后,住院分娩收费的不断提高使得贫困妇女难以负担起优质的卫生保健服务;另一方面,广大妇女,尤其是农村地区的妇女,在一定程度上缺乏妇女疾病预防的相关知识,导致妇女健康问题依然比较突出。近年来,妇女患生殖道感染疾病、艾滋病呈上升趋势,未婚先孕、人工流产的年龄越来越低。在城市,现代新潮的女性隆胸术、减肥术、美容术、劣质化妆品等引起的有关疾病;中年下岗女工不得不选择原本不太适合其身体状况的工作和劳动而引起的健康问题,以及她们因不能享受原有医疗福利待遇而降低了保健要求,进而出现的新的健康问题等等都凸现出来。在农村,女性自杀现象逐年增高,女婴被弃和女童营养等问题,都对女性人群的健康产生了较大的威胁。具体而言,妇女健康的问题主要体现在以下几个方面。

13.1.1 孕产妇死亡率问题

孕产妇死亡率是衡量一个国家经济社会发展和性别平等的重要指标。我国政府始终将降低孕产妇死亡率列为公共卫生的优先问题,采取了多种措施提高孕产妇保健水平,也取得了明显的成效。但是,我国的孕产妇死亡率地区分布不均衡,还存在着巨大的地区性和城乡差异:2006 年孕产妇死亡率,农村是城市的 1.8 倍,边远地区是沿海地区的 2.9 倍,并且这种城乡差距近年来没有明显缩小的趋势[1]。一方面,政府把提高孕产妇的住院分娩率作为降低孕产妇死亡率的重要措施;另一方面,住院分娩的费用不断提高,对于那些贫困的农村妇女而言,需要支付的费用往往超过她们的承受能力,所以,住院分娩往往难以实现。因此,到目前为止,农村地区孕产妇死亡率仍然居高不下,降低孕产妇死亡率问题仍然是妇女健康领域中将长期面临并亟待解决的问题。

13.1.2　女婴死亡率问题

在正常情况下女婴的死亡比例应明显低于男婴,一项针对 15 个发达国家婴儿死亡率进行的研究显示,男婴的死亡率比女婴高出 24%,原因是女婴比男婴具有更强的免疫系统。但是,我国目前的情况却与之相反,1990 年,我国女婴死亡率为每千名新生儿 33.5 人,而男婴死亡率则为每千名 32.4 人。你我健康网(www.05jk.com)特别报道:根据第五次人口普查数据显示,城市 1 岁以内男婴的死亡率 8.61‰,女婴则达 10.69‰;城镇男婴死亡率为 13.98‰,女婴则为 20.1‰。反差最大的是乡村,男婴死亡率 28.28‰,女婴则高达 41.16‰。导致此趋势的主要原因是我国存在着强烈的重男轻女思想,人们对女婴造成性别歧视,尤其是在农村地区,男孩偏好非常明显,女婴常常难以获得与男婴一样的照顾,最终使得女婴的死亡率高于男婴的死亡率。

13.1.3　妇女的生殖健康问题

生育是家庭的基本职能之一。由于自身的生理特征,妇女在生育职能中扮演着男性所不能代替的角色,通过生育繁衍和延续家庭的责任,妇女要经历怀孕、生育、哺乳的过程,因此,受到生殖健康威胁的程度大于男性。但是,受到传统生育文化习俗的影响,人们更多地将女性看做是生育的完成者,对妇女健康的关注点放在她们是婴儿健康发育的基础,而并非为妇女的健康。而且,在我国存在着的避孕性别差异,女性避孕率明显高于男性。虽然任何一种避孕方法都会对当事人的心理和身体造成某种影响。但是,避孕的责任往往是由妇女承担的。此外,妇女生殖道感染是常见病、多发病。一项调查发现,在全国 3.5 亿育龄妇女中,2.5 亿是已婚育龄妇女,生殖道感染的患病率高达 50% 以上[4],同时,女性医生的缺乏也造成了许多女性患者不愿就医。上述这些情况都严重危害着妇女的生殖健康和生活的质量,女性的生殖健康问题令人堪忧。

同时,伴随着改革开放和社会转型,有关女性生殖健康的新问题已经出现。城市未婚女青年的流产率持续增高。《中国时报》报道,中国每年人工流产至少 1 300 万例,大多数接受人流的是单身女性。20~29 岁女性的流产率最高,流产女性中 23%~65% 未婚[5]。高流产率的原因是婚前性行为增加,缺乏避孕知识及适当的咨询服务。另外,流动人口中的妇女也存在着突出的生殖健康问题:外出务工使妇女暴露于不安全的性行为中,流产频率增加,而且由于在流入地也很难获得必要的服务,感染性传播疾病的风险也更高[6]。因此,需要更多的地方性生殖健康和计划生育机构为外来人口提供适当服务。

13.1.4　妇女艾滋病感染问题

艾滋病,其医学全名为"获得性免疫缺陷综合症"(AIDS),是人体感染了人类免疫缺陷病毒(HIV),又称艾滋病病毒所导致的传染病。妇女与儿童是艾滋病病毒最大的受害者,尤其是妇女。联合国艾滋病规划署和世界卫生组织 2004 年度报告指出,迄今全世界 3700 多万成人艾滋病感染者中女性几乎占到一半。过去两年间,世界各个地区的女性艾滋病感染者人数都呈上升趋势。我国 HIV 病例中的女性患者比例也已经上升,从 1999 年的 15.4% 增至 2004 年总病例的 39%(国务院防治艾滋病工作委员会办公室,2004)。近期的数据表明,女性艾滋病感染者的人数增长速度高于男性,而且经母婴传播的艾滋病婴儿数量也不断上升[3]。

女性艾滋病感染者上升的原因包括以下几个方面。①如果在性行为中不采取防护措施,女性感染 HIV 的风险比男性高 2 到 5 倍;②由于受到社会制度及文化习俗的影响,不平等的家庭和社会权利结构,女性通常处于弱势地位,也缺乏自我保护意识,无法保护自己免遭不安全性行为的危害。在世界范围内的许多研究表明,绝大多数患 HIV 的妇女都是被丈夫传染的。③在艾滋病感染的群体中,存在着较强的性别歧视,人们普遍认为是受感染妇女将病毒传染给了男性,母亲又在孕育过程中将病毒传染给了婴儿。因此妇女承担着预防或护理受艾滋感染的家庭成员的重任,这种状况影响着妇女和女孩在预防艾滋方面的赋权,影响着她们以主体身份面对 HIV/AIDS 防治。而且感染 HIV 的妇女,在治疗中经常受到性别歧视,无法获得与男性同样的治疗。

13.1.5　妇女整容引起的健康问题

随着经济发展和社会转型,女性的美容问题在女性生活中的重要性日益凸现出来。但是,由于美容行业缺乏严谨的科学态度,其发布的广告常常使用绝对化用语,夸大治疗效果,种种误导造成了许多女性在整容问题上出现了不理性的消费,对妇女健康产生了许多负面的影响。而且,美容行业良莠不齐,医疗整形美容市场尚不规范,一些不具备资质的机构和人员,也擅自开展医疗美容服务,滥用卫生材料及器材,造成了许多妇女的健康问题。同时,在影视业等领域中,整容蔚然成风,受到一些知名人士的推崇,这种状况对广大的女性,尤其是年轻女性起到了负面的引导作用。

据中国美容产业年度发展报告统计,中国 2007 年美容业的总收入在 2 200 亿元左右。在美容业高额利润甚至是暴利的驱动下,一些美容机构片面夸大整容的效果,弱化整容的危害,从而对妇女的健康造成恶果,其中失败整容手术屡见不鲜,主要集中于鼻子、眼睛、除皱、吸脂、乳房和下巴整形。我国整容整形业兴起的近 10 年,平均每年因美容而毁容的投诉近 2 万起,10 年间已有 20 万张脸被毁容。尤其令人担忧的是,目前女性整容年龄趋向年轻化,许多在校的年轻女学生也冒着巨大的健康风险进行整容,这成为现代社会危害妇女健康的一个新的隐患。

13.1.6　妇女的心理健康问题

考察一个人的健康状况,通常从生理和心理两个方面进行。女性的健康也应该体现在她们的心理层面。但是长期以来,女性在心理层面的健康问题被忽略了。从 1995 年的联合国第四次世界妇女大会、2000 年的北京加 5 特别联大,到 2005 年联合国妇女地位委员会第 49 届会议,对女性心理健康的重要性的认识,可以说经历了一个从漠视到开始重视的过程。在 1995 年的北京行动纲领上所界定的女性健康,仅仅是女性躯体的健康,特别是生殖健康,并不包括女性的心理健康。在 2000 年北京加 5 的会议上,人们开始意识到女性心理健康的重要,在会议形成的文件中,第一次提出要关注女性心理健康的问题。实际上,女性的心理健康问题在某种程度上给女性造成的危害,并不亚于生理健康问题所带来的影响。

妇女在不同的生理时期(如月经期、妊娠期、产褥期和更年期等),容易产生不同的情绪和感受,女性也会因此出现各种各样的心理障碍。在不同的生命周期阶段,因为生理的变化和角色的转换,妇女很容易有精神紧张、焦虑等心理压力。例如妇女在怀孕以后,常常会担心子宫内胎儿的发育是否正常,家人过多的关心与照顾,会引起孕妇的焦虑,如果关心不够,孕妇又会容易忧郁;到了妊娠后期,又会为分娩紧张和焦虑。如果妇女在不希望生育的情况下怀孕,更会增加她们精神上的负担和心理压力。在农村,随着新农村建设的推进,男劳动力不断向城市转移,农村留守妇女承担着越来越多的家务劳动和农活,角色的多重化增添了她们身心的负担。此外,遭受家庭暴力的妇女、离异妇女以及被陈旧观念禁锢的妇女中,也有相当数量的人存在忧愁、苦闷、抑郁、焦虑等症状。各种心理问题在很大程度上影响了妇女的健康水平。

2000 年中国卫生部指出,部分城市前 10 种主要疾病死亡率及死因构成显示,精神病位列第九。我国女性的心理健康状况同样不容乐观:在我国,有半数女性产后抑郁,每年有 28.5 万人自杀死亡,200 万人自杀未遂[7]。中国的自杀率占世界自杀率的 1/5。在发达国家,男性自杀率是女性的 3 倍,惟独在中国,女性的自杀率高于男性 25%,是世界上唯一女性自杀率高于男性的国家。这些数字从一定程度反映了我国妇女心理健康的状况不容忽视。

13.1.7　农村妇女的健康问题

我国在广大农村地区积极推进新型农村合作医疗制度试点工作,从 2006 年起,对于贫困农村地区的新型农村合作医疗,中央和地方财政更大幅度提高了补助标准,2008 年在全国农村基本普及新型农村合作医疗制度,从多方面加强农村公共服务。农村居民医疗保障制度的改革,为改善农村女性健康创造了良好的条件,但是,我国妇女健康事业发展不平衡,妇女的健康状况和基本医疗卫生服务条件,在城乡和不同区域、不同群体之间仍然存在明显的差别。相对于城市妇女而言,农村妇女的健康状况不容乐观。尤其在贫困的农村地区,女性承担了几乎所有的农业生产,加之承担着家庭的脱贫重任,其健康相应地受到不同程度的影响。总之,农村妇女以及城市农民工的妇女保健问题仍是很突出的健康问题。

目前,我国农村妇女健康问题主要体现在以下几个方面。一是保健工作设备落后。妇女保健的设备仅是妇科检查、B 超,缺乏其他的检查妇女疾病的专业设备,以及心理、精神卫生等检测设备,影响了妇女保健工作的开展。二是农村地区妇女保健队伍结构不合理,素质不高。我国多数农村妇幼保健人员大部分由村妇女主任担任,虽有利于开展工作,但由于兼职较多,妇幼保健专业知识及业务能力不高,影响了妇幼保健工作的开展。三是农村妇女健康教育力量薄弱,健康教育体系不健全。目前我国只有卫生系统的健康教育机构从事健康教育工作,健康教育机构只延伸到县,乡、镇不设健康教育机构。而且健康教育手段落后,健康教育活动多以突击性健康教育为主。四是农村妇女卫生健康知识缺乏。农村妇女卫生健康知识缺乏的主要表现为自我保健意识淡薄、落后的生活习俗和不健康的生活方式。绝大多数妇女从来没想到过自己的健康也很重要,很多妇女并不知道什么是"围生期"、"更年期",更不会意识到妇女一生中各个重要阶段都需要保健。

总之,我国妇女健康的发展依然面临许多问题,包括一些地区出生婴儿性别比严重失衡;边远地区和贫困地区农村孕产妇住院分娩率偏低,死亡率偏高;人工流产危害妇女健康;流动人口中的孕产妇保健存在问题等;贫困妇女难以获得负担得起的、优质的保健服务;妇女患妇科病和生殖道感染的人数比较多,妇女感染性病、艾滋病的比例上升。同时,计划生育中的知情选择男性参与不够,社会对性教育、妇女的心理健康、老年妇女的安康等关注不够,表明了妇女健康的各种重大挑战急需各界积极努力加以完善。针对这些问题,我们必须坚持性别平等与公正,从妇女的健康需求出发,提供符合妇女需求的健康服务;促进妇女参与,在参与中实现妇女权利的增长,可持续地改善妇女的健康;为解决妇女生育健康问题进行跨部门协作,以有效解决妇女的健康问题。

13.2　妇女健康的促进

13.2.1　政府对妇女健康的促进

长期以来,我国政府制定并执行了各种保障妇女健康权益的法律法规和政策,宣传男女平等的基本国策,宣传文明进步的性别平等观念,普及健康知识,营造互相尊重、平等发展的社会环境,致力于提高妇女自身的健康素质,保护妇女的安全和健康。

由卫生部、国务院妇儿工委办公室、全国妇联和世界卫生组织、联合国儿童基金会、联合国人口基金联合举办的"中国妇女健康行动"研讨会于2008年3月1日在北京举行。卫生部官员在会上指出,妇女健康行动初步分三步走:第一步是到2010年,完善为城乡妇女提供基本卫生保健的服务体系,初步建立利用服务的保障机制,实现《卫生事业发展"十一五"规划纲要》中妇女健康目标;第二步是到2015年,进一步强化妇幼卫生服务体系的功能,提高服务能力,并争取实现全部孕产妇住院分娩,大幅度降低母婴死亡率,使我国妇女健康水平位于发展中国家前列;第三步是到2020年,城乡妇女享有基本医疗卫生服务,继续保持我国妇女健康水平位于发展中国家前列,东部地区和中西部部分地区妇女健康水平接近或达到中等发达国家的水平。

在这次会议上,政府提出了《中国妇女健康行动倡议书》,旨在贯彻落实党的十七大精神,实现人人享有基本医疗卫生服务的目标,保障妇女的健康权益,逐步实现公共医疗卫生服务均等化,落实我国政府对联合国千年发展目标有关妇女儿童健康的承诺。倡议书中提出了八大措施。一是文明广泛进行社会宣传和健康教育。积极组织各种媒体、采用各种宣传手段,广泛宣传"中国妇女健康行动",营造有利于保护妇女健康的社会舆论氛围。二是着力强化政府主导责任。各级政府应当把推动实施"中国妇女健康行动"、保障妇女人人享有基本医疗卫生服务列入优先议程。三是充分发挥各相关部门的职能和社会各界的作用。建立政府统一领导、部门各司其责、切实形成合力的协调工作机制,共同推动妇女健康行动的实施和落实。四是切实采取有力措施、建立妇女健康保障制度。城乡医疗保障制度应逐步覆盖妇女病的筛查项目,并对妇女重大疾病的诊治费用给予适当补偿。加快城乡医疗救助制度建设,对困难群体的妇女病诊治提供救助补偿。五是积极创造有利于妇女健康的生产生活环境。按照职业卫生的相关法律法规,围绕保障妇女生殖健康、预防和控制主要疾病,加强工作场所和公共场所的妇女健康保护和监护工作。六是大力开展妇女保健工作、防治妇女常见病多发病。强化妇女常见病多发病的普查普治、群防群治的干预力度,控制和消除生殖道感染、梅毒、艾滋病、宫颈癌、乳腺癌等常见病、多发病、传染性疾病对妇女健康和生命的危害。七是继续加强保护妇女健康的服务能力建设。把妇女主要疾病的防治工作重点放在农村和城市基层,依托城乡基层卫生服务网络,推进以预防为主的群防群治工作。强化基层妇幼卫生服务能力建设,建立有效预防疾病和转诊急救的工作协调机制。八是加大贯彻保护妇女健康的法律法规的力度。依据《母婴保健法》及其他相关法律法规,坚决取缔非法行医、非法接生,规范母婴保健服务,切实保护妇女健康。

根据国家卫生部对我国妇女健康工作的部署和规划,社会工作对于妇女健康的介入应该在这一基本框架中开展。由于社会工作专业的特点,社会工作不但可以与医疗卫生机构联合对妇女进行专业的健康诊断和服务,同时,社会工作还在健康知识宣传和预防保健方面可以起到不可替代的作用。因此,妇女健康不仅需要通过医疗体系的诊断、治疗和服务来得以提高,还需要妇女社会工作更为广泛地介入,通过专业方法和技巧使广大妇女获取必要的健康信息,得到相应的健康服务,并帮助她们构建社会支持网络来营造一个安全健康的生活环境,使妇女在健康预防方面得到进一步的加强和改善。

13.2.2 社会工作专业方法对妇女健康的促进

根据目前我国妇女健康的现状以及政府针对妇女健康改进的基本工作思路,妇女社会工作对于妇女健康的促进主要集中在以下几个方面。

1. 进一步加强和完善与妇女健康的相关的社会福利制度

受到传统性别文化根深蒂固的影响,除传统的角色定位外,与男性相比较,妇女仍然较少有机会和条件释放和发展其他潜能。由此,政府必须继续在健康领域对妇女进行赋权,提高她们在健康方面的自主意识和参与度。总之,妇女健康应当是一个系统工程,是一个需要持续改善的过程,而不能简单地将妇女健康的改进局限于解决某几个涉及妇女健康的问题上。因此,要继续把性别平等意识纳入女性健康教育和服务的领域里。

妇女生理健康和保健已经得到政府的高度重视,政府已经把这一内容纳入了政府工作决策之中,我国政府制定的《妇女发展纲要》中也均有具体的指标要求。在卫生和健康方面,使妇女在整个生命周期内获得高质量的保健和服务,重视女性心理健康等。但是,政府还应该建立一套综合性的指标评估体系,将妇女健康的改进操作化和具体化,并以此来指导医务社会工作者和妇女社会工作者的实务操作;同时服务于妇女健康领域的社会工作者也要根据实践层面的情况,提供有针对性的改善建议,帮助政府有的放矢地对妇女健康服务机构加大财力、人力和物力支持,保证妇女身心健康获得更多资源的支持。此外,政府要利用各种宣传媒介,加强舆论宣传,向社会及广大妇女积极介绍心理卫生、心理健康知识,让整个社会都来关注妇女的身心发展问题,促使广大妇女把注重身体健康和精神愉快,提高自身的生活质量变成自觉意识。

2. 构建妇女健康服务领域中的社会工作专业队伍

随着全国助理社会工作师及社会工作师的职业认证考试,社会工作专业化得到了实质性的推进,这也直接促进了各级计生委、医院卫生保健机构、居委会、各级妇联等直接或间接服务于妇女健康的机构中社会工作专业队伍的进一步专业化。如何通过社会协同作用,充分发挥妇女健康服务机构的优势,提升机构内部的社会工作专业的服务意识和工作能力,努力造就一支结构合理、素质优良的社会工作人才队伍,以适应妇女对身心健康的新要求,成为当前迫切的新任务。由于妇女健康的提高需要多部门协作,包括劳动保障、民政、卫生、计生、工会、妇联、残联等部门,因此要进一步明确各部门职责分工,互相配合、通力合作才能取得实效。保障妇女健康是一项系统工作,例如针对妇女病普查的现状,一方面需要专业医疗技术人员,统一组织,及时诊断、治疗、追踪和评价,普查对象应每人一份健康档案,每次查治情况及时记载。同时,也需要社区、妇联机构等发挥社会工作专业的作用,做好知识宣传、健康评估等各个环节以保障妇女疾病的预防和日常保健。总之,要促进不同部门的社会工作专业队伍的建设,使妇女健康保健覆盖到全体妇女。

要真正将妇女健康服务机构中的工作人员培养成为专业的社会工作人才,一是要充分发掘这些机构自身的优势。充分发挥计生委、妇联等部门的人才优势、组织网络优势和职能优势,最大限度地集聚社会工作人才,引导各类人才投身妇女社会工作。同时,发挥妇女社会团体和公民自治组织在培养聚集社会工作人才、发展社会工作中的突出作用。二是要吸纳更多资源。要广泛吸纳专业人才从事社会工作,推进妇女社会工作人才职业化。通过多种渠道大力引导社会工作专业的高校毕业生到妇女健康服务机构就业,充实基层社会工作人才队伍,改善社会工作人才结构,积极推进社会工作人才的专业化、职业化和规范化,逐步形成"培养专业社工人才、社工引领义工、义工服务妇女、妇女参与义工"的互动格局。三是要开展务实的工作。要加强妇女健康服务机构社会工作专业人员在职业道德教育和职业能力方面的培训,强化广大社会工作者助人自助、无私奉献的价值理念,提高其政策水平和专业技能。

3.依托社区社会工作,使妇女健康服务在治疗和预防两方面双管齐下

随着生活方式的改变,人们的生活越来越个人化和私人化。人们的许多生活内容是在所居住的社区中完成的,作为人们重要的生活环境——社区的作用越来越凸现出来。要实现妇女健康水平的提高,就必须充分利用社区的资源和环境,开展社区健康促进活动,加强妇科常见病防治和更年期保健知识的宣传教育,组织妇科专家为社区妇女举办妇女病和更年期知识讲座,努力满足社区妇女的健康需求。同时以社区为单位坚持开展妇女病普查,做好普查后的普治和随访工作。这样的方式同样也可以深入农村社区,广泛宣传妇女保健、健康科学知识,建立健康的生活方式,提高广大妇女的生殖健康和自我保健能力,构筑稳定的家庭关系,进一步促进社区化服务和和谐社会建设。

政府的健康服务项目也往往通过社区来实现改善妇女健康的目标。近年来我国许多城市,如北京、上海、天津和杭州等地,都在社区建立了三级精神卫生保健网,形成由政府牵头、各有关职能部门参加、以社区服务为基础的精神卫生工作体系。在市精神卫生领导小组的主管下,各区、县、乡镇等成立相应的精神卫生工作组,设立社区家庭病床,基层的保健人员协同专业人员定期上门访问,了解病情,疏导心理问题,解决生活困难,协调病人与家属、邻居及同事们的人际关系。尤其是女性精神病患者,得到了各级妇联的关怀。这种以社区组织方式和途径的活动收到了很好的效果。

因此,增强妇女的健康意识,一方面,可以充分利用广播、影视、报刊、文艺等传播媒介,大力宣传党和国家的有关政策和法律法规,普及有关的科普知识,增强妇女群体特别是困难群体妇女的自我保健意识,使她们乐于接受妇女病普查普治,主动地参与妇女病的普查普治。另一方面,可以依托社区,组织力量在社区广泛开展宣传和咨询活动,并通过社区向基层延伸,运用社区社会工作的专业知识和技巧,举办有关讲座等向妇女进行妇女儿童生理心理健康、卫生保健、防病健体、优生优育优教、科学育儿等知识的宣传、咨询,提供相关服务;也可以充分调动社区内外部资源,借助社区组织举办各种活动,让广大妇女参与进来,获取健康知识。例如北京朝阳区某社区居委会邀请知名心理医生开展中年妇女健康讲座,帮助处于更年期的妇女了解健康知识,为她们化解心理压力,排忧解难。近几年天津市妇联在社区开展了"半边天家园"项目,组织心理咨询专家、社会工作者和志愿者,不仅举办"关爱妇女健康"主题知识讲座,也常年为女性提供个案辅导服务,就如何处理家庭矛盾、应对家庭暴力和妇女维权、女性日常保健、心理障碍等方面的问题进行全方位、多角度的分析解答,取得了很好的效果。

总之,依托社区展开妇女社会工作对妇女健康领域的介入,倡导科学文明健康的生活方式将成为社区妇女健康教育的主旋律,全方位地开展社区妇女营养健康教育并且将它作为社区妇女健康行为干预的重点,探索有效的妇女健康教育手段是提高社区妇女健康的技术关键。

4. 发展医务社会工作,加强对妇女健康的专业服务

虽然我国经济发达地区的一些大型医院相继成立了社工部,但总体来看,医务社会工作这一在许多西方国家普遍存在,并在医疗体系中发挥重要作用的工作形式,在我国仍然处于理念引进的初步阶段。小组工作是现代医务社会工作的主要工作方法和内容之一,除此之外,医务社工的工作还包括:加强彼此沟通,及时处理医疗过程中医患之间的不良人际关系,避免进一步恶化;对患者和家属的需求进行调查,及时反馈给医方,促进医院在制度、组织和工作流程等方面不断完善,以更好地应对患者的不同需求;加强对患者基本医学常识和道德素养的教育,对疾病和健康问题做出理性的判断和要求;积极拓展医疗机构的公共关系,逐步提升其社会声誉;帮助患者解决其在就医中及就医后所遇到的问题;保护患者社会权益的立法倡导等。

2007 年 11 月,卫生部发布了《中国医院社会工作制度建设现状与政策开发研究报告》,指出了我国当前发展医务社会工作的迫切性:我国正处于医疗卫生体制改革与构建和谐医患关系的关键时期,这是建立医务社工制度的战略机遇期和最佳的时机;医务社工制度建设是重塑卫生系统与医护人员社会形象,增强医疗服务的人文色彩,改善公共关系和医患关系,预防和减少医疗纠纷的最佳途径。报告特别强调了发展医务社会工作使专业社会工作者进入医疗卫生系统是医学模式转变的客观需要。报告还就发展医务社会工作提出了 13 条政策性建议,其中包括卫生系统成立管理机构和工作机制,力争用最短时间和最适合中国社会的方式建立医务社会工作制度;全国所有二级以上的医院均应设立"社会服务部"或"社会工作部";建立卫生系统国家级医务社会工作专业技术系列和专业技术职称评审系列等建议。

医务社会工作的发展也将改善卫生机构妇女健康服务的专业水平和服务水准,许多妇女疾病的检查都涉及一定的隐私,医务社会工作者的人性化和以"患者"为本的服务理念将使得更多的女性愿意接受医疗服务,并保持心情的愉悦。同时,医务社会工作在缓解妇女紧张情绪、保持平和心态,以及获取健康信息方面的作用也不容忽视。

5. 构建改善妇女健康的社会支持系统

无论是女性还是男性,都需要来自社会各方面的支持,包括经济支持、信息支持、情感支持等方面。由于女性特殊的生理结构和生活状态,妇女在其生命历程中所需要的社会支持往往比男性更为强烈,但是女性获得社会支持的资源往往比男性少。在计划经济体制下,社会支持主要由国家、单位和家庭提供;伴随着市场经济的发展,社会支持更多地来自于人们的私领域,如社区、家庭和朋友,而正式的社会支持相对比较松散。但是,无论是正式的支持网络,还是非正式的支持网络对于妇女解决健康问题、增强应对健康的能力都可以发挥重要作用。例如老年妇女是老年人中最脆弱的群体,老年妇女安度晚年的重要内容是在医疗健康、生活照料和精神慰藉方面的需求。而老年妇女安度晚年,维护健康所需的资源包括人力、财力和物力等往往需要社会支持系统来实现。

许多研究表明,当一个人面临压力时,良好的社会支持不仅可以帮助人们解决当前面临的危机和困扰,使压力得以解除或释放,还可以提高个体解决问题的能力,维护其身心健康状态,促进个人潜能的发挥。从社会工作专业的角度为改善妇女的健康构建一个社会支持系统,这个社会支持系统应该包括党政机关、政法部门、群团组织和企事业单位以及社会志愿者队伍、家庭等组成的一个互相支持的网络。社会工作特定的专业特点能够有效地将可以给予妇女健康提供支持的不同部门联合起来。通过支持系统设立一系列社会支持服务机构,采取教育、咨询和服务相结合的方式,开展各项服务,包括为妇女开设健康教育课程、妇女热线咨询、妇女个案辅导等内容,使女性发展有好的社会环境。

对于农村妇女,社会支持网络有助于缓解她们的压力,建立良好的社会生活环境,因此也需要帮助她们构建社会支持网络,增强她们自身应对健康问题的能力。建立农村妇女的社会支持网络,社会工作者首先要通过与妇女的交流,唤醒农村妇女自身的发展意识;其次要增强她们的人力资本,发挥她们所处的家庭与村落的即时支持性功能;最后,帮助构建农村妇女的村外社会支持网络,达到增强其自身发展能力,改善其发展环境,从而提高其社会地位和健康的目的。

此外,还可以发挥社会工作机构等民间组织的功能,为妇女就业提供更广泛的社会支持。随着经济体制的转轨,越来越多的"单位人"转变为"社会人",国家和单位以外的社会组织,特别是社会工作机构等民间组织的作用日益凸现。充分发挥社会工作机构等民间组织的功能,对于为妇女提供整合的健康服务模式,建立多元化支持渠道,将有着愈益明显的作用。根据我国的实际情况,可考虑依托妇联组织和社区组织,努力培育社会工作机构,以便更好地整合社会资源,进一步改善妇女的健康问题。

6. 针对特殊的女性群体,设立专门的妇女健康服务项目和救助机构

由于历史及生理等原因,妇女往往是需要特殊保护与救助的群体,她们的健康也需要特殊的照顾。尤其对于贫困的妇女人口、女性艾滋病患者、女性精神疾病患者等一些特殊的女性群体,由于处于更加的相对弱势,她们对健康服务的需求更为迫切。因此,应该由妇联、社会工作人员及其他有关机构等共同协助,组织起各种互救互助的小组或协会,以集体的力量实行互帮互助,设立相应的服务与救助机构。

对于贫困人群应该设立贫困人群妇女病治疗救助机构,在妇女病检查和治疗两个环节,帮助有病的贫困妇女及时获得治疗,同时也应该通过宣传和教育手段让贫困妇女掌握健康知识,形成良好的卫生习惯和日常的生活保健习惯。

对于感染 HIV 的妇女也应该建立救助机构进行有效干预,包括在其知情同意的前提下提供自愿和保密咨询与检测,使她们得到治疗特别是可以获得终身治疗,提供整个系列的照料。同时,针对女性艾滋病群体的救助机构还应该在确保妇女行使其权利,进一步加强防止被 HIV 感染的能力,以及消除对感染 HIV 者和易感染群体成员的一切形式的性别歧视等方面有所作为。

对于女性精神疾病患者、家庭暴力中受到侵害的女性等特殊的妇女群体,在条件

允许的情况下,都应该通过设立专门的妇女健康服务项目和救助机构,使她们在健康方面得到有效和及时的帮助。专门的救助机构能够为妇女健康的治疗和服务创造一个有利的环境,使她们能充分享有权利,获得尊重、理解和认同,这样更便于切实推行有针对性的保健、资助和治疗、健康服务及预防等措施。

7. 加大对农村妇女健康的医疗保健投入和社会工作专业服务

我国农村妇女保健工作存在的问题是由多方面的原因造成的。由于财力、物力的限制,政府目前难以对农村的妇女保健进行较大的投入,农村医疗社往往不能适应新的需求。所以,在政府继续加大对妇女保健的投入,稳定农村妇女保健医生队伍,提高妇女保健医生素质的条件下,农村妇女健康服务工作要联合农村妇女保健队伍,开展多种妇女保健服务,改善妇女保健工作条件,添置必要的设备,以适应社会对农村妇女保健工作的要求。同时,要及时筛选出危害妇女健康的因素,及时给予诊治,保证农村妇女的健康状况。

另一个改善农村妇女健康的重要途径是在医疗卫生系统,培养医务社会工作人员,健全农村妇女保健网络,因地制宜开展形式多样的农村妇女健康教育。一是要建全县、乡、村妇女健康教育组织三级网络。二是抓住三下乡、计划生育指导、疾病普查普治、产前检查、医院门诊等一切有利时机,对农村妇女进行健康教育。三是展开经常性的健康教育,普及知识,增强农村妇女的主体意识和保护自身健康的意识。四是开展农村妇女健康教育应充分发挥以广播电视为主的大众传播媒介的作用,内容应通俗易懂,贴近当地的风俗习惯和群众的经济水平。同时还应重视人际传播在开展农村健康教育工作中的作用。加强对农村妇女卫生健康知识宣传教育提高农村妇女整体卫生知识水平,并结合她们的生产、生活条件,帮助建立适当的卫生行为,如通过改水、改厕帮助她们改掉饭前便后不洗手、生食不洁瓜果等不良习惯。普及有关妇科疾病发病的高危因素知识,利用挂图、实物、宣传资料等向农村妇女介绍有关妇科疾病的医学常识,及定期普查、早期发现、早期治疗的重要性。

总之,在我国农村实施有组织、有计划的妇女保健教育活动,加强我国农村妇女保健工作的管理,以促进我国农村妇女的健康,增强农村妇女保健意识,养成良好的卫生行为和生活行为。同时,扩大农村妇女保健的工作范围,通过社会工作积极主动地对妇女生命周期的各个阶段开展相应的保健工作。

小结

从传统的角度,提高妇女的健康水平应该在政府统筹的组织下,由专业的医疗或卫生机构承担主要责任。这一判断毋庸置疑,因为妇女健康的实现必须对那些患有疾病的女性进行诊断、治疗和康复服务,这显然都需要专业医疗人员和医疗设备等一系列医疗途径来完成。然而,妇女健康全面提高的内涵不只局限于事后补救,即对疾病发生后的诊断和治疗,更体现于事前预防,即妇女自身对易发疾病的预防和日常保健意识的提升。因此,社会工作对于全面提高妇女健康水平、增强妇女健康意识,尤其在帮助女性掌握疾病预防知识、获取健康信息与服务等方面具有重要的功能。

社会工作对于妇女健康领域的介入可以分为 3 个方面:一是通过直接或间接服务于妇女健康的有关机构或组织中的社会工作专业队伍,大力推进医务社会工作的发展,进一步实现女性健康服务的专业化和人性化。二是整合不同部门(政府、组织、社区、家庭等)的资源来帮助服务对象是社会工作的突出特点,因此,妇女社会工作能够统筹不同的妇女健康服务部门,为妇女提供整合的健康服务模式,建立多元化支持渠道。随着社会工作的发展,妇女社会工作在这方面的作用将日益显著。三是在妇女健康预防方面,通过依托社区和相关机构,运用社会工作的专业方法积极开展各种健康维护知识的宣传,增强女性的日常保健意识,以及自身健康维护的自主意识和能力。

但是,目前我国医务社会工作的发展仍然处于初级阶段,社会工作专业全面引入医疗卫生机构仍有待于政府的进一步推进,妇女社会工作引入妇女健康服务系统目前也只处于理念的形成阶段。当然,随着社会工作者职业资格的认证,社会工作必然得到迅速的发展。作为社会工作的重要领域,妇女社会工作也能够在更为广泛的层面上进入妇女健康服务体系。因此,构建妇女健康服务领域中的社会工作专业队伍、发展医务社会工作、依托社区社会工作能使妇女健康在治疗和预防两方面都得以提高,构建改善妇女健康的社会支持系统等都是妇女社会工作介入妇女健康领域的重要内容。

问题与思考

(1)目前女性面临的主要健康问题包括哪些内容?

(2)为什么说妇女健康水平的提高是一个系统工程?

(3)如何从妇女社会工作专业的角度介入妇女健康服务?

参考文献

[1]中华人民共和国卫生部.中国卫生统计年鉴(2004、2007)[M].中国协和医科大学出版社,2007.

[2]国家统计局,人口和社会科技统计司.中国人口统计年鉴(2004)[M].北京:中国统计出版社,2004.

[3]彭现美.艾滋病与妇女健康[J].中国初级卫生保健,2007(11).

[4]"关爱妇女生殖健康"高峰论坛.国家人口与计划生育委员会网站.[2005-11-24]http://www.chinapop.gov.cn.

[5]人工流产:中国每年至少 1 300 万例,美国每年 120 万例[N].中国日报,2009-09-06.

[6]郑真真,解振明.人口流动与农村妇女发展[M].北京:社会科学文献出版社,2004.

[7]陈文定,怡红.警惕女性产后抑郁[N].中国妇女报,2002-02-25.